KB040993

항우가 분봉한 19 제후국 지형도(BC 206년)

진나라를 멸망시킨 항우는 스스로 서초패왕을 자처하고 휘하 장수들과 연합 세력에게 영토를 분할하여 왕으로 봉했다. 이때부터 천하를 차지하려는 항우와 유방의 5년간의 초한전쟁의 서막이 오른다.

초한전쟁 중기 형세도(BC 204년)

한나라의 유방이 한신의 활약에 힘입어 위나라와 조나라를 비롯한 주변의 제후국들을 점령하면서 세를 확산시키고 있으나 아직도 서초패왕 항우의 기세도 여전하다.

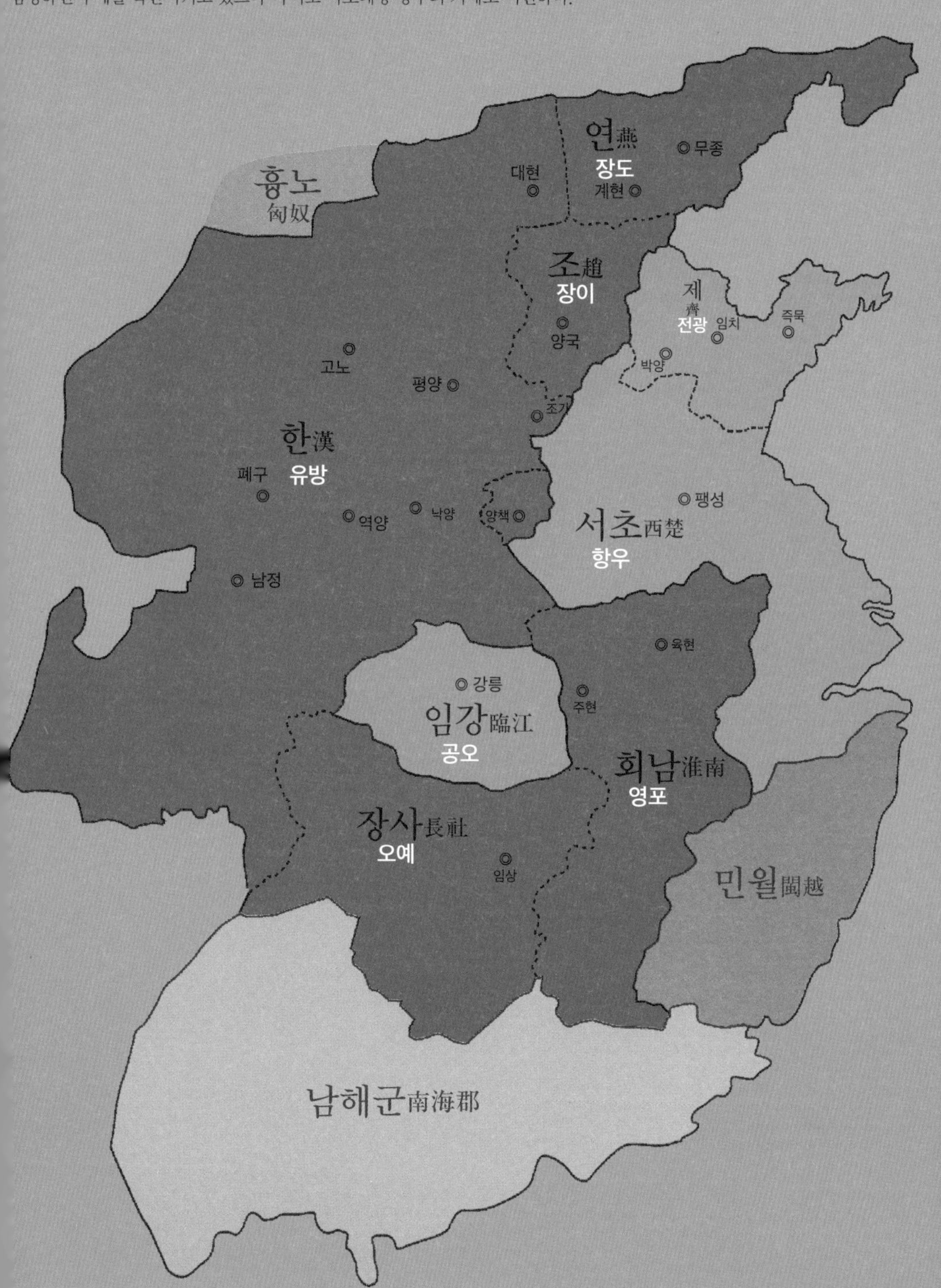

김팔봉 초한지 1

천하대란

김팔봉 초한지 1

천하대란

초판 1쇄 발행 2020년 3월 15일

지 은 이 견위
평 역 김팔봉
펴 낸 이 한승수
펴 낸 곳 문예춘추사

편 집 이상실
디 자 인 이유진
마 케 팅 박건원

등록번호 제300-1994-16호
등록일자 1994년 1월 24일
주 소 서울특별시 마포구 동교로27길 53 지남빌딩 309호
전 화 02 338 0084
팩 스 02 338 0087
메 일 moonchusa@naver.com

I S B N 978-89-7604-402-0 04820
978-89-7604-401-3 (세트)

* 책값은 뒤표지에 있습니다.
* 잘못된 책은 구입처에서 교환해 드립니다.

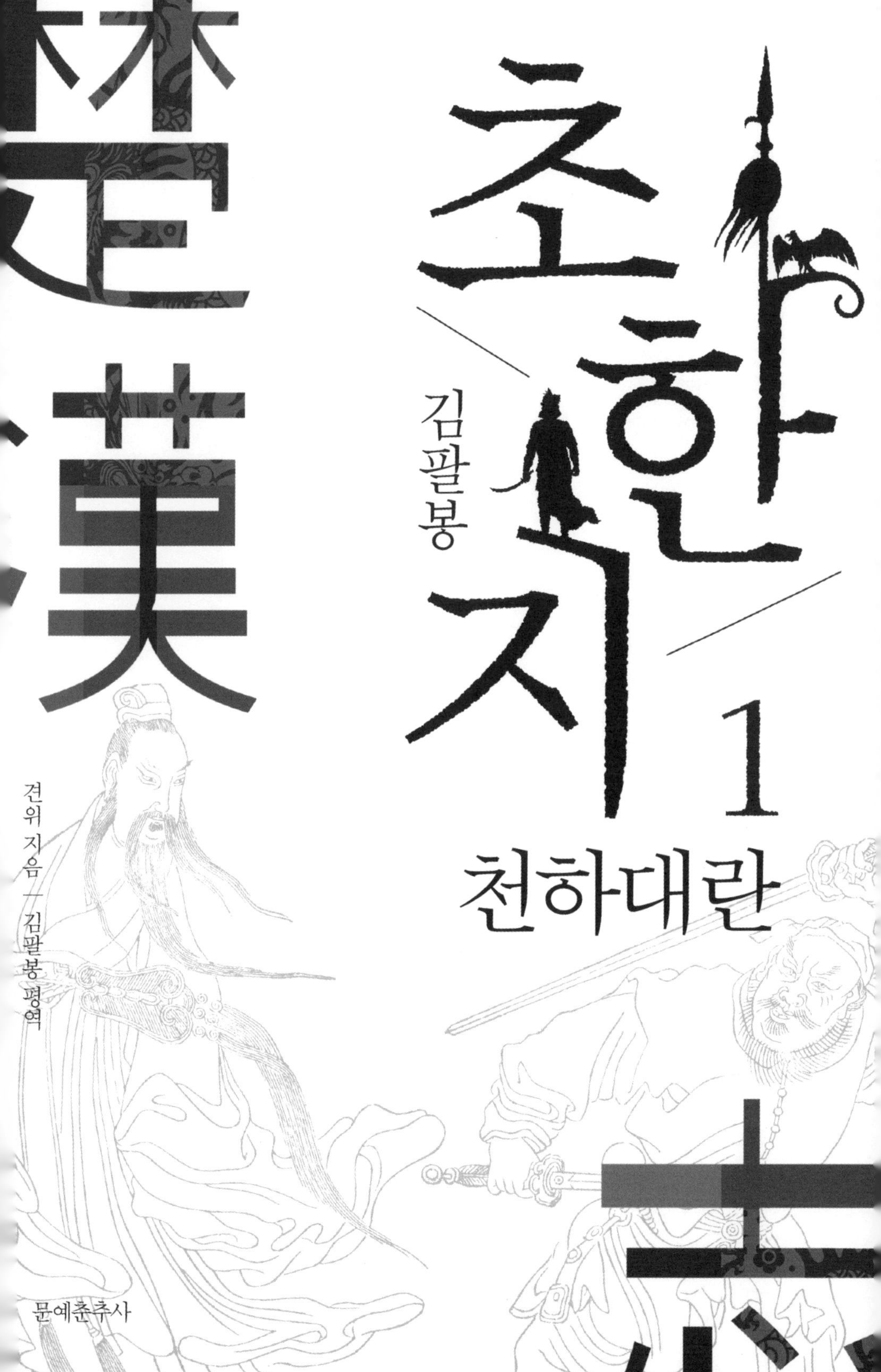
楚
漢
초한지
김팔봉
1
천하대란
견위 지음 — 김팔봉 평역
문예춘추사

김팔봉 초한지 1
차례

김팔봉 초한지 2
차례

김팔봉 초한지 3
차례

초판 머리말

천하장사 항우라면 모르는 사람이 없고, 불량소년들의 조롱을 받고 그들 가랑이 밑으로 기어나가는 수모를 당하면서도 꾹 참아냈다가 후일 한나라의 대장군이 되어 항우를 무찌른 한신의 이름도 그에 못지않게 널리 알려져 있으며,

"어화 벗님네야, 초한 승부 들어보소. 역발산기개세도 쓸데없고, 순민심(順民心)이 으뜸이라……."

이렇게 시작되는 '초한가'도 많은 사람의 입에 오르내린다.

그러나 이런 것들을 알기는 해도, 그저 단편적인 일화로서 수박 겉핥기식으로 알고 있을 뿐이요, 역사적 배경이나 시대 조류, 등장인물들의 인간적 특성이나 업적에 관해서는 거의 백지상태인 것이 보통이다. 게다가 한문을 제대로 배울 기회가 없던 한글세대들은 이런 등속의 기록은 가까이할 기회조차 얻지 못한 실정이다.

나는 이것을 늘 안타깝게 생각해오다가, 우리 생활에 밀착되다시피 한 중국 고전 가운데 하나를 널리 알리려는 의도로, 『서한연의(西漢演義)』를 원작으로 하는 『통일천하(統一天下)』라는 제목의 작품을 오래전에 〈동아일보〉에 연재했다. 이것이 예상을 웃도는 큰 반향을 불러일으켰고, 많은 독자에게 폭발적인 인기를 얻어서, 신문 연재가 끝나자 곧 같은 제목의 단행본으로 출간을 하였다.

이를 다시 『초한지(楚漢志)』라는 제목으로 바꿔 출간하면서, 문장과 내용을 새롭게 손질하고, 편집도 현대적 감각을 살려서 보기 좋고 읽기 좋게 다듬었다.

『초한지』는 서기전 250~195년경에 이르는 50여 년에 걸친 중국 사회의 현실과 국가 흥망의 소용돌이 속에서, 천하 대사를 경륜하고, 지모계략을 엮고 펼치던 수많은 영웅호걸과 정객 모사들의 인간상을 묘사하면서 파란만장의 사건들을 그려낸 역사소설이다.

중국 고전 가운데 대중적으로 가장 널리 알려진 『삼국지』의 시대 배경이 서기 3세기 초엽의 50년 안팎이요, 『열국지』는 그보다 약 7세기 전인 춘추전국시대 이야기며, 『초한지』는 꼭 그 중간인 기원전 3세기 말엽의 이야기를 담고 있다. 따라서 『삼국지』를 읽은 사람이라면 그보다 한 시대 앞선 이야기인 『초한지』를 읽지 않고는 아무래도 마음 한구석이 덜 채워진 것 같은 아쉬움이 들기 마련이요, 『열국지』를 읽은 사람이라면 바로 뒤이어 펼쳐지는 사건들이 궁금한 마음에 필연적으로 『초한지』를 찾기 마련일 것이다. 바꿔 말하자면 『초한지』가 단독으로도 뛰어난 역사성과 소설적인 흥미를 지녔다는 사실은 쓸데없이 부연할 필요가 없다. 중국 고전으로서의 역사소설을 이야기할 때 『열국지』와 『삼국지』를 이어주는 교량 역할을 한다고도 말할 수 있는 『초한지』는 높은 가치를 지닌 작품이라 할 만하다.

이런 의미에서, 단순히 중국 고전소설을 읽는다는 태도에서 한 걸음 더 나아가, 2천 년 전의 역사를 음미하면서 오늘의 현실을 더 깊이 살피고, 난세 영웅들의 갖가지 인간상을 훑어본다는 태도로 이 책을 읽는다면, 폭넓게 배우고 얻는 바가 많을 줄로 믿는다.

1984년 8월

김팔봉

팔봉 선생의 『초한지』를 다시 펴내며

팔봉 김기진 선생이 '통일천하(統一天下)'라는 제목으로, 청전 이상범 선생의 삽화를 곁들여 〈동아일보〉에 『초한지(楚漢志)』를 연재하기 시작한 것은 휴전협정이 조인된 지 얼마 지나지 않은 1954년 3월의 일이다. 이 소설은 이처럼 동족상잔의 전쟁이 사람들을 참혹한 폐허 속에 내던져놓은 1954년 3월에 연재를 시작했다. 그럼에도 이 소설은 다음 해 10월까지 총 562회를 연재하는 동안 독자들로부터 뜨거운 반응을 받았다. 사람들이 초와 한의 쟁패와 남과 북의 전쟁 사이에서 '통일천하'를 향한, 아니 전쟁의 무자비함에 대한 어떤 연관성을 발견한 탓일까!

어쨌건 팔봉 선생은 궁핍한 시기에 일정한 수입을 보장해주는 '통일천하' 연재가 성공리에 끝나자 곧바로 같은 제목의 단행본을 간행했다. 그리고 〈동아일보〉 측의 부추김을 받으면서 쉴 새도 없이 1955년부터 다시 『성군(星群)』 연재에 들어갔다. 『수호지(水滸誌)』의 108 영웅을 '성군'으로 지칭하는 팔봉의 이 소설이 무려 1500회에 걸쳐 신문에 연재되는 대기록을 세운 것은 바로 이 같은 분위기 속에서였다.

이후 팔봉 선생은 1984년에 어문각에서 이전의 '통일천하'를 다시 단행본으로 펴내며 제명을 『초한지』로 변경했다. 그러면서도 '통일천하'라는 옛 제목을 왼편에 그대로 살려둔 것은 아마도 옛 제목인 '통일천하'가 지닌 대중적 친숙함과 성공에 대한 기억 때문이었을 것이다.

팔봉 선생은 어문각판 『초한지』에 부친 '머리말'에서 『서한연의(西漢演義)』를 원본으로 하여 '통일천하'를 연재했다고 밝히고 있다. 여기서 팔봉 선생이 말하는 『서한연의』는 아마도 명나라 때 견위(甄偉)가 펴낸 『서한연의전』을 가리킬 것이다. 그렇지만 자신이 참조한 판본이 언제 때의 것인지에 대해서는 언급이 없다. 따라서 여기에 대해서는 약간의 설명이 필요할 것 같다.

『서한연의』의 원형에 해당하는 항우와 유방의 이야기는 한나라 초기에 발생하여 사마천의 『사기』에 처음 기록되었고, 이후 구전과 공연을 거듭하면서 민간에 널리 유포되었다. 그렇게 구비전승을 통해 변모를 거듭하던 이야기가 다시 본격적으로 기록화된 모습을 보이기 시작하는 것은 원나라 때부터다. 현존하는 것으로 가장 오래된 원나라 때의 『속 전한서』를 효시로, 이후 1588년에 웅대목의 『전한지전』, 1605년에 저자 미상의 『양한개국중흥지전(兩漢開國重興之傳)』, 1612년에 견위의 『서한연의전』이 쓰였다. 이즈음의 내용이 지금 우리가 접하는 이야기에 유사한 모습을 확실하게 갖추게 되는 것이다.

물론 견위의 『서한연의전』 이후에도 이야기의 변모는 계속되어 명나라 말기에 검소각에서 견위의 『서한연의전』과 사조(謝詔)의 『동한십이제통속연의』를 합하여 『검소각비평동서한통속연의(劍嘯閣批評東西漢

通俗演義)』를 간행하게 되면서 '초한 이야기'를 다룬 대표적인 이야기로 자리를 잡게 되었다. 그런 만큼 팔봉 선생이 언제 누가 펴낸 어떤 판본을 참조했느냐에 따라 이야기가 달라질 수 있게 되는 것이다.

우리나라 사람들에게 역발산기개세(力拔山氣蓋世)라는 말로 익숙한 항우의 넘치는 용맹함, 사면초가라는 말로 잘 알려진 장량의 계책과 항우와 우미인의 비극적 종말, 가랑이 사이를 기어가는 이야기로 유명한 한신의 인내심, 일반인들이 널리 부르는 서도민요 「초한가」나 부산 민요 「우미인가」의 가사, 그리고 무엇보다도 우리가 즐기는 장기게임으로 남아 있는 한나라와 초나라의 전쟁, 이 모든 것들이 『초한지(초한연의)』로부터 나왔다. 이 같은 '서한연의'의 이야기를 다룬 중국 소설이 국내에 들어온 건 기록상으로는 1569년 선조 때이지만 항우와 유방에 관한 이야기는 그보다 훨씬 이전에 유입되었을 것으로 보는 게 무방할 것이다.

이와 같은 역사와 사연을 가지고 있는 『초한지』, 그중에서도 거의 창작에 가까운 번역의 형태를 취함으로써 우리나라 사람들의 구미에 맞게 변형된, 어떤 번역보다도 역자의 노고가 깊게 서려 있는 팔봉 선생의 『초한지』가 이번에 '문예춘추사'에서 참신한 모습으로 다시 간행된다니 반갑기 그지없다. 아마도 이 소설은 예나 지금이나 인간사의 이런 저런 부면을 배우고 싶어 하는 사람들로부터 많은 사랑을 받을 것이다.

이 책이 다시 독자 여러분들을 만나는 데 도움을 주신 분들이 많은데, 특히 어려운 출판 환경 속에서 이 책의 재출간을 추진한 문예춘추사 직원들의 노고에 깊이 감사드린다.

2020년 초봄에
팔봉 선생을 대신하여
홍정선

일러두기

1. 이 책은 팔봉 김기진 선생이 '통일천하(統一天下)'라는 제목으로 1954년 3월부터 〈동아일보〉에 연재한 중국의 『서한연의(西漢演義)』 평역본과, 1984년 어문각에서 『초한지(楚漢志)』라는 제목으로 바꿔 출간한 초판본을 36년 만에 재출간한 작품이다.
2. 가능한 한 원본에 맞게 편집했으나 최신 표준어 맞춤법에 맞게 고쳤고, 지명이나 인명은 일부 수정하여 독자들이 읽기 편하게 했다.
3. 한자 표기는 정오正誤에 상관없이 원본을 따랐으나 동일 인물이나 지명의 상반된 표기가 있는 경우에는 올바른 한자를 찾아 표기했다.
4. 이 책의 지도는 내용에 맞게 새로 제작한 것이다.

진시황의 꿈

봄이었다.

시황(始皇)은 천 가지 생각과 만 가지 욕망에 지금 몸을 잠그고 있다. 눈 아래 넓게 펼쳐져 있는 현경전(顯慶殿) 뜰아래 경치도 좋거니와 진(秦)나라 서울의 이 따뜻한 기후, 저 푸른 하늘, 지저귀는 새들의 노래, 그 모두가 태평하고 안락하고 영화롭고 즐거운 것임에 틀림없건만 과연 이 같은 낮과 밤이 영원무궁하게 줄곧 이어질 것인가?

지난해 동순(東巡)했을 때, 강소성(江蘇省) 추역산(鄒嶧山)에 비석을 세우고 송무기(宋無忌)가 천거하는 대로 소위 방사(方士)라고 일컫는 서복(徐福)으로 하여금 동해 바다에 들어가 삼선산(三仙山)을 찾아 장생불사하는 약을 구해오라 한 지도 일 년이 지난 고로, 노생(盧生)이라는 자를 시켜 서복의 행방을 탐지해오라 한 것이 불과 열흘—과연 이자들의 회보가 있을까? 없을까? 또 이자들이 돌아오되 헛되이 불사약을 못 가지고 돌아오지는 않을까? 정복하고 독점하고 향락할 일이 많고 세월은 무궁한데 인생의 수명만이 극히 짧으니 이것이 진시황의 이름으로 고쳐놓아야 할 일이다!

'그래, 짐이 즉 천(天)이다.'

시황은 안상을 한 손으로 치면서 입속말을 했다. 쭉 째어진 눈, 네모

번듯한 이마, 불룩 솟은 눈동자, 긴 눈썹, 우뚝 솟은 코—어디로 보나 투지 발발하고 패기만만한 그의 용모는 황룡포(黃龍袍)의 목 위에서 광채를 발하는 것이었다.

'무엇이 짐의 발아래 굽히지 않는 것이 있는고!'

그는 이어서 이같이 뇌었다. 사실 그의 발아래 굽히지 않는 것이 없다. 그가 그의 부왕 장양왕(莊襄王)이 삼 년 동안 나라를 다스리다가 돌연 궂긴 뒤에 불과 열네 살 되던 해에 왕위에 올랐건만, 그리고 주(周)나라가 망한 것은 그전 십 년 전 일이요, 자기 나라와 함께 서로 자웅을 다투던 여섯 나라도 그가 임금 된 지 십칠 년 만에 먼저 한(韓)이 망했고, 십구 년 되던 해 조(趙)가 무릎 꿇었으며, 이십이 년 되던 해 위(魏)가 망했고, 이십사 년에는 초(楚)를 무찔렀으며, 이십오 년에 연(燕)이 망하고, 끝으로 이십육 년에는 제(齊)마저 없애버렸으므로 육국을 아울러 삼키고, 주무왕(周武王) 이래 팔백육십칠 년이라 하지만 기실 따지고 보면 주나라의 십삼세 평왕(平王) 때부터 그의 시대까지 약 오백 년 동안에 어지럽기 한량없던 천하를 모두 거둔 자가 누구이더냐. 진시황이 있을 뿐이라고 그는 생각했다.

그리하여 그는 천하를 통일한 이듬해 이십일 년에 전국에서 손꼽는 호부(豪富) 십이만 호를 이곳 함양(咸陽) 서울로 이사시키고, 통일 후 처음으로 북순(北巡)을 했던 것이다. 그는 그 이전 옛날의 천하를 다스리던 성군을 본따 만백성들의 정황을 살핀다는 명칭을 빌렸던 것이다. 먼저 나라의 중앙인 서울을 염통같이 튼튼하게 만들기 위해 호부를 십이만 호나 옮긴 것이요, 사지 수족을 어루만져 주물러 불편한 곳이 없게 하기 위해 지방을 순시하는 것이었다. 황금·보석·비단 이것이 나라를 부하게 하고 동시에 강하게 만드는 근본이라고 생각했던 까닭이다.

그는 안상에 기대어 천하의 일을 생각하다가 눈을 감았다. 피곤했음이리라. 한동안 아무 생각 없이 머리를 숙이고 팔을 괴고 앉아 있었다.

곁에는 모시고 서 있는 근시도 없었다.

이때 천자만홍(千紫萬紅) 봄꽃이 난만한 가운데 갑자기 천지진동하는 소리가 요란하면서 하늘로부터 붉은 해가 땅 위에 떨어졌다.

우르르 꽝 하는 소리와 함께 붉은 해가 현경전 마당에 떨어지자, 어디로부터 달려오는지 푸른 옷을 입은 동자가 쫓아오더니 그 해를 얼싸안고 달아나려고 했다.

그럴 즈음에 남쪽으로부터 붉은 옷을 입은 동자 하나가 고함을 치면서 달려오더니,

"애야 청의동자야, 그 해를 내가 가지러 왔다. 너는 물러가거라."

하고 외쳤다.

"고얀 놈, 네가 감히 내 힘을 당할 수 있겠다고 쫓아오느냐?"

청의동자가 고리같이 둥그런 눈을 뜨고 다가오는 홍의동자를 보고 이렇게 호령하더니 붉은 해를 얼싸안았던 한 손으로 그를 후려갈겼다. 한 대 얻어맞은 홍의동자가 굵은 목소리로,

"너는 그 해를 내게 전하지 않으려고 하나 나는 그 해를 가져오라 하시는 천제(天帝)의 분부를 받들고 왔다. 속히 내놓아라."

이같이 호령했다. 청의동자는 대답도 하지 않고 상대를 때리기 시작했다.

홍의동자는 넘어지지 않고 얻어맞기만 했다. 옷이 찢기고, 얼굴에 생채기가 생겨 피가 흐르건만 열 번, 스무 번… 오십 번…, 칠십이 번을 얻어맞아도 끝까지 땅 위에 엎어지지 않고 버티더니, 최후로 한 번 힘 있게 청의동자를 후려갈기니까 힘이 풀어져 보이던 청의동자는 그만 한 대에 피를 토하고 그 자리에 거꾸러져 이내 죽어버렸다.

이 광경을 두 주먹을 쥐고 지켜보고 있던 시황은, 홍의동자가 그제야 안심되는 듯이 땅 위에 떨어져 있는 해를 주워 안고 남쪽을 향해 돌아가려 하자 소리쳐 불렀다.

"홍의동자야! 너는 누구이며 무엇 하는 아이냐?"

남쪽을 향해 가던 홍의동자가 뒤를 돌아다보며 시황에게,

"나는 요순(堯舜)의 후예로서 풍패(豐沛)에서 출생했고, 함양 땅에 들어와 의(義)를 일으켜 태평세월을 이루려 한다."

하고는 고개를 돌이켜 남쪽으로 그냥 가버리자, 동자의 발밑에서 구름이 일어나고 안개가 자욱해져서 이내 보이지 않았다. 다만 오색 무지개가 안개와 구름 속으로 광채 찬연할 뿐이었다. 눈이 황홀해서 시황은 크게 놀라 깨었다. 깨고 보니 꿈이었다.

시황은 안상에 기대었던 몸을 일으키고 꿈에서 본 일을 생각해보았다. 처음부터 끝까지 모두가 불길한 징조 아닌 것이 없었다.

'불길한 꿈이로다! 천하가 남의 것이 될 터인가?'

그는 스스로 의심했다. 그러나 그렇게 될 수 있으리라는 눈앞에 보이는 사실은 한 가지도 없었다.

'될 뻔이나 한 일이냐!'

그는 즉시 자신의 의심하는 마음을 부정했다.

"아뢰오. 폐하께옵서 서복의 행방을 알아오라 명하옵신 노생이 돌아왔습니다."

이때 근시 송무기가 계하에 들어와 서서 읍하고 이같이 아뢨다.

"그러냐? 그래, 환궁하겠다. 즉각 입궐하라고 분부해라."

시황은 불안하던 기분이 조금 명랑해지는 것을 느꼈다. 노생이 불사약을 못 가져왔을지라도, 또 서복을 데리고 오지는 못했을지라도 무엇인지 반가운 일을 알아가지고 왔을 것만 같이 느껴졌다. 그는 가볍게 몸을 일으켜 수레에 올라 함양궁(咸陽宮)으로 돌아와서 계하에 서 있는 노생을 내려다보며 물었다.

"그래, 너 혼자서 왔니?"

함양궁에서 동쪽으로 떨어져 있는 동원의 현경전에서 환궁하자마자

용상(龍床)에 높이 앉아 간단하고 명확하고 결과적인 것을 따지기만 하는 그의 성격이 또 나타났다.

"황송하옵니다. 소신 홀로 돌아왔사옵니다."

노생은 계하에서 머리를 조아리면서 이같이 아뢨다.

"서복은 소식 묘연하더냐?"

시황의 물음이었다.

"동해의 창파 망망하와 알 길이 없었다고 아뢰오. 다만 오륙 일 동안 가까운 바다 위에서 행여나 방사 서복의 행적을 탐지할까 하고 배회하다가 날이 갈수록 구름이 깊어져서 알 길 없사옵기에 바다를 버리고 폐하께옵서 구하시는 불사약을 소신이 구해보고자 태악(太岳)에 들어가 동화(東華)의 산꼭대기에서 신선을 만나뵈었을 뿐으로 아뢰오."

노생은 여기서 잠시 말을 멈추었다.

그러나 시황은 잠자코 그다음 사실 보고를 기다리는 것 같았다.

노생은 다시 보고를 계속했다.

"방사 서복이 동남동녀(童男童女) 각각 오백 명과 금은주옥(金銀珠玉)과 음식 기구까지 큰 배로 열 척을 꾸려 십주삼도(十州三島)가 있는 삼선산으로 불사약을 캐러 간 것이 일 년이 지났사오나 소식이 묘연하여 폐하와 한가지로 억조창생이 가슴 답답해온 일이라, 소신이 동화산 꼭대기에서 신선을 뵈옵고서 어찌 장생불사하는 약을 묻지 않았사오리까? 그러하오나 머리는 길 대로 길어서 땅 위에 서리었고, 얼굴과 손과 발의 때 묻은 것이란 형용할 수 없을 만큼 두께가 앉은 그 노인이 하는 말이 '하늘이 정한 바 있거늘 인생의 수명을 어찌 영원히 계속하려 하느뇨' 하옵기에, 소신은 신선께 또 절하고 두 번 세 번 폐하의 명을 받들고 찾아온 뜻을 고하고자 했더니, 그 노인이 곁에 있는 바윗돌을 밀어서 치워버리고 그 돌 아래 큰 구멍에 한 손을 집어넣더니 책을 한 권 집어주면서 소신에게 말하기를 '이것을 시황제 폐하에게 가져다주고 자세히 보게 하라. 이는 인생의 생사와 국가의 존망을 알게 하는 책이다' 하고 그 책을 주기에 소신이 받자옵고 또 말을 물으려 했사오나, 그 노인은 눈을 감고 대답이 영영 없기에 하릴없이 산에서 내려왔다고 아뢰오."

하고 노생이 품 안에서 책을 꺼내 근시에게 전하자 근시는 그 책을 받아 용상 앞으로 가져갔다.

시황은 책을 들고 보았다. '천록비결(天錄秘訣)'이라 겉장에 쓰인 글자만은 알아보겠으나 책 안에 쓰인 글은 알 수 없는 글자였다.

"물러가라."

시황은 노생을 물리치고 정승(政丞) 이사(李斯)를 불러 이 책에 알지 못하도록 적혀 있는 글자를 풀어보아서 알아오라고 명했다.

이튿날 조례가 끝난 뒤에 이사가 아뢨다.

"망진자호(亡秦者胡)라는 글자가 있는 것만은 확실히 알았사오나 그 외에는 아직 알지 못했다고 아뢰오."

시황은,

"진을 망하게 하는 자가 호라는 말이지."

하고는 북쪽 오랑캐 몽고족(蒙古族)을 막기 위한 만리장성을 쌓을 계획을 하기 시작했다.

천하를 통일해 이를 삼십육 군(郡)으로 분할하여 지방행정을 다스리게 하고, 책력을 고쳐 시월을 정월로 알도록 하여 천하 만민으로 하여금 새 세상을 만든 것이 삼 년 전 육국의 통일이 끝나던 해요, 재작년에는 육국에서 빼앗은 병기(兵器)를 녹여 쇠사람[鐵人]을 열두 개나 만들어 함양 서울에 세웠으니, 이로써 천하를 진정하게 하는 일이 되었다고 시황은 생각했던 것이다. 그렇건만 재작년에 처음으로 북순했을 때와 작년에 동순했을 때에 동남방에 보이던 왕기(旺氣)와 하늘에서 떨어진 큰 별똥이 불길한 예감을 가슴속에 서리게 하므로 작년에 서복을 시켜 불사약을 구하러 보냈던 것인데, 이제 노생이 신선한테서 얻어온 책에 '망진자호'라고 쓰인 것을 보고는 북방 오랑캐에 대한 방비를 급히 하지 않을 수 없다고 그는 결심했다.

'장성을 이룩하자.'

그는 마음을 정했다. 감숙(甘肅)·섬서(陜西)·산서(山西)·하북(河北)에 그전부터 세워 있는 성벽을 구슬에 꿰듯이 모조리 연결시켜 끊어진 곳이 없게 하는 동시에, 오랑캐가 깨뜨리지 못하고, 넘어오지 못하고, 침범하지 못하게 만들자면 이 성벽은 두꺼워야 하고 높아야 하며, 성 위에서 성 아래에 몰려오는 적을 공격하기에 편하도록 이룩해야 했다.

"성의 높이를 육 장(丈), 넓이를 육 장, 이리하여 북방 만 리에 연결지어라."

시황은 드디어 정승 이사와 장군 몽념(蒙恬)에게 이같이 명령했다. 그리고 군사와 인부 팔십만 명을 장성 수축 공사에 사용하라 했다.

하늘에서 떨어진 해를 홍의동자가 얼싸안고 달아나는 꿈이라든지, 『천록비결』에 적혀 있는 '망진자호'라는 말이라든지, 육국을 통일한 후 근년에 들어서 진시황에 대한 의논과 시비가 적지 않다는 염탐의 보고라든지, 이로 볼 때 이대로 천하를 손아귀에 쥐고 영원히 보존하려면 모든 백성들의 입에는 재갈을 물리고, 수족은 동여매고, 눈으로는 진시황만 보게 하고, 귀로는 진시황의 호령만 듣게 하고, 걸음은 오직 진나라 법을 걸어가도록 해야겠다.

'첫째, 백성들과 선비들이 정사에 관해서 의논을 함부로 하지 못하게 하고….'

그는 또 이같이 마음에 정했다. 그가 마음에 정한 것은 즉시 천하를 다스리는 최고의 법이 되어야만 했다.

당장 이사를 불러들였다.

"짐이 생각하는 것은 곧 천하의 법일 것이오. 소위 선비들이 정사를 논하고 시비와 비평을 일삼는 고로 백성들의 의지하는 마음이 흔들리는 것이니 이것을 금하는 법을 세우게 하오."

시황의 명령이었다.

"지당하옵니다. 공자(孔子) 이후 제자백가의 설(說)을 봄으로써 소위 선비라는 자들이 문란해졌사오니 먼저 시(詩)를 불살라버리셔야 될 줄로 아뢰오."

이사의 대답이었다.

"그다음에는?"

"시를 불사르게 하시고 유생을 수십 명 먼저 본보기로 거리에서 참(斬)하게 하시고, 책을 끼고 다니는 자는 허리를 끊고, 두 사람 이상 모여 앉아 모래 위에 글자로써 필담(筆談)하는 자는 목을 자르고, 거리에서 큰소리하는 자는 혀를 끊어버리도록 법을 주시옵소서."

"옳다."

시황은 즉시 윤허했다. 산동(山東) 땅에 태어났다가 이백육십 년 전에 죽은 공자의 법을 가지고 진시황의 법을 왈가왈부한다는 것이 도대체 어그러진 일이라고 굳게 믿는 까닭이었다.

자신은 복희(伏義)·신농(神農)·황제(黃帝) 이래 요(堯)·순(舜)·우(禹)·탕(湯)과 주무왕(周武王)까지 모든 임금에 비해 뛰어난 사람이라고 생각했다. 삼황오제보다도 뛰어난 천자이므로 자기 존칭을 '시황제'라고 일컫게 했다. 그는 자신이 태생되었을 때부터 입속에 이빠디(이)가 있었고 등에는 비늘이 달려 있었던 것을 기억하고 있어, 이 땅에 처음으로 태어난 만백성의 임금이라고 확신했다.

'만 리의 장성만 수복하고 시·서·백가의 설만 불사르고 말 것인가? 천하에 위엄을 보이자. 열두 개의 쇠사람을 세우게 한 것은 육국의 병기를 없애기 위함이었지, 대단치 않은 일이다. 큰 궁궐을 이룩하여 천하의 백성이 굴복하게 하자. 산을 만들고 바다를 메우자.'

그는 이렇게 생각하자 즉시 이사에게 명했다.

"동해를 메우고 여산에 아방궁(阿房宮)을 축조하고, 남방에 오령(五嶺)을 세우게 하오."

"지당하신 처분으로 아뢰오. 진나라의 부강함이 천하에 떨쳐질 줄로 아뢰오."

이사의 성의 있는 찬동을 받고 시황은 미소를 띠었다.

"바다에서는 황하(黃河)의 출구를 육지가 넓어지게 메워야 할 것이오. 육지 안에 있는 이십여 개의 호수는 앞으로 그 수효를 늘려야 하며, 아방궁은 그 규모가 커야 하겠으니 선미(善美)를 다하도록 장인(匠人)에게 명하시오."

"황송하옵니다."

시황은 자기 의사에 스스로 만족했다. 남방에 다섯 개의 산을 쌓아올리라 한 것이 완성되고 나면, 그다음엔 아방궁을 짓고 주위 팔백 리의 호수를 만들겠다고 속마음을 먹었다.

이튿날 그는 이사로부터 천하의 책을 거두어들이기 시작했고, 서울에서 몰수한 책은 모조리 불살라버렸으며, 언론을 일삼고 다니던 선비 이십 명을 잡아서 참형(斬刑)에 처했다는 보고를 받았다.

"글을 배우는 자들이 시황의 법을 존중할 줄 모르고 공자의 법을 존중할 줄만 아는 고로, 이를 없애기 위함이다. 이 뜻을 백성에게 알리게 하라."

시황은 정승에게 부탁하여 고루대하의 담장 아래 크게 방을 써 붙이게 했다.

이때 태자 부소(扶蘇)가 정궁 앞에 와서,

"폐하께서 지금 유생들을 참형에 처하시고 시서(詩書)를 불사르게 하시는 것은 천하를 그르치게 하는 처사이오니 가혹한 법을 폐하시기 바랍니다."

이같이 꼿꼿한 말을 했다.

시황은 쭉 째어진 눈을 크게 뜨고,

"네가 감히 짐의 뜻을 거스르느냐? 너도 공자의 법을 따르고자 하는 자냐?"

하며 용상을 두드렸다.

"공자의 법이 아니오라 나라를 다스리고 천하를 평안하게 하는 법을 따를 뿐입니다."

태자는 또한 서슴지 않고 대답했다.

시황은 크게 노했다.

"정승!"

그는 이사를 건너보면서 이같이 부르더니,

"태자를 함양궁에 둘 수 없으니 몽념의 군감(軍監)이 되어 북방 상군(上郡)으로 가게 하오."

하고 일어섰다. 진심으로 자신의 잘못을 깨우쳐주는 큰아들 부소가 눈앞에 서 있는 것이 잠시도 보기 싫다는 표정이었다.

그 후로 며칠 동안 시황은 마음이 기쁘지 않았다.

만리장성도 수축 공사가 시작되었다. 여산에 아방궁을 지을 경영도 화공에게 먼저 그림으로 그려 들이게 했고, 동해의 바다를 메워 육지를 늘리는 일도 착수했으며, 남방에 오령(五嶺)을 축조하는 공사도 한창이요, 정사를 비평하는 유생들을 잡아죽이고 자기를 간하는 부소를 멀리 쫓았건만, 눈앞에 보기 싫은 아무것도 없건만 유쾌하지 않은 것은 마음속에 무엇이 붙어 있는 까닭일까? 그는 생각해보았다. 눈에 보이고 귀에 들리는 좋지 않은 것이라고는 아무것도 없건만 눈앞에 없는 부소의 말이 귓속에 붙어 있는 까닭임을 발견했다.

'공자의 법이 아니라 천하를 평안하게 하는 법입니다.'

부소의 이 말이 과연 옳은 것일까? 건방진 놈의 발칙한 조언이라고 생각은 하건만 그래도 귓속에 남아 있는 까닭은 알 수가 없었다.

'아무래도 함양궁을 떠나 천하를 순행해봄이 심기를 전환시키는 데 유조하겠다.'

시황은 이렇게 생각하고 정승 이사에게 순행할 준비를 명했다.

시황이 타고 다니는 수레는 지난해 두 번째까지는 부거(副車)를 한 개만 사용했건만 이번에는 모두 다섯 개를 사용하도록 명했다. 천자를 호위하는 어림군은 삼백 명의 장사로 편성하라 했다. 작년에 동순했을 때 보이던 동남방의 왕기가 마음에 걸려 이번에도 동순해보려고 한 것이다.

거동하기 조금 전에 이사가 아방궁을 조영하는 그림을 가져와 올렸다. 촉(蜀) 땅에서 흘러내리는 위하(渭河)와 기수(沂水)가 용용히 굽이쳐 흐르는데 여산에서부터 시작된 궁궐은 다섯 발짝마다 한 개의 다락이 있고, 열 발짝마다 한 개의 전각이 섰으며, 다락과 전각 사이에 연달아 뻗쳐 있는 복도는 여산에서 함양까지 삼백 리에 깔렸으니, 지붕마다는 처마를 엮고 꼬리를 이었으며, 아방궁 담장 안에서 도랑물이 된 위하와 기수의 두 강물 위에 비껴 있는 높고 낮은 다리들은 일천만 개의 무지개를 이루었고, 동서로 나뉘어 있는, 노래하고 춤추는 방은 삼천 궁녀가 일시에 소매를 떨치고 치마를 날리기에 족하니, 이는 곧 만승천자의 위엄이요, 진시황제의 복력이 아니고서는 이룰 수 없는 것으로 보인다. 시황은 그림을 보고 만족해했다.

"시황제로부터 일세 이세 자손만대에 이르기까지 아침에 노래와 저녁에 거문고 소리가 아방궁에 끊임없게 하라. 삼천 궁녀를 일각(一閣)에 한 사람씩 있게 하라."

그는 거듭 이같이 하명하고 동순의 길을 재촉했다.

늦은 봄 함양궁 안에 꽃도 지고 잎이 무성하기 시작한 때 시황은 출궁했다. 어림군사가 전후좌우로 호위하는 가운데 황포로 지붕 뚜껑을 지은 수레 다섯 채가 한 줄로 서 있는데 그 세 번째 수레 속으로 그는 몸을 실었다.

앞뒤의 네 개는 빈 수레였다. 정승 이사와 장군 왕전(王翦)이 뒤에 따랐다. 함곡관(函谷關)을 넘어 섬서(陝西) 땅을 다 지나고, 하남(河南) 땅의 양무현(陽武縣)으로 향했다.

암살 실패

하남은 십칠 년 전까지지는 한(韓)나라 땅이었다. 천산(淺山)이라는 조그만 마을의 술집에서는 동리 노인들 다섯 사람이 모여 앉아 떨어지는 꽃을 보며 술잔을 기울이고 있었다.

"실로 광음이 흐르는 물 같다 하더니 과연 이화(李花)가 어제 같거늘 오늘은 녹음이 두꺼우니 탄식이 절로 나네그려."

그 중의 한 노인이 한숨 섞인 목소리로 이같이 말하자,

"이를 말인가! 홍안 미소년이 어제 같은데, 오늘의 우리들이 백발노인 됐단 말도 노형의 말과 무엇이 다른가."

하고, 또 한 노인이 자기 술잔에 술을 따라 한숨에 마셔버렸다.

"세상이 전세월 같았으면 탄식도 없으련만…. 아하, 우리는 어느 때나 태평세월을 보고 죽을는지…."

한 노인이 곁에서 이같이 말하자 술을 마시던 노인이,

"노형이 생각하는 태평세월은 어떠한 세월을 이름하는 말이시오?"

하고 물었다. 그 노인은 술잔을 탁상 위에 놓으며 대답했다.

"내가 말하는 태평세월은 오백 년 전의 태평세월이오. 낮에는 일광이 찬란하고, 밤에는 별빛이 밝으며, 사흘에 한 번 바람이 일되 나뭇가지 하나 부러지지 아니하고, 닷새 동안 비가 올지라도 흙덩어리를 무너

뜨리지 아니하며, 전답의 곡식이 해를 받지 않고, 백성들은 배를 불리고, 집집마다 화기 있고, 밤에 문을 닫지 않아도 도둑이 없고, 길 위에 떨어진 물건이 있되 집어가는 사람이 없고, 들과 밭에는 황충이 없고, 백성들에게는 피곤한 게 없고, 오곡이 풍등하고 천하가 안락한 것, 이것이 태평세월이라는 것이지요."

이 설명을 듣고 있던 다른 노인들은 모두 부러운 듯, 감탄하는 듯했다.

"그런데 오백 년 전과 지금을 비교하면 어떠하다고 생각하시오?"

그 중 한 노인이 이같이 물었다.

"지금 말이오? 지금이야 말할 수 없지요."

"왜요?"

"입이 없는 것이 아니라 말할 수가 없는 것이지요."

노인은 종내 말하지 않고 다시 술잔에 술을 부었다.

이때 방 안에 앉아 있던 노인들이 보지 못하던 젊은 사람이, 머리에 관을 쓰고 소매 긴 도포를 입고 얼굴은 백옥같이 흰 사람이 열어젖힌 문 앞으로 다가서면서 입을 열었다.

"노인께서는 지금 이 자리에서 지난날의 태평세월은 잘 가르치시면서 지금이 어떤 세월이라는 것은 가르치시지 아니하니 그것이 무슨 까닭입니까? 지나가던 후생으로서 배청하고 싶습니다."

그러나 노인은 젊은이의 모습을 아래위로 살필 뿐 아무런 대답이 없었다.

"말씀해주십시오."

젊은이는 또 한 번 청했다.

"말을 못하오."

노인이 엄숙히 거절했다.

"그러면 후생이 말해볼까요? 지금 세월을 제가 설명해드리겠습니다."

그러고서 젊은이는 서슴지 않고 말을 계속했다.

"지금 세월은 무도 광폭한 세월입니다. 사내는 농사를 지을 수 없고 여인은 길쌈을 할 수가 없으며, 아비와 아들이 각각 분산하고 아내와 남편이 서로 이별하니, 이것은 다름 아니라 남으로 다섯 개의 산을 축조하면서 북으로는 만리장성을 수축하고, 동해의 바다를 메우는 일방, 여산에 아방궁을 짓는 연고입니다. 그러나 그뿐이리요. 시와 서를 불사르고 선비를 잡아 죽이며, 천하 만민의 재정을 고갈하게 하여 사람으로 하여금 목숨이 있건만 살아 있을 수 없게 하니, 이것이 즉 무도 광폭한 세월이 아니고 무엇이겠습니까?"

젊은이의 낭랑한 음성으로 지껄이는 설화가 끝나자 한 노인이,

"말이야 바로 말하자면 십이 년 전에 우리 한나라가 진나라의 땅이 되기 전까지는 이렇게 백성들이 못살 지경이 아니었지."

하고 대꾸했다. 젊은이는 신이 나서 또 계속했다.

"그랬습니다. 주 위열왕(周威烈王) 이십삼년에 경후(景侯)께서 한왕(韓王)이 되신 이래 십일 대 백칠십사 년 동안 우리 한나라는 살기 좋았던 땅이었습니다. 그런데 십이 년 전 진시황 십칠년에 진시황에게 속임을 당하여 성문을 열어줌으로써 대장 진승(秦勝)이 몰고 들어온 진나라 군사에게 우리 땅을 빼앗겼습니다. 이것이 육국이 진나라에게 망해버린 시초인데, 그 후 십 년 동안에 무도 광폭한 진의 잔악한 행위는 천인공노할 바이지요."

젊은이의 설화가 잠시 멈추어지자, 처음에 태평세월을 노래하던 노인이,

"나는 먼저 가오."

하고 자리에 앉아 있는 노인들을 둘러보면서 급히 일어섰다.

"삼공(三公), 같이 가세나. 한잔 더 하고 함께 가세."

하고 다른 노인이 삼공이라는 노인을 붙들었다.

"안 되겠어. 이 자리에 있을 수 없어."

삼공은 뿌리치고 나와 방 안에 있는 노인들을 돌아보면서 말했다.

"제공은 진의 법을 모르는가? 우어자기시(偶語者棄市)… 나는 쓸데없는 말 지껄이다가 붙들려 죽기는 싫어!"

이 말을 듣고 노인들은 그제야 깨달았다는 듯이 허둥지둥 모두 쫓아 나왔다. 그러고는 작별하는 둥 마는 둥 서로 흩어졌다. 이 광경을 보고 섰던 젊은이는 하늘을 쳐다보면서 껄껄 웃었다.

"황송합니다. 혹시 현공께서 일부러 사람을 보내시어 저를 멀리 이곳까지 찾아오도록 하신 장선생이 아니신가요?"

이때 돌연 곁에서 이같이 말하는 소리를 듣고 젊은이는 하늘을 바라보고 웃다가 몸을 돌렸다. 노인들이 지금까지 문을 열어놓고 이야기하고 있던 방의 뒤곁에서 나온 듯싶은, 키가 열 자나 되어 보이는 장사가 자기 곁에 서 있는 것이 아닌가!

"어디서 오셨습니까?"

젊은이는 놀란 표정으로 물었다.

"여기서 동방 만 리 창해군(蒼海郡)에서 왔습니다."

장사의 대답을 듣더니 젊은이는 나직한 목소리로 말했다.

"저의 성은 장(張)이요 이름은 량(良), 자는 자방(子房)입니다. 여기는 이야기할 곳이 못 되니 저쪽으로 가십시다."

장량은 장사를 술집 앞 큰거리에서 후미진 길로 향하여 조그만 언덕의 푸른 잔디 위로 안내했다.

"여기는 조용한 곳이올시다. 제가 심복 동지를 창해군으로 천하의 장사를 구해보라고 보낸 지가 벌써 삼 년 전이올시다. 장사께서는 존함이 어떻게 되시는지요?"

장량이 장사를 조금 높은 언덕에 앉게 하고 공손히 이같이 물었다.

“저의 성은 여(黎)고 이름은 홍(洪)인데 창해 해변에 살고 있는 고로 사람들이 창해공(蒼海公)이라고 부릅니다. 힘은 그다지 세지 않으나, 일백 근 철퇴를 마음대로 쓸 수는 있으므로 천하의 대의(大義)를 위해 써 보고자 했는데, 작년에 한나라의 장선생이 저희 나라로 보내신 고씨(高氏)를 만나 말씀을 듣고 귀국으로 왔습니다.”

장사는 강철 같은 두 팔로 무릎을 짚고 이같이 대답했다.

“원로에 고생하셨습니다. 동방 창해군은 역사가 깊은 단군 조선(檀君朝鮮) 땅이라 대의(大義)를 존중할 뿐더러 장사가 다수하다 하므로 고씨를 보냈던 것인데, 다행히 존형을 뵈오니 십분 만족하고 다행입니다. 그런데 고씨는 어디로 갔으며 존형은 언제 이곳에 오셨습니까?”

“어제 고씨와 함께 의양(宜陽)에 이르러 선생댁을 찾았더니 선생은 떠나시어 부지거처라 하고, 고씨는 병환이 나시어서 촌보가 곤란할 지경이기에 댁에 들어가 복약하시라 하고 저 홀로 선생의 행방을 찾아 이곳까지 왔습니다. 조금 전에 시장하기에 주점에 들어가 요기하고 있을 즈음 진시황의 무도 광폭함을 설화하는 의논이 있음을 보고 용모와 거동이 비범한 고로 혹시나 선생이 아니신가 하고 인사를 드린 것입니다. 다행히 이같이 만나뵈오니 십분 유쾌합니다.”

하고 여홍은 큰소리로 웃었다. 장량도 따라 웃다가 얼굴빛을 고치고 말했다.

“진시황이 자칭 시황제라 하면서 천하를 통일했다 하지만 이것은 무도 광포한 자가 잠시 약탈한 것일 뿐, 천하는 금방이라도 진시황에게 복수하고자 만백성이 절치부심중입니다. 원수를 갚기 위해서 이를 갈고 있는 육국의 백성들을 위해 선생이 한번 용력하시어 시황을 죽여주신다면 선생의 덕을 육국의 백성들이 앙모할 것이요, 선생의 이름은 천추만대에 빛날 것으로 생각합니다. 만일에 선생의 일신에 불행이 있을지라도 선생의 고향에 천금을 보내어 후고의 염려가 없게 하겠습니다.”

여홍은 여기까지 듣다가 장량의 말을 가로막았다.

"저는 천금을 바라지 않습니다. 천하의 대의를 위해 잔인무도한 자를 제거해버리고자 할 뿐입니다."

그는 힘있게 입을 다물고 장량을 바라보았다. 장량은 여홍의 확실한 승낙을 듣고 일어나 절했다.

"두 번 절하고 사례합니다. 그러면 이제부터 객주를 정하시고 몸을 편히 쉬시기 바랍니다."

장량은 만면에 희색을 띠고 여홍의 손을 잡아 이끌고 객주를 찾아가 그를 편히 쉬게 한 후 몸을 일으켰다.

"여기서 안정하고 계시면, 시황이 이번에 동순하는 길이 이곳 하남 땅인지라 지금 어디쯤에 있는지 염탐해오겠습니다. 하루 이틀 중으로 거사해야 할 것 같습니다."

"그리 알고 기다리고 있겠습니다."

장량의 말을 듣고 여홍도 몸을 일으켜 대답했다.

장량은 사방으로 돌아다녔다. 시황의 행차가 함곡관을 지났다는 소문을 들은 것이 오 일 전 일이었다. 그 후로 어디를 지나서 내일이나 모레 중으로 또 어느 곳에 나타나리라는 예정을 알아야 했다. 저잣거리에 사람 많이 모인 곳과 객줏집, 술집 같은 곳으로 돌아다니다가 밤늦게야 확실한 정보를 손에 쥐었다.

이튿날 그는 여홍의 객주로 찾아가서 여홍과 더불어 일찍이 박랑사(博浪沙)를 향해 출발했다. 내일 한낮 때에는 박랑사의 벌판을 시황의 행차가 지나가리라는 예정이었던 까닭이었다.

두 사람은 걸어서 갔다. 수레를 타든지 말을 빌려 타든지 하여도 무방하리라고 생각되건만 장사꾼 모양으로 변복을 하고 도보로 가는 행색이 사람의 눈에 띄지 않으리라고 생각되는 까닭이었다.

여홍은 백 근 철퇴를 기다란 상자에 넣어 베보자기에 싸서 어깨에 둘러메고 가벼운 듯이 성큼성큼 걸었다. 오십 리를 걸어 어느 언덕 아래에서 그날 밤을 잤다.

이튿날 아침때가 지나서 언덕 위로 올라섰다. 박랑사 넓은 벌판이 언덕 위에서 내려다보였다.

두 사람은 한낮이 되기를 기다렸다.

초조한 가슴을 안고 장량은 이때인가 이때인가 하며 시황의 행차가 나타나기를 고대했다. 창해공 여홍도 장량의 곁에 길다란 상자를 내려놓고 발을 뻗고 앉아 있었다. 그의 큰 눈도 시황의 행차를 고대했다.

해가 하늘 복판에서 내려다보고 있을 즈음에 시황의 행차가 나타났다. 개미떼같이 길고 긴 행렬이 황색기를 날리면서 꼬리를 물고 연달아 오는데, 말과 수레의 수효를 셀 수 없을 만큼 어마어마한 행렬이었다.

이렇게 많은 군사와 시종들을 이끌고 다니느라면 하루에 없어지는 돈이 십만 금이라도 모자라겠다고 장량은 속으로 탄식했다.

"창해공! 저기 앞에 오는 수레가 저같이 많으니 어느 것이 시황이 탄 수레인지 얼른 구별하지 못하겠구려."

장량은 시황의 행차를 한번 살펴보면서 초조한 표정으로 이같이 말했다.

"장선생, 조금 참으시오. 더 가까이 오거든 보십시다."

창해공이 긴 상자를 가까이 놓으면서 대답했다.

두 사람이 이같이 기다리고 있을 때, 행렬은 바로 눈 아래까지 다가왔다. 위세당당한 어림군사가 호위하는, 황라산(黃羅傘)으로 지붕을 덮은 진시황의 수레, 그 수레가 자그마치 다섯 채나 잇대어서 각각 여덟 마리씩의 크나큰 말이 꼬리를 물고 모시어 오고 있었다. 시황이 저 첫째 차에 있을까? 장량과 여홍의 가슴에서 끓는 피는 혈맥을 초조하게 태우는 것 같았다.

"장선생! 이거 도무지 판단이 서지 않습니다그려."

여홍도 잠시 동안 정기를 쏘아보고 있더니 이같이 입을 열었다.

"창해공! 무도 광포한 자는 항상 겁이 있음을 증명하는구려. 용의주도하여 자기를 해칠까봐 저렇게 엄중히 감추었지만, 제 소견으론 저 둘째 수레가 시황이 타고 있는 수레인 것 같습니다."

장량이 이같이 말했다.

"어째서 그렇게 보십니까?"

창해공이 고개를 돌려 물었다.

"첫째나 한가운데나 꼬리는 사람이 노리기 쉬운 곳이오. 그러고 보면 둘째와 넷째밖에 없는데 시황이 넷째에 타지는 않았을 거요. 꼬리 근처에 있을 리 없으니 둘째에 있을 것이라 봅니다."

"그러하십니까? 그러면 저 둘째 수레를 박살내겠으니 안심하십시오!"

창해공은 이같이 한마디 하고 손 빠르게 보자기를 끄르고 상자 속에서 백 근 철퇴를 꺼내 쥐었다.

"조심하십시오. 후사는 염려 마시기 바랍니다."

장량은 여홍의 한 손을 잡으며 떨리는 음성으로 말했다.

"안심하십시오! 대의를 위해 시황을 박살내겠습니다."

여홍은 철퇴를 한 손에 쥐고 자리에서 벌떡 일어섰다. 커다란 회나무 아래에서 두 사람은 굳게 손을 쥐고 작별의 인사를 했다.

여홍은 달렸다. 구름 같다 할까, 바람 같다 할까. 그는 언덕 위로부터 화살같이 내리닥치면서, 어림군사가 발길에 차이는 것도 모르는 듯이 벽력같은 소리를 지르면서 황라산으로 지붕 덮인 둘째 차를 백 근 철퇴로 내리쳤다. 시황이 타고 있는 듯싶은 수레는 깨강정 부서지듯 산산 파편이 되었다.

그러나 시황의 시체는 보이지 않았다. 텅 빈 수레만이 가루가루 되었을 따름이었다.

여홍은 일순간에 결과를 깨닫고 다시 철퇴를 고쳐들고 그다음 셋째 차를 부수려 했다.

그러나 그 순간 어림군사들이 달려들어 창과 칼로 그를 찔러 거꾸러뜨렸다.

일순간에 그는 결박을 당한 채 수레바퀴에 매어졌다.

장군 왕전이 시황의 칙명으로 박랑사 벌판 가운데서 여홍을 심문하기 시작했다.

"너는 무어라 하는 자이고, 어느 땅에 살고 있으며, 누구의 부탁으로 흉행을 했느냐? 바른대로 아뢰어라."

여홍은 어깨와 다리와 팔뚝에서 피를 철철 흘리면서 말했다.

"잔인무도한 진시황을 제거하려 함은 천하의 대의를 위함이요, 대장부 마땅히 해야 할 일이므로 죽이려 했을 뿐이다. 그 이상 아무것도 나에게 묻지 마라. 대답하지도 않겠다."

여홍의 대답하는 음성은 우렛소리와 같이 크게 울렸다. 그러나 왕전은 노하지 않고 똑같은 말을 거듭 물었다.

여홍은 입을 다물고 말하지 않다가 무엇을 결심한 듯이 별안간 벽력 같은 소리를 지르면서 용신을 하더니, 수레바퀴에 자기의 머리를 부딪쳤다. 그의 머리는 두 조각이 났다.

장량은 아까부터 언덕 위 나무 아래에 은신하여 이 광경을 서서 보다가 멀리서 허리를 굽혀 길게 여홍에게 절하고 눈물을 뿌리며 그 자리를 떠났다. 통분하고 원통하고 측은하여 그의 가슴은 터지는 것 같았다.

어느 곳을 향해야 할 것인가? 천하가 넓어도 이제 그는 갈 곳이 없는 것 같았다. 삼사 년 동안 계획해오던 진시황 암살도 허사가 되고 보니 앞길이 캄캄했다. 창해공 여홍이 애석하고 비분하게 최후를 마쳤으나 진나라의 끄나풀들이 창해공의 공모자를 엄중히 염탐할 것은 틀림없는 일이었다.

"창해공의 비분한 영혼을 위로해주기 위해서라도 몸을 숨기고 있어야겠다."

장량은 길을 걸으면서 문득 한 친구를 생각해냈다. 호북(湖北) 땅의 하비(下邳)라는 마을에 있는 항백(項伯)을 찾아가면 당분간은 안전하게 숨어 있게 되리라고 믿었다.

짐작한 대로 항백은 평범한 상인의 행색을 차리고 찾아온 장량을 반가이 맞아들여 자기 집에 묵게 했다. 항백은 초(楚)나라의 장군 항연(項燕)의 아들이었으며, 한나라의 오대 정승집으로 유명한, 장량과는 오래전부터 막역한 사이였다.

장량은 절친한 친구이건만 항백에게 이번 사실을 이야기하지 않았다. 다만 사방으로 돌아다니며 천하를 구경하러 나섰다고만 이야기했다. 하릴없는 장사꾼으로 차린 장량의 말을 항백은 물론 의심하지 않았다.

그는 삼사 일 동안 항백의 집에 유숙하면서 묵은 정담과 고금의 정세를 이야기하다가 하루는 동네 어귀에 걸쳐 있는 다리 위에 홀로 나가 무심히 먼 산을 바라보고 있었다. 해는 서산에 기울어지고 황혼이 땅 위에 덮이는 때인데, 누른 빛 도포를 입은 한 노인이 그의 뒤로 지나가면서 두어 발짝 걸음을 떼더니, 신 한 짝을 떨어뜨리고는 장량에게 말했다.

"아희야, 저 신을 좀 집어다오."

그는 무심한 상태에 있다가 돌연 이같이 자기에게 명령하는 소리를 듣고 노인의 얼굴을 바로 보았다. 흰 수염이 가슴까지 길게 늘어졌고, 머리는 눈빛같이 희었으며, 얼굴은 신선 같았다.

장량은 아무 말 하지 않고 다리 아래로 내려가 그 노인이 떨어뜨린 신을 집어다 발에 신겨주었다.

노인은 잠자코 그대로 걸어갔다. 장량은 서서 노인의 뒷모양을 바라보았다.

노인은 두어 걸음 걸어가더니 또 신의 진흙을 터는 것처럼 발끝을 흔들다가 다리 아래로 한 짝을 떨어뜨리고 뒤를 돌아보며 말했다.

"아희야, 신을 좀 집어다오."

장량은 서슴지 않고 또 집어 그 노인의 발에 신겨주었다. 노인은 다시 걷기 시작했다. 원체 이날은 비 오고 난 뒤인지라 한나절 동안 햇볕이 났지만 땅바닥이 채 마르지 않아 신이 진흙에 달라붙는 터였다.

노인은 다섯 발짝가량 걸어가다가 또 한 짝을 다리 아래에 떨어뜨리고 말했다.

"아희야, 신을 좀 집어다오."

장량은 괴이하다고 생각했다. 이같이 생각하면서도 두말하지 않고 집어다가 또 신겨주었다.

신을 신겨주는 장량을 내려다보던 노인은 정중한 음성으로 말했다.

"너는 마땅히 가르칠 만한 아희다. 배우고자 하느냐?"

"예."

장량은 신을 신기는 손을 놓지도 않은 채 공손히 대답했다.

노인은 발을 옮겨 디디면서 두 손을 놓고 아직도 꿇어앉은 장량을 내려다보며 하는 말이,

"오늘부터 닷새 후에 저기 마주 보이는 저 큰 나무 아래로 아침 일찍이 나를 찾아오너라. 내가 너에게 줄 것이 있다. 절대 약속을 어겨선 안 된다."

하고 돌아서 갔다. 장량은 대답을 하고 일어나 노인의 뒤를 바라보았다. 노인은 이제 신을 흔들지도 않고 걸음걸이도 가볍게 훨훨 걸어갔다. 장량은 이상하게 생각하면서 항백의 집으로 돌아왔지만 친구에게 이런 이야기를 하지는 않았다.

어느덧 노인과 약속한 닷새가 되는 날 새벽, 장량은 해가 뜨기 전에 노인이 지정한 큰 나무 아래에 가보았다. 노인은 벌써 와 앉아 있었다.

노인은 좋지 않은 얼굴빛으로 말했다.

“네가 어른과의 약속을 어기다니 이래서야 어디 쓰겠느냐. 또 오늘부터 닷새 되는 날 아침 일찍 이리로 오너라. 오늘은 더 말하지 않겠다.”

장량은 공손히 인사를 올리고 돌아섰다.

항백의 집으로 돌아와 생각해보았지만 알 수 없는 노인이었다. 처음부터 왠지 모르게 노인에게서 위엄과 압박을 느꼈었다.

때문에 다리 아래에 떨어뜨린 신을 집어오라는 말에 조금도 망설이지 않고 그 신을 집어 신겼었다. ‘오늘은 더 말하지 않겠다’ 하는 말에 그만 또 아무 말도 못하고 돌아오고야 만 자신의 거동을 생각하니 그 또한 자신도 알 수 없는 일이었다.

‘이인(異人)이다! 신선일 것이다!’

장량은 이렇게 생각했다. 그리고 그다음 닷새 되는 날에는 더 일찍 가리라 결심했다.

그러나 약속한 두 번째의 아침 새벽에도 노인은 장량보다 먼저 나무 아래에 앉아 있었다.

“아희야! 너는 어찌하여 어른과의 약속을 이렇게 자주 어기느냐? 그대로 물러가거라. 그리고 또 닷새 후에 일찍 이리로 오너라.”

노인은 진실로 성낸 음성이었다. 장량은 무안하여 그대로 돌아섰다.

다시 닷새째 되는 날 아침에는 날이 밝은 뒤에 가는 것보다 그 전날 저녁부터 나무 아래에 가서 밤을 새우는 것이 확실하리라 생각하고, 초저녁부터 나무 아래에 가서 앉았다.

밤이 깊은 뒤에 이지러진 달이 중천에 높이 걸리고 만리가 구적한데 시원한 바람이 나무 수풀 사이로 불어올 뿐이었다. 장량은 무심히 하늘만 보고 앉아 노인을 기다리고 있었다.

얼마 동안이 지났는지 몰랐다. 밤이 새기도 전에, 첫닭이 울려면 아직도 멀었는데 달빛 아래에 노인의 모습이 신을 끄는 소리와 함께 나타났다. 나무 아래로 향해 점점 가까이 오는 노인의 형용은 참으로 신성해 보였다. 흰 머리 위에 높다란 관을 쓰고, 긴 소매의 도포를 입고, 한 손에 길다란 대나무 지팡이를 짚고 장량의 눈앞에 가까이 오고 있는 노인은 이 세상 사람 같아 보이지 않았다.

"오늘은 네가 나보다 먼저 여기 와 있을 줄 알았다."

노인은 웃으면서 먼저 이렇게 말을 하고 일어나 절하는 장량을 내려다보았다.

장량은 절을 하고 나서 다시 꿇어앉아,

"선생님!"

하고 불렀다. 웬일인지 달빛 아래에서 세상을 초월해 보이는 거룩한 노인의 자태에 저절로 고개가 숙여졌던 것이다.

"선생님! 배우고자 합니다. 가르쳐주십시오!"

그는 겨우 이 말밖에 하지 못하고 목이 메었다. 오대(五代) 정승의 집으로 한나라의 귀족이던 그의 집안이 왕실과 함께 망해버린 뒤에 십여 년 동안 집안도 돌보지 않고 진시황에게 복수하기 위해 오늘날까지 헤매고 다니던 자신의 마음을 알아줄 사람이 누구인가. 신선 같은 이 노인뿐이다—아마 이같이 느꼈음이리라.

"아희야!"

신선 같은 노인은 삼십이 훨씬 넘은 장량을 역시 '아희'라고 불렀다.

장량은 고개를 들어 노인의 얼굴을 바라보았다.

"저 하늘을 바라보아라. 둥그냐? 모지냐? 얼마만큼 크다고 생각하느냐?"

노인은 대지팡이를 들어 하늘을 가리키며 이같이 물었다. 장량은 이지러진 달과 총총한 별빛을 바라보면서 대답할 말을 찾지 못했다.

"둥글지도 않고 네모진 것도 아니요, 무한하고 무변하여 그 끝이 없으니 얼마만큼 큰 것인지 알 수 없습니다, 선생님!"

"그러하리라. 무변광대한 천지 사이에 티끌과 같은 인생이 무엇을 알리요! 다만 네가 하고자 하는 일이 무엇이뇨!"

노인은 지팡이를 내리고 이같이 물었다.

"선생님! 저의 조부와 부친께선 한왕의 녹을 먹었는지라 진시황에게 원수를 갚고 천하를 바로잡고자 하는 일뿐입니다."

그는 호소하는 듯 애원하는 듯 이렇게 말했다. 노인은 달빛 아래 백옥 같은 장량의 얼굴을 내려다보며 고개를 끄덕였다.

"그런 줄 알았다. 지나온 너의 잘못은 때를 모르고 일하려 한 것이다. 창해 역사의 힘을 빌려 진시황을 죽이려 한 것도 그것이다."

노인은 잠시 하늘을 쳐다보더니 다시 말을 이었다.

"때를 알면 이치를 알고, 이치를 알면 운을 안다. 천지의 기운과 인간 세상의 기운과 저 한 몸의 기운이 합해서 무엇을 지어내고, 헤어져서 무엇을 깨치고, 흘러서 다시 무엇을 이루는지 무궁한 조화를 깨닫고 이에 통하지 않고서는, 오고 또 가는 것이 자유자재하고, 삶과 죽음이 하나요 둘이 아님을 깨닫지 못하는 것이다. 가벼울 때 가볍고, 무거울 때 무겁고, 가늘 때 가늘고, 굵어야 할 때 굵어질 수 있겠느냐? 너는 네 몸과 마음을 그같이 가질 수 있겠느냐?"

"예, 그렇게 할 수 있겠습니다. 다만 어느 때가 그러한 때인지 정확히 알지 못할 뿐이옵니다."

"그러하리라. 봄날은 추워도 싹이 트고 가을날은 따뜻해도 단풍지며, 씨를 뿌리면 싹이 나되 거두지 아니하면 시들어 사라진다. 사람이 왔다가 또 가는 것이 이와 같은데 하필이면 네가 진시황에게 원수를 갚고 천하를 바로잡아보고자 함은 무슨 까닭이냐?"

노인의 말과 우렁찬 음성은 밝은 달빛 아래 한층 더 위엄 있게 들렸다.

장량은 머리를 숙였다. 땅 위에 길게 그려진 노인의 달그림자에서 무

엇을 찾으려는 듯이 그는 땅바닥을 보다가,

"선생님! 아무 까닭도 없습니다. 다만 사람 된 죄뿐입니다."

하고 대답했다.

"네 말이 옳다! 네가 사람으로 태어난 죄일 뿐이다."

노인은 한 손으로 지팡이를 땅 위에 굳게 짚고 한 손을 품 안에 넣어 무엇을 찾더니,

"아희야, 이것을 네게 주겠다. 열 번 백 번 읽어라. 이 세상 일을 모두 알게 되리라."

하면서 장량에게 책 세 권을 내밀었다. 장량은 무릎 꿇고 두 손으로 그 책을 공손히 받았다.

"선생님, 때라 함은 음양(陰陽)이 아니옵니까? 천지 우주에 음양이 있음을 알지 못하는 사람이 없을 것이온데, 저에게 하필 이 뜻을 말씀하시는 것은 무슨 까닭이옵니까?"

장량은 서슴지 않고 이같이 물었다. 노인은 천천히 입을 열었다.

"내가 진실로 너에게 말한다. 때라 하는 것, 음양이라 하는 것은 천지 우주 시초의 이치요, 또 궁극의 이치다. 좁히면 한 주먹 속에 들고, 키우면 우주에 가득히 차는 이치다. 우주 만물이 이에서 생겼고 지금 너의 손톱 끝에도 변함없이 최초이며 궁극에 귀착하는 이치가 감돌고 있는 것을 깨달아야 한다. 내가 네게 이런 말을 하는 것은 진시황은 춘추 전국시대가 끝나게 될 때이므로 세상에 나타났고, 그가 아직 갈 때가 아닌데도 그것을 알지 못하고 창해 역사를 시켜 네가 죽이려 했으므로 이런 말을 이르는 것이다. 그런고로 먼저 저를 알고, 둘째로 남을 알고, 끝으로 때를 알아라! 만일 이같이 한다면 제왕(齊王)을 도운 노중련(魯仲連)보다도, 월왕(越王)을 도운 범려(范蠡)보다도 너의 이름이 일월(日月)과 같이 빛나리라. 나는 이제 너에게 하고자 했던 말과 물건을 전했으니 돌아가겠다."

노인은 말을 마치더니 돌아서려 했다.

"선생님! 존함이 어떻게 되시온지, 또 어느 때 찾아뵈옵게 되올는지…."

장량은 손을 내밀어 옷소매를 붙들고 싶은 듯이 황망히 이같이 물었다.

노인은 돌리려던 몸을 멈추고 땅에 꿇어앉은 장량을 내려다보며 말했다.

"앞으로 십 년 후에 너는 반드시 크게 뜻을 이룰 것이다. 십삼 년 뒤에는 천곡성(天谷城) 동쪽에다 한 사람의 나라 임금을 장사 지내게 되리라. 그때 너는 그 빈터에서 누른 빛깔 나는 커다란 돌멩이를 한 개 보게 될 것이다. 그 누른 돌멩이가 바로 지금의 나다. 그것이 나다!"

노인은 말을 마치고 홀연히 사라졌다.

장량은 앞을 찾아보고 공중을 둘러보았으나 노인의 자취는 어디로 사라졌는지 보이지 않았다. 망망한 바다와 같은 하늘에는 이지러진 달이 서쪽으로 기울고 있을 뿐이요, 첫닭의 울음소리가 멀리서 들릴 뿐이었다. 장량은 뻐근한 가슴을 한 손으로 누르면서 한 손에 들고 있는 책 세 권 위로 눈을 떨어뜨렸다. 황제소서(黃帝素書) 육도(六韜) 삼략(三略), 책 겉장에 이같이 쓰인 것을 그는 언제까지나 들여다보고 앉아 있었다.

간신의 흉계

시황은 정승 이사에게 동군(東郡)에 살고 있는 육백여 호의 백성들을 모두 죽여버리라고 하명했다. 하늘에서 별똥이 떨어졌는데, 그 돌 위에 '시황사이지분(始皇死而地分)'이라는 여섯 자를 써놓은 놈을 찾았으나 어느 놈의 소행인지 알 길이 없다 하므로 석수장이를 시켜 그 바윗돌을 쇠망치로 두드려 부숴버리게 하고, 또 그 근처에 살고 있는 육백여 호의 주민들 중에서 여러 놈이 이같이 불측한 장난을 했을 것이 분명하니 그놈들을 모조리 죽여버리라 한 것이다. 칠 년 전에 두 번째로 동순했을 때 박랑사에서 철퇴로 자기가 타고 앉아 있는 바로 앞 차를 분쇄한 소위 '창해 역사'라는 자의 공모자를 잡기 위해 십여 일 동안 이 잡듯이 뒤져보게 했건만 한 놈도 잡지 못한 것을 그는 항상 분개하고 있었다. 그리고 그때에도 박랑사 근방의 주민들을 모조리 잡아 죽이지 않았던 일을 후회했다. 만일 그때 자신이 세 번째 수레에 있지 않고 두 번째 수레에 타고 있었더라면 자신은 참혹한 최후를 당했을 것이다. 주도면밀한 타산을 일순간에 해버리기 좋아하는 자신이었기에, 그래서 세 번째 수레에 타고 있었기에 불행을 면하게 된 일은 지금 생각해도 찬물 방울이 등에 떨어지는 것 같은 느낌이었다.

그 후로 그는 천하를 순시하는 일을 중지했다. 그러나 통일된 육국의 잔당이 아직도 여기저기서 난동을 부리고 있지만 두려울 것이 없다는 굳은 신념이 결국 그로 하여금 박랑사의 흉변이 있은 후 삼 년 만에 두 번째의 북순(北巡)을 감행시켰다. 장성을 수축하는 몽념으로 하여금 공사를 진행하는 일방, 오랑캐들과 접전을 하게 하여 적지 않은 강토를 얻은 것도 이때다.

'해와 달과 함께 진시황의 천하는 영원히 지상에 번영하리라.'

그는 더욱 이같이 믿었다.

위하와 기수의 두 강물을 궁정 안에서 흐르게 하고, 여산에서 함양까지 삼백 리에 뻗쳐 지붕처마와 복도가 연달아 잇닿은 아방궁의 조영도 공사 시작한 지 칠 년 만에 완성되었다. 아름드리 나무를 촉(蜀:四川省)산에서 벌목하여 팔백 리를 운반해 내려다가 재목을 만들어 조영토록 한 아방궁이 이만큼 빨리 완성되리라고는 자신도 예측하지 못한 일이었다.

'시황제의 위엄이요, 복력이다!'

그는 이렇게 믿었다. 글자 그대로 육국(六國)이 끝나니 사해(四海)가 하나요, 촉산(蜀山)이 벌거벗으니 아방(阿房)이 생겼건만, 시황은 생각하기를 이는 모두 자신의 호령으로 생긴 것이지 그 이상의 아무것도 아닌 일이라고 생각했다.

그런데 별똥이 떨어진 돌 위에다 불경망측한 문자를 쓴 놈이 있다 함은 하늘을 모르는 백성이 아니냐. 이따위 백성은 땅이 용납하지 아니할 것이니 그 부근의 주민을 모조리 없애라 한 것은 당연한 일이라고 그는 믿었다. 그리하여 작년에 떨어진 별똥 사건은 육백여 호 주민의 참형으로 끝을 맺게 하고, 시황은 세 번째 동순의 행차를 단행하기로 결심했다. 직례성(直隷省) 일대의 동군이 그의 마음에 항상 불안을 주는 곳인 까닭이었다. 찌는 듯한 햇볕이 이글이글 타는 때였다.

시황의 행차가 서주(徐州) 땅에 이르렀을 때 서주 백성들이,

"천자께옵서 하람하시기를 원하옵니다."

하고 진상한 벼포기가 한 다발 정승 이사의 손으로 시황의 안전에 당도했다. 시황이 그 볏줄거리를 세어보니 한 줄거리에 아홉 개의 이삭이 달려 있는 벼포기만 한 묶음을 추려온 것이었다.

"짐이 천하를 통일한 뒤에 하늘이 서광을 주심이다. 사기에 기록할 대길한 징조이니 이 벼를 가져온 백성들에게 후한 상을 주어라."

시황은 대단히 기뻐했다. 한 줄거리 벼포기에 아홉 개의 이삭이 달리다니, 이 같은 상서는 요순(堯舜) 때에도 기록된 일이 없는 대길조라며 무척 흡족해했다.

서주를 거쳐 패현(沛縣)을 지날 무렵, 시황은 팔 년 전에 처음으로 동순했을 때 보이던 것과 같은 왕기가 그곳 하늘 위에 보이는지라, 정승을 수레 앞으로 불렀다.

"이곳에 왕기가 있으니 반드시 이인이 있을 것이라 생각되오. 경은 군사를 시켜 백성들의 집을 뒤져 이인을 잡아 죽여버리시오."

"신은 생각하옵기를 폐하께옵서 작년의 운석 문제로 동군 주민 육백여 호를 참형케 하신 일이 불과 수개월 전이온데 지금 또 동군에 거동하시어 집집을 뒤지게 하시면 백성이 불안하여 소동하올 것이니 불가하다 생각되옵니다. 길조·흉조·왕기·서기 하는 것은 모두 보기에 달렸고 생각 나름이 아니옵니까? 황송하옵니다."

이사가 이렇게 수레 아래 굽히고 서서 아뢰는 말을 듣고 시황도 번득 마음을 돌이켰다.

"경의 말이 옳소. 볼 나름… 생각 나름이야!"

하고 시황은 다시 멈추었던 행차를 진발하라고 명했다. 동군 각지를 돌아다니면서 민정을 관망했으나 수일 동안은 아무 일이 없었다.

수레가 태주(兌州)에 이르렀을 때 날이 어두워졌으므로 그는 행차를 멈추게 하고 그 밤을 전날같이 편히 쉬기로 했다.

수라상을 물리고 수레에서 내려와 땅 위를 거닐며 정승을 데리고 장성의 수축 공사 이야기를 들었다. 성벽의 넓이가 사람 열 명이 말을 타고 나란히 달릴 수 있게 되었다는 보고를 듣고 그는 만족해했다.

"장성이 완성되는 날에는 북방 오랑캐 걱정이 없으리라."

그는 혼잣말처럼 말했다.

"폐하의 성덕은 장성보다도 강하온데 북방 오랑캐가 무슨 염려이옵니까?"

뒤에 모시고 섰던 근시 조고(趙高)가 늙은 얼굴에 교활한 눈빛으로 이같이 시황에게 아첨했다. 시황은 빙그레 웃었다.

하늘의 별들을 한참 바라보다가 시황은 정승과 근시를 물리치고 수레 속으로 올라가 잠자리에 들었다.

얼마 동안이 지났는지 대중할 수 없으나 그는 망망한 창해가에서 용신(龍神)을 만나 파도 위로 달음질치며 도망하기에 죽을힘을 다하는 판인데, 별안간 하늘로부터 붉은 용의 대가리가 구름 속에서 쑥 나오더니 한입에 자신을 꼴딱 삼켜버리고 말았다. 그는 깜짝 놀라 꿈을 깨었다. 시황은 전신에 땀이 흘러 자리옷이 후줄근하게 젖은 것을 깨달았다. 맥이 풀리고, 정신이 혼몽하고, 골이 쑤시고, 눈이 잘 안 보이고, 숨이 가빠졌다. 눈을 비비고 머리를 쳐들려고 해보았으나 머리를 일으킬 목의 기운도 부족했다. 다리를 뻗어보려고 했으나 무릎이 꼿꼿이 펴지지도 않았다.

"아하…."

시황은 짧은 한숨을 쉬었다. 이상한 일이었다. 바다물결 위로 도망치는 자신을 하늘에서 용의 입이 나와서 꼴딱 삼켜버리다니, 이 무슨 괴상한 꿈이냐. 다시 한 번 꿈생각을 해보니 소름이 끼쳤다.

시황은 눈을 감았다. 혼몽한 정신 속에 생각나는 것은 동해를 메운 일이었다. 옛 황하 출구를 키우기 위해 큰 역사를 시킨 것이 용신을 건드린 일이 되었나보다! 이 같은 추측이 머리에 떠올랐다.

그는 자신이 만승천자요, 삼황오제 못지않은 영특한 임금이라고 자신하지만, 천제(天帝)와 용신 앞에서는 심판을 받는 미미한 존재—인간이라고 믿었다.

'짐이 잘못했다. 동해를 메운 것이 잘못이었다.'

그는 한숨을 쉬었다. 돌아누울 기운도 부족한 듯이 그는 괴로워하다가 날이 밝을 무렵에 빨리 행차를 재촉했다. 한시바삐 불길한 이 땅을 떠나고자 함이었다. 수레가 사구(沙邱) 땅에 이르렀을 때 시황은 자신의 생명이 이제는 다하였다는 예감을 느꼈다.

수레 속으로 정승 이사를 불러들여 침방 곁으로 가까이 불렀다.

"아마도 짐의 수명이 다했나보오. 작년에 동해를 메우게 했더니, 그때 아마 용신의 노염을 샀던가보오. 내 꿈에 용신과 싸우다가 이 병을 얻었으니 심상치 않은 병이라 회춘하기 어려울 것이오. 그러하니 짐이 붕하거든 태자 부소로 하여금 제위에 오르게 하여 천하를 잃어버림이 없게 하기 바라오. 태자 부소는 인자하니까 허물은 없을 것이오."

이같이 부탁했다.

"천하 만민이 성수무강하시기를 비옵는데 신이 불초하여 성려하심이 극하시오니 죄당만사(罪當萬死)로소이다."

이사는 눈물겹게 아뢰었다.

"아니오. 경의 충성을 짐작하오. 이것을 태자에게 전해주오. 속히 상군(上郡)으로 인마를 보내 부소를 오게 하기 바라오. 짐의 유언을 경홀히 생각하지 말고 지금 경에게 이른 말을 속히 기록하기 바라오."

시황은 이같이 말하고 허리에서 옥새를 끌렀다. 그의 팔이 힘없이 떨렸다.

이사가 시황의 조칙을 기록하는 사이에 시황은 두어 번 허공을 잡는 듯이 손을 내어젓다가 눈을 감았다. 두 팔을 이불 위에 던지고 눈을 감았다.

이사는 시황의 숨이 끊어지고 체온이 식고 사지가 굳어버린 것을 알고 조고를 불렀다.

"폐하께옵서 승하하시다니…."

이사와 조고 그리고 내관(內官) 다섯 사람의 입에서는 하나같이 천만의외의 슬픔과 탄식이 흘렀다. 그러나 일세를 소란케 하던 그는 육국의 백성들이 이를 갈고 미워하는 가운데서 불사약을 구경하지도 못한 채 이 세상에 태어난 지 오십 년 만에 물방울의 물거품이 사라지듯이 마침내 이 세상에서 사라져버린 것이다. 진시황 삼십칠년 서력기원전 이백십년 칠월 십삼일이었다.

이사와 조고는 시황의 침상 옆에서 그 시체를 비단으로 덮으며,

"국장을 발하지 말자."

이같이 의견이 일치되었다. 시황의 수레를 모시던 내관 다섯 명에게도 시황이 생존해 있는 것처럼 모든 행동을 전일과 같이 하라고 분부했다. 시황이 순시 중에 노상에서 숨을 거두었다는 불행한 소문이 세상에 퍼지면 흉측한 변괴가 일어날 것 같은 불길한 예감이 정승과 근시의 머릿속을 때리는 까닭이었다.

찌는 듯한 더위로 인하여 시황의 시신이 부패되기 쉬운 고로 온량차(溫涼車)로 시황을 모시게 하고, 그래도 파리와 벌레가 모여드는 것을 가리기 위해 온량차 뒤에 생선과 포를 가득히 실은 수레를 따르게 했다. 아침과 저녁의 수라 때에는 여전히 수라를 받들게 했다.

이튿날 조고가 이사를 찾아와서,

"대장부 하루도 권세가 없어서는 안 되는 줄 압니다. 권세 없으면 지체 없어지고, 황금도 없어지고 일신이 위태합니다. 그런고로 이제 폐하의 유조(遺詔)를 고쳐 태자 부소를 폐하고, 차자 호해(胡亥)로 황제를 계승하게 함이 어떠합니까?"

하고 절반은 꾀는 듯 절반은 어르는 듯이 의논했다. 그의 눈빛이 교활하게 빛났다.

"그거야 될 말이오? 선제의 유조를 신하 된 자의 몸으로서 어찌 개작할 수 있단 말씀이오. 망국할 언사는 그만두시오."

이사는 냉정히 거절했다.

"그러면 정승의 재주와 지혜를 몽념 장군과 비교해서 어느 편이 태자 부소의 총애를 받을 것인가를 생각해보시었소?"

조고의 뜻밖에 나오는 질문을 받고 이사는 생각해보았다.

"나는 몽념을 따르지 못합니다."

이 대답을 듣고 조고는 말을 계속했다.

"그러기에 하는 말입니다. 태자 부소는 명석하고 결단성이 있습니다. 정승과는 전부터 사이가 좋지 못했으니까 황위에 오르면 반드시 족하를 정승의 자리에서 치워버리고 몽념을 정승 자리에 앉힐 것이오. 그때 족하는 서인(庶人)이 되어 필경에는 박해를 받을 것이니, 이렇게 될 것을 어찌 미리 깨닫지 못하시오?"

"그렇지만… 족하의 말씀도 일리가 있지만, 선제 폐하의 유조를 개작하기가…."

이사는 주저했다. 하지만,

"선제의 유조를 그대로 받들면 족하의 일신이 위태하고, 유조를 개작하면 일신이 편안하고… 그러니까 둘 중에 하나를 택하라는 말이외다."

조고의 이 말 한마디에 이사는 그만 고개를 끄덕이면서,

"옳은 말씀이오!"

하고 찬성했다. 두 사람은 호해가 있는 수레로 찾아가서 자기들이 지금 의논하고 온 일을 말하고 호해의 승낙을 구했다. 그러나 호해는 단호하게 거절했다.

"비록 부귀(富貴)가 좋기로서니 형을 폐하고 아우가 서는 것은 패륜(悖倫)이요, 부친의 유언을 거역하는 것은 불효(不孝)요, 사람의 지위를 빼앗고 그를 해친다는 것은 불인(不仁)이니, 이 세 가지는 이치에 거슬리고, 법을 배반하고, 천하 만민이 불복할 것이므로 못하겠소."

조고는 호해의 대답을 듣더니 서슴지 않고 유창한 어조로 말했다.

"그렇지 않습니다. 조그마한 절조(節操)를 지키다가 천하의 대사를 잃어버리고, 작은 의리에 구애되어 멀리 도모(圖謀)하는 것을 망치는 것은 현명하지 못한 사람의 일이라고 말합니다. 때는 놓치지 말아야 하며, 권세는 남에게 맡겨서는 안 되는 법이올시다. 속히 마음을 정하시기 바랍니다."

호해는 조고의 이 말을 듣고 한동안 생각해보더니,

"모르겠소. 경들이 잘 의논해서 하시오."

하고 이사와 조고를 번갈아 보았다. 이것은 두 사람의 뜻대로 좇겠다는 찬동을 의미하는 것이었다.

조고는 호해의 허락을 듣고 늙은 얼굴에 주름을 잡아가며 기뻐했다. 즉시 이사와 함께 시황의 유조를 개작하기 시작했다.

> 삼십칠년 칠월 십삼일 시황제 조하여 가로되, 삼대는 효도로써 천하를 다스림을 근본으로 하나니, 아비는 이로써 윤리를 세우며, 아들은 이로써 직분을 다하거늘, 이 같은 이치를 거스르면 도가 아니다. 장자 부소는 우러러서 덕을 받들지 못하고 강토를 넓혀서 공을 세우지 못하고 감히 비방한 글을 올리고 크게 광역했으니 부자의 정리로는 가긍한 바 있으나 조정의 법으로는 용서치 못한다. 그러므로 이미 조하기를 호해로써 태자를 삼고 너는 한낱 서인을 만들어 약주와 단도로써 자결케 하는 바이며, 장군 몽념은 군사를 이끌고 변경에 있으면서 나라의 위업을 떨치지 못하니 마땅히 죽일 것이로되 장성의 수축이 완성되지 못한 고로

잠시 두고 공사를 마치게 한다. 이에 조하여 보이는 바이니 마땅히 모든 것을 생각하여 알아서 하라.

이사와 조고는 염락(閻樂)이라는 자를 불러 약사발과 단도를 주어 상군으로 보냈다. 염락도 시황이 죽은 줄 모르는 자이라, 황제의 수레 앞에서 칙령을 받들고 말을 달렸다.

동념의 군감이 되어 상군에 와서 아홉 해 동안이나 장성 수축 공사를 감독하고 있던 태자 부소는 칙사를 멀리 마중 나가 인도해 들어와서 황제의 조서를 읽고 즉시 약을 마시고 죽으려 했다.

그때 몽념 장군은 태자를 붙들고, 지금 폐하께서 동순하시는 중에 별안간 까닭도 없이 이 같은 조서를 내리신 것은 의심스러운 일이니 순행하시는 곳으로 가 폐하를 뵈옵고 진가를 안 뒤에 자결해도 늦지 않는다고 권했으나, 부소는 이미 조서가 내렸고 쫓아가서 진가를 따진다는 것은 더욱 불효를 더하는 일이니 그리할 수 없다면서 끝내 자결하고 말았다. 곁에서 장군 몽념의 통곡하는 것을 보고 칙사 염락은 즉시 사구 땅으로 돌아와 태자 부소가 자결하던 전말을 상세히 보고했다.

"우리 두 사람의 일이 되었소이다!"

조고는 이사에게 이렇게 말하며 독한 웃음을 지어 보였다. 이사도 속마음으로 안심했다.

시황의 행차는 마치 살아 있는 듯이 사구를 떠나 함양으로 향했다.

시황의 시체가 함양궁으로 돌아온 뒤에 이사와 조고는 발상을 했다.

'시황제 폐하 붕어하시다.'

만조의 백관이 사흘을 두고 곡을 했다.

이사는 천하에 시황의 유조를 발표하여 차자 호해로써 황위에 오르게 함을 알리고, 이 해 구월에 여산 아래에 국장을 굉장하게 모셨다.

주위 팔십 리 고(高) 오십 척의 땅을 파헤쳐 정전(正殿)·내전(內殿)·

침전(寢殿)을 축조하고, 침전 속 시황의 시체가 들어 있는 석관을 안치할 곳에 호를 파고 이 속에 물 대신 수은(水銀)을 가득 부어 마치 깊은 연못 가운데 석관이 놓인 것처럼 만들게 했을 뿐 아니라, 석관이 들어 있는 침전 내부의 동서에는 해와 달을 진주(眞珠)로써 가마솥만하게 크게 꾸며 걸게 했으며, 정전과 내전에는 시황이 평소에 즐기던 갖은 보화와 온갖 재물을 모조리 장치하는 외에 자식이 없는 궁녀와 평소에 시황의 사랑을 받던 궁녀를 뽑아 순장하게 했다. 사백 명의 산송장과 수만 개의 보물과 수십만 명의 피와 땀이 바쳐졌다.

이세(二世) 황제 호해는 조고와 이사 두 신하의 음흉한 덕택으로 황제가 되었지만, 자결해버린 그의 형 부소와 함께 북방에서 장성을 수축하고 있는 몽념 장군이 그의 수하에 정병 삼십만 명을 거느리고 있는 것을 염려하지 않을 수 없었다.

여산의 능이 완성될 때부터 이세는 앞일을 조고와 상의했다.

"몽념 장군의 가족과 동지들이 성중에 있으니 내외 상응하면 변을 일으키기 쉽습니다. 먼저 몽념 장군의 구족(九族)을 멸해버리소서."

조고의 은근한 충언이었다.

이세는 즉시 하령하여 몽념 장군의 가족을 위시해서 외가·처가와 그들의 삼족을 합쳐 구족을 잡아 옥에 가두게 했다. 이세는 시황이 간단하고 명확하게 목전의 일을 처결하고 다음 순간에는 다른 일을 생각하는 행습을 본받기는 했으나 성질은 완전히 닮지 못했던 것이다. 그래서 몽념 장군의 구족을 잡아 가두기만 하고 속히 죽이지는 않았다.

북방 상군에서 이 소식을 들은 몽념은 기가 막혔다.

'어이할까….'

몽념은 분노와 비애를 참지 못해 즉시 서울 함양으로 쳐들어가서 이세 황제와 조고 이하 모든 간신들을 무찔러버리고 싶은 충동을 받았다. 그러나 그의 양심이 그것을 허락하지 않았다.

'못하겠다! 선인들의 가르치심이 이러하지 아니하고, 선제 폐하에게 받은 바 은혜가 무거우니 내 어찌 그럴까보냐.'

몽념은 드디어 이렇게 생각하고 독약을 마시고 자결해버렸다.

몽념 장군이 죽은 소식이 함양궁에 이르렀다. 이세 황제는 그 보고를 듣고 몽념이 없어진 뒤에 구태여 그의 구족을 멸할 것까지는 없다 생각하고 그들을 멀리 촉 땅으로 귀양 보내두라고 하명했다. 형이 없어진 뒤에 오직 남아 있는 몽념마저 없어졌으니 이제는 두려울 것이 없었다.

술. 노래. 궁녀.

낮이나 밤이나 이세 황제의 쾌락과 유흥과 음탕은 계속되었다. 마치 천년만년이나 계속되는 것처럼….

포로가 된 왕손

진시황의 이름은 정(政)이요, 성은 여(呂)이었다.

그의 선대는 본시 성을 영(嬴)이라 했으니 주효왕(周孝王) 십삼년에 비자(非子)라는 사람으로 하여금 산악이 중첩해 있는 진땅—섬서성(陝西省)—을 지키게 하고 말과 소, 양 같은 것을 기르게 하면서 '영'이라는 성을 쓰게 한 것으로 시작된다. 지금으로부터 이천팔백 년 전, 서력으로 기원전 구백년경의 이야기다.

그런고로 시황 '정'의 성도 '영'이어야 하겠는데 '여'인 것은 무슨 까닭인가? 이야기는 시황이 죽은 날로부터 오십삼 년 전으로 돌아간다.

이때는 진의 소양왕(昭襄王) 사십칠년이었다. 소양왕의 차자 주(柱)의 아들은 이십여 명이 있었는데 그 중에 이인(異人)이라는 아들이 인물이 똑똑했다.

이인은 나이 이십이 넘었고 전쟁하는 데 종군도 하고 싶고 해서, 장군 왕전(王翦) · 왕흘(王紇) 두 사람이 군사를 이끌고 조(趙)나라를 공격하는 싸움에 따라갔다.

조나라에서는 염파(廉頗)라는 장수를 시켜 진의 공격을 막았다. 염파는 다른 나라에서 구해볼 수 없는 훌륭한 장군이었던 까닭으로 왕전 · 왕흘도 고전하다가 후방 본영에 있던 이인을 염파에게 포로가 되어 붙들려 가게 했던 것이다. 소양왕은 이미 늙었고, 태자는 죽은 지 얼마 안 되므로 둘째아들 주가 안국군으로 봉해져 있지만 당연히 태자가 될 것이요, 소양왕이 죽으면 으레 왕위에 오를 형편이며, 그렇게 되는 날에는 이십여 명의 아들 가운데서 누구를 태자로 삼겠느냐 함은 전혀 알 수 없는 실정이었다. 이런 형편인데 이인이 우연히 종군하다가 포로가 되었던 것이다.

조나라의 혜문왕(惠文王)은 진나라의 왕손을 포로로 잡아온 것을 보고 즉시 죽이려고 했다. 그러나 인상여(藺相如)의 간하는 말을 듣고 이인을 죽이지 않고 공손건(公孫乾)이라는 신하의 집에 보호해두게 했다. 다음날 진나라와 무슨 일이 있을 때 이 포로를 이용하자는 방침이었던 것은 물론이다.

조나라 서울 한단에서는 진나라 왕손이 포로가 되어 공손건의 집에 머물러 있다는 소문이 대궐로부터 흘러나오자 길을 가던 행인들이 걸음을 멈추고 기다리는 형편이었다.

"강한 진나라와 싸워서 이겼다! 진 소양왕의 손자가 인질이 되었단다."

모든 백성이 기뻐했다. 서로 치하도 했다.

이럴 즈음에 대궐 안에서 공손건의 일행이 말을 타고 큰길로 나왔다. 안장 위에 높이 앉아서 앞서 오고 있는 사람이 대부(大夫) 공손건이고, 그 뒤에 나이는 젊고 비록 몸은 야위었지만 위엄 있게 말 위에 앉아 따라오는 청년이 이인이었다.

'잘났다!'

구경꾼들은 모두 이같이 느꼈다.

뚜렷한 눈, 오뚝한 코, 큰 귀, 긴 아래턱, 그리고 늠름한 기상… 과연 잘생긴 얼굴이요, 고귀한 태도였다.

"허, 과연 기이하게 잘생긴 귀인이로다. 후일에 반드시 제왕(帝王)이 되리라….”

구경꾼 중에서 이인의 모습을 보고 이같이 감탄하는 나이 삼십이 넘어 보이는 사람이 있었다. 이 사람의 이름은 불위(不韋)요, 성은 여(呂)였다.

여불위는 첫눈에 이인의 운명을 판단했다. 그는 한단 서울에서 자신의 집이 있는 양적(陽翟)으로 돌아오는 길에 행인들에게서 들은 이야기를 종합해보고 비로소 최근의 진상을 알았다. 오랫동안 집을 떠나 타국으로 다니며 장사를 하다 왔기 때문에 그동안 지나온 일을 몰랐던 까닭이었다.

“오늘 기화(奇貨)를 발견했구나!”

그는 혼잣말로 중얼거리며 길을 걸었다. 그는 최근 수년 동안 보물과 비단을 구해 굉장한 이익을 남긴 경험이 풍부한 장사꾼이건만, 오늘 발견한 기화는 보물에 비교할 것이 아니라고 단정했다. 그래서 집에 돌아오는 길로 먼저 부친이 앉아 있는 방으로 갔다.

“아버지, 밭을 갈고 농사짓는 이익을 몇 배로 보십니까?”

불위의 갑작스러운 질문에 부친은 글씨 쓰는 연습을 하던 붓을 멈추고 자식의 얼굴만 한참 동안 멍하니 바라보더니,

“음, 농사짓는 이익은 십 배는 되느니라.”

이같이 대답했다.

“그러면 보물과 비단을 무역해서 파는 장사는 그 이익을 몇 배로 보시나요?”

불위는 또 물었다.

“비단과 보물 매매는 그 이익이 백 배라고 말할 수 있지.”

부친은 간단히 대답했다.

“그러면 한 나라의 주인을 세우고 그 나라를 완전하게 정하면 그 이익은 얼마나 될까요?”

불위가 연달아서 예상치 않은 질문을 하자 부친은 붓대를 탁자 위에 놓으며 반문했다.

"그게 무슨 말이냐? 어찌해서 그런 말을 묻는 것이냐?"

불위는 오늘 큰길에서 진의 왕손 이인을 보고 생각했던 전말을 부친에게 말했다.

"그래서 저는 생각하기를 진 왕손이 장래에는 반드시 진왕이 되겠는데 지금 우리나라에 인질이 되어 있으니, 천금을 아끼지 않고 고관들을 매수해서 이인으로 하여금 진국으로 돌아가게 하고, 안국군으로 하여금 이인을 태자로 삼게 하면 후일에 이인이 진왕이 될 것이니 소자의 이익이 크지 않겠습니까?"

부친은 아들의 말에 고개를 가로저었다.

"입주정국(立主定國)은 그 이익이 불가형언이다. 그러나 그런 일을 꾀하다가 잘못하면 패가망신할 뿐만 아니라 생명을 보전하기가 어려워…."

불위는 부친을 마주보면서 자신만만한 어조로 대답했다.

"그런 염려는 없습니다. 저의 상법(相法)은 백발백중입니다. 그리고 저는 무슨 일이든지 세밀하게 타산하고 물샐틈없이 짜임새 있게 하지, 아무렇게나 하지는 않습니다. 어김없이 계획대로 성사하겠습니다. 아버지께서 허락만 하시기 바랍니다."

그는 이같이 간곡하게 부친의 허락을 구했다. 부친은 아들의 인간 됨됨이를 잘 아는지라 더 이상 고집부리지 않고 허락했다.

"네 생각대로 일을 잘 주선하려무나."

불위는 무한히 기뻐했다.

이튿날 그는 새 옷으로 갈아입고 구슬과 비단과 황금을 준비해서 한단 서울로 다시 갔다.

말 탄 장수를 잡으려면 먼저 말을 거꾸러뜨리는 것이 신속하고 확실한 방법이다. 장사하는 법이나 전쟁하는 법이나 이치는 한가지였다.

불위는 한단성 문 밖에 살고 있는 계묵(季默)이라는 사람을 먼저 찾아갔다. 공손건 대감의 외사촌 동생이 되는 사람으로 그다지 크지 않은 전방을 내어 조촐하게 장사를 하고 있었다.

"이같이 찾아와 뵈온 것은 형께서 저를 공손건 대감에게 소개를 시켜주십사 하는 마음에서입니다. 빈손으로 올 수 없고 해서 이번에 제가 남방에 가서 사온 비단이 있기에 가지고 왔으니 이것을 예물로 받아주십시오."

불위는 이같이 인사를 했다. 계묵은 처음 보는 진귀한 비단 두 필을 보더니 눈이 휘둥그레졌다.

"대단히 감사합니다. 공손건 대감이야 저의 형님이시니까 내일 아침 댁으로 찾아가서 먼저 선통해놓지요. 어려운 일이 아닙니다."

불위는 자신이 어른 공경하는 예의가 바른 사람이라는 것을 분명히 보인 다음 이튿날 또 오겠노라 하고 성내의 객주에 들었다.

이튿날, 계묵은 새벽같이 공손건을 찾아가 물었다.

"제가 오래전부터 아는 친구 중에 여불위라는 친구가 있는데 항시 형님을 존경하더니 이번에 먼 곳에 장사 나갔다가 돌아와 한번 형님을 찾아뵙고 싶다기에 제가 형님의 허락이 있으신 뒤 찾아가 뵙는 것이 도리라 이르고, 지금 형님께 말씀드리는 것입니다. 어찌할까요? 한번 만나보시겠습니까?"

공손건은 주저하지 않고 대답했다.

"이 사람아, 그냥 데리고 올 것이지. 자네와 절친한 친구라면 어려워할 게 뭐 있나? 나중에 해질 무렵에 같이 와도 좋으니 과히 사양하지 말게."

계묵은 공손건의 허락을 간단하게 받아가지고 돌아갔다. 해가 저물 무렵 계묵은 여불위를 반가이 맞아 공손건의 집으로 안내했다.

"이분이 아침에 말씀드린 친구입니다. 양적 땅에서 첫째가는 큰 장사를 하고 있는 사람이올시다."

계묵은 먼저 공손건에게 여불위를 소개했다.

불위는 공손건 앞에 나가 공손히 읍을 하고,

"저의 성명은 여불위입니다. 어린아이가 어머니를 그리워하듯 항상 대감을 추앙하고 있다가 오늘 이같이 존안을 뵈오니 무어라 형용할 수 없이 기쁩니다."

이렇게 인사를 드렸다.

"허, 나도 오늘 아침에 계묵에게서 당신에 대해 들었소마는 반갑소. 거기 앉으시오."

주인은 불위에게 자리를 권했다.

"처음으로 찾아뵈옵는데 예물로 가져온 변변치 못한 물건이 있으니 대감께서는 정으로 생각하시고 받아주시기 바랍니다."

하고 불위는 들고 온 상자를 탁자 위에 펼쳐놓고 비취와 구슬과 황금을 꺼내놓았다. 어느 것 하나 범연한 물건이 아니요, 광채 찬란한 천하의 보물이었다.

공손건은 눈이 부시는 것을 느꼈으나,

"허, 이런 귀중한 보물과 저 황금, 족히 이십 냥은 넘을 것 같소. 해준 일도 없이 남의 것을 받는다는 것은 뇌물이오. 내가 뇌물 받을 이유가 없지 않소?"

하고 사양했다.

"대감께서 그같이 말씀하시면 소생이 몸 둘 곳을 모르게 됩니다. 뇌물이라니 천부당만부당한 말씀입니다. 다만 한낱 무역 상인이 처음으로 찾아뵈옵는 예로써 드리는 것이오니 받아주십시오."

여불위는 머리를 숙인 채 공손히 대답했다.

"그렇게까지 노형이 말하니, 그렇다면 감사히 받겠소."

공손건은 못 이기는 체하고 황금과 구슬과 비취를 거두어 넣었다. 불위는 그제야 주인이 정해준 자리에 앉았다. 계묵은 불위가 자리에 앉는 것을 보고 밖으로 나갔다.

"무역을 하자면 여러 나라를 다녀보았겠소그려. 그로써 인정세태에 밝아지는 동시에 천하 정세도 정확하게 알 수 있을 테니, 천하 이야기나 들려주십시오."

공손건이 이같이 화제를 꺼내자 불위는 겸손한 태도로 이웃 나라와 남방의 다른 민족들의 이국 풍속에 관해 자기가 보고 느낀 대로 주인의 마음이 흡족하도록 이야기를 펼쳐놓았다. 공손건은 성질이 옹졸한 사람은 아니었다. 장강의 물이 흐르듯 거침없이 흘러나오는 불위의 이야기를 듣더니 진심으로 감복하는 표정을 하면서,

"노형은 과연 아는 것이 많군요. 내 진실로 탄복하오. 오늘 이렇게 만난 것이 오히려 늦은 감이 있소이다그려."

하고 감탄했다.

"소생이 무엇을 알겠습니까. 다만 눈이 있어서 구경했을 뿐이지요. 아직도 우물 안 개구리를 면치 못했습니다."

불위는 겸손하게 대답했다. 차와 음식이 나오고 또 술이 나왔다. 이야기가 계속되는 가운데 공손건은 더욱 불위에 대해 존경하는 마음이 생겼다.

"우물 안 개구리는 나 같은 사람을 두고 하는 말이오. 왕을 모시고 대궐 안에 있다가 집에 와서 잠이나 자고, 매일 이같이 지내니 어찌 세상을 알겠소!"

공손건이 진실을 토하자 불위는 이제부터 자신의 일이 뜻대로 되어 간다고 생각하고 내심 크게 기뻐했다.

불위는 밤이 깊기 전에 객사로 돌아가 그 밤을 쉬고, 이튿날 양적 자기 집으로 돌아가서 또다시 편지와 함께 공손건의 집으로 예물을 보냈

다. 어제 저녁 뜻밖에 존귀하신 어른에게서 후한 대접을 받은 일은 생전의 큰 영광이요, 가문을 빛내는 일이라는 말을 편지에 썼다. 공손건이 무척 기뻐하리라는 것을 불위는 손금을 보듯이 훤히 알고 있었다.

그 후로는 진기한 물건, 맛있는 음식을 열흘에 한 번씩은 무슨 핑계를 대서든지 극히 자연스럽게, 기쁜 마음으로 공손건이 받아보도록 선사를 했다.

두어 달 동안 불위는 일부러 공손건을 찾아가지 않다가 하루는 오래간만에 찾아갔다. 마침 주인은 대궐에서 나와 집에 있는 때인지라 불위를 반가이 맞아들였다.

"그런데 어찌해서 그동안 나로 하여금 노형을 그렇게 보고 싶고 그립게 하였소? 어서 들어오시오."

"그동안 기운 편안하셨습니까? 진작 찾아뵙지 못해 죄송 천만이올시다. 그간 신상이 불편하여 조리하고 복약을 하느라고 나오지 못했습니다."

불위는 겸손하게 인사를 드렸다.

오월이 되면서 날이 더워진 탓으로 방문을 열어놓고 있었는데, 맞은편 딴 채에도 주인 대감이 쓰고 있는 것만한 큰 방이 있고, 그 방에 얼굴이 잘생긴 젊은 사람이 앉아 있었다.

불위는 주인을 바라보며 물었다.

"저쪽 마주 보이는 방에 젊은 사람이 있는데 혹시 대감의 자질이 되는 사람입니까?"

"아니오. 저 사람은 진 소양왕의 왕손 이인이라는 사람인데, 지금 우리나라에 인질이 되어 있소. 혜문왕께서 나더러 데리고 있으면서 감시하라 하시므로 내 집에 있는 것이오. 내가 불러다가 노형에게 소개하리다."

공손건이 이같이 말하자 불위는 짐짓 깜짝 놀라는 표정을 지으며 사양했다.

"진의 왕손이면 비록 적국이지만 존귀하신 몸, 어찌 감히 소생 같은 미천한 사람이 한자리에 나란히 앉아 있을 수 있겠습니까. 그만두십시오."

"그렇기는 하지만 저분은 타국에 인질이 되어 있는 신세, 그리고 노형은 이미 내 집에 무관하게 출입하는 한집안 같은 사람인데 내가 저분을 노형에게 소개한들 무슨 상관있겠소. 내일이 오월 단오, 이인도 타국에 와서 적적할 것이니 오늘 환담하도록 함도 무방할 것이오."

공손건은 이같이 말하고 즉시 아이를 불러 맞은편 사랑에 가서 이인을 청해오라고 분부했다. 조금 있다가 이인이 들어왔다. 불위는 자리에서 일어나 비켜섰다. 공손건이 주인의 자리에서 건너다보면서 두 사람을 소개했다.

인사가 끝난 뒤 두 사람을 각각 정해준 자리에 앉게 하고 주인 대감은 아이에게 음식을 내오라고 분부했다.

"한 잔씩 드시오. 내일이 단오 가절, 이인도 고국 생각이 간절하시겠소."

공손건의 말에 이인은 머리를 수그린 채 말을 못했다. 슬픈가? 괴로운가? 뉘우침이 있는가? 눈물짓지는 않았으나 불위는 그의 귀인같이 생긴 얼굴에서 복잡한 표정을 얼핏 보았다.

"어려워할 것 없소. 실컷 마시고 유쾌히 이야기들이나 하시오."

주인 대감은 말을 끊었다가 불위를 바라보면서,

"노형은 서른 몇 살? 다섯? 그러면 내가 다섯 살 위니까 형님이로군. 어서 들게."

하고 자기도 잔을 기울였다. 두 사람도 따라 마셨다.

한 잔, 두 잔이 거듭되는 사이에 음식이 연달아 안으로부터 나오고, 좌석에 화기가 돌고, 이인과 불위 사이에도 처음보다 훨씬 친밀해진 공기가 보였다.

조금 있다가 공손건이 변소로 나갔다.

방 안에 심부름하는 아이도 어디로 갔는지 보이지 않자 불위는 이인 곁으로 가서 가만히 속삭였다.

"소인이 이 댁에 가까이 출입하는 것은 실상인즉 전하를 위해서, 전하를 뵈옵고자 하여 그리하는 것입니다. 제 뜻을 알아주십시오."

그러나 이인은 불위의 얼굴을 마주보며 고개를 저었다.

"나 같은 사람은 이미 우리나라에서도 버림을 받은 사람, 그래서 인질이 되어 이곳에 감금되다시피 붙들려 있는데 노형이 나를 위해서 이 집에 온다는 말은 당치 않는 말이오."

불위는 서슴지 않고 그 말을 받았다.

"당연히 그렇게 생각하시겠지요. 하지만 전하를 위해서 하는 일은 즉 저 자신을 위해서 하는 일입니다. 전하는 비록 인질 되어 조나라에 있지만 돌아가는 날 진국의 왕손이 되실 것이고 불위는 일개 무역상인! 전하를 위한다는 것이 저 자신을 위하는 것이 아니고 무엇이겠습니까?"

이인은 한참 동안 불위의 얼굴을 보더니 진지한 표정을 지었다.

"노형의 말은 농담이 아닌 것 같구려. 내 노형을 의심하지 않겠소."

"감사합니다. 그런데 진 소양왕께옵서는 춘추가 이미 늙으셨고, 태자가 되신 안국군께서는 아드님이 이십여 명이나 있어 지금 전하께서는 그 중의 한 아드님으로 계시지만 안국군 전하의 건강이 좋지 못해 불행하게 되시는 날에는 전하와 동기 형제 되는 분들 간에는 서로 왕위에 오르고자 하는 다툼이 벌어질 것이니, 그전에 누가 태자가 되어야 할 터인데, 지금 안국군 전하가 가장 사랑하는 부인이 화양부인(華陽夫人)이시고, 부인의 몸에는 왕자가 없는 고로 태자를 정하는 것은 오직 화양부인의 입에 달렸습니다. 그런고로 전하가 속히 돌아가시어 화양부인을 친어머니로 섬기시고, 그리해서 태자가 되셔야 후일에 안국군 전하가 붕어하신 뒤에 진왕이 되실 수 있지 않습니까?"

불위의 일장설화를 듣더니 이인은 초조한 표정으로,

"그런 줄은 알지만 나는 지금 인질로 잡혀서 이곳에 수감되어 있으니 어느 날 진 왕실로 돌아갈 수 있단 말이오?"

하고 목소리가 떨렸다.

"바로 그것이올시다. 그것을 소인이 주선하고자 이같이 찾아뵈온 것입니다. 여기 지금 황금 오십 냥을 가져왔습니다. 얼른 받아 넣으십시오. 이것으로 가까이 출입하는 사람들을 매수하는 비용으로 쓰십시오."

하고 불위는 황금 주머니를 이인에게 주었다. 이인은 얼른 받아서 품속에 감추었다.

"저는 불일간 진나라로 가서 먼저 화양부인을 찾아뵈옵고 나중에 안국군 전하를 뵈온 후에 지금 전하가 귀국하시면 반드시 태자로 세우겠다는 확언을 받아가지고 오겠습니다. 그 뒤에는 천금을 풀어헤뜨려서 전하로 하여금 이 땅에서 도망갈 수 있도록 모든 관리들을 매수하여 반드시 소인이 무사히 고국으로 모시고 가겠습니다."

불위가 여기까지 말하자 이인이 별안간 자리에서 벌떡 일어서더니 두 손을 한데 모으고 불위에게 큰절을 했다.

"노형께서 정말 그같이 해주신다면 그 은혜는 평생 잊지 않겠으며, 만일 그래서 내가 진왕이 되는 날이면 노형한테도 한 지방을 떼어드려 똑같이 부귀와 행복을 누리기로 맹세하겠습니다."

하고 진심으로 감격해했다.

"너무 과한 감사의 말씀. 다만 불위는 전하의 일을 도모하기 위해 많지 않은 재산이지만 가산 전부를 털어 아낌없이 앞뒤의 일을 주선하겠으니 안심하십시오. 주인 대감이 들어오실 때쯤 되었으니 그만두시고 딴 이야기나 하시지요. 절대 비밀입니다."

불위가 자기 자리로 돌아와 앉아 술을 새로 잔에 가득 부어 마시려 할 때 공손건이 변소에서 돌아왔다.

"현제는 혼자서 잔을 기울이고 있고, 진 왕손은 대작을 않으니 어이 된 일이오? 왕손이 인질 된 지도 어언간 반년이나 되었으나 오늘처럼 이런 모임은 처음인 것 같소."

주인 대감은 거나하게 취한 모양이었다.

"예, 그러합니다. 질하지 못하는 술, 객지에서 오래간만에 처음으로 기울이니 벌써 정신이 몽롱해집니다."

이인이 사양하는 태도를 취했다.

"저 역시 폭취를 했나보옵니다. 그만 물러갈까 생각합니다."

불위도 거짓 취한 모양을 지어가면서 이렇게 말했다.

"허, 될 말인가. 아직 밤이 깊지 않았고, 술도 아직 취하지 않았는데…."

하고 주인 대감은 자리에 앉아 또 불위에게 술을 권했다. 불위는 공손히 받았다. 한 잔이라도 이인에게 먹이는 것이 적어져서 그로 하여금 실수함이 없게 하겠다는 것이 불위의 마음이었다.

얼마가 지났는지 주인 대감이 약간 횡설수설하는 것을 보고 불위는 자리에서 일어났다. 밤이 깊었으며, 또한 왕손 이인이 오랫동안 함께 있는 것도 염려스러운 고로 불위는 일찍 돌아가는 것이 옳다는 뜻을 공손건에게 말했다.

"과연 옳은 일이야. 그러면 살펴가게."

공손건은 불위의 말에서 경위가 밝고 진실한 정이 있는 것을 느끼고 즉시 허락했다. 불위는 이인과 은근히 다정하게 작별하고 물러나왔다.

객주로 돌아오면서 불위는 자신의 계획이 착착 성공되어가는 것을 믿었다. 진 소양왕은 앞으로 십 년을 못 산다. 안국군은 원래 약질인데다 주색에 시든 사람이다. 이인을 태자로 책봉만 하면 천하의 일은 이인과 더불어 내가 족히 요리할 수 있다. 소진(蘇秦) · 장의(張儀)가 별사람이더냐? 내가 육국을 요리한다. 화양부인을 만나보고 이인을 태자로 봉하도록 주선해야겠다. 불위는 이같이 마음을 정했다.

천하대상 여불위

이튿날 불위는 공손건이 대궐에 들어가고 집에 없을 때쯤 해서 그의 집을 찾아갔다.

"오늘로 멀리 장삿길을 떠나야 하겠으므로 주인 대감께 편지를 써놓고, 어제 사귄 진 왕손과도 작별 인사를 하러 왔네."

대감의 집 문객에게 그는 이렇게 말하고 안으로 들어갔다.

마주 보이는 방 앞에 가서 불위는 가만히 안국군, 화양부인 두 분한테 편지를 써달라고 이인에게 부탁하고 대감의 객실로 들어가, 자기는 상용으로 한 달 혹은 두 달 동안 각국을 다니다가 오겠다는 편지를 써놓았다. 그가 주인 대감에게 편지를 써놓고 기다릴 사이도 없이 이내 이인이 그 방으로 찾아왔다.

두 사람은 대문 앞으로 수인사의 말을 하면서 나왔다. 문객이 못 보는 사이에 이인의 손에서 편지 한 장이 불위의 손으로 건너갔다.

"안녕하시기 바랍니다."

"평안히 다녀오시기 바랍니다."

그들은 이인의 방문 앞까지 와서 작별했다.

불위는 그길로 양적으로 돌아가 짐을 싸가지고 하인을 한 사람 데리고 함양으로 향했다.

함양에 도착한 불위는 데리고 온 하인을 놓아서 화양부인의 일가친척 되는 사람의 소식을 탐지해오라고 심부름시키고, 자신은 주점에 들어가 기다리고 있었다.

한식경이 지나자 하인이 돌아왔다. 그의 보고에 따르면 화양부인은 초(楚)나라 사람으로서 함양 땅에 그의 일가라고는 없고, 멀리 이종사촌뻘 되는 언니가 한 사람 있을 뿐인데, 이 부인이 태자부(太子府) 앞에서 객줏집을 경영하고 있으므로 세상 사람들이 이 집을 '황이점(黃姨店)'이라 부른다는 것이다.

불위는 보고를 듣고 즉시 황이점으로 갔다.

"주인 어른을 찾아뵈러 왔습니다."

불위는 이같이 문을 두드렸다. 얼마 후 주인이 나왔다. 육십 가까이 된 노인이었다.

"이 사람은 조나라 서울 한단에서 황손 이인의 부탁을 받고 화양부인의 친척 되시는 분이 황이점을 경영하고 계시니 먼저 가서 뵈오라 해서 왔습니다."

불위가 이렇게 말하자 주인은 안으로 고개를 돌려 마누라를 불렀다.

그러자 늙은 부인이 안에서 나왔다.

"저의 성명은 여불위라고 합니다. 황손 이인이 화양부인께 드리는 예물과 문안 편지를 가지고 왔습니다. 이것은 제가 황이점을 찾아온 예물로 드리는 것이니 받아주십시오."

하고, 불위는 품 안에서 황금 오십 냥을 꺼내놓았다.

"원 이런, 아 그래요, 이걸 어쩌나."

늙은 부인은 너무 기쁘고 좋아서 말을 잘 못할 지경이었다.

"그래서 참, 황손은 평안하십니까? 잘 지내나요? 얼마나 고생이 심할까? 이런 예물까지 가져다주시고, 황손의 소식도 가져오시고, 참 이렇게 고마우신 어른 처음 뵙겠네…."

탁자 위에 놓인 황금 주머니를 불위의 얼굴과 번갈아 보면서 부인은 치하의 인사를 늘어놓았다.

“천만의 말씀입니다. 모두 다 안국군 전하의 홍복이요, 화양부인의 홍복이지요. 황손은 지금 조나라 서울에서 비록 인질이기는 하나 국빈 같이 훌륭한 대우를 받으시면서 날마다 사냥이나 다니시고, 그렇지 않으면 공관(公館)에서 훌륭한 선비들과 고금의 정사를 담론하시고, 천하 호걸들과 사귀시는 일에 적적하지는 않지만, 주야로 다만 생각하나니 화양부인 어머님과 아버님 안국군 전하에 대한 불효자라는 자책에 번민할 뿐이옵니다. 그래서 저더러 기어이 한번 다녀와달라 하므로 이번에 제가 불원천리하고 함양을 찾아왔지요. 다만 화양부인께 황손의 효성을 전달하고자 함이 본뜻입니다.”

불위의 구변에는 거침이 없었다. 늙은 부인은 얼굴에 기뻐하는 빛이 가득했다.

“에구 참 갸륵한 공자시지요. 그분은 화양부인이 낳으신 아드님도 아니신데, 친어머님같이 생각하니….”

불위는 얼른 부인의 말을 받았다.

“참 그렇습니다. 이인께서 생모 하희(夏姬) 마마가 별세하신 뒤로 다른 황손들에게는 모두 생모가 생존해 계시건만 자기만은 모친이 없는 것이 슬퍼서, 얌전하시고 갸륵하신 화양부인을 자나 깨나 친어머님으로 생각하고 있노라고, 저를 만날 때마다 말씀하시더군요. 그 같은 효자는 아마 없을 것입니다.”

하고 이인의 효성을 과장했다. 부인은 감격했는지 수건으로 눈두덩을 닦으며 말했다.

“그러면 내일 아침에 궁에 들어가 화양부인에게 이런 말씀 전하고 어른을 만나뵙게 할 터이니 오늘은 내 집에 유숙하십시오.”

불위는 고맙다는 뜻을 표하고 일어서려다 다시 앉으면서 입을 열었다.

"그런데 말씀입니다. 지금 안국군 전하께서는 화양부인을 가장 총애하십니다마는 색으로써 사람을 섬기는 것은 그 빛이 고울 때뿐입니다. 그런고로 꽃이 떨어지고 잎이 누렇게 되면 때가 지나는 것이온데, 만일 안국군 전하가 폐하가 되신 뒤에는 여러 아드님이 태자가 되려고 다투실 것이요, 그때에는 이미 화양부인의 용모와 자태는 지금 같지 못할 것이므로 무슨 말씀을 해도 안국군 전하이던 때같이 들어주시지 않을 것입니다. 하지만 지금은 무슨 말을 하든지 잘 들어주시고, 어떤 어려운 떼를 쓰더라도 전하께서 그대로 해주시니 화양부인께서는 아드님이 없으시니 효성스럽기 짝이 없는 이인을 아들로 삼겠으니 태자로 정해달라고 조르시면 전하께서는 반드시 들어주실 것입니다. 이렇게 해두면 뒷일이 무사할 뿐 아니라, 화양부인께서는 말 한마디로 없던 아들이 생기는 것이요, 이인으로서는 없던 나라를 얻어갖는 것이요, 이로써 무궁무진한 행복이 끊일 날이 없을 것이며, 또 부인께도 복록이 따라올 것이니, 이야말로 말 한마디로 만세의 이익을 가져오는 것이 아니겠습니까?"

불위의 해설을 듣고 늙은 부인은 고개를 끄덕였다.

"어른의 말이 과연 옳소! 내일 궁에 들어가서 이야기하리다."

이튿날 아침 늦게 불위를 후궁(後宮)으로 들어가는 문 밖에 세우고 늙은 부인은 혼자 안으로 들어갔다.

언니는 동생 마마에게 먼저 인사를 하고 황손 이인의 소식을 전했다.

"황손의 심복 되는 사람을 데리고 왔건만 부인의 의향을 알 수 없어 문밖에서 기다리라 했소."

하고 불위가 밖에 서 있는 것을 알렸다. 화양부인은 뜻밖에 기쁜 일을 당한 듯, 가볍게 '어서 불러들이라'고 분부했다.

불위는 후궁 뜰 아래서 부인에게 예를 올렸다.

"황손께서 예물과 서신을 소신에게 주시면서 올려달라 하셨기에 바칩니다."

불위는 들고 온 상자를 뜰 위로 바쳤다. 시비가 받아서는 화양부인 앞에 갖다놓았다. 상자를 열어보니 그 속에서는 아름다운 백옥으로 만든 큰 구슬 네 개, 비취로 깎은 비녀 두 개, 그리고 '부친 안국군 전하, 모친 화양부인 두 분 전하께 올리나이다'라고 쓰인 편지 한 장, 이런 것들이 나왔다.

화양부인은 희색이 만면했다. 편지 봉투를 들고 앞뒤로 한참 보더니 불위에게 이렇게 말했다.

"잘 받았다. 전하께서 돌아오신 뒤에 다시 너를 불러 전하께 만나보시게 할 터이니 물러가거라."

불위는 예를 하고 물러나왔다.

불위가 나간 뒤에 언니는 화양부인을 보고 불위가 하던 말을 하나도 빼지 않고 세세하게 전했다.

"그렇지 않아요? 아들이 없다가 아들을 얻고, 나라의 국모가 되시고… 천추만세에 이런 공이 또 어디 있겠어요?"

언니가 전하는 말을 듣고 화양부인은 좋아하면서도 수심 있는 어조로,

"그렇지. 모든 아들이 생모가 있건만 오직 이인에게만 생모가 죽었지. 내가 출산을 못하니까 아들로 삼아 태자로 봉한다면 좋겠지만 전하께서 어떻게 생각하실지, 지금 사냥 나가셨으니 이따 돌아오시거든 의논해야겠어."

하고 말끝을 흐렸다. 화양부인은 자기 나이가 사십 고개를 바라보고 있는 것을 새삼스럽게 느꼈다.

얼마 후 나인이 안국군 전하가 환궁했다는 보고를 드렸다. 화양부인은 의복을 고쳐 입고 언니를 황이점으로 돌려보냈다.

안국군이 후궁에 들어오자 화양부인은 그 앞에 나가 두 손을 모으고

인사를 한 후 지금 조나라에 인질이 되어 있는 이인으로부터 소식이 온 것을 전했다.

안국군은 먼저 서신을 펼쳐 부인과 함께 읽었다.

> 불초자 이인은 목욕하고 아버님 안국군, 어머님 화양부인 천추전하께 백 번 절하옵니다. 조나라에서 불초자의 기거는 비록 편하오나 날마다 부모님 생각 간절하와 꿈에도 달음질치며 한 번 식사할 때에 세 번씩 탄식하는 터이옵니다. 이제 심복 같은 여불위로 하여금 불초자 대신 부모님께 주옥을 헌상하오니 불초자를 슬하에 두고 보시는 것처럼 하람하시고 속히 구원하시어 살아서 슬하에 돌아가 있게 해주시옵기를 하늘에 우러러 비옵나이다.

안국군이 아들의 서신을 읽고 상 위에 놓인 구슬과 비녀를 번갈아 보더니 두 눈에서 눈물이 주르르 흘렀다.

화양부인이 곁에서 이 모양을 보고,

"진정으로 아뢥니다. 이인은 여러 아들 가운데 가장 현명합니다. 그리고 착하지요. 여러 나라에서 사신이 다녀가서도 그를 칭찬한다는 소문이 자자해요. 첩은 후궁에 있어 전하의 총애를 받으면서도 여태껏 아들이 없어 외롭기 짝이 없습니다. 지금은 목전에 그리운 것이 없다 할지라도 나중 일을 생각하면 쓸쓸하므로 이인 같은 현명한 아들을 적자로 삼아 첩의 희망을 이루게 하는 동시에 황도(皇圖)를 충실하게 해주십시오. 첩의 소원입니다."

이렇게 말하고 마루 위에 엎드려 흐느껴 울기 시작했다. 슬픈 음성으로 간곡한 뜻을 밝히고 애절하게 엎드려 우는 부인을 내려다보던 안국군은 자리에서 일어나 부인을 끌어안고 일으켰다.

"울지 마오. 내가 부인의 소청을 허락하지 않는 것이 아니오. 다만 이 아들은 지금 조나라에 인질이 되어 있으니 부왕(父王)께 고해 귀국시킬 계책을 꾀해보아야겠소."

안국군은 부인을 위로하는 듯 이렇게 말했다. 화양부인은 눈물에 젖은 눈을 아래로 뜨고 붉은 뺨에 아롱진 눈물 자국을 닦지도 않은 채 그의 앞에 다가앉아,

"그러시다면 조나라에서 서신을 가지고 온 여불위라는 사람이 지혜와 꾀가 많아 보이고 또 이인이 심복으로 믿는 사람이라 하오니, 이 사람을 불러 무슨 계책이 있는가 물어보심이 좋을까 합니다."

하고 의견을 고했다. 붉은 입술과 자기를 바라보는 눈물 젖은 눈동자를 보고 안국군은,

"옳거니, 그런 사람이 있다면 빨리 불러들여서 무슨 좋은 계책이 있는가 물어보아야지! 곧 부르라고 해라."

하고 좌우에 명령을 내렸다.

태자부 앞에 있던 불위는 그 즉시 후궁으로 불려들어갔다.

"네가 여불위냐?"

예를 마치고 서 있는 불위에게 안국군이 물었다.

불위는 경건하고 건실한 태도로 이인이 조나라에서 일상을 지내는 상황과 부모님에게 항상 큰 효심을 가지고 있다는 사실과, 자기는 이인을 조나라에서 구출하여 진나라로 환국케 하려고 가산을 탕진하기로 결심했음을 과장해서 말했다. 처음부터 끝까지 안국군은 조용히 불위의 장광설을 귀 기울여 듣고는 말했다.

"과연 기특한 선비로다! 너는 비록 상인이라 하지만 선비의 기개가 있다. 네 말대로 한다면 이인이 환국할 것은 틀림없고, 너의 공로는 비상한지라 부왕께 고하여 부귀를 내리게 해주겠다."

"황송하오나 전하께옵서 이인을 입적(立嫡)하신다는 확증을 소인에게 전달케 하시와 이인 공자로 하여금 환국되는 날까지 일시라도 부모

님을 더욱 의지하게 하심을 바라옵니다."

불위는 뜰아래에서 이같이 청했다. 미래의 큰일을 어김없이 단숨에 확실하게 결정지어버리자는 대담한 요구인 것이다. 안국군은 불위의 청을 듣더니 잠시 생각하는 듯하다가,

"그래라. 거기서 조금 기다려라."

하고는 종잇조각에 '이인위적(異人爲嫡)'이라는 글자를 써서 그것을 나인에게 주면서 태자부의 자기 처소에 가서 옥돌에 이 글자를 즉시 새겨주라고 분부했다. 그리고 다시 불위를 내려다보며 물었다.

"그런데 너는 어떤 방법으로 이인을 환국케 하겠느냐?"

"천금으로써 조나라의 권세 있는 사람들을 매수하겠습니다. 관문을 지키는 병졸들이 무사히 지나가게만 해준다면 국경을 넘기는 쉬운 일이옵니다. 그 후 진나라 땅에 들어설 때에는 전하께옵서 심복 장수를 시켜 군사를 이끌고 나와 맞아주시게 하기를 바라옵니다."

불위는 이같이 대답했다.

"그래라. 너에게 금 오백 냥을 줄 테니 두 사람의 노자로 써라."

안국군은 즉시 분부를 해서 금 오백 냥을 주머니에 넣어주게 했다. 그럴 즈음에 태자부의 관리가 옥부(玉符)를 가져다 바쳤다.

화양부인이 옥부에 새긴 글자를 보고 방긋 웃었다. 안국군은 즐거운 표정을 지으면서 그것을 오백 냥과 함께 불위에게 갖다주라고 나인에게 명했다.

"황송하옵니다. 어김없이 이인을 모시고 오겠습니다."

불위는 머리를 조아렸다.

"언제 이인을 데려오겠는지 기약을 정하고 물러가거라."

"길어도 일 년, 빠르면 반 년 안에 기필코 모시고 오겠습니다."

불위는 호언장담하듯 이렇게 대답했다.

그는 안국군의 앞을 떠나 황이점으로 돌아왔다. 품 안에는 옥부를 간

직하고, 두 손에는 금 오백 냥을 들었다. 조나라 서울 한단으로 돌아가고 싶은 마음이 화살 같았다.

"빨리 가자. 가장 어려우리라고 생각했던 일이 뜻밖에 쉽사리 이루어졌다. 옥부로써 적아들을 삼겠다는 맹약을 했으니 이인이 태자가 되는 것은 틀림없다! 어서 가자."

불위는 황이점 대문 안에 들어설 때까지 이런 생각으로 머릿속이 가득했다.

첫여름 태양도 서산에 기울었고 황혼이 되었는지라, 하는 수 없어 그 밤은 지내고 이튿날 아침 일찍 불위는 하인과 함께 수레를 달렸다. 올 때에는 한 달 동안이나 타고 걷고 한 길이건만 이번에는 스무 날 만에 조나라에 돌아왔다. 그는 먼저 집으로 들어가 부친에게 인사를 올렸다.

"잘 다녀왔느냐? 그래, 안국군과 화양부인은 만났느냐?"

부친은 아들이 계획하는 일을 처음부터 알고 있는지라 결과가 몹시 궁금했다.

"예, 만사 뜻한 바대로 되고 있습니다."

이어 불위는 전후 경과를 세세히 말하고 옥부를 받은 것을 부친에게 보여드렸다. 여옹은 무한히 기뻐하고 만족해하면서 아들에게 편히 쉬라고 타일렀다.

불위는 애첩 주희(朱姬)의 방에 가서 행장을 풀었다. 여옹의 집 담장 안에는 집이 여러 채 널려 있고, 불위의 부인도, 그의 애첩 주희도 한가지로 궁궐 같은 담장 안의 딴채에서 딴살림을 하고 있는 것이다. 어여쁜 주희는 나이가 불과 이십, 춤 잘 추고 소리 잘하는 미인이었다.

불위가 세수하고 발 씻고 하는 동안에 시중을 든 주희에게는 약간 피곤한 기색이 보였다. 저녁을 먹고 잠시 환담하다가 밤이 깊기도 전에 그들은 침실에 들었다.

불위는 자리에 누워서 먼저 의심해보았다. 주희의 몸 어느 점인지 확실치 않으나 변해 보이는 곳이 있다. 무슨 연고일까?

"천리 타국에 갔다온 사람보다도 당신이 더 피곤해 보이는구려."

불위는 이같이 물어보았다. 그러나 주희는 아리따운 입술에 웃음을 약간 띠어 보일 뿐 아무 말이 없었다. 잠시 동안 주희의 누워 있는 얼굴을 들여다보다가 불위는 돌아누웠다.

주희를 첩으로 맞아들인 것은 석 달 전이었다. 한단 성안에 들어갔다가 놀이터에서 주희가 춤을 추고 노래하는 것이 출중할 뿐 아니라 인물이 활짝 핀 부용꽃같이 화사한 것이 탐나 성문 밖에 있는 주희의 집에 매파를 보내어 혼인하자고 했다. 불위는 어려서 장가든 본처가 있기에, 주희를 첩으로 달라 한 것이다. 주희의 부모는 노래와 춤으로 내세운 자식을 부잣집 맏며느리로 시집 보낼 마음은 없었던 고로,

"데려가시려거든 홍교(紅轎)를 태워서 데려가시도록 하고, 늙어가는 우리 내외에게는 무남독녀이니 돈이나 넉넉히 주시라고 전해주시오."

하고 매파를 시켜 불위에게 전갈했던 것이다. 둘째는 그만두고 다섯째 열째 첩으로 가더라도 붉은 가마 타고 시집간다면 본부인이 된 거나 마찬가지다. 이런 생각이 주희와 주희 부모의 가슴에 있었던 것이다. 그래서 불위는 매파로부터 이 같은 소식을 듣고 주희의 집에 황금 천 냥을 보내고 택일하여 주희를 홍교에 태워 집으로 데려온 것이다. 그리고 꿀 같은 단꿈이 주희와 더불어 있은 지 며칠이 안 지나가서 불위는 양적을 떠나 함양으로 갔던 것이다.

'혹시?'

불위가 의심해보는 것도 무리는 아니었다. 그는 다시 주희에게로 돌아누우면서 물었다.

"몸이 어디가 불편한 것 같은데 무슨 딴 일이 있었나?"

"별로 불편한 곳은 없어요. 그렇지만 요사이 며칠 동안 공연히 노곤하고, 입맛이 없어서 음식이 먹기 싫고…."

"그러기에 내가 묻는 것이야. 이상해 보이니 말하는 것이지…. 애기서는 징조 아니야?"

"그런지도 몰라요."

"그렇다면 혹시 내가 없는 사이에 딴 사내를 보았나?"

주희는 불위의 말을 듣고 금시 울 듯한 표정을 지었다.

"천만의 말씀을 하십니다. 첩이 군자의 총애를 받으면서 항상 집안에 있고, 중당(中堂)에도 나가본 일이 없이 규중에 있는 몸으로, 어찌 남자의 얼굴이나 볼 수 있겠습니까?"

하고 슬픈 듯, 수줍은 듯 미간에 수심이 어리었고, 두 볼에는 홍조가 떠 있으며, 샛별같이 맑은 눈 속에 이슬이 맺혔다.

불위는 주희의 손을 꼭 쥐었다.

"아마 내가 실언을 했나보오… 몇 달이나 되었을까?"

불위는 주희의 손을 쥐고 물었다.

"두 달이에요. 그것이 없은 지…."

"그러면…."

하고 불위는 입을 다물었다. 함양에 다녀온 지 벌써 오십 일이 지났다. 두 달밖에 안 지났다면 자신이 집을 떠나기 전에 잉태한 것이 틀림없다. 주희의 뱃속에 아기가 들었다면 분명히 불위의 씨다. 그는 단정했다.

주희의 손을 놓고 불위는 천장을 뚫어지게 바라보더니 한참 있다가 입을 열었다.

"주희!"

"네?"

"내가 하는 말을 잘 들어. 주희는 일개 무역인의 애첩으로 있는 것이 좋은가? 한 나라 임금님의 어머니가 되어 국모 폐하로 부귀를 누리는 것이 좋은가?"

"무슨 말인지 못 알아듣겠어요."

"다시 말하면, 나와 함께 이렇게 사는 것으로 만족하는가? 그렇지 않으면 지금 우리나라에 붙들려 인질로 있는 진 왕손 이인에게 시집을 가서 첫아이를 낳으면 그 아이는 내 아이지만 진왕의 아들이 될 것이고, 그 아이가 장성해서 임금이 되면 그때는 주희가 왕후 폐하에서 국모 폐하가 되는 것이라는 말이야. 어느 편이 좋은가? 이제 내 말 알아듣겠나?"

"알아들었어요. 하지만 첩은 군자에게 매달린 몸, 군자께서 하라시는 대로 할 뿐이지요. 딴 마음이 있을 리 있습니까?"

불위는 주희의 대답이 무한히 아름답게 들렸다. 그는 자신이 주희에게 첫눈에 반했듯이 이인 역시 주희를 보면 틀림없이 좋아하리라 믿었다.

"그래, 주희가 그렇게 생각한다면 출가하라는 뜻이니, 지금 말대로 그렇게 실행하란 말이야. 진 왕손 이인은 비록 지금 우리나라에 인질이 되어 있지만 미구에 내가 모시고 가서 진나라에 돌아갈 것이니까, 주희는 내 말대로 지금 이인이 우리나라에 인질로 있는 동안 내외가 되어야 한단 말이야. 그대로 하겠는가?"

"하라 하시면 그대로 하지요."

불위는 귀여운 듯이 주희의 볼을 어루만지며 웃었다.

"그렇지만 진 왕손의 부인이 되더라도 나를 잊어서는 안 돼. 내가 추측하기는 출산 후라야 확실히 알겠지만 주희가 잉태했다면 첫아이는 아들이 틀림없어. 그것을 내가 안다. 그러니까 주희가 왕후가 될지라도 여불위는 주희의 남편이요, 국모 폐하가 될지라도 여불위는 주희의 남편… 알아듣겠나?"

"잘 알았습니다. 은혜가 무겁고 정이 벌써 두터워졌는데, 첩이 어찌 일신이 왕실에 있기로서니 군자를 잊을 리가 있으오리까…."

불위는 주희와 약속을 굳게 하려는 듯이 다시 그녀의 손을 꼭 쥐었다.

이튿날 아침해가 높이 솟은 뒤에 불위는 일어났다. 주희는 창문을 열어놓고 단장을 하고 있었다.

그는 새 옷으로 갈아입고 중당으로 나가 부모에게 문안을 올렸다.

아침이 지난 후에 불위는 자기 처소에 가서 귀중하게 보관했던 황금으로 만든 술잔 두 개와 푸른 빛 나는 옥돌을 깎아서 정교하게 만든 조그마한 술병 두 개, 물소 뿔로 만든 각띠[角帶] 한 개를 가지고 밖으로 나갔다. 물론 공손건 대감의 집을 방문하러 간 것이다.

공손건은 집에 있었다.

"잘 왔네, 어서 올라오게. 그래, 잘 다녀왔는가? 두어 달 못 만났더니 참 보고 싶었네."

주인은 반가이 맞아들였다. 불위는 공손히 인사를 올렸다.

"그간 기운 안녕하셨습니까? 황손 이인도 태평하신지요? 저는 하념해주신 덕택으로 무사히 왕복하여 어제 집에 돌아왔습니다."

불위는 인사를 마치고 이번에 장삿길에 나갔다가 대단히 사랑스러운 물건을 구해왔는데 이것은 자기가 가질 물건이 아니고, 반드시 지체 있는 양반이 가져야 할 귀중한 물건인 고로 진정하는 것이라 하며 가지고 온 물건을 바쳤다. 공손건은 탁상 위에 꺼내놓은 불위의 물건들을 보고 감탄해 마지않았다.

"훌륭하다! 정교하다! 그런데 이렇게 귀중한 값비싼 물건을 내가 받을 수가 있는가?"

한참 동안 금잔·옥술병·각띠를 번갈아 이리 보고 저리 보고 하다가 공손건은 이같이 말했다.

"못 가지실 이유가 없지요. 이 물건은 저희들 같은 상인의 가정에서 사용할 수 없는 고귀한 물건, 값이 비싸고 헐한 것은 별다른 문제, 대감께 갖다바치는 것은 조그마한 저의 성의일 뿐이니 저를 사랑하시는 마음으로 애용해주시면 저에게 영광스럽지 않겠습니까!"

불위는 진정으로 말하는 듯이 이같이 말했다. 듣고 보니 불위의 말이 정말인 것 같았다. 꾸미지 않고 허심탄회하게 말하는 것이 처음 만날 때부터 불위가 자기를 대하는 태도라고 공손건은 보고 있었다.

그래서 그는 말했다.

"현제의 충심을 내가 아네. 나 역시 일부러 사양해본 것이 아니고 진실로 고귀한 물건을 가만히 앉아서 받아가지기에 부끄러운 생각이 들어서 한 말일세. 현제가 그같이 말한다면 감사히 받겠네."

불위는 기뻐하는 얼굴을 지어 보이면서 도리어 고마운 듯이 머리를 수그렸다.

공손건은 물건을 거두어 넣고 아이를 불러 음식을 내오라 하고 이인도 청해오라고 명령했다.

잠시 후 이인이 그 방에 들어왔다.

불위는 일어서서 공손히 인사했다.

이야기하는 동안 주안상이 나왔다.

"제가 먼저 잔을 올리겠습니다."

하고 불위가 술병을 들어 공손건의 잔에 술을 따랐다. 그다음에 이인의 잔에 부었다. 즐겁게 이야기하다가 공손건은 옷을 갈아입겠노라 하고 안으로 들어갔다.

그가 방문 밖으로 나가기가 바쁘게 불위는 이인의 귀에 입을 대고 나직이 속삭였다.

"함양에 가서 화양부인과 안국군 전하를 만나뵈옵고 확실한 맹약을 받아가지고 왔습니다."

이인은 깜짝 놀랐다.

"어떻게? 그렇게 빨리?"

이인은 불위가 자기 부왕한테서 받아가지고 왔다는 '확실한 맹약'이 무엇인지는 모르나 이십여 명 되는 형제들 가운데서 자기 하나를 뽑아내서 태자로 삼겠다는 어려운 허락을 단번에 받아가지고 왔다는 말에 놀라지 않을 수 없었던 것이다.

불위는 말하는 대신 품속에 감추어 가지고 왔던 옥부를 꺼내 보였다.

이인은 옥부를 받아들었다. 둥글고 납작한 옥돌에 '이인위적'이라고 새긴 것을 비단끈으로 꿰어서 허리에 차도록 만든 것이었다.

"안국군 전하께서는 후궁에서 저를 만나보시는 동안에 이것을 조작해 드리라고 분부하시어 금 오백 냥과 함께 제게 주셨습니다. 화양부인께서는 희색이 만면하시고…."

이인은 자리에서 일어나 불위의 손을 잡고, 얼마나 기쁘고 고마운지 형용할 수 없다는 표정을 지었다.

"감사합니다! 감사합니다!"

하고 더 말을 못했다.

"이제는 속히 여기서 탈출하는 일만 남아 있습니다."

불위의 말이 채 끝나기도 전에 공손건이 옷을 갈아입고 들어왔다. 불위는,

"이일 저일 해도 장사하는 일만큼 어려운 일이 없지요."

이같이 말끝을 돌렸다. 공손건은 자리에 앉으면서 물었다.

"그럴까? 나라의 국정(國政)을 하는 일보다도 장사하는 일이 더 어려울까?"

그는 불위와 이인이 자기가 없는 사이에 무슨 이야기를 했고, 방 안에 들어설 때 불위가 하던 말이 무슨 말인지 모르는 모양이었다.

"황송합니다. 지나친 과언일는지 모릅니다만 미천한 상인이 하는 일이 때로는 나라와 나라가 전쟁하는 것같이 인정의 기미(機微)와, 이해의 승부(勝負)와, 배후(背後)의 세력을 정밀하게 알아야 승산(勝算)이 선다

는 것을 말씀하고자 했을 뿐입니다."

불위는 겸손한 태도로 대답했다.

"암, 그렇지. 현제의 말이 내 맘에 드네. 자아, 한잔 들게."

공손건은 또 술을 권했다. 불위는 권하는 대로 마셨다. 이인도 사양하지 않았다. 그는 안국군이 자신을 적아들로 삼아서 이후 태자로 삼겠다는 옥부를 증거물로 보낸 것이 무한히 기뻤다.

불위의 말과 같이 이제는 조나라에서 구금되어 있는 신세를 하루속히 면해버리는 것이 급한 일이었다. 그러나 그것은 자기 희망대로 되지 않는 일이다. 믿고 의지할 곳은 여불위밖에 없었다. 이인은 불위를 형님같이, 은인같이 생각했다.

"그런데 그전에도 항상 생각했습니다마는 기회가 없어서 이루지 못했습니다. 또 언제 장삿길을 떠날지 알 수 없고 해서 내일은 누추한 자리지만 저의 집에서 대감을 모시고 주연을 베풀고 싶습니다. 꼭 오셔야 하겠는데 오실 수 있을까요? 그리고 왕손께서도 같이 오셨으면 좋겠는데요?"

불위가 갑자기 공손건에게 이같이 청했다. 공손건은 쉽게 대답했다.

"어려울 거 있나. 왕손과 함께 내 같이 감세!"

공손건의 승낙을 얻고 불위의 가슴속에는 이미 계교가 섰다.

"황송합니다. 그러면 내일 저는 집에서 준비를 시키고 기다리고 있겠습니다. 꼭 왕림해주십시오. 왕손과 함께."

주인 대감은 벌써 취기가 돌았다. 불위가 선사한 금잔을 가지고 마셔보고, 옥호에 술을 부어 기울여보기도 했다. 풍치가 더욱 향기로웠다. 마음이 흡족해진다는 것은 정도를 지나 사치스러운 느낌이 생기는 때다. 공손건에게는 지금이 그 같은 때였다.

조금 있다가 불위는 술에 너무 취해 견딜 수 없다 하고 돌아가고자 했다.

"내 집에서 자고 가지… 여기서 쉬게그려."

주인 대감이 붙들었다.

"황송합니다. 그러나 내일 저의 집에서 준비를 시키려면 일찍 가야 하므로 물러가야겠습니다."

불위는 고사했다. 공손건도 자기를 접대하기 위해 불위가 일찍 집으로 돌아가야겠다는 데는 붙들 생각이 없어 자리에서 일어섰다.

불위는 공손건과 이인에게 하직하고 밖으로 나왔다. 여름달이 중천에 밝았다.

술에 취하면 불위의 정신은 더욱 맑아진다.

지금 자신이 하고 있는 흥정은 굉장한 흥정이다. 흥하면 천하를 얻는 것이요, 망하면 집이 부서지고 목이 끊어지는 흥정이다. 강한 진나라의 왕손을 인질로 잡아두고 진나라의 백만 대군을 못 들어오게 하려는 조나라의 정책을 그는 잘 안다. 이인의 한 몸은 조나라에 백만 군사가 있는 것과 다름없는 방패가 된다. 그런 것을 자신은 지금 진나라로 빼돌리려고 하고 있다. 조나라의 조정에서 알기만 하면 자신의 목숨은 끊어진다. 그 반대로 이인을 자기 계획대로 빼돌려서 진나라로 함께 도망간다면 이인은 앞으로 왕이 될 것이요, 따라서 자신은 왕이나 다름없는 위대한 인물이 될 것이요, 또 주희가 태중에 가지고 있는 아이가 아들이라고만 한다면 자신의 아들이 앞으로 진왕이 될 것이니, 한 집안이 변해서 한 나라가 되는 일이다. 이러한 흥정을 자기가 하고 있다. 그리고 그 흥정은 십중팔구 성사가 되어오는 셈이다. 이인을 자기 집에 두고 감시하고 있는 공손건의 매수도 끝났고, 화양부인을 설득해서 안국군으로 하여금 이인을 태자로 삼도록 하는 공작도 끝났고, 남아 있는 일이라고는 주희를 이인이 자기 아내로 삼게 하는 일밖에 없다. 내일 밤에 한 가지 일을 끝내버리자. 불위는 달그림자를 밟으면서 객사로 돌아오는 길에 이렇게 결심했다.

이튿날 일찍이 집으로 돌아와서 먼저 부친에게 사실을 고하고, 그다음에 사랑하는 첩 주희의 처소로 가서 모든 것을 분부하고, 특별히 주희에게는 갖은 계교를 가르쳤다.

주희는 요염한 웃음을 지어 보였다. 그 웃음을 보고 불위는 안심했다.

밤이 되었다. 채 어둡기 전에 공손건과 이인은 하인 두 사람을 데리고 말을 타고 여불위의 집에 도착했다. 안채의 큰방으로 그들은 인도되었다.

불위는 은근하게 인사하고 준비한 음식을 내오기 전에 차와 과자를 권하면서 생황의 악기를 울리는 노랫소리를 듣게 했다. 큰방의 좌우에서 두 줄로 늘어앉은 악사들이 한바탕 유량한 음률 소리를 낸 후에 곱게 단장한 계집아이들 손으로 음식이 운반되었다. 그러자 뒤이어 아름다운 여인이 채색옷을 입고 좌우에 시녀를 거느리고 소리없이 들어섰다.

공손건과 이인은 눈을 크게 떴다. 한 발짝 두 발짝 소리없이 술상 앞에 가까이 와서는 시비를 떼어놓고 홀로 술상 앞으로 와서 손님을 향해 두 번씩 절을 했다. 절을 받으면서 두 손님은 놀랐다.

"누구인가?"

공손건이 이상한 듯이 불위를 바라보고 물었다.

"저의 둘째 마누라입니다. 귀빈을 모시면서 자랑할 것도 없고, 존경하는 뜻을 표할 길이 없어 처음으로 따르는 첫잔을 한 잔씩 권해드리라고 일렀던 것입니다. 그랬더니 아마 뵈오러 나왔나봅니다."

불위는 이렇게 대답하고 주희에게 두 손님 앞에 놓인 잔에 술을 따르게 했다.

주희는 섬섬옥수로 공손건 대감과 이인의 술잔을 가득히 채웠다. 불위에게도 술잔을 채우고 나서 주희는 노래를 불렀다.

하늘의 맑음이여 공자의 마음이로다.
달의 밝음이여 전도가 양양하도다.
이 밤의 좋은 모임이여 사해가 한집안이로다.

술의 향기 그윽함이여 고달픈 인생을 잊었도다.
마음이 가만히 설렘이여 그대가 나를 유심히 봄이로다.
사랑의 분수 없음이여 나는 새가 눈이 멀었도다.

인생의 짧음이여 무정한 세월이로다.
창공의 멀고 멀음이여 벽해가 깊고 깊도다.
은혜가 무겁고 무거움이여
정이 두텁고 크도다.

주희는 세 번 노래 부르고 세 번 술을 따랐다. 그러고 나서 나는 나비같이 날아갈 듯 인사를 드리고 큰방에서 물러갔다. 공손건이 대단히 기쁜 얼굴로 잔을 기울이며 불위의 얼굴을 부러운 듯이 바라보고 있을 때, 이인은 정신이 황홀해져서 취한 듯 꿈꾸는 듯 문밖으로 나가버린 주희의 뒷모습만 바라보고 있었다. 좌우에서 생황과 피리의 곡조가 더욱이 그를 꿈나라로 인도하는 것 같았다.

"자, 한잔 드시지요."

불위가 다정스럽게 이인의 앞에 와서 술잔을 들고 함께 마시기를 권했다. 이때 비로소 제정신을 차린 이인은 그제야 술잔을 들었다.

배가 부르고 취한 기운이 농후해지도록 그들은 마셨다. 그 중에서도 공손건이 제일 많이 취했다.

"못 견디겠소. 나는 잠시 쉬어야겠어."

결국 공손건을 뒷방 침상에 누워 있게 하고 불위는 하인을 불러 후당에 주석을 새로 베풀게 했다.

하인이 후당에 준비가 다 되었다고 보고를 했다.

"그러면 자리를 옮겨 깨끗하게 조용히 한잔 더 드시지요."

하고 불위는 이인을 끌었다. 웬일인지 이인은 오늘 저녁만은 취하지 않았다. 공손건의 집에서 술대접을 받을 때와는 다른 것을 자신도 기이하게 여겼다.

두 사람만이 후당으로 건너왔다. 기화요초가 향기를 풍기는 후원에 있는 별당은 비단으로 도배하고 수를 놓은 사(紗)로써 창을 하였다.

두 사람은 마주 앉아서 술을 서로 권했다.

잠시 후 주희가 얇은 옷으로 갈아입고 아까와는 조금 달리 새로 단장을 하고 나타났다.

"이렇게 별당으로 오셨으니 첩이 나와서 귀인께 술을 권해올리려 합니다."

주희는 이렇게 말했다.

"암 그래야지. 잘 생각했어. 먼저 귀인께 한 잔 올리고 나도 한 잔 주게."

불위는 혀 꼬부라진 소리를 했다. 이인은 주희의 얼굴만 넋 잃은 사람처럼 바라보았다.

"자아, 드시지요. 이제는 마음놓고 드시지요. 감시하는 사람도 없지 않습니까!"

불위는 이렇게 말하고 잔을 들었다. 이인도 잔을 들었다.

이 몸이 죽을 시면 북두칠성 없어지리.
오작교 무너지면 견우직녀 못 만나리.
은하수 제 홀로 흘러
무슨 보람 있으랴.

주희는 또 노래를 불렀다. 은방울 같은 소리가 이인의 귀에는 하늘에서 울려오는 그윽한 소리처럼 들렸다.

"허, 과연 유쾌하다. 그렇지 않습니까, 전하?"

불위는 이인의 얼굴을 바라보았다. 이인은 낯을 붉히면서,

"유쾌합니다. 모두 대인 덕분이올시다."

하고 잔을 기울였다.

불위는 빈 잔을 술이 가득한 것처럼 마셨다. 이와 같이 몇 잔을 거듭하다가 불위는 상 위에 기대어 고개를 떨어뜨리고 졸기 시작했다. 이인과 주희는 함께 곁에 앉아 있었다. 보는 사람이 없다.

이인은 아까부터 주희의 모략에 취했다. 지금 주희를 곁에 앉혀놓고 보니 더욱 아름다웠다. 그는 잔을 들어 한숨에 마셨다.

"더 부어드릴까요?"

주희가 묻는 말에 이인은 대답 대신 주희의 손목을 잡았다. 주희는 기다리고 있었던 것처럼 어깨를 이인의 몸에 기대었다. 이인은 한 팔로 주희의 허리를 감고 한 팔로 주희의 가슴을 안았다. 주희는 얼굴을 이인의 어깨에 붙이고 눈을 위로 뜨고 이인을 쳐다보며 소곤댔다.

"이러지 마세요. 실없으시지 않으십니까?"

이인은 꽉 안으면서 말했다.

"진정이오!"

그리고 이인은 주희의 뺨에 자신의 입술을 대고 뗄 줄을 몰랐다. 주희도 언제까지나 그 모양대로 굳어 있었으면 하는 것처럼 움직이지 않았다.

그럴 즈음에 눈을 두 손으로 비비면서 불위가 상 위에서 머리를 들었다. 크게 뜬 눈으로 이인과 주희의 모양을 바라보더니 눈썹이 위로 추켜올려졌다. 입을 꽉 다물고 바라보는 불위의 얼굴에 이인과 주희는 질렸다.

두 사람은 각각 자리를 고쳐앉았다.

"이게 무슨 일이지요?"

노기를 띤 불위의 음성이었다.

남녀는 아무 말을 못하고 머리를 수그리고 있을 뿐이었다.

"대관절 무례하기 짝이 없습니다. 남의 집에 와서 그 집 주인의 안사람을…."

불위가 더욱 성낸 음성으로 말을 계속하자 주희는 자리에서 일어나며 말했다.

"첩이 여쭙겠습니다. 죄송한 말씀은 헤아릴 수 없사오나 첩이 알기에 가장께서는 황손을 구하시려고 집안에 있는 보물을 거진 다 방매하고 수천 금을 허비하셨습니다. 지금 황손께서 첩에게 마음을 두시고 사랑을 구하시는 것을 가장께서 거절하신다면 이것은 재물을 잃어버린 위에 또 황손까지 잃게 되는 일인데 이 모든 것이 저 한 몸 때문에 일어나는 슬픔이옵니다."

하더니, 별안간 벽 위에 걸린 단도를 떼어내려 칼을 뽑아서 배에 꽂고 엎어지려 했다. 불위는 황급히 주희를 붙들고 그 손에서 칼을 도로 빼앗았다.

"이게 또 무슨 짓인가!"

불위는 주희의 어깨를 붙들고 가쁜 숨을 쉬었다.

이인은 몸 둘 곳을 모르는 사람처럼 머리를 수그린 채 그대로 앉아 있었다.

"보십시오, 황손!"

처음으로 불위는 이인을 '황손'이라 불렀다. 이인은 불위가 자기를 부르는 소리에 거역할 수 없는 듯 쳐다보았다.

"황손은 이 여인을 사랑하십니까? 필요하십니까?"

불위는 주희를 붙들고 서서 이같이 물었다.

"예!"

이인이 간신히 대답하는 소리였다. 불위는 고개를 떨어뜨리더니 주희를 놓고 자기 자리에 와서 앉았다.

"황손! 만일 황손이 이 여인을 진심으로 사랑하시고 또 제일 부인으로 맞으시겠다면 내가 비록 사랑하는 여인이지만 바치겠습니다. 그렇게 하시겠습니까?"

이인은 고개를 들고,

"정말 나를 용서하시고 그렇게까지 해주시겠습니까?"

도리어 이같이 물었다.

"아무렴 그렇게 하지요! 대장부 천하에 나서 그보다 더 큰 일을 하거늘 하물며 일개 여인의 문제에 구애되겠습니까?"

불위는 시원스럽게 대답했다.

이인과 주희가 자리에서 내려와 마루 위에 엎드려 감사했다.

"감사합니다! 은혜를 잊지 않고 진나라에 들어가서 만일 뜻을 이루면 결초보은하겠습니다."

이인이 맹세하는 듯 이같이 말했다.

"군자의 하해 같으신 은혜, 뼈에 새겨 간직하겠습니다."

주희도 이인과 함께 불위에게 맹세했다.

"그만 일어나 앉으십시오."

불위는 이인과 주희를 두 손으로 붙들어 일으켜 자리를 권했다. 두 사람은 다시 자기 자리에 앉았다.

"사소한 감정을 씻어버리고 장래의 대사를 위해 다시 한잔 드십시다."

불위는 어디까지나 큰 도량을 보이면서 잔을 들었다. 이인도 들었다. 주희에게도 불위가 술잔을 가득히 채웠다.

이럴 즈음에 공손건이 잠이 깨어 별당으로 건너왔다.

세 사람은 다시 자리를 고쳐 앉고 불위가 이인과 주희의 사건을 고했다.

"그래서 저는 비록 짧은 시일이지만 제가 애지중지하던 이 여인을 이인께 바치기로 승낙했고, 여인 역시 기뻐합니다. 그러니 대감께서 그 뒤의 일을 주선해주시기 바랄 뿐이옵니다."

불위는 이렇게 말했다.

"과연 희한한 일이로다. 불위의 관대함도 희한하고, 여인의 결심도 희한하고, 왕손의 순정도 희한하도다!"

공손건은 감탄했다. 그러더니,

"그러면 두 사람의 혼인에 내가 중매가 되어야지! 택일해서 성례하고, 내 집에 큰 별당이 있으니 그리로 신접살림을 옮기시구려."

하고 이인을 보았다.

"무어라 감사한 말씀을 이루 다 못하겠습니다. 은혜가 태산 같을 뿐…."

이인이 머리를 수그렸다. 주희는 부끄러운 표정을 지으면서 허리를 굽혔다.

"다만 인질 된 몸인지라 대궐 안에서는 모르게 하는 것이 좋을 듯하니 우리 세 사람만 알고 널리 소문을 내지는 맙시다."

공손건의 말이었다.

"지당합니다."

불위가 동의를 표했다.

"자아, 그러면 혼인 중매가 신랑 신부에게 먼저 한 잔씩 술을 권하고 축복을 할거나… 허허."

공손건이 너털웃음을 웃으면서 술병을 들었다. 그는 스스로 자기만 한 활량도 드물다고 생각하는 것 같았다.

이인과 주희에게 한 잔씩을 권하고 두 사람으로부터 각각 석 잔씩의 술을 받아 공손건은 쉬지 않고 마셨다. 좌석이 어우러졌다. 공손건과 이인은 대취해서는 자리에서 일어났다.

"내 더 취하기 전에 달빛이 밝으니 돌아가야겠네. 왕손은 나와 함께 가고, 신부는 당분간 불위가 보호하렷다!"

공손건은 취한 어조로 명령했다.

"하명하시는 대로 시행하겠습니다."

불위는 거짓으로 공손건의 비위에 맞춰서 이같이 대답했다.

세 사람은 밖으로 나갔다. 주희도 따라 나갔다. 하인들이 끌고 온 말 위에 공손건이 먼저 올라탔다. 이인은 주희를 돌아보고 연연하여 차마 떠나지 못하는 표정이었다.

"빨리 갑시다!"

공손건의 말소리였다. 이인은 불위에게 가까이 와서,

"대인의 은혜는 태산과 같고 하해와 같습니다. 반드시 택일해서 데려가겠으니 십분 양해해주십시오."

"속히 데려가시기 바랍니다."

불위는 간단하나 공손하게 대답했다.

이인은 주희에게 얼굴을 돌려 목례만 하고 말 위에 앉았다. 주희는 그 앞에 허리를 굽혔다.

두 사람의 모양이 눈앞에서 보이지 않고 다만 그들이 탄 말의 발굽 소리가 멀리서 들릴 때까지, 사랑채의 큰문이 닫히는 소리가 들릴 때까지 불위는 뜰 위에 서 있었다. 주희도 그와 함께 달빛 아래서 움직임이 없었다.

"이제 들어갑시다."

불위는 주희의 얼굴을 보며 평시와 같이 평온한 음성으로 말하고 별당으로 향했다. 주희는 그의 뒤를 따랐다.

방 안은 깨끗하게 청소되어 있고 주희의 손심부름을 하는 계집 하인이 방문 밖에서 기다리고 섰다가 그를 맞았다.

"너는 이제 물러가서 자거라."

주희가 하인을 물리자 불위는 침상 위에 걸터앉아 주희를 불러 자기 곁에 앉혔다.

"주희!"

"네?"

"지금 이인을 따라가고 싶지는 않은가?"

"아이고 망측해! 대인이 첩을 그렇게 하라고 시켜놓고 지금 강짜를 하시면 첩은 어떻게 해요!"

"허허허, 내가 강짜할 리가 있나."

불위는 쾌활하게 웃음을 웃고 주희의 허리를 껴안았다.

풍만한 육체를 불위의 가슴에 기대면서 주희는,

"어떠했어요? 첩이 아까 하던 솜씨가 그대로 되었던가요?"

하고 불위의 얼굴을 쳐다보았다.

"아무렴, 내가 예상했던 것보다 훨씬 훌륭하게 잘했어! 내가 왕손이라도 거기에 빠지고 말았을 거야."

"그게 다 대인께서 가르쳐주신 수단이 아니겠습니까?"

하고 아름답게 곁눈질해 보는 주희의 얼굴을 들여다보고 불위는 대답하는 대신 그의 도톰하고 새빨간 입술을 살며시 꼬집었다. 조금 있다가,

"주희! 이제는 다 되었다! 계획한 대로 모든 일이 다 되었고, 이제는 하루라도 속히 너를 이인이 데려가게 하는 일과 속히 이 나라에서 탈출시키는 일만 남았다! 너는 복을 받은 여인이다!"

하고, 자못 감개무량해했다.

"첩이야 무엇을 압니까, 모두 대인의 복이시지요."

혹은 그럴는지도 모른다. 주희의 말대로 주희가 이인의 아내가 되고,

황후가 되고, 주희의 뱃속에 있는 아이가 왕이 된다면, 그 모든 것이 불위의 복으로 이루어지는 것인지도 모른다.

두 사람은 자리 속에 들어갔다.

인질 탈출

그 후로 보름 만에 주희는 홍교를 타고 새색시같이 뱃속에 아이를 가진 채 공손건의 집으로 실려갔다. 진나라 왕손 이인의 정실 아내가 되어버린 것이다.

공손건과 함께 불위의 초대를 받고 처음으로 주희와 같은 미인을 보고 정신이 황홀해진 이인은 오랫동안 객고에 쓸쓸함을 이기지 못하던 터라, 하루라도 속히 주희와 더불어 같이 살게 해달라고 공손건을 졸랐던 것이다.

활량으로 자처하는 공손건은 자신이 손꼽아 택일하여 여불위에게 날짜를 예고하고, 모든 절차에 실수함이 없도록 지시했다. 그리고 그날의 절차는 그의 뜻대로 시행되었다. 이인 · 공손건 · 여불위 세 사람은 각각 제 멋대로 기쁨을 금치 못했다. 그러나 세 사람의 이 같은 심정을 아는 사람은 새색시 같은 조달한 계집 주희밖에 없었다.

한편에서는 객지에서 새로운 정이 깊어가고, 한편에서는 여불위가 마지막 남아 있는 자신의 은밀한 계획을 실행하고자 분주했다. 이인은 가끔 진나라의 함양궁을 잊는 때가 있었다. 여기가 자기 나라거니 착각하고 꿈속의 나날을 보냈다.

이와 반대로 여불위는 가끔 진나라의 함양궁에서 용상에 앉아 있지는 않지만 용상 앞에서 모든 신하들을 눈 아래로 보면서 분부하는 자신을 그려보는 환상 속에 잠겨 있는 때가 많았다.

불위는 한 달에 두 번씩은 꼭 공손건의 집을 방문했다. 그러나 이인이 거처하고 있는 별당에는 가지 않았다. 이인은 공손건의 처소에 나와 불위를 만나보고 주인 대감이 잠시라도 자리에서 떠났을 때에 한해서만 서로 은밀한 이야기를 가만히 속살거렸다.

불위는 각처로 돌아다니면서 요소에 있는 조나라 관리들을 매수하기에 필요한 계교를 다 썼다. 그의 계교는 황금과 보물과 술과 계집과 그리고 상대방을 존경하는 태도와 스스로 진실하고 겸손한 사람으로 보이는 꾸밈 이외에 더 많은 계교가 필요치 않았다. 공손건도 이인도 화양부인도 안국군도 모두 이 같은 불위의 전술에 함락되었다. 그리고 조나라 서울의 관리들도, 시골의 성문과 국경의 관문을 파수 보는 이졸들도 모조리 불위의 계교에 떨어지고 말았다.

주희는 이인의 아내가 되어 공손건의 집으로 들어올 때부터 뱃속에 들어 있는 핏덩어리가 두 달이 지났다는 것만을 생각했다. 이인의 아내가 된 지 일곱 달, 뱃속에 들어 있는 핏덩어리가 아홉 달이 되는 때, 공손건의 집을 떠나 성내에 새 집을 장만하여 이사했다. 공손건은 이인이 주희와 함께 자기 집을 나가서 거처하게 하지는 않았으나 이인의 자택을 왕래하는 자유를 막지는 않았다.

겨울이 가고, 여름이 오고, 주희가 이인에게 시집온 지 열 달, 뱃속에 든 핏덩어리가 열두 달이 되어서 주희는 사내아이를 해산했다. 뱃속에서 다 커가지고 이 세상에 나온 아이는 어머니의 배를 떠났을 때부터 평범하지 않았다. 입속에는 앞니가 생겼고, 등에는 비늘 같은 조그마한 살점이 붙어 있었다. 이인은 자신의 애인이 첫아들을 해산한 것을 보고 무한히 기뻐했다. 그는 아이의 이름을 정(政)이라고 지었다. 때는 진 소양왕 오십년 갑진(甲辰) 유월 초하룻날이었다. 서력기원전 이백오십칠

년의 일이었다.

그러나 이인보다도 더 기뻐하고 만족해하고 안심한 사람은 여불위였다. 그는 주희를 진나라 왕손 이인에게 주고,

'저것이 뱃속에 넣어가지고 간 것이 아들이 되어주었으면… 열 달을 채워 해산해주었으면….'

하고 속마음으로 희망했을 뿐 아니라, 처음부터 주희에게 신신부탁했던 일이었다. 그토록 부탁하고 기원하던 일이 마침내 뜻대로 이루어졌다. 이제는 누가 감히, 설사 이인일지라도 이 자식은 제 자식이 아니라고 할 수 없으며, 계집아이가 아닌 이상 이인이 왕이 된 후에 이 자식을 태자로 삼지 않을 수 없다!

'이제는 내 목적이 거의 달성되었구나.'

그는 용기가 저절로 생겼다. 이인을 데리고 국경을 넘어가는 일은 그가 그동안 조나라 관리들을 매수해서 이미 다 된 일이나 다름없었다. 다만 주희의 해산 기일만을 생각해서 연기해온 일에 지나지 않았다. 만삭이 가까운 주희가 몸을 움직임에 불편할 것이고, 다음으로는 산후에 젖먹이를 안고 비록 유모를 거느리고 함께 움직인다손 치더라도 창졸간에 원행하기도 어려운 일이라 생각하고 불위는 석 달이 지나도록 참았던 것이다.

"치하를 올립니다. 첫아들을 보시었다니 지극히 다행하시고 다복하시고 영광스럽습니다."

불위는 공손건의 집으로 이인을 찾아가 이같이 축사를 올렸다.

누가 영광스럽고, 누가 다복하게 되고, 누가 다행하게 되었는지 모르나, 이인은 자기에게 드리는 불위의 치하 인사를 받고 이같이 답례했다.

"모두 대인이 주신 은덕이올시다. 산모와 산아가 모두 건강하니 더욱 다행인가 합니다."

불위는 자기 집에 돌아와서 계교를 세웠다.

충분하게 모든 수속과 준비를 마련한 뒤에 불위는 먼저 자신의 부친에게 자세한 내막을 알리고 앞으로 며칠 후에 국경을 넘어 진나라로 갈 계획을 설명했다. 여옹은 아들의 말이 모두 옳다고 했다.

여옹은 아들 불위를 비상한 천재로 인정하는 모양이었다.

불위는 부친의 허락을 얻은 후에 지체하지 않고 모든 가산을 정리했다. 그리고 사람을 시켜 주희의 식구를 자기 집으로 오게 했다.

이미 관청에서 얻어다둔 성문 관문을 무사히 통과하는, '여불위의 가족 일행을 안전하게 통과시킬 것'을 고하는 문서가 있었다. 이 문서를 보이기만 하면 불위의 부모·처자·비복 그리고 주희와 그의 비복들이 탄탄대로에 수레를 몰아 안전하게 국경을 넘어갈 수 있는 것이다.

불위는 제 집안일을 끝내고 부모처자와 주희의 모자를 떠나보내고 이튿날 공손건을 찾아갔다.

"여러 달 적조했네. 어서 오게."

하고 주인 대감은 그를 반가이 맞았다. 불위는 인사를 차리고 대감과 더불어 바둑을 두어 일부러 세 판을 졌다.

"자고로 바둑에 진 사람은 한턱을 내야 한다 하오니 내일 제가 불가불 모셔야 하겠습니다. 성 밖의 연못 가운데 저의 별당이 있으니 왕림해주시기 바랍니다."

하고 불위는 공손건에게 청했다. 이인은 곁에 앉아서 공손건의 얼굴을 바라보았다.

"암, 그래야지. 승부에 지고 그대로 있을 수 있나! 가고말고. 우리 두 사람이 갈 터이니 준비는 어련하지 않겠지?"

공손건은 호기 있는 어조였다.

"황송합니다. 저로서는 최선을 다하겠습니다. 황손과 함께 왕림하시면 그다음은 대감께서 친히 보시면 아실 것입니다."

불위의 진정인 듯한 대답이었다.

"허허허, 물론 보면 알지…. 준비를 잘 차렸나 못 차렸나 보면 알지!"

공손건은 유쾌하게 웃었다. 그리고 변소로 나갔다.

불위는 이인의 귀에 입을 대고 내일 밤에 공손건만 술 취해 자게 하고 탈출해야만 앞서 도망한 가족을 따라갈 수 있다는 사실을 간단히 말했다. 이인은 머리를 몇 번 끄덕거렸다.

공손건이 들어왔다. 두 사람은 딴 이야기를 했다. 저녁때가 되기 전에 불위는 성 밖에 있는 연당으로 돌아갔다.

이튿날 오후, 공손건은 이인과 함께 불위의 연당으로 놀러 나왔다. 연못 가운데는 연꽃이 이미 떨어진 지 오래이지만 연잎은 물 위에 덮여서 시원한 풍치가 그들의 주홍을 돋우었다.

한 차례 음식을 끝내고 바둑을 두었다. 세 번을 두어 세 번 지는 사람은 술잔을 사발로 대신하기로 내기했다. 불위는 공손건을 세 번 다 이겼다.

"황송합니다. 어제는 제가 세 번을 지더니, 오늘은 반대로 세 번을 이기니 어찌된 일인지 알 수 없습니다."

불위가 이렇게 말하자,

"승패는 병가의 상사라고 말하지 않았나! 내 술잔을 사발만한 것으로 갖다놓으면 되지."

하고 공손건은 큰소리로 웃었다. 심부름하는 하인은 불과 세 사람밖에 안 되건만 준비해둔 음식은 산해진미가 풍족했다. 세 사람은 쉬어가면서 밤이 어둡도록 이같이 놀았다. 공손건은 마음놓고 유쾌히 사발술을 마셨다. 그러나 얼마를 마시다가 그는 쓰러져버리고 말았다.

불위는 하인을 불러 대감을 편히 쉬도록 해드리라 하고 이인과 함께 옆방으로 건너갔다. 이인의 의복을 남의 집 하인들이 입는 의복으로 바꾸어 입혔다.

"죄송합니다마는 이렇게 입으시고 국경까지 넘어가셔야 하겠습니다.”

불위는 이인의 마음을 안심시키는 어조로 말했다. 이인은 아무 말 하지 않고 불위가 시키는 대로 했다.

두 사람은 큰방으로 나와서 공손건이 곯아떨어진 것을 보고, 조심스럽게 그 방에서 나와 연당의 뒤꼍으로 돌아갔다. 뒷마당에는 벌써 음식 심부름을 하던 하인 세 사람이 나와서 기다리고 있었다.

“너희들은 조금 더 있다가 각기 내가 이른 대로 헤어져라!”

불위는 하인들에게 이렇게 이르고 뒷담을 넘으면서 이인에게 넘어오라고 했다. 담은 높지 않았다. 담 밖에는 잘생긴 두 필의 말이 안장을 지워가진 채 벌써부터 대기하고 있었다.

“어서 올라타십시오.”

불위는 먼저 이인을 말 위에 올라타게 한 다음에 자신도 말 등에 올라앉았다.

“힘껏 달리셔야 합니다. 조심하시면서 저의 뒤를 따르십시오!”

불위는 이같이 한마디 하고 말머리를 돌림과 동시에 채찍을 높이 들어 말을 쳤다.

늦게 솟은 여름달이 그의 앞을 밝혀주었다. 이인도 그의 뒤를 따랐다.

연당의 좁은 길을 돌아 큰길로 벗어난 뒤에 두 필의 말은 달음질하기 시작했다. 밤이 깊어서인지 성 밖에는 수레를 몰고 가는 사람도 없을 뿐더러 말 타고 지나가는 나그네의 그림자도 없었다. 달빛 아래에는 두 사람의 말 탄 그림자뿐이었다. 쥐도 새도 모르게 두 사람은 탈출한 것이다. 아는 사람이라고는 연당에서 심부름하던 세 명의 하인밖에 없었다. 그러나 그들은 공손건이 이인과 함께 데리고 온 두 명의 하인에게 술을 취하도록 마시게 하고는 그들도 뿔뿔이 도망해버려, 연당에 남아 있는 사람이라고는 공손건과 그의 집 하인 두 사람뿐이었다. 그리고 그들이 불위에게 교묘하게 속은 것을 깨달았을 때는 이미 모든 일이 끝난 뒤일 것이다.

불위는 이 밤이 새도록 말을 달리기만 하면 되었다. 첫닭이 울 때까지 달음질하면 삼십 리는 더 갈 수 있을 것이다.

날이 밝은 뒤에 곡성(穀城)이라는 고을에 이르렀다. 고삐를 늦추고 천천히 말을 몰아 성문에 다다랐을 때 불위는 파수 보는 이졸들에게 통과하는 증명서를 내보였다.

"여선생이십니까? 어서 가십시오. 선생의 가족 일행은 어제 지나가셨습니다."

이졸 중에 우두머리로 보이는 사람이 불위에게 증명서를 돌려주면서 말했다.

"아, 그렇습니까? 어제 어느 때쯤 해서 지나갔는지요?"

불위는 증명서를 다시 접어서 품 안에 넣었다. 관원은 저희들끼리 얼굴을 바라보더니 말했다.

"아마 점심때가 지난 뒤였을 것입니다."

"감사하오."

불위는 마상에 앉은 채 그들과 몇 마디 수작하고는 말머리를 돌렸다.

"빨리 가야지."

그는 혼잣말처럼 입속으로 중얼거리면서 이인을 돌아다보았다. 이인은 말에서 내려 고삐를 움켜쥐고 땅 위에 서 있다가 불위의 눈빛을 보고 다시 말 위에 올라앉았다. 누가 보든지 자연스러웠다. 하나는 부잣집 주인이요, 하나는 그 주인의 하인이었다.

두 사람은 성안에 들어가서 식사를 마치고 하루 온종일 말을 달렸다.

이튿날 점심때나 되어 두 사람은 큰길에서 앞서가는 그들의 가족을 발견했다. 불위의 부모를 비롯해서 식구들과 하인, 그리고 주희의 모자와 유모, 이렇게 십 수 명이 수레에 짐을 싣고 느린 속도로 앞에서 가고 있는 것이 보였다. 불위와 이인은 말을 달려 수레 앞으로 갔다.

"무사하셨습니까? 제가 왔습니다."

불위는 부모에게 먼저 인사를 올렸다. 그리고 다른 식구들과 하인들을 둘러보고, 이삿짐이 실려 있는 것도 대강 살펴보았다. 그동안에 이인은 주희에게 가서 이틀 동안 그리웠던 얼굴을 보고 백일도 못 지났건만 의젓하게 생긴 아들의 얼굴을 보고 기뻐했다.

잠시 동안 그들은 서로 궁금했던 마음을 풀고 다시 수레를 몰아 앞길을 재촉했다.

한편 불위의 연당에서 사발 같은 술잔으로 연거푸 폭배를 기울였기 때문에 정신을 잃고 잠이 들었던 공손건 대감이 목이 말라 잠이 깬 것은 거의 날이 샐 무렵이었다. 그는 이때가 어느 때인가를 몰랐다. 다만 휘황하게 방 안을 밝히는 기름불 아래, 방 한가운데에 놓인 상 위에는 음식 접시가 질서 없이 흐트러져 있고, 좌우에 이인과 여불위가 없어진 것을 발견했을 뿐이었다.

'저희들도 취해서 곯아떨어진 모양이구나.'

처음에는 공손건도 대단치 않게 이쯤 생각하고 우선 상 위에 있는 물주전자를 잡아당겨 시원스럽게 물을 마시고 다시 자리 위에 쓰러져버렸다.

날이 밝아서 공손건은 잠이 깨었다.

태양이 하늘 위에 높이 올라와 있음인지 연못 위에 연잎과 몇 개 남은 연꽃이 햇빛을 아름답게 반사하는 풍경이 반쯤 열려 있는 문밖으로 황홀하게 보이는 것을 눈 속에 담고, 그는 자리에서 황망히 일어나 앉았다. 너무 늦었다고 생각했던 모양이었다. 그리고 즉시 방문턱까지 걸어나가 멀리 떨어져 있는 하인들이 거처하는 집을 향해 소리쳤다.

대감과 이인을 모시고 온 하인들도 술에 취해서 아침 늦게까지 곤히 잠자다가 여러 차례 부르는 소리에 허둥지둥 연당으로 왔다.

"이 댁 하인들은 어디 가고 없느냐?"

공손건은 호령하듯이 물었다. 두 명의 하인은 서로 얼굴을 보더니 불위의 하인들을 찾으러 나갔다. 조금 있다가 돌아와서 기다리고 섰는 대감에게 아무도 없다는 사실을 보고했다.

"주인도 어디 갔는지 모르는데 하인들조차 그림자도 없다면 진왕손은 어찌해서 없단 말인고?"

공손건은 하인을 꾸짖는지 자기를 꾸짖는지 모르게 이렇게 소리를 질렀다. 그러고는 신을 신고 자기 스스로 뜰아래로 내려와서 연당의 구석구석을 모조리 살펴보았다. 이인이 숨어 있든지 술 취해 자빠졌든지 하여간에 이곳에 남아 있을 이치는 물론 없었다. 공손건은 제 발목을 주먹으로 치면서 후회했다.

'불위에게 속았구나! 여불위란 놈에게 속았구나!'

그는 한탄했다. 그러나 한탄해서 끝날 일이 아니었다. 즉시 집으로 돌아가 조복으로 갈아입고 대궐 안에 들어가 혜문왕에게 사실을 고했다. 왕은 즉시 군사를 거느리고 쫓아가 이인을 붙들어오라고 했다. 공손건은 그와 같이 행동했다. 그러나 때는 이미 늦었던 것이다. 하루해를 진나라로 가는 길을 추격했건만 끝내 이인과 불위를 발견하지 못하고, 공손건은 자신의 갈 길은 죽음밖에 없음을 깨닫고 자살해버렸다.

불위와 이인과 주희와 불위의 가족들은 무사히 함곡관을 넘어 진나라 땅에 들어섰다. 멀리 국경에까지 조나라에서 탈출해오는 그들을 영접하기 위해, 왕실에서 파견되어 기다리고 있던 진나라의 대장과 군사들이 만세를 부르면서 기뻐했다.

이제 그들은 길이 급할 것이 없었다. 하루에 오륙십 리씩 가던 길을 쉬면서 갔다. 어느덧 함양 서울 가까이 이르렀을 때 불위는 이인에게,

"화양부인께서는 본시 초(楚)나라 여인이십니다. 그런고로 전하께서는 어머님을 기쁘게 해드리려면 초나라 복색을 입으시는 것이 좋겠습

니다."

하고 권했다.

"옳습니다. 우리 내외가 다 함께 그같이 해야지요!"

하고, 이인과 주희는 초복으로 갈아입고 함양궁에 들어갔다.

태자부에서는 위와 아래가 떠들썩하게 큰 경사가 벌어졌다. 안국군과 화양부인의 기쁨은 물론이거니와 이인의 할아버지 되는 소양왕도 삼 년 동안 초나라에 잡혀 포로가 되어 있던 손자가 무사히 탈출하여 귀국한 것을 무한히 기뻐했다.

백호전(白虎殿)으로 나가 이인은 먼저 소양왕에게 문안 인사를 올리고, 태자부의 후궁으로 돌아왔다.

화양부인은 이인과 주희 모자를 유심히 보더니 안국군을 향해 감개무량한 듯이 말했다.

"전하! 첩이 본시 초인이온데 지금 저 아들이 첩에게 효도하는 것이 저와 같습니다. 첩이 고향에서 입는 복색을 보니 기특하옵니다. 저 아들의 이름을 이인이라 하지 말고 '자초(子楚)'라고 부르심이 어떠하온지요?"

안국군도 자식 내외를 건너다보면서 즐거운 낯빛으로 고개를 끄덕였다.

"좋은 말이야. 자초…자초… 오늘부터 네 이름을 자초로 바꾸어라!"

안국군은 아들을 보고 이같이 명령했다. 자초는 두 손을 모아 허리를 굽혀 그 뜻을 받들겠다고 표시했다.

"이제부터 자초라고 부르시기 바라옵니다."

이렇게 해서 자초는 이 시간부터 화양부인의 친아들같이 부인이 거처하는 후궁에서 주희와 함께 기거하기 시작했다.

"그러하온데 소자가 오늘날 슬하에 돌아오기까지 자기 가산을 탕진해가면서 죽음을 무릅쓰고 도와준 사람을 모른 체할 수 없는 줄로 아뢥니다. 여불위가 황이점으로 들어가 있사오니 부군께오서는 불러보심이 어떠하올는지…."

조금 있다가 자초는 안국군 앞에 나가 이같이 말했다.

"오! 내가 진작 물어본다는 것을 깜빡 잊었구나! 그래야지. 여부가 있나."

안국군은 즉시 여불위를 불러들였다. 불위는 뜰아래서 예를 마치고 국궁했다.

"황손으로 하여금 오늘 이같이 무사하게 해준 너의 큰 공훈은 불멸의 것이다. 청사에 기록되어 만대에 남길 큰 공이니, 내가 부왕께 고해서 너의 공훈을 상줄 터이다. 그리 알고 물러가 있거라."

안국군은 다정하나 위엄 있게 불위를 보고 이같이 말했다.

"황송하옵니다. 공훈이랄 게 없다고 아뢰옵니다."

불위는 국궁하고 이같이 아뢰었다.

"기특한 겸사의 말…."

안국군은 불위를 칭찬했다.

"물러가옵니다."

불위는 다시 예를 하고 물러가려 했다.

"듣거라. 지금 우선 성서(城西)의 좋은 밭 일백 묘(畝)와 가택을 너에게 주겠다. 내일 부왕께 고해서 관직을 내리시게 할 것이니 그리 알아라."

안국군은 물러가려 하는 불위에게 이같이 상을 주었다. 자기 아들을 무사히 환국시킨 데 대한 첫인사였다. 불위는 은근하게 감사의 예를 하고 물러나왔다. 자초와 주희는 후궁에 머물러 있게 되었으므로 불위의 뒷모양을 내려다볼 뿐이었다.

여불위가 황이점에서 가족들과 함께 쉬고, 이튿날 대궐의 부름을 받고 나가 소양왕으로부터 받은 것은 동궁국승(東宮局承)의 관직이었다.

불위는 은혜에 감사하고 물러나와 하사받은 성서의 자택으로 가족과 이삿짐을 옮겼다.

이듬해 소양왕은 장한(章邯)을 대장군으로 삼아 군사 삼십만 명을 주어 조나라를 치게 했다. 삼 년 전에 왕전·왕흘 두 사람이 조나라를 치려다가 염파에게 패전하여 황손이 포로가 된 후로 자기 손자에게 해침이 있을까 두려워서 공격하지 못하고 분함을 참아오던 것을 이번에 복수하려는 것이었다.

장한이 거느린 군사는 조나라를 가까운 길로 쳐들어가기 위해 한(韓)나라의 경계를 돌파하느라고 한군 사만여 명을 죽이고, 조의 국경을 침범했다. 조나라에서는 어찌할 바를 몰라 주 난왕(周赧王)에게 급한 사정을 호소했다.

이때 동궁국승이던 여불위는 군사(軍使)가 되어 장한의 군사 십만 명을 빼어 주나라의 서쪽 길을 막아버리고, 또 십만 명으로 주의 동쪽 길을 공격하게 했다.

조나라의 이십여 성(城)을 점령하고 구만여 명을 죽이고 이같이 몰려오는 진나라의 침략에 저항할 길이 없어, 주나라는 이 해 칠월에 천자(天子)의 나라로서 진에 항복하고 말았다. 주는 무왕(武王)으로부터 난왕 오십구년에 이르기까지 삼십칠 왕, 팔백육십칠 년의 역사를 끝마치고 진에게 먹히었다. 후세 사람들은 이때까지를 '전국시대'라고 말하는 것인데 진의 소양왕 오십일년의 일이었다. 이때가 여불위가 진나라에 처음으로 공을 세운 해였다. 이 년 후에는 주가 망한 뒤에 처음으로 한(韓)나라가 진에 입조(入朝)했다. 한의 장량(張良)은 이때 갓난아기에 지나지 않았다. 여불위는 이때도 공을 세웠다.

불위가 동궁국승이 된 지 오 년 만에 진 소양왕은 위(魏)나라를 침략하는 전쟁을 일으켰다. 그러나 소양왕은 늙었는지라 갑자기 병세가 무거워져서 그만 세상을 떠나고 말았다. 소양왕 오십육년이었다.

그리고 안국군이 왕이 되었다. 그러나 즉위한 지 삼 일 만에 안국군이 죽었다. 이것이 효문왕(孝文王)이었다.

그다음에 장양왕(莊襄王)이 즉위했다. 이것이 여불위가 전심전력으로 조나라에 포로되어 있는 것을 탈출케 하여 데리고 나온 자초(이인)였다. 불위가 계획하고 주선하던 일은 십 년 만에 성공한 셈이었다.

화가위국(化家爲國)

장양왕(자초)이 즉위하면서 여불위는 상국(相國)의 벼슬자리에 앉게 되었을 뿐 아니라, 하남(河南)의 십만 호를 하사받아 문신후(文信侯)의 칭호를 갖게 되었다. 장양왕은 포로가 되어 조나라에 구금되어 있을 때 불위에게 받은 은혜를 이로써 갚은 셈이요, 불위는 금은보석과 비단을 무역하는 장사보다 몇 천 배 큰 장사를 한 셈이었다. 주희가 왕후가 된 것은 물론이요, 주희가 해산해서 포대기에 안고 온 아들 정의 나이 열 살, 이 아이가 태자가 된 것 또한 물론이다.

이듬해에 장양왕은 문신후와 의논한 후 조나라를 공격, 삼십칠 성을 점령하고, 이 지방을 태원군(太原郡)이라 했다.

불위는 조정에서도 위명을 떨쳤다. 칼을 허리에 차고 끄르지 않은 채 전상(殿上)에 올라갈 수 있고, 왕이 부를 때 불위의 이름을 부르지 못하고 '문신후'라고 불렀으며, 조정의 모든 신하들이 문신후 앞에서는 허리를 구부리게 했으니 누가 감히 그를 우러러보지 아니하랴.

또 그 이듬해 장양왕 삼년에, 왕은 문신후와 의논을 거쳐 위(魏)나라를 쳤다. 지난해에 초(楚)나라와 함께 위나라가 조를 구원해준 것을 원수로 생각한 까닭이었다.

그런데 위나라에는 공자 무기(無忌)라는 사람이 있었으니 위소왕(魏

昭王)의 아들 안리왕(安釐王)의 이모의 동생이었다. 안리왕이 나중에 왕이 된 후에 무기를 신릉군(信陵君)에 봉했다. 신릉군은 제(齊)의 맹상군(孟嘗君), 조(趙)의 평원군(平原君)과 마찬가지로 그 이름이 역사에 남아 있으리만큼 총명하고 덕이 넓고 지혜 있는 사람이었다.

위왕은 진의 군사 이십만 명이 쳐들어올 때 조나라에 가서 돌아오지 않고 있는 신릉군을 불러 급한 일을 맡겼더니 신릉군은 초(楚)·연(燕)·조(趙)·한(韓)·제(齊) 다섯 나라에 구원병을 급히 청해 각각 오만 명씩 출병케 하여 위의 군사와 합해 연합군 삼십만으로써 진군을 물리쳤다. 진의 대장 몽오(蒙鰲)는 대패해서 본국으로 돌아와 왕에게 보고하고 대죄했다.

장양왕은 이를 갈고 분해했다.

"짐이 맹세코 육국을 멸망시키고야 말리라!"

그는 이 때문에 가슴에 울화병이 생겨서 날마다 번민하다가 마침내 한 달 만에 세상을 떠났다. 장양왕은 왕손의 몸으로 고민하다 조나라에 포로가 되어 사 년 동안 고생살이하던 분풀이를 해보지도 못하고, 사랑하는 왕후(주희)와 단 하나의 아들 '정'을 뒤에 남겨두고 다시 돌아오지 못하는 저승길로 간 것이다.

문신후 상국 여불위는 문무(文武)의 모든 신하를 이끌고 장양왕의 태자 정을 받들어 왕위에 오르게 했다. 진나라는 아직 망하지 않았지만 왕실 영씨의 혈손은 이로써 끊어져버리고 만 것을 세상 사람은 아무도 몰랐다. 그리고 왕후 주희는 태후가 되고, 여상국 불위는 문신후의 칭호를 더 높여 '중부(仲父)'라고 부르게 했다.

"짐이 나이 아직 어리고 알지 못함이 많으니 국사를 중부가 통리하시오."

문신후에게 어린 왕은 이같이 말했다. 왕의 나이가 열세 살이었다. 태후 주희의 몸에서 열두 달 만에 이 세상에 나온 어린 왕의 분부를 듣고 문신후 불위는 왕에게 사례한 후 사실상의 왕노릇을 하기 시작했다. 궁금이 엄중한 내궁에도, 중부 문신후 여불위는 기탄없이 아무 때나 마음대로 제 집안같이 출입했다.

'이것이 내가 하려 하던 것이다. 이만하면 집이 변해서 나라가 된 것이 아니냐?'

불위는 자신의 가슴에 손을 얹고 이같이 입속으로 읊었다.

왕의 나이가 십삼 세, 자신이 일을 도모하기 무릇 십사 년이 지났다. 이제는 불위의 나이도 오십이 가까이 되었다.

함양궁만큼 크고 넓지는 못하지만 조나라에서 살고 있던 집보다는 몇 배나 더 큰 고루거각·금은주옥·능라주단·산해진미 그리고 수많은 처첩과 수천 명에 달하는 문객들….

불위는 자신의 출세는 남자로서 기어 올라갈 수 있는 가장 높은 산꼭대기에 올라온 것이요, 이것이야말로 입신양명하는 길에서 최종의 목표라고 믿었다.

그의 부모는 이미 세상을 떠났다. 그러나 부모는 그들의 생전에 자기가 진나라로 건너와서 출세하기 시작하는 광경을 보고 작고했으니 그만하면 효도를 다한 셈이었다. 사랑하는 주희를 장양왕에게 준 것은 뱃속에 든 자식으로 하여금 왕이 되게 하려고 일부러 꾸민 짓이었는데 그것도 뜻대로 이루어졌고, 장양왕은 또한 일찍 죽었다. 이제는 주희가 다시 자신의 계집이 되었다. 그는 마음대로 밤중에도 내궁에 드나들면서 주희와 더불어 즐길 수 있었다.

그는 만조백관 위에 있는 상국이요, 왕의 중부다.

'아비에 버금가는 아비가 아니라, 친아비다! 그러나 이 일은 쥐도 새도 몰라야 한다!'

불위는 이렇게 가슴속에 간직했다.

그는 모든 것이 뜻대로 되어 부족한 것이 없는 가장 만족한 절정에

도달했다.

이 세상에 살아 있는 동안 할 수 있는 온갖 일을 그는 다 이루었다고 생각하건만, 다만 한 가지 자신의 이름을 천추만세에 남길 만한 무엇을 남기고 가는 일, 그 일 하나만을 못했다고 생각되었다.

'나는 진나라의 상국이요, 왕의 중부인데, 내 생전에 육국을 병탄해 버리면 천추만세까지 내 이름이 전해질 것이 아니냐?'

그는 또 이렇게도 생각해보았다. 실제로 이렇게 될 것은 의심할 여지도 없었다. 이미 주 난왕은 진에 항복했고, 남아 있는 제후(諸侯) 중에서 진나라가 제일 강했다. 초·연·조·한·제·위, 이것들 육국을 집어먹어 버리면 천하는 저절로 손아귀에 들어오는 것이다. 그러나 의심 없이 이렇게 된다 할지라도 자신이 죽고 주희마저 죽어버린 뒤에는 남을 것이 쥐도 새도 모르는 왕의 혈손뿐이다. 그는 이것 하나가 허술하게 여겨졌다.

'좀 더 뚜렷하게 여불위가 이 세상에 왔다가 남기고 가는 것, 그런 것을 만들어두어야 한다!'

그는 마침내 이렇게 결론을 내렸다.

아무리 생각해보아도 이 세상에 오래도록 남길 수 있는 것은 글뿐이었다. 이백삼십 년 전에 죽은 공자(孔子)이건만 공자는 아직도 살아 있는 것 같다. 무슨 까닭이냐? 글이다. 그의 말이 글로 되어 있는 까닭이다.

'오냐! 나도 글을 남기겠다!'

불위는 가슴 위를 어루만지던 손으로 탁자를 치면서 입속으로 이같이 혼자 말했다. 그리고 큰소리로 하인을 불렀다.

"거기 아무도 없느냐?"

불위는 방문 밖에 와서 국궁하고 서 있는 청지기에게 문객들이 들어 있는 아래채를 손으로 가리켰다.

하인은 즉시 문신후의 뜻을 알아차리고 문객 중에서 글 잘 쓰는 몇 사람을 불위 앞에 나오게 했다.

"내 말을 잘 듣게! 공자가 노사(魯史)를 시작하기를 노나라 은공(隱公) 원년부터일세. 그때가 바로 동주(東周)의 평왕(平王) 사십구년이었는데, 이 책이 『춘추(春秋)』가 아닌가? 공자 이전에도 『춘추』가 있었으니 나도 『춘추』를 이 세상에 남기겠네! 알아듣겠나?"

불위는 그들에게 이같이 말했다. 문객들은 모두 '네' 하고 대답했다.

"모든 공부와 온갖 재주와 화려한 문필을 죄다 기울여서 『여씨춘추(呂氏春秋)』를 꾸며보란 말이야."

문객들은 일제히 공손히 허리 굽혀 절하고 불위의 앞을 물러나갔다.

불위는 안으로 들어가 저녁을 마친 뒤에 첩들이 거처하고 있는 별실을 두어 곳 거친 다음 수레를 타고 궁으로 갔다.

내궁에는 이미 태후가 단장하고 기다리고 있었다.

나인들은 이미 알아차리고 멀찍이 물러갔다.

불위는 태후와 방 안에 아무도 없는 가운데 마주 앉았다.

"문신후! 어찌해서 이다지 늦게 오시오?"

태후가 투정하듯 말했다.

"주희! 나는 지금 취했소. 밤이 깊으면 깊을수록 정이 깊을 것 같소. 그래서 늦게 온 것이오."

"공연한 말…."

태후는 곱게 그를 흘겼다.

문신후는 아직도 부용꽃과 같이 풍만한 태후의 두 볼따구니와 붉은 입술을 보면서 빙그레 웃었다.

"주희, 아니 태후 전하! 십삼 년 전에 집에서 내게 말하기를 무어라고 하시었던가 짐작하십니까?"

그는 태후의 눈을 들여다보면서 물었다. 태후는 정색하려다가 다시 고운 태도를 지으면서,

"모두 문신후께서 나에게 주신 공덕…."

이렇게 말끝을 흐리고 고개를 숙였다.

"모든 것이 그때 내가 태후에게 부탁한 바와 같이 이루어졌소! 이제 내가 할 일은 오직 글을 남기는 일만 남았을 뿐이오. 오늘 내가 문객들에게 『여씨춘추』를 쓰라 하였소."

문신후는 이렇게 말을 시작하여 자신이 지금 무엇을 생각하며, 생전에 해야 할 일과 죽은 뒤에 남기고 싶은 일이 무엇인가를 알아듣도록 이야기했다.

태후는 모든 것을 잘 알아들었다.

"태후 주희에게 나는 졌소! 옛날의 주희는 나보다 훌륭하지 못했건만, 오늘의 주희는 일국의 태후 전하! 나는 그의 나라에서 봉한 일개의 공후!"

문신후의 말이 끝나기 전에,

"또 실없는 말씀…."

하면서 태후 주희는 문신후 여불위의 무릎에 자기 얼굴을 묻었다.

불위가 내궁에서 자기 집으로 돌아온 것은 첫닭이 울 무렵이었다.

그는 이튿날 오정 때나 되어서 기침했다.

조정에 나가면 백관의 위에 자리를 잡고 있는 상국이요, 왕의 용상 앞에서는 중부로서 존칭을 받는 국왕의 아버지며, 밤이 되면 태후의 소중한 애인으로서 부귀와 영광과 향락 속에서 해와 달을 보내고 맞이하는 불위였다. 부지런하게 일하고, 생산한 물자는 아껴서 소비하며, 나라에 바치는 납세를 충실하게 이행하고, 군인을 존경하는 기풍을 숭상하기를 진효공(秦孝公)이 상앙(商鞅)을 정승으로 삼고 백성들에게 훈련해 온 이래 벌써 그동안 백여 년이 지났다. 이 같은 부국강병의 정책이 백여 년 동안 나라의 전통이 되어온 까닭으로 전국시대의 가장 큰 일곱 나라는 제일 광채 찬란한 큰 별이었다. 진나라는 이미 주나라의 천자로부터 항복을 받고, 한나라로부터 조공을 받는 천자의 나라가 되었다. 이제는 한나라를 제쳐놓고 나머지 다섯 나라만 꺾어 누르면 진나라의 왕은 왕의 이름을 제(帝)의 칭호로 바꾸어 사용해도 좋다. 천하에서 제일 높은 황제의 나라가 되는 것이다. 주가 이미 없어졌으니 진이 이에 대신해서 천자가 되어야 할 것이 아니냐? 장양왕의 아들, 실상인즉 자신의 아들 진왕을 황제가 되어 천자로서 천하에 군림하게 하고, 자신은 그 황제의 중부 노릇을 해야만 불위의 완전 성공은 이루어지는 것이다.

그와 동시에 불위가 자기 저택에서 밥을 먹이고 손님으로 기르는, 무엇이든지 단 한 가지의 재주라도 출중한 수천 명의 문객들로 하여금 저술해 올리라고 한 『여씨춘추』가 속히 완성되는 것 또한 그의 소원이었다.

그럭저럭 또 수삼 년이 지났다. 부귀와 영광과 향락이 계속되는 가운데 『여씨춘추』도 완성되었다.

팔람(八覽) · 육론(六論) · 십이기(十以紀)로 나누어, 하늘의 조화와 사람의 재주와 나라를 다스리고 물자를 생산하고 군사를 기르고 인정을 살피고 덕을 닦고 마음을 수양하며 역사를 알고 흥망성쇠를 의논하는 굉장한 책이 되었다. 불위는 몇 달을 두고 문객들이 수삼 년 동안 힘을 들여 꾸며 바친 『여씨춘추』를 정밀하게 검토하고는,

"잘 되었다! 부족한 것 없이 잘 되었다!"

이렇게 칭찬했다. 그는 이것을 오래도록 역사에 남기려 널리 세상 사람들에게 먼저 알려주고 그릇된 구절이 있으면 완전하게 고치는 것도 필요하다 생각하고 함양성문 위에 다음과 같은 방을 크게 써붙이게 했다.

'『여씨춘추』 저술을 성의 문루 위에 올라와서 펴보고 잘못된 구절을 고쳐주는 자에게는 천금을 주리라.'

불위는 이와 같이 여러 달 동안 문루 위에, 문객들이 기록하여 바친 『여씨춘추』를 공개했다. 글자 한 자만 고쳐도 현상금 천금을 받을 판이건만 끝내 『여씨춘추』의 글자 한 자를 고치는 사람이 없었다. 불위는 더

욱 자신만만해졌다.

'그러면 그렇지. 내가 보아서 그릇된 구절이 없거든 누가 감히 이 위에 붓을 댈까보냐!'

그는 마침내 수만 개의 대나무를 깎아서 그 위에다 『여씨춘추』를 전부 기록하여, 이같이 만든 여러 권을 세상에 내놓게 했다.

그리고 또 수년의 세월이 지났다.

불위는 근자에 와서 자신의 기력이 점점 쇠퇴하는 것을 절실히 깨달을 때가 많았다. 그러나 그보다도 왕이 굉장하게 장대해진 것이 그로 하여금 자신의 쇠퇴함을 깨닫게 하는 중대한 이유가 되었는지도 모른다.

'이래서는 안 되겠다…. 왕이 저렇게 장성하지 않았느냐. 조심하지 않으면 일을 그르치기 쉽다!'

불위는 이같이 생각했다. 그리고 태후 주희와 자신을 비교해보았다. 본시 태후는 자신보다 십여 년이나 나이가 어렸을 때 자기가 그의 부모에게 돈을 주고 사들인 첩이었다. 자신은 지금에 와서는 비록 부귀영화 가운데 있지만 무정세월의 힘을 어찌할 수 없어 기운이 현저하게 줄어들었지만, 그와 반대로 태후 주희는 날이 갈수록 더욱 음탕해지니 이러다가는 좋지 못한 꼴이 생길 것만 같았다. 며칠을 두고 내궁에 들어가지 않고 생각하다가 불위는 마침내 한 가지 계교를 생각해냈다.

이튿날 그는 문객 가운데 그럴듯한 사람을 불러, 직업이 없는 낭인으로서 주색을 즐기는 인물, 그런 인물 중에서도 뛰어나게 음탕하기를 즐기는 인물을 한 사람 구해보라고 은밀히 부탁했다.

며칠 후 문객은 그런 인물이 한 사람 발견되었다고 보고했다.

불위는 즉시 불러들이라 분부했다.

"너는 내시 노릇을 하면서 궁중에서 심부름하고 있을 수 있겠느냐?"

불위는 그자에게 이같이 물었다. 음탕한 것을 즐겨하는 일류 선수로 뽑혀온 자는,

"황송하옵니다. 소인이야 내시 노릇을 하건 외시 노릇을 하건, 즐겁게 먹고사는 것이 제일입지요."

하고 솔직하게 소원을 말했다. 불위는 문객에게 이자를 맡긴 후 환관(宦官)의 심복을 불러, 내시 아닌 자를 내시같이 보이게 얼굴을 조작할 수 있겠는가 물어보았다. 환관은 될 수 있다고 대답했다.

불위는 문객에게 맡겨둔 그자를 불러 이름을 물어보았다. 노애(嫪毐)라는 자였다.

환관은 즉시 노애를 데리고 나가 눈썹을 족집게로 모조리 뽑아버리고, 얼굴에 누런 물감을 칠하고, 어깨를 올리고 껑충하게 보이도록 걸음을 걷게 하는 연습을 시켰다.

노애가 완전히 내시같이 되었다는 보고를 듣고 불위는 내궁으로 태후 주희를 찾았다. 주희는 불위의 설명을 듣고 대단히 기꺼워했다.

"상국이 잘 알아서 마련하시오."

태후 주희는 이같이 말하고 불위가 마련해주기를 기다렸다.

불위는 먼저 태후를 함양 서울에서 그다지 멀지 않은 옹(雍) 땅에 있는 대정궁(大鄭宮)으로 옮기게 하고, 노애로 하여금 태후를 모시고 심부름하는 내시의 어른으로 있게 했다. 노애는 누가 보든지 완전무결한 '불구자'로 보였다.

그러나 대정궁으로 옮겨 앉은 태후의 즐거움은 컸다. 이 즐거움은 문신후 여상국 불위가 보내준 선물이었다.

밤마다 달콤한 밤이 계속되는 가운데 어느덧 세월은 흘러서 다섯 해가 지났다. 그동안 태후는 노애와 더불어 아들을 둘이나 장만했다. 그러나 왕이 알면 큰일이었다. 대정궁 안에서 어린애를 기를 수는 없는 일이었다.

노애가 궁 밖의 민가에 이 아이를 맡겨 기르게 하고, 모든 일을 절대 비밀에 부쳤다.

왕이 즉위한 지 구 년, 왕의 나이가 스물두 살 때의 오월 단오가 되었다. 대정궁 안에서는 태후와 노애가 술을 마시면서 저물어가는 청춘을 즐기는 판이었는데, 태후의 방 안에 두었던 술이 다 떨어지고 부족하므로 태후의 심부름을 하는 부인 가운데 마침 뜰아래로 지나가는 여자가 있는지라, 노애는 그 여자를 불러 술을 더 가져오라고 했다.

심부름하는 부인이 즉시 술그릇을 가지고 급히 오다가 층계에서 실수해서 술을 엎질렀다. 노애는 그 모양을 보고 공연히 노했다.

"나쁜 계집! 조심해서 가져오지 않고 어찌해서 술을 땅에다 엎지르는고!"

하고 노애는 뜰로 내려가서 여자를 두어 대 때려주었다.

심부름하던 부인은 궁 안에서 내시에게 얻어맞아본 일이 없었다. 분한 것을 참을 수 없어 그길로 대정궁을 나와 수레를 타고 함양으로 와서, 환관의 최고 직책을 가진 조고를 찾아가 일일이 고해바쳤다.

조고가 들으니 일이 중대했다. 내시 아닌 놈이 환관으로 내궁에 들어와 있는 것도 상상할 수 없는 일이며, 태후와 내통한다는 것도 있을 수 없는 일이며, 더구나 아들을 둘씩이나 해산해서 비밀리에 양육한다는 것은 국가 사직에 중대한 문제가 아닐 수 없었다.

조고는 드디어 왕에게 고했다.

왕은 크게 노했다.

태후의 황음은 고금에 절무한 일이요, 밉기 한량없는 일이나 자신을 낳은 어머니이니 이 일을 어찌하랴! 아들을 둘씩이나 낳아서 감추어두었다는 것은 나중에 나라와 사직에 중대한 위험을 가져올 것이니 죽여 없애야 하겠다! 노애는 물론 삼족을 멸해야 한다!

왕은 마침내 이렇게 생각하고 즉각 칙령을 내렸다.

먼저 노애를 잡아 옥에 가두고, 일을 이같이 꾸미어놓은 장본인 여상국 불위는 자기 저택의 한 방에서 나오지 못하도록 감금하고, 노애의 일가친척을 모조리 체포하는 동시에 민가에 감추어둔 어린아이 둘을 잡아서 죽여버렸다. 그래도 왕의 분은 가라앉지 않았다. 왕은 마침내 태후를 대정궁에서 딴 곳으로 옮겨 캄캄한 방에 가두어버렸다.

왕은 청년이다. 그의 눈에는 거칠 것이 없었다. 보기 싫은 것은 치워버리고, 마음에 안 맞는 것은 없애버리고, 그러고서 새로운 것을 꾸미고 새것을 장만하면 그만이라고 생각했다.

왕이 일시에 주저함 없이 이같이 명령하고 집행하므로 신하들 가운데서는,

"태후 전하를 감금하시는 것은 불가한 줄로 아뢰오."

"여상국은 중부이온데 역시 감금하시는 것은 부당한 줄로 아뢰오."

이 같은 종류의 상소가 올라왔다.

왕은 이 사람들을 모조리 잡아 죽여버렸다. 이때 죽은 신하가 이십칠 명이나 되었다. 오월에 탄로난 태후의 음행 사건의 처리가 일 년이 지나도록 종식되지 않았다. 이듬해에도 또 왕에게 간할 말씀이 있다는 선비가 대궐 밖에서 뵙기를 진정하고 있다는 보고를 받고 왕은 그 선비를 불러들였다.

"네가 하고 싶은 말이 무엇이냐."

왕이 높은 곳에서 내려다보며 이같이 묻는 말에, 뜰아래 국궁하고 있던 선비는 말했다.

"하늘에는 이십팔 수(宿)가 있는데 이번에 죽은 자는 이십칠 명이므로 신은 그 부족한 수효 하나를 채우기 위해서 왔습니다. 모친을 감금하시고, 중부를 가두시고, 동생을 둘씩이나 죽이시고, 간언을 상소하는 신하를 이십칠 명이나 살육하시니 천하의 선비들이 진나라에 오기를 무서워할 것입니다. 전하께옵서는 그렇게 되면 누구를 신하로 쓰시고 나라를 다스리겠습니까? 신이 하고 싶은 말이 끝났으니 죽여주시옵소서."

선비가 말을 마치고 뜰 한가운데 있는 기름 끓는 가마 속으로 옷을 벗고 들어가 죽으려 하는 것을 보고 왕은 신하들로 하여금 그 선비를 구해 무사히 대궐 밖으로 물러나게 했다. 그동안 이십칠 명을 번번이 가마솥에 기름을 끓이면서 그곳에 집어넣어 죽여왔던 고로 이런 일이 생겼던 것이다.

이 일이 있은 후 왕은 마음을 돌렸다. 왕이 죽인 태후의 소생 두 아이는 말하자면 자신의 동생이라고 할 수 있다. 음행을 했지만 모친은 역시 모친이다. 왕은 결국 이같이 마음을 돌려 태후를 함양궁으로 돌아오게 하고, 여불위는 모든 관직에서 파면해버린 후 친필로 다음과 같은 교서를 내렸다.

> 그대는 진나라와 무엇이 그다지 친하기에 호칭하기를 중부라고 이름하며, 또 그대는 무슨 공이 그다지 크기에 문무백관 위에 높이 있느뇨. 짐의 뜻을 속이고 참된 사실을 말하지 않았으니 그 죄는 반드시 죽일 것이로되, 짐이 다만 네가 선왕을 조나라에서 구출해준 공을 생각해서 차마 죽이지 못할 뿐이다. 그런고로 너를 촉 땅으로 보내는 것이니, 너는 그곳에 가서 조용히 지내며 짐의 뜻에 어김이 없게 하라. 속히 일어나서 지금 갈지어다.

불위는 왕의 교서를 받고 탄식했다.

'이런 일이 있을 수 있는가?'

그는 하늘을 우러러 한탄했다. 주희가 몸이 피곤해하는 것을 보고 그의 뱃속에 아이가 든 것을 알고 계교를 세운 때가 어제 같거늘, 그동안 세월은 흘러서 이십사 년이 지났다. 공손건이 대궐에서 이인을 데리고 나와 자기 집으로 동반해가는 것을 한단 서울의 길거리에서 관망하면서 '기화로다!' 하고 감탄하던 때가 벌써 이십오 년 전이다. 그날 밤에 그가 자신의 부친 여옹에게 농사짓는 이익과, 장사하는 이익과, 나라의 왕을 세우게 하는 이익을 물어보던 것도 역력하게 생각났다. 그는 자기가 배운 관상 보는 법을 자신했기 때문에 포로가 되어 조나라에 붙들려 있는 이인을 구출하기로 결심했던 것이다. 그때 이 같은 결심만 하지 않았으면, 그리고 주희가 잉태한 것을 알고 일부러 자기 집에서 연회를 꾸미고 주희를 이인에게 주지 않았더라면, 지금까지 자신은 양적에 있는 고대광실 속에서 편안히 늙어가는 몸을 정양하고 있을 것이 아닌가? 대관절 자신은 오늘날 와서 얻은 것이 무엇인가? 농사짓는 이익은 십 배, 장사하는 이익은 백 배, 입주정국하는 이익은 무한량하게 크다는 자기 부친의 찬동하는 말을 듣고 자기도 더욱 용기를 내어 계획하고 실행했던 것인데, 그리고 모든 계획이 뜻대로 이루어져서 이인은 장양왕이 되었고, 주희가 왕후가 되었으며, 주희의 뱃속에서 나온 자기 아이가 태자가 되어 열세 살에 왕위에 오르고, 자기가 상국인 동시에 중부의 존칭을 얻은 것이 지나간 이십오 년 동안 얻은 것의 전부인데, 지금에 이르러서는 얻은 것이 무엇인가?

"아무것도 없다!"

불위는 한숨을 크게 쉬었다. 사실 아무것도 남은 것이 없었다. 모든 관직에서 그는 파면되었다. 지금 들어 있는 궁궐 같은 저택에서도 즉시 나와 촉 땅으로 떠나라는 것이 왕의 명령이다. 왕이라도 보통 왕이 아니요 자신의 피를 받은 자신의 아들이건만, 그 왕이 이럴 줄은 몰랐다. 그렇다고 지금에 와서 왕에게 이 사실을 고백해봤자 미친놈밖에 안 된다.

'이런 일이 있을 수 있나!'

왕이 자신에게 내린 친필을 또 한 번 들여다보는 불위의 눈에서는 깨닫지 못하는 사이에 두 줄기 눈물이 주르르 흘렀다. 그는 넋을 잃은 사람처럼 멍하니 그대로 앉았다가 한식경이 지나서야 자리에서 일어섰다. 큰방에는 해가 저물었는지 어둠이 스며들어오고 있었다.

그는 불을 켜고 의장 속을 뒤지기 시작했다. 얼마 후 그가 찾아낸 것은 약병이었다. 비밀히 사용할 때가 오면 자신의 이익을 위해 사용하려고 감추어두었던 독약이다. 그는 독약을 들고 한참 자기 손을 보더니,

"욕심이다! 내 잘못은 욕심이었다."

입속으로 이같이 부르짖었다. 그는 자신의 육십 평생을 그르친 것이 이것인 것을 깨달았던 것이다. 그는 약을 마시고 쓰러졌다. 왕은 그 후에 불위가 죽은 것을 알고 장사를 지내주었다.

불위가 죽은 지 십오 년 만에 왕은 육국을 차례차례 완전히 멸망시키고 스스로 '시황제'가 되었던 것이다.

유방

진시황의 태자 부소를 죽이고 둘째아들 호해를 이세 황제로 받들고, 간신 조고와 이사가 천하를 다스리는 사이에 천하는 무척 어지러워졌다. 사방에서 도둑이 일어나고 장수가 나타나고, 싸움패가 고개를 들고 어깨를 우쭐대는 세상이 되고 말았다. 이세 황제는 나라 안의 정사는 조고에게, 바깥일은 이사에게 맡기고 낮이나 밤이나 쾌락하게 유흥하고 음탕하게 놀기에 겨를이 없으니 국가 대사를 어찌 알 수 있으랴.

혹시 신하들 가운데 급히 보고를 드릴 큰 사건이 돌발해서 황제를 뵙겠다고 내시에게 말을 해도, 하루 온종일 밤늦게까지 황제는 그 신하를 불러들이지 않았다. 이세 황제가 자신이 유흥하는 것을 방해하는 자가 있는 것을 싫어하기도 했지만, 그보다 내시의 최고 책임자이며 시황이 죽은 뒤로는 정승 이사보다도 더 큰 세력을 쥐고 있는 조고가 내시들에게 분부해둔 까닭으로 애초에 신하들의 황제 면회 요구가 통하지 않았다.

"쓸데없는 말씀을 가져오는 문무백관은 어느 누구를 막론하고 황제 앞에 나오지 못하도록 하렷다. 만사는 내가 알아서 처리하겠다."

조고의 이 말 한마디가 대궐 안에서는 법률보다도 더 무서운 명령이었다.

조정에 있는 신하들의 황제 면접도 불가능했지만, 지방 행정의 최고 책임자들이 급한 사건으로 말미암아 올리는 장계(狀啓)도 내시들의 책상에 산같이 쌓이기만 했지, 황제의 눈에 보이지 않았다. 이것도 조고의 명령이었다.

조정의 신하들로부터 보고를 듣는 것이 없고, 지방의 태수로부터 또한 보고 서류를 받는 것이 없으니, 황제가 사람인 이상 보고 듣지 않고서 세상일을 알 수 없는 것은 물론이다. 산동(山東) · 산서(山西) · 하남(河南) · 하북(河北) 천하가 소란하고 동서남북에서 싸움이 벌어졌건만 황제는 태평하게 몰랐다.

이같이 천하가 시끄러울 때 패현(沛縣)의 풍읍(豊邑: 현 강소성 지방)에서 사상정장(泗上亭長)으로 있는 유방(劉邦)은 그 지방에서 징용자로 모집한 장정들을 인솔해 여산에 진시황의 묘를 건조하는 토역 공사에 가게 되었다. 시골 한구석에서 이름없는 공무원으로 있는 유방은 현령(縣令)의 명령대로 정장의 직책을 수행하기 위해 장정들을 수백 명이나 인솔하여 함양까지 수천 리나 길을 떠났던 것이다.

하루 가고, 이틀 가고, 십여 일 걸어가는 동안에 유방이 인솔해가던 장정들은 절반 이상이 도망해버리고 삼사십 명밖에 남지 않았다.

유방은 생각했다. 그리고 장정들을 모아놓고 말했다.

"여봐! 모두들 내 말을 들어. 너희들이 현령 영감의 명령으로 여산의 공역에 부역하러 가는데, 거기 가서는 고생만 할 뿐 언제 고향으로 돌아갈지 알 수 없다. 이미 도망간 놈들은 살 수 있을 것이요, 나를 따라가는 놈은 고생살이를 하다 헛되이 죽을 것이다. 그러니 지금 너희들은 도망을 해라! 이것이 내가 너희들에게 이르는 말이다."

장정들은 놀랐다.

"우리들이 도망하면 우리들은 살겠지만, 정장님은 죄를 뒤집어쓰지 않습니까?"

그 중의 한 장정이 이같이 유방에게 물었다.

"물론 그렇다! 그렇지만 자네들이 도망해버린 다음에 내가 혼자서 함양까지 무엇 하러 가겠나? 나도 도망해버릴 수밖에!"

유방은 이렇게 대답했다. 장정들은 입을 다물고 서로 얼굴을 바라보았다. 어찌할꼬? 너도 가련? 나도 도망가겠다! 그들은 눈으로 서로 이렇게 이야기했다. 유방은 그들의 얼굴빛을 둘러보고는 돌아서서 객줏집으로 향했다. 그곳은 풍읍에서 멀리 떨어진 망탕산(芒碭山)의 연못가였다.

장정들 이십여 명은 일찍이 달아나고, 십여 명은 떨어져서 인솔 책임자 유방 한 사람만을 버리고 달아나기가 어려웠던지, 술집에 들어가 저녁때가 지나도록 저희들끼리 술을 마시고 있었다. 그들은 실컷 마시고 세상에 있는 오만가지 불평을 쏟아놓고, 이 같은 세상은 망해버렸으면 좋겠다는 어리석은 탄식도 늘어놓고, 정장님이 잘못하다가 법에 걸리면 딱한 일이라고 걱정도 하고, 그러다가 그들은 술집에서 나와 달밤에 큰길을 버리고 작은 길로 들어서서 고향 길을 더듬었다.

그런데 불과 오 리도 못 가서 그들은 발을 멈추었다. 길이가 다섯 간이나 되어 보이고, 굵기가 절구통만해 보이는 큰 구렁이가 길을 가로막고 있는 것이었다.

그들은 땀을 흘리며 되돌아왔다.

그들은 이집 저집으로 찾아다니다가 한 객줏집에 누워 있는 유방을 찾아내어 이 사실을 보고했다.

"저희들은 생전 처음 보았습니다. 무지하게 큰 구렁이라요. 이무기가 아닐까요?"

그들은 유방에게 놀라고 온 이야기를 했다.

"대장부 길을 가는데 무서운 것이 있을 수 있단 말이냐! 나를 따라오너라."

유방은 객줏집에서 나오면서 그들에게 장담했다. 본시 유방은 이마가 번듯하고, 귀가 크고, 코가 높고, 입술이 두툼해서 얼굴이 길기는 하되 융준용안(隆準龍顔)이라 칭찬하고 상 잘 보는 여문(呂文)이 자기 큰 딸을 유방에게 주었지만, 술 잘 마시고 계집을 좋아하는 까닭으로 패현 사람들은 하잘것없는 인간으로 알아오던 터였다. 그런 까닭으로 장정들은 따라오면서도 설마 하는 의심이 없지 않아 있었다. 그러나 마침내 유방은 큰 구렁이가 아직까지 길을 가로막고 있는 곳에 다다르자 주저하는 빛이 없이 옷자락을 여미고, 소매를 걷고, 허리에 찬 칼을 높이 뽑아들더니 구렁이를 두 토막으로 잘라버렸다.

그리고 유방은 아직도 꿈틀거리는 구렁이의 몸뚱이를 칼 끝으로 찍어 밀어 길 옆으로 치우고 말했다.

"자아, 이제 염려 없으니 빨리 고향으로 돌아들 가거라!"

따라온 장정들은 아까부터 부들부들 떨면서 놀라고 있다가 유방의 이 말을 듣고서야 비로소 유방이 보통 인물이 아님을 깨닫기 시작했다. 주색이나 좋아하는 겁쟁이 유방이 아니다. 어떤 장사도 당할 수 없는 무한히 큰 담력과 기운을 가진 호걸이다. 그들은 이렇게 생각하고 땅에 꿇어앉았다.

"고향으로 가지 않겠습니다."

"나도 안 가겠습니다. 정장님과 함께 어디든지 가겠습니다."

그들은 의논이나 한 것처럼 모두 꿇어앉아서 유방을 바라보며 이구동성으로 이같이 말했다.

"그럴 수 있나. 집에들 돌아가서 부모 형제에게 도망해온 이야기도 하고, 그리고 얼마 동안 숨어 있어야지. 지금 진나라의 법이 어떤 줄 알고…."

유방은 그들을 달랬다.

"아니올시다. 괜찮습니다! 우리들은 도망하더라도 정장님을 모시고 도망하겠습니다!"

"그래요, 그래요."

한 사람이 유방을 따르겠다고 말하자 모두들 찬동했다. 유방은,

'하는 수 없다! 이 사람들과 함께 숨어버리자!'

이같이 결정했다. 남은 사람은 모두 열두 명이었다. 유방은 그들을 데리고 연못가의 마을로 다시 돌아갔다.

진시황의 묘를 건조하는 토역 공사에 징용되어가던 그들은 주머니 속에는 돈냥이나 들어 있고, 보따리 속에는 밀가루와 강냉이도 들어 있었다. 그들은 연못가 으슥한 수풀 속에 원두막 같은 집을 한 채 지어 그 속에서 합숙하기 시작했다. 사상정장 유방이 그들을 거느리는 어른이요, 대장격이었다.

열흘이 지나지 않아 장정들이 꾸역꾸역 찾아오기 시작했다.

"유선생을 모시고 싶어 찾아왔습니다."

그들은 모두 유방을 모시고 무슨 일이든지 해보고 싶다고 찾아온 낭인들이었다. 어찌된 영문인지 모르나 열흘 전 달밤에 구렁이가 길을 막고 사람을 못 가게 하던 그 자리에서 밤이면 늙은 노파의 울음소리가 들리기 시작했는데, 하룻밤에는 길을 가던 젊은 사람이 노파가 울고 있는 것을 보고, 왜 울고 있느냐고 물으니까,

"유방이 내 아들을 죽였기 때문에 슬퍼서 운다."

고 대답하므로,

"사람이 가는 길을 막고 있던 구렁이를 없애버렸으니 사람들에게 좋은 일을 했거늘 슬프기는 무엇이 슬프냐?"

한즉, 노파는 더욱 슬피 울면서,

"아니오 아니오. 내 아들은 백제(白帝)의 아들로서 잠시 구렁이로 화신(化身)되어 나왔는데, 적제(赤帝)의 아들에게 무참히 죽었으니 내가 돌아갈 곳이 없어서 운다."

하므로, 길 가던 젊은 사람은 이것이 필시 도깨비일 것이라 생각하고 칼을 뽑아 노파를 치려 한즉 노파는 연기같이 그림자도 없어져버린 이상한 현상이 발생했다는 것이다. 이 소문이 한 입 건너 두 입 건너 퍼지기 시작했다. 그래서 세상에 불평을 품고 울근불근하는 협객들이 이렇게 유방을 찾아오는 것이었다.

이렇게 해서 모여든 불평객들이 오륙백 명에 달했다.

하루는 번쾌(樊噲)가 찾아왔다.

"형님! 안녕하십니까? 여기 계신 것을 그렇게도 모르고 찾아다녔군요."

번쾌는 유방에게 절을 하고 너털웃음을 웃어댔다.

"자네가 어찌 알고 찾아왔는가?"

유방은 적잖이 놀랐다. 자신이 정장 노릇을 하고 있던 마을에서 개장국 장사를 하는 번쾌는 따지고 보면 동서간이요, 사랑하기론 친동생같이 하는 터이건만 오늘날 여기까지 자신을 찾아올 줄은 꿈에도 생각지 못했던 것이다.

번쾌의 이야기를 들으면 다음과 같았다. 유방이 사상정장의 직책으로 징용당한 장정들을 인솔하여 떠나간 뒤에, 번쾌는 유방의 처제 되는, 여문(呂文)의 둘째딸과 결혼해서 재미나게 장사를 하고 있는 중인데, 하루는 패현 현령의 이방(吏房)으로 있는 소하(蕭何)와 조참(曹參) 두 사람한테서 급히 와달라는 사령이 왔다. 그래서 번쾌가 무슨 일인지 몰라 밤을 새워 달려가본즉, 다른 일이 아니라 소하와 조참이 번쾌더러, 유방과 그대와는 동서간이니 유방에게 교섭해서 그의 수하에 거느리고 있는 장사들을 모조리 데리고 패현 성중으로 들어와 현령과 합세하여 진나라에 반기를 들도록 하라는 부탁이 있었다 한다. 말하자면 번쾌는 소하·조참의 심부름으로 온 것이었다.

"그래서 나를 데리러 왔단 말인가?"

유방이 물었다.

"그렇지요. 소하·조참이 아니면 형님이 여기 계신 줄을 내가 어떻게 알았겠어요?"

따지고 보면 번쾌의 말이 옳았다. 시골 구석에서 개장국 장사나 하고 있는 번쾌로서는 이곳 연못가에 숨어 있는 유방의 거처를 알 길이 없었을 것이다.

"그런데 이방들의 말은 뭐라고 하던가? 현령 영감은 오늘까지 진나라의 녹을 받아먹고 있는 영감이신데, 진나라에 반기를 들겠다고 했단 말인가?"

유방은 약간 의심했다.

"예, 그렇답니다. 진시황이 죽은 뒤에 지금 모두들 천하가 야단나지 않았습니까? 개 백정질하던 나도 말입니다…. 형님이 칼을 들고 일어서신다면, 나도 따라 칼 들고 나서겠어요!"

유방은 잠시 동안 입을 다물었다. 진나라는 무도하다. 진시황이 천하 인심을 잃고 죽은 뒤에 진 이세가 황제가 되어 더군다나 세금과 부역을 가중하게 하는 고로 백성들은 도탄에 빠져 있고 영웅호걸들은 사방에서 일어나고 있다. 진나라는 망할 것이다. 바르고 반듯하고 참되고 착하고 아름답지 않은 것은 사라질 것이요, 그 대신 천하의 주인은 새로 나설 것이다. 만일 지금 패현의 현령 영감이 백성을 도탄에서 구하기 위해 의병을 일으킨다면, 언제까지나 풍서 땅 연못가에 숨어만 있을 자기도 아닌 바에야 자기 하나를 바라보고 모여든 이 장정들을 데리고 현령 영감과 합세하는 것도 무방하지 않은가? 이리해서 의병이 되어 천하의 만민을 도탄에서 구해보는 것도 남아 대장부로서 해볼 만한 일이 아닌가? 이렇게 생각하고 유방은 마음을 정했다.

"잘 알았네. 나는 나중에 갈 터이니 자네가 먼저 내게 와 있는 장정을 이백 명쯤 이끌고 현령 영감한테 가보게나그려."

"저에게 맡기세요? 그거 좋습니다. 그럼 형님보다 제가 먼저 소하 · 조참 두 분에게 가서 형님이 승낙하셨다고 말씀드리지요."

번쾌는 유방의 허락을 듣고 큰 고리눈을 가늘게 뜨고 웃으며 기뻐했다.

"그렇지, 현령 영감이 의(義)를 위해서 일어나신다면 내가 힘이 없지만 따라가지! 자네가 먼저 성중에 가서 그렇게 말하게!"

유방의 말을 듣고 번쾌는 소년같이 기뻐했다. 두 사람은 즉시 방에서 나와 연못가에 모여 있는 부하 장정들을 불러, 패현의 현령을 도와 의병을 일으키는 것을 이야기하고, 번쾌는 유방의 친동생 같은 사람이니 이 사람을 따라 성중에 갔다 오라고 큰소리로 말했다. 모든 장정들이 고함을 지르면서 기뻐했다.

번쾌는 즉시 그 중에서 이백 명을 뽑아 거느리고 성중으로 갔다.

소하와 조참은 번쾌가 유방의 승낙을 얻어서는 기운깨나 쓰게 생긴 수백 명의 장정을 거느리고 돌아온 것을 보고 즉시 현령에게 보고했다.

현령은 번쾌를 불러들였다.

"네 이름은 무엇이냐?"

"번쾌올시다."

현령의 묻는 말에 번쾌의 대답은 억세었다. 현령 영감은 불쾌했다.

그와 동시에 번쾌도 속마음으로 현령 영감의 거만한 말씨에 비위가 틀렸다. 지금까지 나라의 녹을 먹어오다가 반기를 들고 의병을 일으키겠다고 생각한다면, 자기를 도와 장차 목숨을 바치고자 모여든 사람들을 후하게 대접하는 정이 있어야 할 터인데, 뻣뻣하고 교만스러운 태도로 접대하는 것이 번쾌의 마음을 불쾌하게 했다.

현령은 동그란 고리눈을 딱 부릅뜨고 뻣뻣하게 자신을 올려다보고 서 있는 번쾌의 험상궂은 얼굴을 내려다보며 물었다.

"유방은 어찌해서 함께 오지 않았느냐?"

"예, 저의 형님께서 저더러 먼저 가보라 해서 저만 왔습니다."

번쾌의 음성은 더욱 뻣뻣했다.

현령은 더 말을 하지 않고 입을 다물었다. 잠시 침묵하고 있다가 소하를 시켜 번쾌의 일행을 마당에서 물러가게 하라고 했다.

번쾌는 성난 얼굴에 구레나룻을 바람에 날리면서 뒤를 돌아다보며 밖으로 나갔다.

"여보게 이방, 자네들은 어디서 저따위 무지한 부랑배들을 불러들였나? 자네가 인물이라고 내게 추천하던 유방이라는 자가 저따위 인물을 대신 내게 보낸 것은 나를 얕잡아보고 하는 일이 아닌가? 그럴 수 있나!"

현령 영감은 번쾌를 내보낸 후 소하를 향해 꾸중하기 시작했다.

"천만의 말씀이올시다. 사또께서는 오해하지 마십시오. 사또를 얕잡아보다니요. 그럴 리가 있습니까…."

소하가 현령의 노기를 완화시키려고 말을 시작하자마자,

"듣기 싫어! 오해? 오해라니! 내가 오해하는 것이 아니라 유방이라는 놈이 건방지고 나쁜 놈이지. 자네들도 그놈과 똑같은 사람들이야! 나를 돕는 체하고 성중의 부랑배를 끌어들여 나를 해칠 작정이 아닌가?"

하고 현령 영감은 노발대발했다. 소하와 조참은 차마 뭐라고 대꾸는 못하고 난처한 듯 가만히 서 있었다.

"진정하시기 바랍니다. 저희들이 어찌 감히 그런 생각을 하겠습니까? 유방이 제가 마땅히 나와서 뵈어야 할 것인데, 제가 오지 않고 자기 동생을 대신 보낸 것이 괘씸하기 짝이 없습니다. 고정하십시오."

현령은 한동안 분한 것을 참지 못하다가 두 사람이 번갈아가며 유방을 두고 괘씸한 놈이라고 하는 말을 듣고서야 분이 조금 가라앉았다.

"해도 저물었고 하니 자네들도 나가 있게. 나는 다시 조처하겠네."

한참 후 현령은 두 사람에게 이같이 분부했다.

소하와 조참은 물러나왔다.

"여보게 큰일 났네."

문밖에 나와 조참이 소하의 귀에 입을 대다시피 하고 이같이 가만히 말했다.

"무슨 큰일?"

소하가 조참을 바라보며 물었다.

"이제 우리 두 사람의 발등에 불이 떨어졌단 말이야!"

조참이 긴장한 얼굴빛으로 소하를 바라보았다.

"그야 누가 그걸 모르나! 나도 알고 있네. 그래서 지금 생각하는 중이지…."

"어떻게 하면 좋을까?"

"오늘밤으로 성을 벗어나야지! 만일 이 밤을 성중에서 지내다가는 현령 영감의 손에 우리 목숨이 달아나지!"

"그럼, 우리는 어디로 달아나는 것이 좋겠는가?"

소하는 한참 동안 그대로 걸음을 걸으면서 침묵하고 있다가,

"가세! 오늘밤에 성을 넘어 유방한테로 가세!"

이같이 말했다. 조참도 고개를 끄덕였다. 두 사람은 이렇게 약속했다.

그날 밤 날이 어두운 뒤에 두 사람은 변복을 하고 성을 기어 넘었다.

풍서의 연못가에 있는 유방의 막사에 도달한 것은 날이 밝을 무렵이었다.

사람을 시켜 유방에게 찾아온 뜻을 전갈하자 잠시 후 두 사람을 인도하는 어린아이가 나왔다.

"어서 들어오십시오. 이같이 누추한 곳에 이렇게 일찍이 찾아오시느라고 얼마나 고생이 많았습니까!"

유방의 말씨는 곱고 다정했다.

“감사합니다. 이렇게 일찍이 찾아와서 도리어 죄송합니다.”

소하·조참은 진심으로 존경하는 표정이었다.

서로 주객의 예를 마친 뒤, 자리에 앉아 소하가 먼저 입을 열었다.

“패현의 현령은 자기가 진나라에 반기를 들고 의병을 일으키겠다 하더니 이제 와서는 해치려고 하는 눈치입니다. 그래서 어젯밤에 성을 넘어 도망해왔습니다. 선생의 고명은 들은 지 오래고, 더구나 최근에 연못가에서 구렁이를 죽이신 뒤엔 모르는 사람이 없이 선생의 덕을 사모하는 마음이 커진 바 있습니다. 그런고로 우리 두 사람도 선생을 모시고 천하를 도모해보고자 하는 마음으로 왔습니다.”

“너무 과찬하시는 말씀이올시다. 진시황의 묘에 부역꾼으로 나가다가 도망하는 장정들과 함께 숲속에 숨어 지내는 보잘것없는 인생이올시다.”

유방은 자리를 고쳐 앉으면서 겸손하게 말했다.

“아니올시다! 천하에 인물이 없습니다. 우리 현의 현령 영감은 그릇이 작건만, 한번 반기를 들고 일어나려고 했습니다. 그릇이 작은 사람은 방정맞지요. 급기야엔 대성하지 못합니다. 때는 왔습니다! 선생이 패현을 쳐서 빼앗으십시오….”

“그렇습니다. 지금이 그때올시다! 패현을 빼앗고 여기를 근거지로 하여 군사를 크게 양성해서 진을 치시기 바랍니다.”

소하의 말이 끝나기 전에 조참이 이렇게 말을 이었다. 유방은 침묵했다. 과연 지금이 그때인가? 불과 오백 명 남짓한 이 장정들을 가지고 패현을 뺏을 수 있을까? 패현을 뺏은 뒤에는 진나라를 쳐서 부술 수 있을까? 유방은 이렇게 생각해보았다. 그러나 알 수 없는 일이었다. 될 것 같지도 않고, 사람들이 따르기만 한다면 될 것 같기도 하고, 일을 해보기 전에는 운수를 미리 알 수 없는 노릇이라고 생각했다.

"그렇지만 이 적은 사람을 가지고 패현을 뺏을 수 있겠습니까?"

조금 있다가 유방은 이렇게 입을 열었다.

"넉넉합니다. 여기는 오륙백 명 모여 있지요? 성중에는 군사가 백오십 명밖에 없습니다."

조참이 이같이 말했다.

"그러나 우리는 맨주먹밖에 가진 것이 없습니다. 몽둥이나 하나씩 들고 갈 수 있을는지…."

유방의 대답이었다.

"아니올시다! 몽둥이를 가지고 성을 빼앗기도 용이합니다마는 그럴 필요도 없을 줄로 생각합니다. 성중에 살고 있는 백성들은 모두 선생의 고명을 들어 잘 알고 있습니다. 그러니까 선생이 성내에 있는 백성들에게 편지를 간곡하게 써서 보내시면 그들은 성내에 있는 현령과 그의 일당을 자기들이 처치하고 선생을 맞아들일 것입니다. 그렇게 해보심이 좋지 않겠습니까?"

소하의 의견이었다.

유방은 마침내 소하의 의견대로 편지를 썼다.

> 성중의 백성들에게 고하노라! 천하가 진나라의 까다로운 법에 고생한 지 오랜지라 각처에서 호걸이 일어났도다. 이제 내가 의리로써 많은 사람을 모아 패현의 주인을 그 가운데서 골라세운 후 제후와 함께 대사를 이루어보고자 하노니 그대들이 속히 성문을 열고 항복하면 죽음을 면할 것이요, 만일 하늘의 명령을 순종하지 않고 성이 깨어진 뒤에는 옥석이 함께 부서질 것이니, 그때에 뉘우친들 무엇하랴!

유방은 패현 성중에 있는 백성들에게 보내는 편지를 이렇게 썼다.

이날 유방·번쾌·소하·조참 들은 종일 마시고 놀고 이야기했다. 한편, 심부름을 보낸 장정들은 이 같은 편지를 여러 장 만들어 패현의 성 밖에서 성안을 향해 화살 끝에 편지를 매어 쏘아 떨어뜨렸다.

성안에서는 동서남북으로부터 날아들어온 여러 장의 똑같은 편지를 보고 사방에서 의논이 구구했다.

노인들과 청년들은 모두 유방의 소문을 들어 잘 알고 있었다. 현령 영감이 의병을 일으키겠다고 해서 이방 소하와 조참이 유방에게 번쾌라는 사람을 보냈던 일과, 번쾌가 장정들을 데리고 와서 사또 영감에게 인사하고 간 뒤에 사또가 이방을 꾸짖었기 때문에 그 밤으로 소하·조참도 유방에게로 도망했다는 소문도 이미 알고 있었다.

그들은 군데군데 모여 서로 수군거렸다.

"유방은 하늘이 내린 적제의 아들이라지?"

"그거야 알 수 없는 소리지만, 성이 깨진 뒤에는 모두들 살육을 당할 터이니 그것이 걱정이지."

"소하·조참도 벌써 알고 유방한테로 간 것 아닌가?"

"우리도 일찍 항복하지!"

결국 그들의 공론은 이같이 떨어졌다. 성문을 얼른 열어주고 항복하려면 그보다 먼저 처치해야 할 것이 있으니 그것은 사또 영감이었다.

사방에서 모인 군중은 와 소리를 지르며 동헌 마당으로 몰려들어가 사또를 잡아 처단해버리고 사방의 성문으로 쏟아져나갔다. 문을 지키던 이졸과 군사들은 숨어버렸다. 군중은 성문을 열어젖히고 횃불을 켜 놓았다. 아무 때고 날이 밝기 전이라도 유방의 일행들이 오는 것을 환영한다는 뜻이었다.

이튿날 아침, 유방은 소하·조참·번쾌와 더불어 오륙백 명의 장정을 거느리고 성안으로 들어왔다.

백성들은 길거리로 나와 유방의 입성을 환영했다.

소하와 조참은 유방을 동헌으로 모시고 사또의 자리에 앉게 하려

했으나,

"내가 어찌 그 자리에 앉을 수 있겠소."

유방은 자리를 피해 다른 곳에 앉았다.

번쾌는 마당에 늘어서 있는 장정들의 지휘관인 것처럼 뜰 위에 올라서서 호령을 하고, 마당 한옆으로 일행의 뒤를 따라 들어온 성중의 백성들로 하여금 뜰 앞으로 가까이 들어와 서게 했다.

마루 위에서는 소하·조참이 유방에게, 이제는 패현을 빼앗았으니 사또가 되라고 권고하고 있었다.

"아니오! 내가 어떻게 패현의 주인이 되겠소? 아무리 천하가 어지러워졌기로서니, 사방에서 호걸들이 제각기 잘났다고 우쭐거리는 판이기로서니, 나같이 재주 없고 덕이 없는 인물이 패현의 주인이 된다는 것은 옳지 못해요! 그러니 백성을 다스릴 수 있는 현덕(賢德) 있는 사람을 뽑아 그 사람을 이 땅의 주인으로 정하고, 그런 사람 밑에서 우리들은 그를 도와주기나 합시다."

두 사람의 권고를 반대하면서 유방은 이같이 말했다.

그러나 소하와 조참은 유방을 더욱 권면하다가 여러 번 말해도 듣지 않자 마당에 몰려와 있는 성중의 백성들에게 그들의 의향을 물어보았다.

"여기 모이신 여러분! 오늘날 패현의 현령이 없어졌으니 이 땅에 주인이 없지 않습니까? 그러니 새 주인으로 유방 선생을 모시고자 하는데 여러분의 생각은 어떠한지요?"

소하가 마당을 내려다보면서 자기들의 소견을 묻는 말을 듣고 아까부터 유방의 얼굴을 가까이 보고자 하여 동헌 마당으로 따라들어온 성중의 늙은이들은 모두,

"좋소! 좋소!"

하고 소하의 뜻에 찬성했다.

"그러면 유방 선생을 사또 영감으로 모시고 싶다는 말이지요?"

소하는 다시 한 번 다져 물었다.

"그렇소!"

여러 사람이 동의했다. 그러자 유방은 천천히 마루 끝으로 걸어나와 말했다.

"여러분! 생각을 고쳐서 하십시오. 나는 재주 없고 덕 없는 시골구석의 장정이었소. 이 같은 나를 패현의 어른으로 삼는다는 것은 옳지 못하니 다른 사람을 고르시오…."

"아니올시다! 우리들은 선생의 소문을 많이 들었습니다."

"선생이 제일입니다!"

"다른 마땅한 사람이 없습니다. 선생이 이 땅의 어른이 안 되시겠다면 우리들은 모두 달아나겠습니다."

유방의 말에 여러 노인들은 이렇게 자기들의 의사를 표시했다.

"성중의 백성들이 저와 같습니다. 백성의 마음은 하늘의 뜻입니다. 선생께서는 사양 마시고 패현의 주인이 되어주십시오."

소하와 조참이 유방에게 허리를 구부리고 이같이 청했다.

유방은 하는 수 없어 여러 사람의 뜻에 따르기로 했다.

"그리합시다."

유방의 허락이 떨어지자 소하는 여러 사람에게 지금부터 유방 선생이 패현의 주인어른이라고 선포했다. 마당에서는 만세 소리가 높이 울렸다. 번쾌는 한옆에서 기쁜 듯이 싱글벙글하고 있었다.

"자아, 그러면 여러분들은 오늘부터 패현의 사또 영감이 바뀌고 유방 선생이 주인 되신 것을 잘 아시고 돌아가십시오. 우리는 또 의논할 일이 많으니 어서들 돌아가십시오."

소하가 성중 백성들을 삼문 밖으로 나가게 하고 번쾌로 하여금 장정들을 좌우에 있는 공청에 들어가 편히 쉬게 하라고 지시했다.

유방을 큰방으로 모시고 그 앞에서 소하·조참 두 사람은 장차 천하를 도모하는 의논을 시작했다.

번쾌를 장수로 삼아 장정들을 지휘하게 하고, 밖으로 교섭하는 일은 조참이 담당해서 일을 보고, 안으로 모든 일을 살피는 책임은 소하가 전담해서 주선하기로 결정하고, 그러고 나서 유방의 기치(旗幟)를 무엇으로 할까에 대해 토론했다.

흰 바탕에 누른 빛깔의 용을 그리자.

푸른 바탕에 붉은 해를 그리자.

용도 해도 다 그만두고 붉은 빛깔의 아무 그림도 없는 깃발을 쓰자.

이같이 몇 가지 의견이 나왔지만 유방의 기치는 붉은 기로 정해졌다. 소하와 조참은 유방의 소문을 그가 망탕산 연못가에서 큰 구렁이를 죽인 뒤에 그 자리에서 슬피 울던 노파의 이야기로부터 처음 들었던 까닭으로, 믿을 수 없는 허망한 이야기지만 '적제의 아들'이라는 뜻에서 붉은 기를 채용한 것이다. 그리하여 유방은 이날부터 패현의 주인이라 해서 패공(沛公)이라 부르기로 했다. 서력기원전 이백구년 구월, 진시황이 죽은 그 이듬해의 일이었다.

항우

이 해 이 달에 항우(項羽)는 회계(會稽) 고을에 살고 있는 그의 삼촌되는 항량(梁染)의 집에 있었다. 항량은 일찍이 세상을 떠난 그의 형님의 아들 항우를 자신의 친아들같이 사랑했다.

하루는 항량이 밖에 나갔다가 들어오더니 항우를 불렀다.

"이봐라, 오늘 이 고을 태수가 나를 잠시 만나자고 사람을 보냈기에 지금 만나보고 돌아오는 길이다. 우리 고을 태수가 진나라에 반기를 들고 의병을 일으켜 천하를 도모해보자고 말하기에 내가 승낙을 하고 돌아왔건마는, 대장부가 녹록하게 한 고을 태수 밑에서 그자를 도와주는 일꾼 노릇을 할 수야 있겠느냐. 또 내가 보아한즉 태수의 인물이 소인이란 말이야. 족히 더불어 천하를 경영할 만한 위인이 못 되거든! 그러니까 내일 네가 칼을 감추어가지고 나를 따라 관가에 들어가서, 태수와 내가 이야기하고 있을 때 틈을 보아 네가 태수를 죽여버린 후 회계 고을을 빼앗아 우리가 자립해서 천하를 도모해보는 것이 옳겠다. 네 생각은 어떠냐?"

항우는 삼촌의 말을 듣고 즉시 찬성했다.

"그야 물론 그렇게 하셔야지요. 제가 모시고 가서 그렇게 하겠습니다."

이튿날 항우는 삼촌을 따라 관가로 갔다.

회계 고을의 태수로 있는 은통(殷通)이라는 사람은 몸집이 조그마하게 생긴 보잘것없는 사내였다. 항우는 예를 하고 자기 삼촌의 등 뒤에 서서 기회만 노리고 있었다.

"진나라는 오래가지 못해. 그러니까 내가 그것을 알고 반기를 드는 것일세. 그러니 자네가 나를 도와 장군이 되어달란 말이야."

은통이 삼촌 항량에게 이렇게 말하고 있을 때 돌연 항우는 큰소리를 지르며 항량의 등 뒤에서 은통 앞으로 나왔다.

"나는 초(楚)나라 대장군 항연(項燕)의 후손으로서 진나라와는 불공대천지 원수 간이다! 너는 진나라의 벼슬아치로서 지금 진나라에 모반하려고 하니 그것은 충성된 신하가 아니란 말이다! 그러니까 너 같은 불충한 놈은 내 칼을 받아 마땅하다!"

하고, 당황해서 어찌할 바를 모르고 있는 은통의 목을 한칼에 잘라버렸다. 항우의 행동은 전광석화같이 신속했다.

"모든 관원들은 듣거라! 오늘까지 은통이 회계 땅의 군수 노릇을 했지만 이제 내가 없애버렸다. 불충한 놈을 제거해버리고 지금부터 항량 선생을 이 고을 태수로 모시겠으니, 반대하는 자가 있거든 앞으로 나오너라!"

항우는 피 묻은 칼을 들고 큰방으로 나와 사무 보고 있는 이방과 교리들을 둘러보면서 이같이 호령했다. 아까부터 벌벌 떨고 있던 모든 사람이 마루 위에 엎드렸다.

"옳습니다! 옳습니다! 명령대로 하겠습니다."

그들은 항우의 무섭게 서두는 기세에 눌려 와들와들 떨었다.

이때, 마침 밖에 나갔다가 돌아온 은통의 부하 장수 계포(季布)·종리매(鍾離昧) 두 사람이 이 광경을 보고 항우에게 고함을 질렀다.

"어찌해서 당신은 이같이 나쁜 짓을 행하시오? 이 고을에 들어와서 고을 주인을 죽이고 자립하는 것이 의리에 옳은 일이란 말이오?"

항우는 지지 않고 대꾸했다.

"옳다고 생각하오. 왜 그런고 하니, 은통은 진의 녹을 먹어오다가 모반했으니 반신이요, 항량 선생은 초나라의 원수를 갚기 위해서 일어서신 것이니 이것은 극히 합당한 일이오! 지금 동서남북에서 영웅호걸들이 일어나는 이때에 진나라의 땅을 잠시 차용해서 초나라의 원수를 갚기 위해 일어나는 우리를 돕는 것이 어떻소? 그까짓 은통을 생각해서 무얼 한단 말이오!"

항우의 이 말에 두 사람은 그만 말문이 막혀버렸다.

계포·종리매는 다른 관원들과 같이 마루 위에 엎드렸다.

"과연 장한 말씀입니다."

"우리도 선생의 뒤를 따라 의리를 위해 백성을 도탄에서 구해내는 일을 하겠습니다."

두 사람은 이같이 맹세했다. 항우와 그의 삼촌 항량은 힘들이지 않고 회계 고을을 송두리째 손아귀에 넣었다.

"오늘부터는 여러분과 함께 천하를 도모하겠으니 협력해주시오."

항량이 앞으로 나와 이같이 말했다.

"그렇게 하겠습니다."

모든 관원들이, 계포와 종리매까지 모두 이렇게 대답했다.

은통과 그의 가족들을 제거하고 항량·항우 숙질이 회계에서 일어섰다는 소문이 퍼지자 이웃 고을 여러 곳에서 항량의 의거(義擧)에 합세하겠다고 신청해왔다. 항량·항우의 기세는 날로 높아갔다.

열흘이 지난 뒤에 하루는 계포·종리매 두 사람이 항우에게 자기들의 의견을 진언했다.

"천하를 도모하자면 대장을 많이 얻어야 합니다. 회계 땅 도산(塗山) 속에 우영(于英)·환초(桓楚) 두 장수가 팔천 명의 군사를 기르고 있는데 이 사람들을 얻으면 가히 천하를 도모할 수 있을 것입니다. 한번 찾아가서 만나보십시오."

두 사람의 의견이란 이러했다. 우영과 환초의 동의만 얻으면 팔천 명이 따라온다는 것이다. 항우는 즉시 찬성하고 삼촌 항량의 동의를 얻어 도산으로 향했다.

항우는 산 아래에서 먼저 계포로 하여금 우영·환초를 만나 항량이 항우를 심부름 보낸 뜻을 전달하게 했다. 아무런 무기를 가지고 온 것이 없으니 피차에 허심탄회하게 만나자는 것이었다. 우영·환초는 주저하지 않고 항우와 만났다.

"두 분의 고명을 듣고 삼촌 되는 항량 선생의 뜻을 받들어 뵈오러 왔습니다. 진나라의 무도한 것을 천하 만민이 깨달은 지 이미 오래고, 육국이 보복할 기회를 노리고 보아온 지 오랩니다. 두 분께서 협력해주시기 바랍니다."

항우는 이같이 말을 시작했다.

"고진가법(苦秦苛法)을 백성들이 원망해온 지는 벌써 오랩니다. 그런고로 우리도 산 속에서 도둑질을 직업으로 하면서 때가 오기를 기다리고 있었지만 지금까지 오지 않고 있습니다. 우리는 너무 약합니다."

우영의 대답이었다.

"그렇습니다. 진나라는 아직도 강하기 짝이 없지요…. 그러나 영웅은 사방에서 일어나고, 포악한 진나라에서 백성들을 구해야겠다는 소원을 안 가진 사람이 없으니 두 장군이 일어날 때는 바로 지금입니다."

항우의 이 말은 우영·환초 두 사람의 마음을 흔들기에 충분했다.

"그렇게 말씀하면 때가 왔는지도 모르겠습니다. 그러나 우리들은 아직 자신이 생기지 않습니다. 아마 힘이 부족한가보지요."

"힘? 힘이 얼마나 있으면 자신이 생깁니까?"

"글쎄요… 힘이야 무형한 것이니까 저울로 달 수 있는 것도 아니지요….”

“그렇더라도 비유해서 말하자면 정도가 있을 것 아닙니까?”

“물론 사람의 힘에야 한도가 있지요. 그런고로 우리가 바라기는 혼자서 그 힘이 장정 백 명을 당할 만한 기운만 있으면 좋겠다고 생각합니다… 허허.”

우영은 이같이 말하고 웃어 보였다.

항우는 아까부터 우영·환초에게 힘자랑을 하고 싶었는지라,

“그러면 내 힘을 한번 보시렵니까? 무엇을 가지고서든지 시험을 해 보시기 바랍니다.”

이같이 말했다. 우영·환초는 한참 생각하더니 항우에게 말했다.

“선생이 정말로 저희에게 힘을 보여주시려면 이 산등 너머에 우왕묘(禹王廟)가 있는데 그 묘의 마당에 큰 가마솥이 있습니다. 그것을 들어보시겠습니까?”

“해보지요! 가십시다.”

항우는 자신 있게 대답했다. 우영·환초는 항우를 인도하여 우왕묘에 왔다. 과연 두 사람의 말과 같이 뜰 앞 넓은 마당에는 무지무지하게 큰 돌로 깎아 세운 큰 솥이 있으니, 높이가 일곱 자, 둘레가 다섯 자, 무게가 오륙천 근은 족히 되어 보였다.

“이것입니까?”

항우가 물었다.

“그렇습니다. 이 솥의 솥발을 거머쥐고 세 번만 높이 쳐들어 보인다면 선생의 힘은 과연 백 명의 힘보다 세다 하겠습니다.”

우영·환초의 말에 항우는 달려들어서 솥을 떠다밀어 자빠뜨렸다. 그리고 솥발을 거머쥐더니 두 손으로 가볍게 들어올렸다. 한 번, 두 번, 세 번 땅에 놓지도 않고 내렸다 올렸다 하더니 다시 땅 위에 놓았다. 우영·환초는 혀를 빼물고 탄복했다.

"정말 굉장하십니다! 놀랍습니다!"

항우는 두 사람이 탄복하는 소리를 듣더니, 옷자락을 여미고 다시 솥을 번쩍 쳐들고 우왕묘의 마당을 세 바퀴 달음질하고는 도로 그 자리에 와서 들고 섰던 솥을 제자리에 가볍게 내려놓았다. 이마에 땀도 안 흘리고 숨도 몰아쉬지 않았다.

우영과 환초는 그만 탄복했다.

"선생은 과연 천신(天神)이십니다! 사람의 힘이 아니십니다!"

"선생의 힘은 일만 명이라도 혼자서 당해내실 수 있을 것입니다! 저희 두 사람은 목숨을 버리고서라도 따르겠습니다."

항우는 기뻤다. 오래간만에 힘자랑을 해보았다기보다도, 처음으로 자신의 힘을 다른 사람에게 보인 쾌감을 억제하기 어려웠다.

"어떻습니까?"

"과연 신(神)이올시다!"

두 사람은 허리를 굽혀 탄복하면서,

"그러면 저희들은 오늘부터 선생을 따르겠습니다. 그러나 이 산속에 거느리고 있는 사람이 팔천 명입니다. 이 사람들을 즉시 이끌고 떠날 수는 없으니까 준비를 시켜야겠습니다. 선생이 여기서 하룻밤을 묵으시면 내일 낮에 저희들이 모시고 회계 고을로 돌아가시게 하겠습니다."

하고 말했다. 항우도 생각해보니 그렇게 하는 것이 좋을 것 같았다.

그리하여 항우는 하룻밤을 그들과 함께 지내고 이튿날 조반 후에 말을 타고 먼저 부하 수백 명만을 호위하는 군사로 거느리고 도산을 출발했다.

산에서 내려와 조금 더 행진하려니까 시골 백성들이 수십 명 달려나와 절을 하고 일행을 가로막았다.

"웬 사람들이냐?"

항우가 물었다. 백성들 가운데서 한 사람이 항우에게 보고하고 애걸

하는 사실인즉 다름 아니라, 도산 아래 골짜기 속에 큰 연못이 있는데 가운데 검정빛깔 나는 용이 살고 있더니 그 용이 변해 말이 되어 날마다 남쪽 마을에 와서 울어대어 그 소리가 천지를 진동할 뿐 아니라 뛰어다니는 까닭으로 전답에 피해가 이만저만이 아니지만 이놈의 말을 붙잡을 힘이 없는지라 걱정하는 중이었는데, 다행히 항장군이 우왕묘에 있는 돌솥을 번쩍 들었다는 소문을 듣고 모시러 왔다는 것이다.

"그러하오니 제발 부탁인데 저희 백성들에게 해를 끼치는 이 말을 처치해주십시오."

백성들은 이같이 애원했다.

항우는 쾌히 승낙하고 백성들이 가리키는 대로 산골짜기 너머에 있는 연못가에 가보았다.

연못가에 이르러보니 과연 물 가운데에서 말 한 마리가 뛰어나오더니 성난 소리로 크게 울면서 앞발을 쳐들고 사람한테 달려와 물 것같이 덤비기 시작했다.

항우는 타고 있던 말 위에서 내려 땅 위에 서서 가만히 노려보다가 벼락같은 소리를 지르며 자기 앞에 다가오는 그 말의 갈기를 움켜잡고 몸을 날려 말 등에 올라탔다. 그리고 연못 둘레를 전속력으로 열 바퀴를 돌았다. 말은 기운이 빠진 것같이 전신에서 땀을 흘리고 더 이상 달음박질을 못했다. 항우는 그래도 말 등에서 내리지 않고 한참 동안 천천히 걸어다니게 했다. 그렇게도 사납던 말이 이제는 완전히 보통 말같이 순하게 길들여졌다.

그제야 항우는 말 등에서 내렸다.

온 동리 사람들은 구경하고 섰다가 모두 함께 땅에 꿇어앉았다.

"감사합니다."

"과연 대단하십니다."

"선생은 위대하십니다! 신인이올시다."

백성들은 이마를 땅에 대고 절하며 항우에게 감사하기 시작했다. 이때, 그들 가운데서 한 노인이 앞으로 걸어나오더니 항우에게 읍하며 입을 열었다.

"장군의 고명하심을 들은 지는 오랩니다. 그런데 다행히 오늘 이곳에 오셔서 백성들의 해물을 제거해주셨으니 감사하기 한량없습니다. 잠시 인마(人馬)를 머무르게 하고, 누추하오나 제 집에 쉬시면 약주 한 잔이나마 드릴까 합니다. 어떠하신지요…?"

항우는 이 말을 듣고 생각하니, 목도 마르고 사나운 말을 버릇 가르치기에 기운도 파했는지라 사양치 않고 노인이 권하는 대로 따라가겠다고 승낙했다. 우영과 환초도 항우를 따라 노인의 집으로 갔다.

노인의 집은 누추하지 않은, 시골 마을에서는 행세깨나 하는 집이었다. 노인은 그들을 큰방으로 인도하여 자리를 권하고 나서 자기소개를 했다.

"누추한 자리에 모셔서 대단히 황송합니다. 저의 성(姓)은 우(虞)가이며 이곳 마을에 무슨 일이 생기면 맨 먼저 저를 내세우는지라 사람들이 저를 일공(一公)이라 부릅니다. 그래서 이것이 제 이름이 되었습니다."

우일공은 이렇게 자기소개를 했다.

"저의 성은 항(項)이고, 이름은 적(籍)이며, 자는 우(羽)입니다. 사람들이 저의 이름을 안 부르고 항우라고, 자만 불러줍니다."

항우도 이같이 인사를 했다. 간결하고 신선한 안주와 술이 나왔다. 노인은 상 위에 주효가 차려진 후에 먼저 항우에게, 다음으로 우영·환초에게 술을 권했다.

술잔이 세 바퀴 돌아간 뒤에 노인은 항우를 바라보며 입을 열었다.

"실례올시다마는 장군은 연세가 금년에 어떻게 되시는지요?"

"제 나이 올해 스물네 살입니다."

항우가 대답했다.

"혹시 장가는 아직 안 드셨는지요?"

"아직 장가들지 못했습니다."

항우의 대답을 듣고 우일공은 잠시 침묵하더니,

"장군께 청이 있습니다. 이 사람에게 무남독녀 딸 하나가 있는데 재질이 총명하고 용모가 단아해서 통혼해오는 일이 많았지만, 오늘까지 배필을 구하지 못하고 있습니다. 다행히 장군이 아직 배필을 맞이하지 않으셨다니 이 사람의 딸을 장군께 드리고자 합니다마는 장군의 의향은 어떠하신지요?"

하고 항우에게 자기 딸을 주겠다는 의사를 표시했다.

"감사합니다만 노인께서 애중히 생각하시는 규수에게 저 같은 인물이 적합한 남편이 될 수 있을는지 의심스럽습니다."

항우는 슬며시 자기의 짝이 될 수 있는 상대인가 의심한다는 뜻으로 말했다. 우일공은 즉시 안으로 들어가 딸을 데리고 나왔다.

방 안이 환하게 밝아질 만큼 우희의 용모는 아름답고 우아했다. 머리를 수그리고 부끄러운 듯이 늙은 아버지 곁에 서 있는 청초한 그의 자태에서는 그윽한 향기까지 풍기는 것 같았다.

항우는 순간 정신을 빼앗긴 채 그녀를 멍하니 바라보았다.

"미천한 여식이올시다만 장군의 마음에 드시거든 배필로 정해주시기 바랍니다."

우일공의 말소리를 듣고 항우는 비로소 제정신을 찾았다. 그는 첫눈에 반해버리고 말았던 것이다.

"이것으로 제가 맹약하는 증거를 삼겠으니 이 칼을 따님에게 주십시오."

항우는 자리에서 일어나 차고 있던 보검(寶劍)을 끌러 우일공에게 내주었다.

"승낙하십니까? 이렇게 기쁠 데가 없습니다. …너는 그러면 장군께

예를 올리고 안으로 들어가거라."

우일공은 딸에게 명령했다. 우희는 아버지가 시키는 대로 항우에게 눈인사를 하고 두 손을 모아 공손히 허리를 굽혔다.

항우도 답례했다.

우희가 항우의 보검을 받아 안으로 들어가자 우영과 환초가 항우에게 축하하고 일공에게도 치하했다.

"항장군은 보검으로써 백년가약을 맹세했으니 오늘은 양가에 무한히 기쁜 날이올시다. 우노인께서 저희 두 사람에게 다시 한 잔 주셔야겠습니다."

환초가 우영의 얼굴을 바라보면서 술잔을 우일공에게 내밀며 웃었다. 노인도 따라서 웃었다.

한동안 축배를 마시다가 항우가 먼저 일어섰다.

"너무 오래 앉아 있을 수 없습니다. 밖에서 인마의 소리가 요란하니 속히 데리고 돌아가야겠습니다."

"과연 말씀을 잘하셨습니다. 속히 가보아야 하겠습니다."

우영과 환초도 따라 일어섰다.

"그러면 주저하지 마시고 돌아가신 뒤에 아무 때고 적당한 때에 저의 여아를 데려가시기 바랍니다."

우일공은 문밖에까지 따라와서 그들을 전송했다.

항우는 우영·환초와 군사를 이끌고 회계성에 돌아와 삼촌 되는 항량에게 전후 사실을 보고했다.

항량은 우영·환초를 만나보고 또 항우가 끌고 온 큰 말을 보고, 이어 우일공의 딸 우희와 백년가약을 맺었다는 사실 보고에 무한히 기뻐했다.

"크게 수고했구나. 저 두 사람은 일기당천의 용맹스러운 장수일 것이요, 더구나 팔천 명의 군사가 두 사람을 따라 너의 수하에 들어왔고,

또한 백년해로할 일생의 배필이 생겼으며 하늘이 용마를 또 너에게 주었으니, 이 같은 일은 희한한 일이로다. 대장부의 전도가 양양한 좋은 징조란 말이야! 저 말은 높이가 일곱 자, 길이가 열 자는 될 것 같다. 빛깔이 검으니 저 말의 이름을 오추(烏騅)라고 불러라. 용마에 이름이 없어서 되겠느냐."

항량은 조카에게 이같이 말하고 즉시 도산에 두고 온 부하 군사들을 전부 회계성으로 옮겨오도록 하라고 우영·환초에게 명령했다.

수일 후에 항량은 사람을 보내어 우희와 우희의 오라비 되는 우자기(虞子期)라는 젊은 사람까지 회계성으로 불러들였다. 그리고 항우와 우희의 혼례를 올려주고 우자기를 항우의 군중에서 수군(隨軍)하는 부관으로 임명했다.

며칠 후에 도산에 있던 팔천 명의 군사를 전부 성안으로 이동시키는 일이 끝났다.

항량의 기세는 날로 올라갔다. 각지에서 자진해서 부하가 되겠다는 수효가 늘고, 제 고향을 버리고 회계성으로 모여드는 사람의 수도 부쩍 많아져서, 항량의 부하 군사는 이제 십만 명이 넘었다. 회계성은 터질 것같이 좁아졌다.

"이제 여기를 떠나야 할 때가 왔다."

항량은 항우와 부하 장수들을 모아놓고 진나라를 공격하기 위한 군사 행동을 시작할 회의를 열었다. 항우·우영·환초가 선봉이 되고, 항량이 계포·종리매를 데리고 후군이 되어 택일하여 진나라를 공격하기로 하고 회계 땅을 떠났다.

회계 고을 백성들은 수일 전부터 군사 이동이 개시될 것을 알고 있었지만 이렇게 갑자기 떠날 줄은 몰랐다. 삼문 밖에 모여섰던 군중은 항량이 말을 타고 나오는 것을 보고 저희들을 두고 떠나는 것이 섭섭하다고 탄원했다.

"나 역시 그대들을 버리고 떠나기가 섭섭하오. 그러나 회계성이 협착하고 진나라를 멸망시키는 일은 급해졌으니 할 수 없지 않소? 적당한 인물이 다시 회계 태수로 와서 그대들을 다스릴 것이오. 내가 천하를 도모하는 일이 뜻대로 되면 회계 고을에는 십 년간 조세를 부과하지 않는 것으로 그대들의 뜻에 보답하겠소. 아무쪼록 생업에 힘을 쓰고 열심히 사시오."

항량은 군중 앞에 있는 늙은이들에게 이같이 작별 인사를 했다. 노인들은 항량의 말에 크게 감사했다.

전군이 행군한 지 얼마 되지 않아 군사들이 더 이상 가지 못하고 멈추었다. 앞서 가던 소교(小校)가 달려와 보고하는 말에 따르면, 말을 타고 있는 장수가 칼로 길을 막고 행군을 못하게 한다는 것이었다. 항우가 이 말을 듣고 쫓아나갔다.

"너는 누군데 감히 우리 대군의 행진을 가로막느냐?"

항우가 큰소리로 호통을 쳤다.

"나는 육안(六安) 땅에 살고 있는 영포(英布)라는 사람이다. 옛날부터 군사가 나갈 때에는 이름이 있는 법이야. 이것이 정병(正兵)이라는 것이다. 너희 놈들은 이름 없는 군사를 거느리고 몰래 강물을 건너 진나라로 가서 걸주(桀紂) 같은 진나라를 도우려고 하니까 내가 못 가게 막는 것이다."

길을 막고 서 있는 장수도 기세가 등등했다.

"나는 지난날 초나라의 대장 항연의 손자 항우, 이름은 적이다. 진나라의 무도한 것을 참지 못해 회계에서 의병을 일으켜 팔천 명의 장정을 항복받은 후, 십만 대군을 모아 지금 초나라의 원수를 갚는 동시에 무도한 진나라를 멸하고 천하를 도탄에서 구하려 하는데 어째서 너는 감히 이름 없는 군사라 하느냐?"

항우는 이같이 성난 소리로 쏘아붙였다.

이때, 항우의 뒤에서 환초가 뛰어나오면서 고함을 질렀다.

"영장군! 어서 항복하시오! 나도 벌써부터 초나라에 충성을 바치고 있습니다."

영포는 이 소리를 듣더니 즉시 말 위에서 내려 길가에 엎드렸다. 지금까지 기세등등하게 행군을 가로막던 사람과는 딴 사람인 것 같았다.

항우는 영문을 몰랐다.

"그대는 이 사람을 전부터 아는가?"

그는 환초를 돌아보고 물었다.

"예, 영장군을 제가 잘 압니다. 영장군의 무용은 당할 사람이 없습니다. 작년에 여산에 진시황의 능을 축조하는 일꾼으로 잡혀가서 일하다가 도망하여 강을 건너 제 집에 와서 두 달 동안 숨어 있기도 했지요. 그때 우리 두 사람이 서로 약조하기를 좋은 인물을 구해 공을 세운 후에 부귀영화를 함께 도모해보자고 했습니다. 요사이 회남(淮南) 땅에 와서 장정을 모으고 있다는 소문을 도산에 있을 때 듣고 사람을 보내 맞이하려던 터였습니다. 지금 다행히 잘 만났습니다."

환초의 설명을 듣고 항우는 급히 말에서 내려 영포를 붙들어 일으켰다.

"장군이 그런 인물인 줄 몰랐소. 나와 함께 우리 삼촌에게로 갑시다."

항우는 무한히 기꺼웠다.

항우뿐 아니라 항량도 영포를 인견하고 무척 기뻐했다.

"군사 천 명을 얻기는 쉬워도 한 사람의 장수를 얻기는 어려운 법이오. 오늘 장군을 얻은 것은 만리장성을 얻은 것같이 기쁘기 한량없소."

항량은 이렇게 자기 심정을 말했다. 영포는 감사의 예를 올렸다. 그리고 행군하는 도중이건만 진중에서 간단한 연회를 베풀어 항량은 영포를 환대했다.

다시 행군을 계속해서 회남 땅에 들어가 군사를 쉬게 한 뒤에 항량은 새로 참가한 영포까지 모아놓고 진나라를 치는 세밀한 계획을 토의하기 시작했다.

이때 계포가 인물을 추천했다.

"이곳에 훌륭한 노인이 한 분 계십니다. 연세는 칠십 가까우신 분이나 근력이 좋으며 흉중에 가지신 지모(智謀)는 옛날의 손자(孫子)·오자(吳子)보다도 더 훌륭하다고 그를 아는 사람은 일컫지요. 만일 이 노인을 얻기만 한다면 천하는 반년 안에 평정할 수 있을 것입니다."

항량은 계포의 의견을 좋은 생각이라 칭찬하고 물었다.

"그런데 그 노인의 성함은 무엇이라 하는가?"

"범증(范增)이라 부릅니다."

"그러면 그대들이 찾아가서 예물을 올리고, 내가 직접 찾아봬야 마땅하나 워낙 바쁜 몸이라 그대가 대신 왔노라고 말씀드리고 꼭 모셔오게."

항량은 이같이 명령하고 예물로 가져갈 폐백을 계포에게 내주었다.

계포는 즉시 명령을 받들어 거소(居巢)라는 마을로 범증을 찾아갔다. 그러나 범증은 그 마을에 살지 않았다.

이 사람 저 사람을 붙들고 물었으나 아는 사람이 없고, 나중에 한 노인이, 그 마을에서도 삼 마장가량 더 들어가면 기고산(旗鼓山)이라는 산이 있는데, 범증 선생은 그 산 위에 초가삼간을 짓고 그 속에서 세상을 피해 살고 있다고 했다.

대의명분

계포는 그 노인이 가르쳐주는 대로 기고산으로 올라갔다. 수목이 울창한데 좁은 길이 하나 있었다. 사람이 손으로 닦은 길이 아니고 발에 밟혀 저절로 생긴 희미한 길이었다. 나무와 나무 사이를 감돌고 올라서니 기고산의 중턱이라, 단풍이 우거진 속에 초가삼간이 보이고 거문고 소리가 은은히 울려왔다.

'범증 선생이 계시는 집이 분명하군!'

계포는 이마의 땀을 수건으로 닦으면서 뜰 앞에 가까이 다가가 방 안을 기웃거려보았다. 약간 푸른빛이 감도는 창백한 얼굴에 흰 눈을 덮은 것같이 희고 흰 백발, 거무스레한 회색의 겉옷을 입고 앉아 거문고를 뜯고 있던 범증은 뜰 앞에 사람이 와 있는 것을 알았는지 거문고줄 위에서 손을 떼고 뜰을 내다보았다.

"거기 찾아온 사람은 누구인고?"

계포는 즉시 방문 앞에 예물을 갖다올리고 뜰아래 꿇어앉았다.

"소생은 초나라의 대장군 항연의 아들 항량을 모시고 있는 계포라는 사람이올시다. 무도한 진나라를 무찌르기 위해 영웅이 사방에서 일어났는데, 항량은 회계의 태수를 죽이고 의병을 일으켜 제후에 호응하여 백성을 도탄에서 구하고자 일어났습니다. 재주와 힘이 출중한 사람은 모두 앞을 다투어 모여드는 이때에 선생께서는 풍부한 지모와 책략을 흉중에 감춘 채 기고산에 숨어 계시니, 이것은 강태공(姜太公)이 문왕(文王)을 만나지 못하던 때와 같습니다. 지금 항량은 선생의 고명하신 현덕을 사모하여 자신이 오고자 했건만 워낙 바쁜 몸이라 소생을 대신 보내셨습니다. 선생께서는 한번 몸을 일으켜 천하 만민을 도탄에서 구원해 주십시오."

계포는 땅 위에 앉아 이같이 고했다.

범증은 그 말을 듣고 얼른 대답하지 않았다. 대체로 초나라가 주(周) 이후 사십일 대 팔백칠십 년이라는 육국 중에서 가장 오랜 역사를 가졌던 나라로서, 진시황에게 멸망된 나라의 운수가 어찌될 것인가? 천하대세와 아울러서 생각해본 다음에 대답하리라고 그는 생각했다.

"이 물건을 도로 가져가시오. 나는 지금 아무런 뜻이 없소."

그는 우선 이렇게 거절했다. 계포는 움직이지 않고 간원했다.

"다시 생각해주시기 바랍니다. 선생께서는 큰 뜻을 가지시고도 평생을 헛되이 보내시렵니까…."

계포는 여러 가지 말로써 범증을 설득하며 졸랐다.

"진시황이 잔인무도했고 지금 또 이세 황제가 그보다 더 흉악하여 사람이 살 수 없으니 항장군이 그대를 보내어 나를 부르심은 고마우신 뜻인 줄 아오. 그러나 오늘 하루 더 생각해보고 내일 대답하리다. 그 후에 예물을 받겠으니 그리 알고 내일 다시 오시오."

범증은 자기 뜻을 내일 결정하겠다고 했다. 그러나 계포는 여기까지 찾아와서 확실한 대답도 듣지 않고 산을 내려갈 수는 없었다.

"어떻게 내일까지 기다리겠습니까? 소생이 여기 앉아서 기다리겠사오니 지금 생각하여 결정해주십시오."

범증은 젊은 사람이 뜰 위의 땅바닥에 공손히 앉아 간청하는 정성에 마음이 움직였다. 마침내 그는 허락하기로 결심했다.

"이리로 들어오시오. 흙을 털고 올라오시오."

그는 계포를 방으로 불러들였다.

"황송합니다. 선생께서 승낙하셨으니 항장군의 예물을 받아주시기 바랍니다."

범증은 항량의 예물을 받고 하인을 불러 음식을 내어다 계포에게 대접하고 그날 밤은 자기 집에서 쉬게 했다.

밤이 되어 이웃방에서 계포가 쉬고 있을 때, 범증은 혼자서 산가지로 자신의 독특한 운수 타진을 하기 시작했다. 이것은 하늘에 배열된 별과 사람이 살고 있는 땅의 움직임이 서로 돌아가면서 사람의 세상에 이루어지는 법칙을 계산하고, 국운과 개인의 운명을 판단하는 방법이었다. 그는 정신을 쏟아 산가지를 이리저리 옮기며 한동안 타산을 하더니,

"아뿔싸!"

자기 발목을 한 손으로 움켜쥐고 쓴 입맛을 다셨다. 이것은 그가 자기 잘못을 깨닫고 뉘우치는 때 하는 버릇이었다.

'초나라가 다시 흥하지 못하면 항씨에게는 천운이 없다! 잘못했구나!'

그는 한참 동안 발목을 쥐고 마음을 정하지 못했다. 이미 운이 다했고 또한 진정한 천하의 주인이 아닌 바에야 그 사람이 자기를 알아준다 할지라도 무엇하랴? 그러나 예물까지 받아놓고 승낙을 해버렸으니 이 일을 어찌하랴?

그는 마침내 생각을 했다.

'대장부의 일언이 천금보다 중하거늘 내 어찌 마음을 고칠 수 있을 것이냐!'

그는 드디어 항량에게 가기로 결심했다.

이튿날 범증은 계포의 안내로 기고산의 초가삼간을 뒤에 두고 항량의 영문으로 들어갔다. 항량은 멀리 영문 밖까지 나와 그를 맞아들여

가장 높은 자리에 앉힌 후 공손하게 인사를 드렸다.

"선생님의 고명은 오래전부터 듣고 사모해왔습니다. 제가 마땅히 찾아가 뵈올 것이언만 주야로 군무에 분망하여 뜻을 이루지 못했습니다. 이같이 친히 나와주시니 저희들은 행복으로 생각합니다."

범증은 자리에서 일어나 대답했다.

"장군은 초나라의 부흥을 위해 의병을 일으키신 혁혁한 장군이요, 나는 초목과 함께 썩어가는 무재무덕한 늙은 몸이올시다. 견마의 심부름이나 할 수 있으면 다행인가 합니다."

항량은 기뻤다. 즉시 연회를 베풀게 하고 부하 장수들을 전부 집합시켰다. 항우·영포·우영·환초·계포·종리매·우자기 들이 모두 한자리에 둘러앉았다. 항량은 범증을 상좌로 모시고 회의를 먼저 열었다. 회의에서는 그들이 있는 회남 땅에서 멀지 않은 진(陳) 땅에서 진섭(陳涉)이 장이(張耳)·진여(陳餘) 두 사람의 말을 듣지 않고 제가 왕이 되어 군사행동을 일으키려 하다가 진 이세 황제가 파견한 장한(章邯) 군대에게 대패한 후 자기 부하에게 암살당했다는 보고가 가장 큰 의제였다.

진 이세 황제는 황음 잔인하여 천하 인심을 배반했지만 진나라는 아직도 강국이다. 장한·사마흔 등 기타 많은 장수가 백만 이상의 군대를 가지고 있다.

진섭이 먼저 진나라를 치려다가 장한에게 대패하고 또 부하에게 암살당했으니 동정하지 않을 수 없다. 이것을 도와 장한의 군대를 치는 것이 의리에 옳은 일이 아니냐?

진섭의 부하 장이·진여에게 원조하는 군사를 보내자커니, 좀 더 우리편의 형세를 키우기까지 자중하자커니 의논이 분분해지자 범증이 드디어 입을 열었다.

"진나라는 강하니까 경솔히 적대할 수 없다는 의견과 진나라를 치려다 몰살당한 진섭을 빨리 원조하는 것이 의리를 지키는 일이라는 의견

등 두 가지 의논이 벌어졌소이다마는 그보다도 먼저 해야 할 일이 있소!"

항량·항우를 비롯한 모든 장수들은 범증의 말에 이제까지 자기들이 갑론을박하던 토론을 중지하고 귀를 기울였다.

"무엇이 먼저 해야 할 바쁜 일입니까?"

항량이 물었다.

"진섭이 장이와 진여의 말을 듣지 않고 제가 왕위에 오른 것은 소리(小利)를 탐하는 소인의 행동이외다. 그런 자이니까 제 부하 장가(莊賈)에게 암살을 당하는 신세가 되었지요. 지금 여기 모이신 장군들은 개인의 소리(小利)를 위해 일어서신 것은 아니지 않습니까? 항량 장군께서 의병을 일으키신 후 오늘까지 불과 수개월 동안에 도처에서 호응하고 귀순해오는 것은 항장군이 초나라의 부흥을 위해 일어나셨음을 아는 까닭입니다. 그러니 초왕의 후손을 찾아 먼저 초왕을 세우시기 바랍니다. 이것이 제일 먼저 할 일입니다. 대의(大義)가 분명하지 않고는 천하를 도모할 수 없습니다."

범증의 말에 일동은 정신이 번쩍 들었다.

"과연 선생님의 말씀이 지당합니다!"

항량이 먼저 경복하는 찬사를 올리고 초왕의 후손을 어떻게 찾아낼 것인가, 그 의논을 하기 시작했다.

초나라의 마지막 임금 부추(負芻)의 자손이 어디엔가 있기는 있을 것이다. 진시황 이십사년에 초나라가 망했으니까, 그동안 십오 년의 세월이 흘렀다. 행적은 묘연하지만 못 찾을 것도 없다. 이같이 의논한 끝에 급기야 종리매에게 초왕의 후손을 찾아오라는 항량의 명령이 내려졌다.

종리매는 명령을 받들고 영문에서 나왔다. 부관으로 데리고 나선 소교 두 사람과 함께 간단한 여행 도구만 휴대하고 시골길로 들어섰다.

초왕의 후손이 살아 있다면 도회지에 있을 리 만무하고 필시 시골구석에서 농사나 짓고 숨어 있을 것이라고 생각되는 까닭이었다.

하루가 지나고 사흘째 되는 날, 종리매는 강가의 조그마한 마을에 왔다. 넓고 넓은 양자강 물결이 바다를 보는 것같이 끝없이 보이는데 포구에 사는 사람들은 수십 호밖에 되어 보이지 않았다. 그러나 조그마한 포구이건만 생활하는 것은 그렇게 빈약해 보이지 않았다. 길거리에는 아이들 십여 명이 제각기 양을 한 마리씩 이끌고 다녔다. 종리매는 그 어린아이들 가운데서 미목이 청수하고 용모가 비범한 소년 하나를 발견했다.

종리매가 그 소년에게로 가까이 다가가려 할 때 앞서가는 아이들과 무슨 말다툼이 벌어졌는지는 알 수 없으나 별안간 다른 아이들이 그 소년을 때려주기 시작했다. 뺨도 때리고 발길로 차기까지 했다. 그래도 그 소년은 마주 때리고 싸우지 않았다. 종리매는 걸음을 멈추고 그 모양을 보다가 앞서가던 아이들이 다시 그 소년을 뒤에 두고 양을 끌고 가는 것을 보고는 그 소년에게 가서 물어보았다.

"동자는 왜 얻어맞고 가만있는가?"

그러나 동자는 의심하는 눈으로 종리매의 얼굴을 바라보며 대답을 하지 않았다.

"글쎄 얻어맞기만 하고 맞서서 때리지 않아 하도 이상해서 물어보는 말이야. 대답을 하거라."

종리매는 부드러운 소리로 달래듯이 소년에게 말했다.

"저 애들은 여기서 살고 아버지 어머니가 죄다 있건만, 나는 아버지가 없고 이 동네 남의 집에 와서 심부름이나 하고 있는 신세입니다. 조금 전에 저 애들이 나를 놀리기에 내가 말하기를, 너희들은 백성의 자식이지만 나는 왕후의 자손이라고 했더니 저놈들이 나를 때리는군요."

종리매는 동자의 이 말을 듣고 무척 반가웠다.

"아니 네가 왕후의 자손이라면 조상이 누구냐?"

동자는 종리매의 이같이 묻는 말에 대답은 하지 않고 머리를 좌우로 흔들기만 했다.

"왜 말을 못하니?"

"난 모릅니다. 어머니한테서 그런 말을 듣기만 했지, 조상의 이름은 못 들었어요."

동자는 이렇게 대답했다.

"그럴 리가 없다. 네가 숨기고 말을 안 하는 것이지 못 들었을 까닭이 없다. 어서 말해라!"

"어엉, 정말이에요!"

"아니다. 들은 대로 말해라!"

"난 몰라요!"

동자가 획 돌아서서 달아나려고 하는 것을 종리매는 그 손을 꼭 붙들고 가만가만 타이르듯 말했다.

"이것 봐! 내 말을 들어봐. 너는 얼굴이 무척 잘생겨 이담에 반드시 귀하게 될 인물이란 말이야. 네가 내게 사실을 일러주면 내가 너를 임금이 되게 만들어줄는지도 모른단다!"

동자는 한 손을 종리매에게 붙잡혀서 달아나지도 못하고 있다가 이 말을 듣더니 한참 생각하다가 이같이 말했다.

"나는 지금 열세 살인데요, 이 동네로 오기는 팔 년 전이래요. 어머니께서 그전에 내게, 너는 초 회왕(楚懷王)의 직손이다, 이렇게 말씀하시는 것을 들은 일이 있어요. 그 밖에는 이야기를 못 들었으니까 모르지요."

종리매는 기뻤다. 바라던 바와 같이 초왕의 후손을 하나 찾아냈다.

"응, 그런가! 그럼 나하고 함께 자당이 계시는 곳에 가십시다."

종리매는 동자를 자기 말 위에 올려앉히고 동자가 머슴 살고 있는 집을 찾아갔다.

동자가 머슴 살고 있다는 집은 이 고을에서 제일 큰 촌장의 집이었다. 촌장은 한다하는 무관의 복색을 입은 종리매의 모양을 보고 당황해서 어찌할 줄을 몰라했다.

"무슨 일이 생겼습니까? 그저 소인은 촌에서 농사나 짓는 농군이올시다… 그저 그렇습니다."

촌장은 두 손을 비비면서 종리매에게 어리손을 쳤다.

"자네한테 볼일이 있어서 온 것이 아닐세. 내가 여기에 온 것은 동자의 자당 어른을 만나뵈려고 온 것이니까 빨리 안에 들어가서 그 뜻을 여쭙게."

촌장은 종리매의 말을 듣더니 허둥지둥 안으로 뛰어들어갔다.

조금 있다가 새 옷을 입은 동자의 늙은 어머니가 촌장과 함께 나왔다. 종리매는 공손히 인사를 드리고 말했다.

"아드님의 내력을 여쭈어보려고 왔습니다. 말씀해주시기 바랍니다."

그러나 노부인은 어쩐지 의심하는 눈빛으로 종리매를 바라볼 뿐 말이 없었다.

"의심하실 것 없습니다. 왕실의 후손을 찾아내어 초나라를 세우고자 하는 항장군의 심부름으로 왔으니까 의심하실 것 없습니다."

종리매는 또 이렇게 말했다. 그제서야 노부인은 돌아서서 품을 헤치고 살 위에 밀착해서 지니고 있던 헌 주머니에서 땀에 찌든 기름 먹인 유지같이 된 것을 꺼내어 종리매에게 내주며,

"이것을 펴보시면 짐작하실 거요."

하고 말했다. 종리매는 그것을 받아 헝겊을 펴보았다. 글자가 쓰이기는 쓰여 있으나 땀에 절어서 알아볼 수가 없었다. 헝겊을 쳐들고 햇볕에 비춰보니,

'초 회왕 적손 미심 초 태자 부인 위씨(楚懷王嫡孫米心 楚太子夫人衛氏)'

이같이 쓰여 있는 글자와 국보의 기록 같은 것이 희미하게 보였다.

이것으로 보든지 그 부인의 자태와 동자의 용모나 무엇으로 보든지 틀림없는 왕손이 분명하다고 생각되므로 종리매는 즉시 땅바닥에 꿇어앉았다.

군신의 예를 마치고 종리매는 말을 세 마리 더 구해서 행장을 꾸리기 무섭게 출발했다. 부인과 동자와 촌장도 항장군의 영문으로 향했다.

항량의 기쁨은 컸다. 즉시 택일하여 미심 소년의 즉위식을 거행했다. 며칠 전까지 촌장 집에서 머슴살이하던 동자가 하루아침에 초 회왕이 된 것이다.

그의 조부가 회왕이었음에도 불구하고 손자를 '회왕'이라 한 것은 망해버린 왕실의 후손이므로 세상 사람들에게 더 확실하게 인상을 심어주기 위해서였다.

동자의 모친은 왕태후(王太后)라 칭하고 항량은 자신을 무신군(武信君)이라 했다. 그리고 항우는 대사마장군(大司馬將軍), 범증은 군사(軍師), 계포·종리매는 도기(都騎), 영포는 편장군(偏將軍), 환초와 우영은 산기(散騎), 이와 같이 왕을 세우고 군대의 부서를 배정한 후, 왕이 팔 년 동안 신세를 진 촌장에게는 금 오십 냥과 비단 열 필을 내렸다. 초나라가 이로써 뚜렷하게 세워졌다. 범증이 기고산에서 내려와 맨 먼저 해야 할 일은 대의명분을 밝히는 일이라고 주장해서 이루어진 초나라의 건립은 저절로 천하의 인심을 따르게 하여 항량의 기세는 높아갔다. 대장 송의(宋義)가 군사 삼만 명을 이끌고 회왕의 신하로 들어왔다. 무신군 항량은 송의에게 경자관군(卿子冠軍)이라는 칭호를 내렸다.

경자관군 송의가 새로 참가한 뒤에 열린 회의에서는 그들의 근거지를 회하(淮河) 하류에 있는 우이성(盱眙城)으로 옮기기로 결정했다. 우이성에는 초나라의 장수 진영(陳嬰)이 군사 오천 명을 양성하고 있을 뿐 아니라, 그곳은 나아가서는 공격하기에 편리하고 돌아와서는 방어하기에 용이한 지형을 가진 땅이었다. 진영에게서는 이미 항량의 부하 되기를 신청해온 터이므로 항량은 회왕에게 이 뜻을 고하고 근거지의 이동을 결정했다.

대군이 회남 땅을 출발했다. 칼과 창과 방패와 도끼와 활을 메고, 들고, 차고 한 군사들의 행렬이 넓은 길을 뒤덮고 우이성을 향해 행진했다.

이틀 후, 회하 강가에 다다랐을 때 앞에서 그들을 마주보고 향해 오는 큰 군대의 행렬과 마주쳤다. 칼, 창 등의 무기가 햇빛에 번쩍거려 휘황한데 그같이 휘황찬란한 속에 하늘 높이까지 보라빛 나는 기운이 은연히 뻗치고 있었다. 범증은 회왕·무신군 뒤에 잇대어서 수레를 타고 따라가다가 이것을 보고 깜짝 놀랐다.

'심상한 일이 아니다….'

그는 이상히 생각하면서 그대로 행진했다. 가까이 올수록 보라빛 나는 기운이 더욱 뚜렷했다.

'왕기가 분명하다! 저 가운데 반드시 천운을 타고난 사람이 있을 것이다….'

범증이 이렇게 생각하고 있을 즈음에 마주보고 오던 행렬 가운데로부터 한 사람이 말을 달려 뛰어나와 회왕과 무신군 앞에 이르러 인사를 했다. 융준용안(隆準龍顔) 요미순목(堯眉舜目)이라는 말이 있지만 범증의 눈에는 이 사람의 얼굴이 보통 인간의 얼굴에서 뛰어나게 잘생긴 인상으로 보여졌다.

범증은 고개를 수그리고 생각해보았다.

'잘못했다! 초나라에 붙는 것이 아니었는데….'

그는 이렇게 후회하면서 수레 밖에서 항우의 수레 뒤를 따르는 우자기를 내다보며 물었다.

"저 사람이 누구인가?"

"예, 패공 유방(沛公 劉邦)이라고 합니다."

망탕산 연못가에서 길이 열 간이나 되는 큰 구렁이를 죽인 뒤에 풍서

(豊西) 땅에서 의병 십만 명을 일으켜 소문이 높아진 유방이었다. 범증은 쓰디쓴 입맛을 다셨다.

번쾌 · 하후영(夏侯嬰) 등의 부하 장수들을 거느리고 유방이 회왕과 합세하기 위해 찾아온 길이라는 말을 듣고 무신군 항량은 무한히 기뻐했다.

무신군 항량은 회왕을 모시고 모든 장수와 군사를 거느리고 우이성에 들어갔다. 그리고 이곳에서 군사를 양성하고 있던 진영을 데리고 회의를 열어 우이성을 수도 서울로 결정했다. 이어 무신군은 사수(泗水)의 강가에 나아가 대본영을 설치했다.

이때, 한신(韓信)이 기다란 칼을 허리에 차고 무신군을 찾아와서 자신을 써주기를 청원하므로 무신군은 바짝 마른 그의 모양을 보고 쓰지 않으려 하는 것을 범증이 권해서 집극랑관(執戟郎官)이라는 관직을 주었다. 이를테면 본부사령(本部司令)의 하사관이 된 셈이었다.

무신군 항량이 초의 회왕을 세우고 우이성에 수도를 정하고, 유방 진영과 합세하여 진나라를 치려고 준비 중에 있다는 보고가 함양 성중에 들어가자, 진나라 승상(丞相) 조고는 대경실색하여 대장군 장한에게 삼십만 대군을 주며 우이성에 가서 항량 일당을 전멸시키라고 명했다.

장한은 사마흔 · 동예와 더불어 이사의 아들 이유(李由) 등 세 사람의 맹장을 데리고 함곡관을 넘어섰다.

함양을 떠나 소문을 들으니 천하의 형편은 서울에서 듣던 것과는 판이하게 달랐다. 육국의 자손이 각기 제 고장 나라에서 벌떼같이 일어나고 있는 것을 처음으로 알았다.

장한은 먼저 초나라를 치기 전에 가까운 위(魏)나라를 평정하고 그 후에 초나라를 토벌하기로 했다. 위왕 구소세(咎小勢)는 제왕(齊王) 전담(田擔)에게 급히 구원을 청하는 동시에 초 회왕에게도 구원병을 보내달라고 기별했으므로 무신군 항량은 대장 항명(項明)에게 삼만 명의 군사를 주어 위를 돕게 했다.

그러나 전담과 항명의 구원병도 소용없이 장한의 부하 장수 사마흔과 이유에게 각각 그들의 대장이 전사하고 격파당했다.

위왕은 초나라의 동아(東阿)라는 지방으로 도주하여 회왕에게 사신을 보냈다. 회왕은 무신군에게 의논했다.

"먼저 장한을 죽인 후에 진나라를 멸망시켜야 할 것 같습니다."

이 같은 주장이 무신군 이하 대부분의 의견이었다. 무신군 항량은 드디어 항우·범증·유방과 이십만의 군사를 동원하여 동아의 삼십 리 밖에 진을 치고 진나라 군사들의 포위 속에서 위태하게 된 위왕을 구출하려들었다.

항우가 적진에 가까이 다가가 고함을 질렀다.

"진의 대장 장한에게 할 말이 있다."

진군에서는 즉시 여러 장수가 호위하는 가운데 장한이 진문 앞으로 나왔다.

항우는 큰소리로 욕을 했다.

"너 이놈 쥐새끼 같은 놈아, 시황이 잔인무도하더니 이세라는 것은 더 못된 일만 하고, 조고 따위는 악당들로 하여금 백성을 못살게 하므로 천하에서 영웅들이 일어나는 판이다. 너는 지금 솥 속에 들어 있는 물고기인 줄 모르느냐?"

장한은 노하지도 않고 대꾸했다.

"너 같은 것이야말로 하늘을 모르는 짐승이다. 도둑놈들이 일어나서 제 맘대로 초 회왕을 세우고 목을 빼들고 죽여달라고 찾아온 셈이구나."

항우는 이 말을 듣더니 창을 쳐들고 달려들었다. 장한은 마주 서서 항우와 더불어 삼십여 합이나 접전을 하다가 당할 수 없음을 알고 도망했다. 항우는 즉시 그 뒤를 쫓아갔다.

장한의 부하 장수 이유가 항우의 앞을 막았다.

항우는 성이 나서 눈을 부릅뜨고,

"너는 무어라는 놈이냐?"

고함지르는 소리에 이유가 타고 있는 말은 놀라 두 걸음이나 뒤로 물러섰다. 항우의 오추마는 용마라고 일컫는 말이다. 한걸음에 쫓아가 항우가 이유의 등허리에 창을 꽂으려고 하는 순간에 사마흔·동예 두 장수가 나타나 항우를 가로막았다.

항우는 조금도 허둥대지 않고 두 장수를 상대하여 싸웠다. 이유는 달아나고 사마흔·동예는 항우와 더불어 이십여 합을 싸웠으나 항우가 점점 무섭게 기운을 내면서 대적하므로 사마흔·동예 두 사람도 말머리를 돌려 달아나기 시작했다. 이때에 무신군은 항우가 적진 속에서 두 장수와 오랫동안 싸우고 있으므로 영포·환초·우영 세 사람에게 군사 오천 기(騎)를 주어 항우를 도와 적군을 좌충우돌하는 격으로 무찌르게 했다.

장한은 크게 패하고 마침내 오십 리나 퇴각했다. 항우는 경솔하게 대적할 장수가 아니니, 증원병(增援兵)이 도착하기까지 대적해 싸우지 않고 항우의 군사가 교만해지고 마음놓고 있을 때 싸움을 걸어 승부를 결정하리라고 장한은 계획을 세웠다.

항우는 장한이 오십 리 뒤로 퇴각하는 것을 보고 본진으로 돌아와 무신군 항량에게 전투 결과를 보고했다.

"그들은 두려워할 적이 아니올시다. 우리 대군을 좌우 두 개로 나눠 내일 적과 싸우면 그까짓 것들쯤은 깨강정같이 분쇄할 수 있습니다."

항우는 보고를 마치고 이같이 호기 있게 장담했다.

"그래, 나도 그렇게 생각한다. 장한이란 자는 헛된 이름만 높은 장수지 이제는 늙어빠진 허수아비다! 내일 싸움에서 한 놈도 빼놓지 말고 다 잡아 죽여라!"

무신군은 호기 있게 말하고 장수들에게 잔치를 베풀었다. 위로 겸 승전의 축배를 올리는 것이었다.

이튿날 무신군은 항우를 중군(中軍)으로, 영포를 우군(右軍)으로, 패공 유방을 좌군(左軍)으로 하여 북을 치고 피리를 불며 대군을 지휘하여 진나라 진영으로 조수같이 쳐들어가게 했다.

장한은 진을 버리고 도주하기 시작했다. 초나라 군대는 겨를을 주지 않고 뒤를 쫓았다. 진나라 군대는 세 갈래로 나누어 장한은 정도(定陶)로, 사마흔·동예는 복양(濮陽)으로, 이유는 옹구(雍丘)로 각각 퇴각했다.

초군은 이 형세를 보고 이편에서도 세 길로 추격을 전개했다.

항우는 스스로 옹구 쪽으로 쫓아가 이유를 추격하여 불과 세 번 창을 주고받고 하다가 이유의 가슴을 한 번 찔러 거꾸러뜨렸다.

패공 유방은 사마흔·동예를 쫓아 복양을 향해 하루 낮 하룻밤 동안에 삼백 리를 추격했다. 소하가 급히 패공에게 나와서 간했다.

"옛날부터 궁구막추(窮寇莫追)라고 일컫지 않았습니까? 만일 적이 복병을 숨겨두었다가 우리가 피곤할 때 역습을 해오면 큰일이 아닙니까…?"

패공은 그 말을 듣고 추격을 멈추었다.

"공의 말이 지당하오."

이리하여 패공의 군사는 복양 못 미쳐 성양(城陽)이라는 곳에 진을 치고 머물렀다.

영포는 정도로 퇴각한 장한을 추격하여 성 밖에 도착했건만 진나라 군대는 성문을 꼭 닫고 꼼짝하지 않았다. 영포는 백방으로 싸움을 걸어 보았지만 장한의 편에서는 아무 반응도 보이지 않았다. 이때 무신군 항량이 인솔하는 후진(後陣)의 대군이 정도성 밖에 있는 영포의 진에 도착했다.

영포는 무신군에게 정도성 안의 장한군의 동정이 잠잠한 현상을 보고했다.

"진나라 병세가 무력해져 성문을 닫고 저희들의 구원병이 올 때를 기다리고 있는 것이니 구원병이 도착하기 전에 함락시켜야지 공연히 천연세월하고 있을 작정인가!"

무신군은 영포를 나무랐다.

"장한은 비록 한 번 싸움에 실패했지만, 원래 인마가 웅장하니 그렇게 바쁘게 서두를 수 없을 것 같습니다."

영포는 자기 의견을 주장했다.

"잔말 말게! 자네가 대장으로서 이까짓 성 하나 함락시키지 못하고 며칠을 허비하다니 될 말인가! 쓸데없는 소리를 다시는 입 밖에 내지 마라!"

무신군은 화를 내어 영포로 하여금 두 번 다시 입을 열지 못하게 꾸지람을 했다. 그리고 즉시 명령하여 사닥다리를 무수히 많이 만들게 했다. 이렇게 만든 사닥다리를 성에 걸쳐 세우고 군사들로 하여금 사닥다리를 타고 기어올라가 성안으로 돌진하도록 명령했다.

그러나 성안에서는 철포(鐵砲)와 화전(火箭)을 난발하여 사닥다리가 불붙어 타버리고 또 성 위에서는 큰 돌과 통나무를 빗방울처럼 떨어뜨려 초군의 사상자가 헤아릴 수 없을 정도로 많이 생겼다.

무신군은 굴하지 않고 수백 개의 충차(衝車)를 만들어 사방의 성문을 향해 군사들에게 고함을 치면서 돌진하게 했다. 그러나 성안에서는 큰 쇠망치를 기다란 쇠사슬에 달아서 내던지는 바람에 충차가 모조리 깨어졌다. 이를테면 탱크 부대도 소용없게 된 셈이었다.

이때, 집극랑관 한신이 성미 초조해서 짜증을 내고 있는 무신군 앞으로 와서,

"지금 적이 우리의 군사가 피곤해서 게으른 때를 엿보아 밤에 야습(夜襲)을 가해온다면 도리어 큰일이옵니다. 그러므로 지금은 성을 공격

하는 일은 작은 일이요, 적을 방어하는 일이 큰일이옵니다."

이같이 군사 의견을 진술하자 무신군은 노했다.

"뭐가 어째? 밤에 나를 야습한다고? 너 같은 것이 뭘 안다고 쓸데없는 소리를 입 밖에 내어 인심을 현란시키느냐?"

한신은 한마디 충언(忠言)을 하다가 그만 호통만 들었다.

경자관군 송의가 옆에서 입을 열었다.

"장수가 교만하고 사졸이 게으르면 반드시 패한다고 하지 않습니까? 한신의 말을 버리지 마십시오."

무신군은 대꾸도 하지 않았다.—너희들이 무엇을 알겠느냐? 병법책이나 뒤적거려본 천박한 지식을 가지고 감히 내게 설교할 작정이냐?—아마 그는 이렇게 생각했던 모양이다.

"술을 가져오너라."

무신군은 좌우의 부관들이 술과 음식을 대령하자 통음했다. 경자관군 송의도 무신군의 방에서 물러나와 자기 막사로 갔다.

부하 장졸들은 모두 맥이 풀리고 어느 놈은 술 먹고 어느 놈은 잠들고 또 어느 놈은 노름을 하고 있었다.

이 무렵, 성안에 있던 장한은 수하의 정병(精兵)을 선발하여 입에 헝겊 한 조각씩 물게 하고 밤중에 성문을 열고 나왔다.

초나라 군대의 진영을 엿보았다. 모두 잠든 것같이 조용했다. 장한은 이 모양을 한눈에 살피고 암호를 보냈다. 그와 동시에 철포 소리가 꽝 하고 울리더니 꽹매기 소리도 요란하게 대군이 일제히 초나라 진영을 향해 돌진했다.

초의 진영은 뒤죽박죽이 되었다.

"내 칼! 내 칼 어디 있나?"

"내 창! 내 창이…."

"방패! 방패를 어디다 두었나?"

초군의 사졸들이 눈을 비비면서 엎치락뒤치락 야단법석을 피우는 때인데, 무신군 항량은 술에 대취해서 잠들어 있는 것을 좌우의 부관들이 일으켜 원문까지 나와 말 위에 태우려 할 때 진나라 장수 손승(孫勝)의 칼날에 목이 선뜻 베어지고 말았다.

송의와 영포가 칼을 휘저으며 이리 뛰고 저리 뛰고 하면서,

"적은 얼마 안 된다! 겁내지들 말아라!"

이렇게 외치고 돌아다녔다.

그러나 수만 명이 허둥대는 혼란이란 한두 사람의 힘으로 막을 수 없는 일이었다. 서로 부딪고 서로 밟고 채고, 여기서 창에 찔리고 저기서 칼에 맞아 쓰러지고, 적이 두들기는 꽹매기 소리는 점점 요란하고…. 이렇게 해서 초군의 시체가 산같이 쌓이고 살아남은 놈들은 도망해버린 뒤에 날이 밝았다. 정도의 성안에 있던 진나라 군대는 성 밖에 있던 초군의 진영을 완전히 점령해버렸다.

한편, 패공 유방은 급한 소식을 듣고 군사를 거느리고 정도성을 향해 오다가 패주해오는 송의·영포를 만났기 때문에 옹구 땅에 주둔하고 있는 항우에게로 같이 갔다.

항우는 무신군이 적의 칼에 전사했다는 말을 듣고 대성통곡했다.

"내가 조실부모하고 삼촌한테서 양육받고 병법을 배웠는데 공도 세우기 전에 삼촌을 사별하다니!"

항우가 울음을 그치지 못하자 범증이 거듭 위로했다.

"나라를 위해 신명을 버리는 것은 신자(臣子)의 대절(大節)이외다. 장군은 슬퍼하지만 말고 무신군의 유지를 받들어 진나라를 멸하고 초나라를 흥하게 해야 하지 않습니까! 회왕을 섬긴 후에 지금은 오십만의 대군을 이루었으니 장군은 어른답게 눈물을 거두시오."

항우는 이 말을 듣고 비로소 눈물을 닦고 범증이 권하는 대로 항량의 시체를 찾아 정도성 밖에서 장사지내고 진류(陳留) 땅으로 이동했다.

연전연승

초의 무신군 항량을 격파하고 형세를 만회한 진의 대장 장한은 대군을 휘동하여 정도성에서 거록성(鉅鹿城)으로 가서 조(趙)의 근거지를 포위 공격했다.

항우는 진류 땅에 주둔해 있으면서도 이 소식을 들었다. 장한의 군사가 거록성을 함락시키는 것은 뻔한 일이었다. 그러면 다시 일어나려던 조나라가 깨어지고 마는 것이다. 그다음에는 장한의 군사가 다시 초나라를 목표로 하고 쳐들어올 테니 나이 어린 회왕이 홀로 우이성에 남아 있는 것은 위태롭다. 항우·범증·패공·송의 등은 이같이 의논일치가 되어 모든 장졸들을 인솔하여 우이성으로 돌아갔다.

회왕은 비록 나이는 어리지만 사람됨이 비범하여 무신군의 전사를 듣고 크게 슬퍼했다. 무신군이야말로 자신을 포구의 촌장집에서 머슴살이하며 밥 얻어먹는 신세에서 일약 왕위에 오르게 해준 은인임을 그는 자나깨나 잊지 못하고 있었다.

회왕이 무신군을 생각하고 슬퍼하고 있을 때 조왕 헐(歇)로부터 급한 사신이 왔다.

"장한의 군사가 삼십만 명이나 거록성을 포위하고 한 달 가까이 조나라를 공격하므로 이제는 양식조차 떨어져 큰일 났습니다. 불쌍히 생각하시고 급히 구원해주시옵소서."

사신은 이같이 애걸했다.

회왕은 송의를 대장군으로, 항우를 부장으로, 범증을 군사(軍師)로 하여 이십만 대군을 주어 조를 구하라고 했다.

대장군이 된 후 대군을 인솔한 송의는 무신군 항량이 전사하던 일을 생각하고 주위의 형편을 살펴본 결과 딴 마음이 들었다. 그는 거록성에서 멀리 떨어져 있는 안양(安陽) 땅에다가 진영을 설치하고 여러 장수에게 이같이 명령을 내렸다.

"진나라 군사가 조를 포위하고 있는 지 오래되어 사기가 떨어지고 마음이 해이해졌다. 적이 방심한 틈을 타서 단번에 장한을 사로잡을 테니 너희들은 움직이지 말고 가만히 있으란 말이야."

대장의 명령인지라 부하들은 십여 일 동안 가만히 있었다.

항우는 분한 생각이 들어 송의 앞에 나아가,

"우리들이 허송세월을 한 지가 벌써 십여 일이 지났습니다. 그동안에도 조의 사졸들이 굶어죽은 자가 얼마일지 모르겠는데 우리들은 여기 앉아서 보고만 있으면 어쩌자는 것입니까?"

이렇게 항의했다. 그러나 송의는,

"허어, 그렇게 서두르는 게 아니라니까! 내가 대장군이란 말이야! 부장군은 여러 말 말고 내가 시키는 대로만 해!"

도리어 항우의 말을 막아버렸다. 하릴없이 항우는 침묵하고 또 며칠을 더 지냈다. 때는 동짓달 중순이라 날씨는 추워지고 그 위에 때 아닌 비가 쏟아지기를 이틀 동안 계속하여 급한 마음을 참기 어려운데 부하의 보고에 따르면, 송의가 저의 아들 송양(宋襄)을 비밀히 제(齊)나라로 보내어 그곳에서 출세시키고, 저 자신도 제나라에 가서 재상이 되려는 음모를 한다고 했다. 항우는 마침내 분통이 터져 칼을 잡고 대장군 송의의 처소로 들어갔다.

송의는 책을 펴들고 있다가 항우가 얼굴에 살기를 띠고 들어오자 그것을 책상 위에 놓았다.

"무슨 일이 생겼나?"

그는 이같이 물었다. 항우는 그 말에 대답하지 않았다. 두어 발자국 더 가까이 송의 앞으로 다가서면서 항우는 큰소리로 말했다.

"초의 대장군 송의가 저의 아들 송양을 제의 조정에 비밀히 보내어 제국의 군대가 오기만 하면 모반하려 하므로 지금 내가 비밀히 회왕의 명령을 받들어 너를 죽이는 것이다!"

말을 맺자마자 항우의 칼날은 송의의 목을 끊었다. 눈 깜짝하는 사이의 번갯불같이 빠른 행동이었으므로 송의는 피할 길이 없었다.

항우는 송의의 피가 떨어지는 머리를 쳐들고 나와 또 소리를 크게 질렀다.

"모두들 이리로 와서 내 말을 들어라!"

이 소리에 부하들이 모두 항우에게로 모여들었다.

"지금 역적 송의를 죽였다! 이놈이 모반하려고 했기 때문에 내가 죽인 것이니 그리 알란 말이다!"

항우는 시퍼렇게 선언했다. 부하들은 벌벌 떨면서 땅에 엎드렸다.

"처음부터 초나라를 일으키시고 왕을 세우신 것이 죄다 장군님 댁에서 해오신 일인데… 누가 감히 복종하지 않겠습니까…."

그 중에서 몇 사람이 겨우 이같이 말하자, 일동이 모두,

"과연 그러하옵니다!"

하고 이구동성으로 찬동했다.

항우는 이리하여 스스로 자신을 상장군이라 하고 급히 군사를 뽑아 정보를 제공한 군사와 함께 제나라 국경에 달려가 송의의 아들 송양을 잡아 죽이게 하는 동시에 환초에게는 우이성으로 가서 회왕에게 이 사실을 아뢰도록 했다.

회왕은 즉시 항우를 대장군에 임명했다.

항우는 왕의 은혜에 사례하고 영포를 선진의 대장으로 삼았다. 그리고 정병 이만여 기를 영포에게 주고 강을 건너가 장한의 군대를 공격하라 했다. 전 군대의 사기는 크게 앙양되었다.

영포는 강을 건너 질풍같이 진나라의 진영에 쳐들어갔다. 뜻밖에 초나라 군대의 내습을 받은 진군의 진영은 어지러워졌다. 사마흔·동예 두 장수가 영포를 대적하여 싸웠다. 그러나 영포의 용맹과 그가 번갯불같이 휘두르는 도끼를 당할 수 없었다.

사마흔·동예가 대적할 수 없어 달아나기 시작할 때 영포의 군사가 일시에 돌진했다. 진나라 병졸들은 무기와 식량을 버리고 모조리 퇴각했다. 이렇게 해서 영포가 인솔한 기갑부대(騎甲部隊)는 대승을 거두었다.

항우는 자기가 대장군이 된 후, 제일전에서 대승하여 완전히 의기를 떨쳤다. 그는 곧 대군으로 하여금 강을 건너게 하고 자기는 먼저 건너가서 궤짝을 엎어놓고 그 위에 걸터앉아 후속의 부대 도강 작전을 지휘했다. 빼앗은 전리품과 치중은 산같이 쌓였다. 칼을 어루만지면서 걸터앉아 있는 항우의 모양은 여유작작했다.

후속 부대가 전부 강을 건너온 뒤에,

"배를 모조리 파선시켜라! 가마솥을 모조리 부숴버려라! 식량은 삼일분만 남겨두어라!"

항우는 이같이 명령을 내렸다. 진나라 군대가 오랫동안 조나라를 포위하고 있기에 피로했다. 쳐부술 때는 바로 이때다. 한 발짝도 뒤로 물러가지 말아야 한다. 항우는 전군에 이같이 하달했다.

"장군의 명령인데 목숨이 끊어진들 어길 리 있사오리까!"

모든 병졸들이 이구동성으로 한사코 전진할 것을 맹세했다. 항우는 기뻤다.

그러나 범증이 종리매를 가만히 불러,

"항장군은 성미가 급해서 가마솥을 부수고 배를 파선시키고 양식은 사흘분만 남기게 했으니 장한을 격멸하는 데 사흘 이상 날짜를 더 끌면 큰일 아닌가. 그러니 사흘 안에 적을 격파하지 못하는 때를 생각해서 대군의 식량을 준비해두게."

이렇게 일렀다. 종리매는 감복했다.

"과연 선생님께서는 심사원려하십니다. 말씀대로 준비하겠습니다."

이같이 범증과 종리매가 만일의 경우에 대처할 준비를 하는 줄도 모르고 항우는 부하들을 휘동하여 장한을 추격했다.

장한은 사마흔·동예 두 장수가 영포에게 패해 도주해온 것을 보고 항우의 기세와 무용이 비상한 것을 알았다.

더구나 정보에 따르면 항우는 강을 건너와 식량은 삼 일분만 남기고 모두 내버린 후, 가마솥은 부숴버리고 배는 파선시켜버렸다. 이같이 무용이 절륜하고 자신만만한 사람은 경솔히 대적할 수 없다고 그는 생각했다.

"항우는 힘으로 상대해서 호락호락한 장수가 아니다. 그대들은 각각 일군씩 거느리고 따로따로 숨어 있고, 내가 본진에서 항우와 대적해서 싸움을 하거든 번갈아가면서 한 사람씩 나와 항우를 상대해서 싸우란 말이야. 그래서 항우를 깊이 끌어들인 다음 일제히 덤벼들어서 부수란 말이다. 알아들었나?"

장한은 자기 부하 장수 아홉 사람을 불러놓고 이같이 작전 계획을 지시했다. 왕리(王離)·섭간(涉間)·소각(蘇角)·맹방(孟防)·한장(韓章)·이우(李遇)·장평(章平)·주웅(周熊)·왕관(王官)—아홉 명의 장수가 그의 지시를 받았다.

장한의 작전 계획이 끝날 무렵, 항우는 장한의 진영 앞에 도착했다. 장한이 맨 먼저 뛰어나갔다. 항우는 그를 바라보고 이를 갈았다.

"이놈 역적아! 너는 내 삼촌을 죽인 원수다! 불공대천의 원수다!"

항우는 이같이 소리를 지르고 창을 겨누면서 쫓아들어갔다.

장한은 아무 말도 하지 않고 대적했다.

두 사람은 오십여 합 싸우기를 거듭했다. 항우의 기세는 점점 더 맹렬해졌다. 장한은 도저히 당해낼 수 없다고 생각하고 돌아서서 달아나기를 오 리쯤 하였을 때, 왕리의 군사가 응원왔다. 이제는 장한을 대신해서 왕리가 항우를 상대했다.

항우는 새로 나타난 장수를 상대로 이십여 합 접전을 해보다가 창을 높이 들고 잠시 가만히 있었다. 이때에 틈을 보았다는 듯이 항우를 찌르려고 가까이 덤비는 왕리의 곁으로 슬쩍 피하면서 항우는 왕리의 갑옷 허리띠를 거머쥐고 번쩍 들어 땅 위에 내던졌다. 순식간에 땅 위에 굴러 자빠진 왕리의 몸을 초나라 군사들이 꽁꽁 묶어버렸다.

장한은 멀찍이 떨어져서 이 광경을 관망하다가 혼이 나서 또다시 말을 달리기 시작했다.

"이놈아! 역적아! 어디로 가느냐?"

항우는 고함을 지르면서 쏜살같이 오추마를 달려 단숨에 장한의 뒤를 따랐다. 하는 수 없이 장한은 돌아서서 항우에게 대항했다.

그러나 도저히 당할 수가 없어 장한이 도망하려고 생각했을 때 그의 부하 섭간이 군사를 거느리고 나타났다.

항우는 섭간을 상대해서 잠깐 동안 창을 쓰다가 창을 멈추더니 별안간 허리에서 철편(鐵鞭)을 꺼내 그것으로 섭간의 골통을 때렸다. 다행히 섭간은 머리를 맞지 않고 어깨를 얻어맞아 말 위에서 떨어졌다.

장한이 멀리서 이 광경을 보고 부하 장수를 보내 항우를 대적하게 하고 그 사이에 섭간을 구하려 했으나 이럴 때에 벌써 항우의 부하 영포 · 환초 두 장수가 달려들었다. 초의 군사는 더욱 사기충천해졌다. 장한은 어찌할 바를 몰라 그대로 도망해버렸다.

이때 해는 이미 저물고 있었다.

항우는 추격을 더 하지 않고 쇠북을 울려 군사를 거두고 진을 설치하여 병졸들로 하여금 휴식하게 했다.

범증이 이때 항우 앞에 나와,

“잘하셨습니다. 그런데 장군은 오늘 적의 땅으로 너무 깊이 들어왔습니다. 오늘 저녁엔 적의 야습을 경계하십시오.”

이같이 말했다.

“선생님의 말씀이 제 생각과 같습니다. 물론 그렇게 해야지요.”

항우는 이렇게 대답하고 적이 야습해오는 경우를 대비해서 취할 전략을 범증에게 물었다.

범증은 대장군의 선생님이다. 그는 항우를 대신해서 뒷산에 있는 여러 골짜기에 진영을 만들어 모든 군사를 거기서 쉬게 하고, 본부 진영에는 마른 나무와 가시덤불을 쌓아놓고, 밖에서는 그럴듯하게 보이도록 깃발을 꽂게 하고, 환초·우영·정공(丁公)·옹치(雍齒) 등 네 사람을 불러 각각 산속에 복병하고 있다가 본부 진영에서 불이 나거든 적의 돌아갈 길을 끊어버리라고 지시한 후, 영포에게는 군사를 거느리고 장한의 군대로부터 구원병이 오지 못하도록 앞길의 요소에 매복해 있다가 만일 후속 부대가 나타나거든 때려부수라 하고, 항우와 범증은 본부 진영에서 적이 쳐들어오는 것을 기다리기로 했다.

이런 줄도 모르고 장한은 항우의 진에서 삼십 리 떨어져 있는 곳에서 사마흔·동예와 야습할 작전 계획을 의논했다.

장한의 부하 소각이 먼저 자기 계획을 말했다.

“초의 군대가 하루 종일 싸우기에 피로했고 또 승전했다고 방심하고 있을 것입니다. 여기서 동쪽 길로 가면 초의 진영의 후방이 됩니다. 장군께서 서쪽 길로 가시면 적을 전후에서 협공할 수 있을 것이니 이것이 병법에 이른바 ‘적이 지키지 않는 곳을 공격하는 것’이 아니겠습니까?”

소각의 의견에 장한은 쾌히 찬성했다.

"옳은 말이야. 그렇게 하세."

장한은 소각에게 일만 명을 거느리고 동쪽으로 가게 했다.

소각은 제 스스로 신통하기 짝이 없는 꾀를 냈다고 생각하고 초의 진영에 가까이 갔다. 깃발이 꽂혀 있기는 하나 여기저기에서 너펄거리는 기치가 균정되어 있지 못하고 원문의 파수 보는 병정이 있어야 하는데 도리어 문이 닫혀 있었다.

'옳거니! 모두들 쉬는구나. 됐다, 됐어!'

소각은 제 뜻대로 된 줄로 알고,

"으아."

고함을 지르면서 영문 안으로 쳐들어갔다. 넓은 영내에는 사람이 한 명도 없었다.

소각은 그제야 깜짝 놀랐다. 제 꾀에 제가 넘어갔음을 알고 되돌아나오려고 할 즈음에 꽝 하고 철포 소리가 한 방 울리더니 사방에서 불이 일어나고 함성이 땅을 흔들었다.

소각은 서쪽으로 향해 도망하기 시작했다. 그러나 왼쪽에서 환초 · 우영, 오른쪽에서 옹치 · 정공 네 사람의 장수가 사방으로 에워싸며 못 나가게 했다. 소각의 병졸들은 대부분 전사했다.

소각은 간신히 동쪽으로 산길이 있는 것을 발견하고 그쪽으로 달아나기 시작했다. 꽹매기 소리, 고함 소리가 정신을 못 차리게 요란한데 별안간 산길에서 말 탄 장수가 뛰어나오더니,

"꾀 없는 장수야! 네가 초의 대장군 항우를 알아보겠느냐?"

하고 벽력같이 소리를 질렀다. 깜짝 놀란 소각이 창을 겨누기 전에 항우가 찌르는 창끝에 소각은 메뚜기처럼 꽂혀지고 말았다.

서쪽으로 초진을 야습해오던 장한은 일이 이미 이같이 된 줄도 모르고 쳐들어오는 판인데, 북소리 요란스럽게 초군이 몰려오는 것을 보고

는 큰 혼란을 일으켰다. 어두운 밤은 밝기 시작했다. 진나라 군사는 앞을 다투어 도망했다. 서쪽 길에 미리부터 매복하고 있던 영포의 군사가 나타난 때문이었다.

장한은 후진을 인솔하고 내습하려다 영포에게 길이 막혔다.

두 장수는 한데 어우러져 오십여 합 접전을 맹렬히 하였으나 승부가 나지 않았다. 장한은 진나라에서 유명한 장수이지만 영포도 그에 못지 않은 용맹과 무술을 지니고 있었다.

등에서 땀이 흐르는 것도 모르고 두 장수가 격전을 하고 있을 때, 항우가 인솔하는 대군이 고함 소리도 우렁차게 이쪽으로 치달려왔다.

장한은 말머리를 돌려 도망하기 시작했다.

"장군은 걱정하지 마십시오."

이때, 도망해오는 장한을 구원하는 부하가 있었다. 장한이 보니 대장 맹방이었다.

초군은 요란스럽게 추격해오다 맹방의 군사와 만나 칼과 칼이 서로 부딪쳐 불똥이 일도록 일대 격전을 하는 중에 초의 장수 환초가 맹방의 목을 베어버렸다.

장한은 멀리서 이 광경을 보고는 간담이 서늘해져 또 달아나기 시작했다.

환초가 이 꼴을 보고 말을 달려 추격했다. 장한은 조그만 산으로 달렸다. 원체 여러 날 싸우고 잘 먹지 못하고 기운이 약해진 장한의 말은 언덕길을 잘 뛰어갈 수 없었던지 앞발굽을 꿇고 쓰러져버렸다. 장한은 굴러서 땅 위에 떨어졌다. 이때 환초가 달려들어 창으로 내리찌르려 했다.

그러나 요행히 샛길에서 진나라의 대장 한장이 쫓아와 환초를 가로막고 싸우기 시작했다. 장한은 일어나서 다시 자기 말을 잡아타고 도망했다.

한장을 상대로 접전하는 환초가 장한을 놓친 것을 분해하면서 칼을 휘두르고 있을 때, 우영이 군사를 거느리고 쫓아와 합세하고, 잠시 후 항우의 대군도 도착했다.

한장은 대적할 수 없음을 알고 달아났다. 그는 진의 대장 이우가 만여 기를 거느리고 후방을 지키고 있는 진영으로 들어가 얼마 남지 않은 패잔병을 거두어들였다.

항우는 환초·우영과 함께 적을 한참 동안 추격하다가 진나라 군사가 요해 지대에 진치고 있는 것을 발견하고 쇠북을 울려 추격을 멈추게 했다. 이리하여 추격을 멈추고 식사를 마련하게 했다. 해는 서쪽 하늘에 기울어지고 찬바람이 일기 시작했다.

항우가 장중에 드러누워 몸을 쉬고 있을 때 범증이 그를 찾아왔다.

"적의 형세를 살펴보니 그들은 모두 언덕 위에 진을 치고 있단 말이외다. 아마 우리가 오늘밤에 야습할 것을 두려워하고 있는 모양이오. 그러니까 적의 계책을 우리가 역이용해서 우리에게 유리하게 하면 오늘밤에 장한을 사로잡을 수 있을 거외다."

그는 항우에게 이같이 가만히 말했다. 항우는 무슨 꾀가 있는지 몰라 눈을 크게 뜨고 범증을 바라보았다.

"선생님의 계책을 말씀해보십시오."

"적은 본진을 비워놓고 우리가 야습해 들어가면 사방에서 우리를 포위 공격하려고 준비하고 있으니까 우리는 그것을 이용하여 장군이 친히 적의 본진에 쳐들어가십시오. 그러기 전에 적의 복병이 공격해올 방면에다 두 개의 부대를 매복해두었다가 적의 복병이 가까이 오면 이놈들을 때려부숩니다. 장군이 인솔하여 적의 본진에 들어갔던 부대와 모두 세 개의 부대가 적을 밀고 올라가면 오늘밤에 진나라 군사를 모조리 죽여버릴 수 있겠지요."

범증은 이같이 계획을 설명했다. 항우는 그의 작전을 듣고 크게 기뻐했다.

항우는 즉시 영포를 불러 그에게 일만여 기의 군사를 주어 남쪽 길로 가게 하고, 또 일만여 기는 환초가 인솔하여 북쪽 길로 가게 한 후, 자신은 친히 삼만여 기를 인솔하여 가운뎃길로 적의 본진을 향해 쳐들어가기 시작했다.

이런 줄도 모르고 장한은 부하의 패잔병들을 모아놓고 이우·한장 두 장수에게 이르기를,

"초의 군대가 연전연승했으니 오늘밤에도 필경 야습을 해올 거야. 이우는 오천여 기를 인솔해서 남쪽 언덕에 매복하고, 한장은 오천여 기를 북쪽 언덕에 매복했다가 초군이 오거든 그 후방을 끊어버리란 말일세. 나는 사마흔을 데리고 본진의 후방에 숨어 있다가 전후와 정면, 삼방에서 포위해버리면 오늘밤엔 항우를 사로잡을 수 있을 거네!"

이같이 말했다.

피차에 계교를 다해 야전을 치밀하게 준비한 셈이었다.

항우의 진영과 장한의 진영은 서로 사오십 리쯤 떨어져 있었다.

항우는 삼십 리가량 적진에 가까이 와서 병졸들에게 헝겊 조각을 각각 입에 물게 하고 소리 없이 적진에 접근한 뒤에 오 리쯤 가까이 와서야 비로소 북을 치고 꽹과리를 두드리고 철포를 쏘면서 쳐들어갔다.

장한은 본진의 후방에 있다가 이제는 초군이 죽으러 왔구나 생각하고 뛰어나갔다.

그러나 이보다 먼저 남쪽에 복병하고 있던 이우는 영포에게, 북쪽에 복병하고 있던 한장은 환초에게 각각 여지없이 격파당하여 장한의 본진으로 도망해 들어왔다. 본진 후방에서 초군을 무찌르려고 뛰어나오다 두 장수를 만나 보고를 들은 장한은 기가 막혔다.

그러나 항우부터 먼저 막아야 하겠기에 그는 정신을 차려 앞으로 나가려 했으나 수없이 많은 초나라 군사가 홍수같이 사방에서 쓸려 들어오고 있지 않은가. 그리하여 진나라 군사들은 앞을 다투어 도망하고 있

었다.

항우는 남쪽과 북쪽에서 영포와 환초가 이기고 응원 오는 것을 보고는 인마를 휘동하여 장한의 정면으로 돌진했다. 이리해서 도망하는 장한을 추격하여 이십 리를 지나오니 조의 수도 거록성이 눈앞에 보였다.

거록성 안에서는 북소리, 꽹매기 소리 요란하게 대군이 몰려오는 소리를 듣고 대장 장이와 진여가 성루에 올라가 바라보니 모두 다 초군이었다. 진군이 대패해서 도망하고 초군이 추격하는 광경이었다.

장이·진여는 즉시 성문을 열고 군사를 휘동하여 나가 장한의 패주하는 군사를 쫓아가면서 죽였다.

장한은 항우의 선봉이 되어 추격해오는 영포에게 하마터면 잡힐 뻔한 것을 장평이 뛰어나와 영포를 가로막고 싸우는 바람에 겨우 몸을 피했다. 그러는 사이에 주웅·왕관 두 장수가 샛길로부터 장한을 구원하려고 나타났다. 영포는 이것을 보고 추격하는 것을 그만두고 말머리를 돌렸다. 이때, 후속 부대를 휘동해오던 환초를 만나 영포는 항우에게 돌아가 사실을 보고했다.

조왕은 장이·진여 두 장수로 하여금 항우의 부대를 영접하게 했다.

지록위마(指鹿爲馬)

조왕은 항우를 성안으로 맞아들이려 했다. 그러나 항우는 조왕의 호의를 사절했다. 그 대신 계포·종리매 두 장수로 하여금 이십만 명을 거느리고 거록성 밖에 주둔하도록 하고, 일편 사로잡은 진군의 장수 왕리·섭간 두 사람을 진중에 끌어내 모든 군사가 보는 앞에서 목을 잘랐다. 초군의 위엄을 보이는 동시에 군신(軍神)에게 제사를 올리는 뜻이었다.

그리고 항우는 삼십만 명을 거느리고 즉시 계속하여 장한의 뒤를 추격하기 시작했다.

거리거리에서는 백성들이 항우의 군대를 환영하고 찬양하기 위해 국과 떡과 술을 대접했다.

지나가는 고을마다 지방마다 모두 다 항우의 부하가 되겠다고 신청해왔다. 이와 같이 가로거치는 일이 많기 때문에 항우의 군사는 하루 종일 오십 리, 어느 때는 삼십 리밖에 행군하지 못했다. 그러는 사이에 장한은 멀리 도망했다. 어느 쪽으로 갔는지 알 수도 없게 되었다.

"이럴 것 없습니다. 행군을 멈추시지요."

부대가 장남(漳南) 땅에 왔을 때 범증이 항우에게 말했다.

"왜요?"

항우는 물었다.

"장군이 강을 건너서 사흘 동안에 장한의 군대와 아홉 번 싸워서 아홉 번 이기고, 진군 삼십만 명을 도살하셨습니다. 자고로 이와 같이 용맹무쌍한 용병 작전을 한 장군이 없습니다. 이제 제후와 백성들이 장군에게 붙는 것을 보니 이것은 하늘과 사람이 서로 응하는 것입니다. 진의 이세 황제는 어둡고, 간신 조고는 투기하는 소인이요, 장한은 패군한 장수이니 저것들이 반드시 내변(內變)을 일으킬 것입니다. 그때 적의 허한 곳을 때리면 초군은 단숨에 진을 멸하고 천하를 통일할 수 있을 것 아닙니까?"

범증의 설명을 들으니 항우의 마음은 금시에 통쾌해졌다. 범증의 말과 같이 자신은 아홉 번 싸워서 아홉 번이나 이겼다. 장한은 이세 황제 앞에 돌아갈 면목이 없을 것이다. 그런데다가 간신 조고가 정승으로 앉아 있고, 이세 황제는 주색이나 좋아하는 미련한 인물이다. 범증의 말과 같이 진나라 조정에서는 이번에 장한의 패전을 가지고 저희들끼리 내분을 일으킬 가능성이 많다.

항우는 이같이 생각하고 추격하기를 그만두고 그대로 장남 땅에 주둔해버렸다.

이때 장한은 항우에게 참패한 후 장하(漳河)를 건너 함곡관으로 들어갔다. 그는 즉시 부하를 함양 서울로 급히 파견하여 전투에 참패한 상황을 보고케 했다.

진나라 조정에서는 모르는 사람이 없이 이 사실을 알게 되었다. 뿐만 아니라 항우의 군사가 강하다는 것을 아는 동시에 시황제의 손에 망했던 육국이 모두 다시 일어나 진나라를 원수로 알고 쳐들어올 것을 준비하고 있다는 사실까지도 장한의 보고로 비로소 확실하게 알았다. 천하의 일이 과연 급하게 되었다고 그들은 누구나 놀라지 않을 수 없었다.

그러나 아무도 이세 황제에게 이 사실을 보고할 생각을 못 냈다.

'어쩔 것인가. 큰일 났다… 그러나 가만히 있자….'

한 사람도 빠짐없이 이같이 생각하면서 모두들 침묵을 지키고 있을 뿐이었다.

조고도 물론 천하의 정세가 이와 같이 갑자기 불과 일 년 만에 변동되어 있는 것을 모르는 것 아니요, 더구나 장한의 군사가 삼십만 명이나 항우에게 살해되고 참패당한 보고를 직접 들어서 알고 있었지만, 이따위 보고를 이세 황제에게 알릴 필요는 없다고 생각하고 알리지 않았다. 이세는 함양궁과 아방궁을 왕복하면서 주지육림에 푹 빠져 있을 뿐이었다.

조고가 나라의 내정을 도맡고 있는 몸으로서 천하 정세와 또 장한의 참패한 사실을 보고드리지 않은 까닭은, 여러 가지 이유가 있지만 가장 큰 이유는 이세 황제의 쾌락을 방해하지 않고 그대로 내버려두는 것이 저 자신에게 유익하다고 느꼈기 때문이었다. 천하가 큰일 났음을 이세 황제가 아는 날에는 반드시 자기 외에 여러 신하를 불러 의논할 것이다. 그러면 자기보다 아는 것이 많고 지혜가 출중한 신하들이 많으니까 그 중에서 누구 다른 사람이 자기 자리에 앉게 될 것이 분명했다. 내정의 전권을 손아귀에 쥐고 무슨 짓이든지 마음대로 할 수 있는 지금의 권세를 다른 사람에게 빼앗긴다는 것은 견딜 수 없는 노릇이었다.

'황제는 아무것도 몰라야 한다… 언제까지나… 내가 죽는 날까지 내 자리를 튼튼하게 보전해야 한다….'

조고는 이같이 결심했다.

다른 신하들은 조고의 권세를 두려워했다.

'승상이 나를 의심하지 않는가?'

모든 신하가 마음속으로 조고를 무서워하고 조승상의 눈초리가 자신을 어떻게 보는가 그것에만 주의하고 일거수일투족을 조심조심하지 않을 수 없었다. 그들은 걸음을 걸을 때도 똑바로 앞만 보고 걸었다. 옆에 있는 다른 사람을 보았다가는 조고에게 의심을 받는다. 다른 사람과 서로 눈이 마주치면 두 사람이 비밀히 의사를 교환했다고 의심을 받는다. 승상의 의심을 받는 날이면 그들의 목숨은 없어지는 것이다. 그들은 이것을 알기 때문에 곁눈질을 못했다.

조고는 다른 신하들이 자신을 이같이 어려워하는 것을 알고 있었다. 그러나 천하의 형세 급하게 되었는지라 혹시나 딴 마음을 가지고 자기의 위세를 엿보는 자가 생기지 않을까, 자신에게 완전히 복종하는 마음을 갖지 않는 자가 생기지나 않을까, 그것이 의심스러웠다. 만일 조금이라도 복종하는 마음이 부족한 신하가 있다면 그런 사람은 치워야 한다. 그런 신하를 황제 앞에 그냥 두었다가는 자신의 지위가 침해당할 것이 분명하다고 그는 확신하고 중요한 신하들의 마음을 떠볼 필요가 있다고 생각했다.

그리하여 하루는 자기 집에서 기르고 있던 사슴 한 마리를 대궐 안으로 끌고 오게 했다. 그는 이세 황제에게 정전으로 나가 조정의 신하들을 모아놓고 국사를 의논하시라고 아뢰었다. 이세는 그의 말대로 정전으로 나와서 좌정했다.

그때 조고는 사슴을 이세에게 바쳤다.

“훌륭한 말을 한 필 구해왔기에 폐하께 바치옵니다.”

조고는 사슴을 말이라고 아뢰고 뜰에 내려가서 사슴을 끌어다가 황제 앞에 가까이 세우게 했다.

이세 황제는 껄껄 웃었다.

“경이 재담을 하는 셈인가… 허허허.”

이세는 참을 수 없는 것같이 웃었다. 조고는 황제 앞으로 나가 다시 뜰아래 사슴을 가리키며 늙은 얼굴을 정색하고,

“황송한 말씀이오나 폐하께 재담을 아뢰올 이치가 있사오리까? 이것은 말이옵니다.”

또 이같이 아뢰었다.

이세는 웃음을 멈추고 좌우를 둘러보며 신하들에게 물었다.

"경들은 이것을 말이라 하는가? 사슴이 아닌가?"

그러나 신하들은 국궁하고 서 있을 뿐 아무도 대답하지 못했다.

"왜 말하지 않는가. 경은 저것을 말로 보는가?"

이세는 제일 가까이 서 있는 신하에게 물었다.

"말이라고 아뢰오."

그 신하는 조고의 뜻에 맞추어서 사슴을 말이라고 여쭈었다.

"경은 또?"

이세는 다른 신하에게 물었다.

"말이라고 아뢰오."

그 신하도 사슴을 말이라 했다.

"경은 또?"

"말이라고 아뢰오."

"경은?"

"말이옵니다."

이세가 한 사람씩 한 사람씩 말인가 사슴인가를 물어보았으나 모든 신하가 똑같이 말이라고 대답하는데 그 중에서 다만 세 사람만이,

"사슴이라고 아뢰오."

하고 대답했다.

조고는 이세 황제에게 사슴을 사슴이라고 바른대로 대답한 신하들을 기억하고 대궐 밖에 나와 심복 장수들에게 그들이 대궐문 밖으로 나가거든 목숨을 끊어버리라고 분부했다.

이튿날부터 세 사람은 그림자도 보이지 않았다. 물론 죽어 없어진 것이다. 조정의 모든 신하들은 덜덜 떨고 숨도 크게 쉬지 못했다.

이날 이사는 조정에 들어오지 않았기 때문에 소문을 듣고서야 이 사

실을 알았다.

'괘씸한 놈! 내시로서 정승이 되다니.'

이사는 처음부터 시황제가 사구 땅에서 숨을 거둔 뒤에 조고의 간특한 말을 듣고 조서를 위조하여 태자 부소를 죽이고 호해를 이세 황제로 모신 것을 조고가 정승이 된 날부터 후회했다. 더구나 최근에 와서 조고의 권세는 자신보다 훨씬 크게 되었다. 이세 황제는 대궐 속에 깊이 들어앉아 있고 만사를 조고에게 맡겨 처리하는 까닭으로 황제 다음으로는 조고가 으뜸가는 인물이 되고 말았다.

'일개 내시가! 환관이!'

이사는 조고가 사슴을 가지고 말이라 하고 이세 황제에게 바친 뒤로는 더더욱 조정에 나가고 싶은 생각이 없어졌다.

조고는 말이 아니고 사슴이라고 대답한 신하를 처치해버린 뒤에, 그날 폐하의 부르심이라며 백관을 궐내에 불렀지만 이사 혼자 입궐하지 않은 것을 의심했다. 그 후로 더욱 얼굴을 보이지 않는 것을 생각하니 이사를 그냥 두었다가는 자신에게 해를 끼칠 것같이 생각되었다. 이사가 앙앙불락하는 것은 자신을 시기하는 까닭이라고 조고는 생각했다. 자신을 시기하는 사람은 필경 자신을 해칠 사람이다.

'이 사람을 없애야겠다!'

조고는 마침내 이렇게 결심했다.

조고는 수레를 몰아 이사의 집으로 찾아갔다.

인사를 한 다음 그는 걱정스러운 표정으로 입을 열었다.

"관동 각지에서는 도적이 일어나 진나라를 배반하고, 대장군 장한은 항우에게 패하여 삼십만 대군을 잃어버렸건만 이세 황제 폐하께옵서는 주야로 유흥하시기에 정신이 없으니 실로 걱정이외다. 내가 폐하께 진언하고 싶지만 내 본시 일개 환관이었는지라 외람되이 간할 수도 없고 하니 공이 폐하께 간언을 올리시기를 바라오."

이사는 조고의 이 말을 듣고 뜻밖의 일로 알았다. 이세에게 충간하기를 조고가 자신에게 권고할 줄은 참말로 몰랐던 것이다. 그는 감개무량해서 대답했다.

"내가 그럴 생각이 없는 것이 아니로되 천자께옵서는 심궁(深宮)에 드시어 조정에 나오시지 않고, 내가 심궁에 들어가지를 못하니 간하고 싶은들 기회가 있어야 하지 않소?"

이사의 말은 솔직한 고백이었다.

"그러면 내가 심궁에서 겨를을 공에게 통지할 터이니 그때에 천자께 나와 배알하고 직간하도록 함이 어떠한지?"

조고는 충심으로 걱정하는 빛을 띠고 이렇게 말했다.

"그렇게 주선해주십시오."

이사의 이런 대답에 조고는 그렇게 연락할 것을 약속하고 돌아갔다.

다음날 이세 황제가 후궁에서 궁녀들을 모아놓고 술자리를 베풀어 노래하고 춤추고 즐겁게 놀 때, 조고는 이사에게 사람을 보냈다.

'지금 곧 궁중에 들어와 아뢸 말씀을 아뢰시오.'

이사는 통지를 받자 조고에게 속는 줄도 모르고 급히 달려갔다.

후궁 문 앞에 와서 이사는 이세 황제 폐하께 급히 아뢸 말씀이 있어서 들어왔으니 이 뜻을 고하라고 근시에게 전달했다.

근시는 안으로 들어갔다가 나와서, 지금 만날 수 없으니 다음날로 하라 하옵신다고 전달했다. 이사는 조고에게서 연락을 받고 왔으므로 자신이 생겨 거듭 이세 황제에게 주달하기를 청했다.

그러나 근시는 다시 나와서 거절했다.

조금 있다가 이사는 세 번째 거듭해서 근시에게 주달하기를 청했다.

이세 황제는 꽃같이 아름다운 후궁의 궁녀들에게 갖은 재주를 뽐내게 하면서 즐기는 때인데도 불구하고 세 번씩이나 거듭해서 뵈옵기를 청하자 기분이 상했다. 이세는 대로하여 불쾌한 음성으로 근시를 호령했다.

"짐이 즐거워하는 이때에 무슨 일로 경솔하게 감히 아뢸 말이 있다고 청한단 말이냐! 이사가 어째서 감히 그런단 말이냐?"

이세의 호령은 서슬이 시퍼랬다.

이때 한 층 아래에 앉아 있던 조고가 일어서서 이세 황제 앞으로 나와서 고했다.

"이사로서는 그러하올 것입니다…."

"왜?"

이세 황제의 음성은 거칠어졌다.

"선제 폐하께옵서 붕어하셨을 때 사구 땅에서 조서를 위조하여 태자를 바꾼 것이 본래는 이사의 힘이었습니다. 폐하께옵서 황제가 되신 것은 이사가 저의 공로라고 생각하고 있으므로 토지를 분할해주고 저를 왕후(王侯)에 봉해주시려니, 지금까지 이렇게 생각해왔건만 아무 기별도 없으니까, 이사가 이제는 폐하를 원망하고 있습니다."

조고의 천연스러운 설명이 잠시 멈추어지자,

"그래서?"

하고 이세는 그다음 말을 재촉했다.

"그래서 이사는 저의 큰아들 이유(李由)를 삼천(三川) 군수를 시켜 비밀히 초나라와 내통하고 있습니다. 황차 지금 권세가 높기로는 황송한 말씀이오나 폐하보다도 더 높은 지경에 있습니다. 초나라 사람과 서로 내왕이 있는 것을 보건대 실로 야심만만하다 할까요…."

조고의 이 같은 설명을 듣고 이세는 말이 없었다. 생각건대 이세는 무슨 말을 해야 좋을지 모르는 모양이다. 그의 눈은 의심과 심술에 불붙는 것 같았다.

"속히 돌아가라고 해라!"

이세는 근시에게 이사를 쫓아보내라고 명령했다. 이리해서 이사는 쫓겨나왔다.

집으로 돌아와서 곰곰이 생각해보고서야 그는 자신이 조고에게 속았음을 깨달았다.

'속았구나! 간특한 늙은 여우 조고에게 속았구나!'

그는 이렇게 깨닫고 즉시 이세 황제에게 상소문을 썼다.

이세는 이사의 상소문을 보고 도리어 이사를 나쁘게 생각하고 크게 노했다. 그리고 즉시 이사에게 입궐하라는 분부를 내렸다.

이세는 이사를 불러서 세우고,

"조고는 청렴해서 하통인정(下通人情)하고 또 짐의 뜻을 잘 받들므로 짐이 그를 믿고 내정을 일임하고 있는 터인데 경은 어찌해서 조고를 헐뜯는가?"

이세는 노기를 띤 채 한숨에 여기까지 말하고 잠시 숨을 돌렸다. 이사는 국궁하고 다음 말을 기다렸다.

"그래, 경의 말대로 조고가 나쁜 사람이라면 짐이 누구에게 정사를 맡기는 것이 좋단 말인가? 경은 아방궁의 나머지 공사를 못하게 하고 있는데, 아방궁은 선제께옵서 의도하시던 것을 완성하려는 것에 불과하건만 경은 공사의 완성을 끝마치지 못하게 하여 짐으로 하여금 불효의 이름을 듣게 할 작정이니, 이래서야 경이 정승 자리에 앉을 수 있나?"

이세는 이사를 꾸짖기를 이만큼 하다가 갑자기 좌우를 시켜 정위관(廷尉官)을 부르라 명령했다.

정위관이 들어왔다.

"비밀히 초인(楚人)과 내통하여 사직을 전복하려 한 죄는 오형(五刑)으로써 논하면 어디에 해당되느냐?"

이세 황제가 흥분된 어조로 묻자 정위관은 영문도 모르고 기계적으로 대답했다.

"요참(腰斬)이라고 아뢰오."

이세는 정위관이 아뢰는 대로 이사와 그 삼족을 처형하라고 분부했다. 이사는 정승의 몸으로서 대궐문 밖으로 끌려나갔다.

이세는 즉시 후궁으로 돌아와 자리에 드러누웠다. 웬일인지 몸이 피곤했다. 그는 잠자듯이 침상 위에서 움직이지 않고 누워 있었다. 이때 방문 뒤 복도에서 내관들이 지껄이는 소리가 그의 귀에 들렸다.

"어쩌면 좋으냐? 큰일 나지 않았어?"

"그러게 말이야!"

"대장군이 삼십만 명이나 군사를 잃었다는 게 사실인가?"

"그럼! 항우는 정말 무서운 장수래! 장한 장군이 쫓겨서 지금 함곡관에 돌아와 있다고 하지 않던가?"

"그래, 오늘도 함곡관에서 군사가 왔다 갔다지! 속히 구원병을 파견해주십사고…."

"그래서 폐하께서 어떻게 하셨다지?"

"폐하께서야 도대체 모르시지! 조승상이 자기만 혼자 알고 폐하께는 알리지도 않으니 말이야!"

이세는 여기까지 듣고 누웠다가 더 참을 수 없는 듯이 자리에서 뛰어 일어났다.

"이리로 가까이 오거라!"

이세 황제가 낮잠을 자는 줄 알고 그 방 모퉁이에서 재잘거리던 내관들은 황제의 부르심을 받고 전전긍긍하는 태도로 방문 앞으로 가까이 왔다.

"너희들이 지금 지껄이던 소리가 모두 사실이냐?"

이세는 자기 귀를 못 믿는 듯이 이같이 물었다.

내관들은 모두 눈물을 흘리면서 초나라 장수 항우가 대장군 장한과 싸워서 이기고, 장한 장군은 삼십만 대군을 잃고 지금 함곡관에 숨어 있으며, 초의 군대는 미구에 함양 서울에까지 쳐들어오게 되었다는 사실을 고해바쳤다.

이세 황제는 내관들이 번갈아가며 아뢰는 소리를 듣고 놀람을 금치 못했다.

"너희들이 그런 사실을 어떻게 알았느냐 말이다?"

이세 황제는 떨리는 음성으로 물었다.

"내외에 모르는 사람이 없다고 아뢰옵니다. 폐하께옵서 조승상의 말씀만 들으시고 다른 소식은 못 들으시니까 모르실 뿐이라고 아뢰옵니다."

"속히 도적을 치시어서 백성을 도탄에서 구원하시옵소서."

내관들은 이렇게 대답했다.

이세는 그들을 물리치고 조고를 불러들였다.

조고가 들어왔다.

"천하에 변란이 일어나서 국가가 위급하건만 짐에게 알리지 않고 짐을 기만했으니 경의 죄를 경이 아는가!"

이세의 호령은 보통이 아니었다. 조고는 생전 처음 황제에게 이런 호령을 들었다.

그는 머리에 쓴 관을 벗어서 마루에 내려놓고 측은한 표정으로 입을 열었다.

"신이 승상이 되어 다만 바라옵기는 폐하께옵서 태평세월에 만수무강하옵기만 빌어왔는지라, 국내의 정사는 신이 알고 있사오나 도적을 막는 일은 대장군 장한·왕리 들이 하는 일이 아니옵니까? 신이 혼자서 내외의 일을 다할 수 있겠사옵니까? 장한이 만일 싸움에 지고 도적을 막지 못했다면 대장을 다시 뽑아서 파견하시면 도적은 저절로 멸망할 것이옵니다. 황차 아직 보고가 들어오지 않고 전설만 들으신 것이 아니옵니까…?"

조고가 측은한 표정과 공손한 음성으로 이같이 아뢰는 말을 듣고 이세 황제의 노기는 금세 풀어졌다.

"진정한 보고를 받기 전에 내관들의 전설만 곧이듣고 경을 나무랐으니 과히 걱정하지 마오."

이세는 한마디 하고 조고를 내보낸 후 내관들로 하여금 술상을 가져오라 했다.

조고는 대궐에서 나오며 이를 갈았다.

'내가 장한의 보고서를 받고 폐하에게 알리지 않으니까 이놈이 내관을 매수해서 폐하에게 비밀히 전달하는 방식을 취하는구나! 어디 보자, 이놈을 그냥 두지 않겠다….'

조고는 장한을 해칠 생각을 하기에 이삼 일 동안 다른 정신이 없었다.

이때, 장한의 부하 장수 사마흔이 함곡관에서 달려와 승상을 뵙겠다고 전달했다.

조고는 사마흔을 만날 겨를이 없으니 기다리고 있으라 분부하고 장한·사마흔·동예 등 세 장수의 가족을 비밀히 체포하도록 명령을 내렸다.

사마흔은 조고의 집 문 밖에서 하루 온종일 기다렸다.

이튿날 저녁때가 되어도 조고는 접견을 허락하지 않았다. 그는 비상수단을 써서 내정을 탐문해보리라 생각하고 기회를 엿보았다.

마침 외양이 정직해 보이는 문객 한 명이 옆문에서 나오는 것을 보고 사마흔은 그 사람 앞으로 쫓아갔다. 품속에서 금을 집어내어 그 사람에게 쥐어주고 까닭을 물어보았다.

"승상이 나를 안 만나주는 까닭이 무엇인지 알려주시오."

문객은 그의 귀에 입을 대고 가만히 말했다.

"승상께서는 요사이 장한 대장군을 미워하시고 패군한 죄를 씌워서 처치하시려 하는 모양이니 장군은 이를테면 그물에 걸리는 줄 모르고 그물 속으로 찾아오신 셈이올시다."

사마흔은 이 말을 듣고 그제서야 깨달았다. 그는 즉시 말을 타고 달렸다.

'큰일 났구나! 빨리 대장군에게 이 사실을 알려야겠다.'

사마흔은 밤새도록 채찍질을 해서 함곡관으로 돌아갔다.

장한은 사마흔이 서울 갔다 와서 보고하는 소리를 듣고 놀라지 않을 수 없었다.

"진퇴유곡이라더니 나야말로 그 꼴이 되었구나!"

장한은 길게 탄식했다. 항우는 멀지 않은 곳까지 추격해와 있다. 강적을 막을 길이 없어 구원병을 속히 파견해달라는 급사를 여러 번 보냈음에도 불구하고 이제는 도리어 패전한 책임을 씌워 자기를 해치려고 한다 하니 세상에 조고 같은 간신이 또 어디 있으랴. 장한은 분하고 난처하여 어쩔 줄을 몰라했다.

이때 조고의 조카 조상(趙常)이 이세 황제의 칙사 자격으로 장한을 찾아왔다.

칙사가 왔다는 말을 듣고 장한은 또 놀랐다.

"무슨 일로 칙사가 왔을까?"

그는 사마흔·동예에게 물었다.

"조고가 장군과 우리 두 사람을 미워한다니까 필시 폐하의 칙명으로써 우리를 붙들어다가 죽일 작정일 것입니다. 조고의 흉악한 꾀로 정승 이사가 죽지 않았습니까!"

동예가 이같이 대답하는 말을 듣고 장한은 크게 고개를 끄덕였다.

"천자께서 서울로 오라 하시더라도 서울로 가지 말아야 우리가 살아날 길이 있고, 만일 서울로 간다면 그물 속으로 기어들어가는 꼴이 될 것입니다."

사마흔도 이같이 말했다.

"그러면 우리 세 사람의 뜻이 한가지로 되었으니 그렇게 하세."

장한은 의논을 결정하고 칙사와 만났다. 조상은 이세 황제의 조서를 장한에게 주었다.

> 도적을 토벌하라는 명령을 받들고 관 밖에 나아갔으니 마땅히 위엄을 떨쳐야 하겠거늘 너는 도리어 군사를 죽이고 명령을 욕되게 했으므로 지금 조상을 보내어 너를 이끌어오게 하는 터이다. 어김이 없으면 그간의 공로를 참작할 것이로되 도리어 불복한다면 그 죄는 죽음을 면키 어려우니 짐의 명을 받들어 행하라.

조서의 내용은 이런 것이었다.

이미 두 사람의 부하와 의논을 마치고 함양 서울로 돌아가지 않기로 뜻을 결심한 터이라 장한은 조서를 보고 노했다.

"내가 항우에게 아홉 번 참패하고 양식이 끊어져 굶을 지경이라 급히 군사로 하여금 이 뜻을 아뢰게 했건만 조고가 황제 폐하께 아뢰지 않고 감추고 있다가 이제는 우리들에게 죄를 주려고 한다. 이놈 괘씸한 놈! 너의 삼촌 대신 네가 내 칼에 죽어봐라!"

장한이 정말 칼을 뽑아 조상을 치려고 하는 것을, 사마흔·동예 두 사람이 달려들어 말렸다.

"참으십시오. 아직 이럴 때가 아닙니다."

장한은 두 사람의 만류에 못 이겨 칼을 도로 꽂았다.

"이놈을 하옥해라!"

죽이지 않는 대신에 장한은 조상을 영창에 가두어버렸다.

"장차 어떻게 처사하면 좋은가?"

장한은 무척 난처한 표정이었다.

여러 부하들 중에는 차라리 지금 조상을 죽여버리고 황제를 배반하는 뜻을 결정하는 편이 좋다는 주장을 말하는 사람도 있었다. 진희(陳稀) 같은 모사가 그런 사람이었다. 그의 주장은 이미 장한의 삼족을 옥에 가두고 장한을 죄주려고 하는 판이니 이런 때에는 비록 나라에 공을 세웠다 할지라도 알아주는 사람이 없는 법이다. 자기 목숨도 부지 못하고 일족이 멸망하는 판이니 차라리 자기 한 몸만이라도 살 길을 찾아야 한다는 것이었다.

그러나 일방에는 이보다는 온건한 의견이 있으니 그것은 조상을 옥에 가두었으니 이제 다시 상소문을 보내어 이세 황제에게 상세한 사정을 아뢰고 그 후의 동정을 살핀 후 단호한 조치를 하는 것이 좋다는 것이었다.

두 가지 의견 중에서 하나를 택하지 못하고 수일을 지냈다. 이때 조나라의 장수 진여로부터 사자가 편지를 가져왔다. 장한은 피봉을 뜯고 읽어보았다.

> 지나간 날에 백기(白起)·몽염(蒙恬) 두 장수가 진나라에 공을 세운 바 막대하건만 두 장수에게는 죽음을 주었으니 이것은 무슨 까닭이냐 하면 공 많은 것을 진나라는 모르는 까닭이외다. 장군은 지금 초나라와 싸워서 수십만의 군사를 손실했으니 앞으로 공이 있어도 죽음을 면치 못할 것이요, 공이 없으면 더욱 죽음을 면치 못할 것이 명약관화하니 이것은 또 무슨 까닭이냐 하면 하늘이 진나라를 망하게 하심이라 우둔한 자 아니고는 모르는 자가 없거늘 장군은 어찌해서 망하는 나라의 장군으로 고립해 있기를 바라나이까? 장군은 수하의 군사를 거느리고 길을 돌려 제후와 함께 합세하여 옥중에 갇혀 있는 가족을 구하심이 좋을 것이외다.

진여의 편지를 읽고 장한은 감동했다. 사실의 진상을 밝게 맞추는 말이라고 생각되어,

"진여가 내게 보낸 편지는 일리가 있는 말이니 내가 지금 진나라를 배반하고 간다면 누구한테로 간단 말인가?"

장한은 부하들을 보고 이같이 물었다. 이때 모사(謀士) 진희가 입을 열었다.

"지금 육국의 자손들이 제각기 일어나 있습니다. 하지만 모두 보잘 것이 없고, 오직 초나라의 항우가 제일 낫습니다. 아마 앞으로 진나라를 멸망시킨다면 그 사람은 항우일 것입니다. 그러니 항우한테로 가십시오."

"그러나 그것이 어려운 일일세. 지난 가을에 내가 내 손으로 죽인 것은 아니로되 항우의 삼촌 항량이 나와 더불어 싸우다 전사했으니 항우는 지금 나를 알기를 원수로 알 것 아닌가?"

장한은 솔직하게 자신의 견해를 부하에게 털어놓았다.

"그러나 저를 항우에게 사자로 보내주신다면 제가 항우를 설복시킬 자신이 있습니다."

진희의 대답이었다.

꾀 많은 모사이므로 장한은 평소에 그를 신임하는 터였다.

"그렇게 해보세!"

장한은 마침내 진희로 하여금 항우에게 항복할 교섭을 하도록 부탁했다. 진희는 즉시 함곡관을 떠나 장남 땅으로 갔다.

항우는 장한에게서 사자가 왔다는 보고를 받고 진희를 불러들였다.

"장한이 기진맥진하니까 너를 세객(說客)으로 보냈구나. 말이 있거든 해보아라."

항우는 너 따위한테 설복당해서 속아 넘어갈 내가 아니라는 듯이 호걸답게 차리고 앉았다.

"저는 세객으로 온 것이 아닙니다. 다만 양쪽 군사가 서로 적대해서 피차에 기운이 빠지고 재정도 부족해지고 백성들도 괴로운 터이니 이것은 진나라에도 이익이 안 되고 초나라에도 이익이 안 됩니다."

"그래서 어쩌겠단 말이냐?"

항우는 진회의 말을 끝까지 들어보지도 않고 성미 급하게 중턱을 잘라서 물었다.

"대장군 장한은 진나라의 장군이 된 지 삼 년 동안에 백 번 싸워서 공이 많습니다. 그러나 내시 조고가 조정의 높은 자리에 앉아서 해치려고 하므로 지금 진 이세 황제의 칙사를 붙들어두고 그 목을 가지고 초나라에 항복하려고 합니다. 장군께서 받아주시기를 바랄 뿐입니다…."

진회가 더 무어라고 말을 하려 하니 항우는 앞에 놓인 탁자를 주먹으로 치면서 고함을 쳤다.

"이놈 장한은 나의 숙부를 죽인 놈이다! 천추의 한이요, 백세의 원수다! 내가 이놈을 죽여 이놈의 해골바가지로 이놈의 피를 마셔도 한이 풀리지 않겠는데 어찌 받아들이겠느냐?"

항우의 고함 소리는 쩡쩡 울렸다. 그러나 진회는 하늘을 쳐다보면서 허허 웃었다. 항우는 더욱 성이 났다.

"너 이놈, 네가 감히 내 칼이 얼마나 잘 드는가 시험해보고 싶으냐? 어찌해서 웃느냐?"

"제가 웃는 까닭은 장군께서 하시는 일은 얻는 것은 적으면서 잃어버리는 것은 막대하기 때문이올시다. 대장부는 국가를 위해서 가정을 돌보지 않는 것이 아닙니까? 장군의 숙부님을 장한이 살해한 것도 장한이 진나라에 대한 충성에서 한 일이겠지요. 지혜 있는 사람은 이 같은 충성된 마음을 취하지, 사사로운 가족의 원한을 취하지 않습니다."

이때 범증이 항우 곁으로 와서,

"잠시 진회를 물러가라 하십시오."

하고 귓속말을 했다.

항우는 노기를 풀지 못하고 범증이 권하는 대로 진회에게 물러가 있다가 다시 부르거든 들어오라고 했다.

범증은 진회를 내보낸 뒤에 항우에게 말했다.

"지금 장군이 급히 함곡관을 넘어가시지 못하는 까닭이 무엇입니까? 장한이 진나라를 위해 방어하고 있기 때문입니다. 장한이 지금 항복하는 것을 받아들여 수하 대장으로 쓰신다면 장한은 그 은혜를 생각하고 장군을 위해 목숨을 바칠 것입니다. 장한이 만일 이같이 해서 장군의 부하가 되면 진나라에는 장군께서 상대할 장수가 없지 않습니까? 진나라는 나라에 주장이 없는 허국이 됩니다. 그다음에 장군이 그 허국을 치시면 진나라는 쉽게 장중에 들어올 것입니다. 그 대신 만일 지금 장군이 장한을 버리신다면 장한은 반드시 타국에 항복하고 들어갈 것입니다. 그래서 그 나라 임금을 위해서 우리 초나라에 대적할 것입니다. 그렇게 되면 진나라를 아직 멸망시키기 전에 또 하나의 진나라를 더 만들어놓는 것이 되지 않습니까? 그런고로 장군은 사원을 생각지 마시고 천하의 호걸이 되십시오."

항우는 범증의 설명을 듣고 비로소 노기가 풀려 도리어 기꺼운 낯빛을 지었다.

"과연 선생님의 말씀이 옳습니다."

항우는 이렇게 말하고 다시 진회를 불러들였다.

"아까는 내가 네 말을 듣고 노했다마는 내 숙부를 죽인 원수라는 것은 나 한 사람의 일이요, 사람을 채용한다는 것은 천하의 공공한 일인고로, 국가의 대계를 위해 받아들일 것이니 오라고 해라! 진왕의 칙사를 죽이고 장남 땅으로 오라고 해라."

항우는 조금 전과는 판이하게 부드러운 음성으로 이같이 말했다.

"황송하옵니다. 그러면 속히 함곡관으로 돌아가 장군께서 기쁘게 맞이하신다는 뜻을 장한에게 전하겠습니다."

진희는 항우의 승낙을 받고 자신이 항우를 설복시킨 기쁨을 만끽하면서 함곡관으로 돌아갔다.

새로 오는 것

이렇게 해서 항우는 진나라에서 제일가는 대장군 장한의 항복을 받고 십만 명 가까운 새로운 군사를 얻었다.

진나라에서는 장한이 초나라에 항복하고 함곡관에서 떠났다는 소식을 듣고 장한의 삼족을 함양 시중에서 참형에 처했다. 장한은 이 소식을 듣고 더욱 항우에게 충성을 다할 것을 맹세했다.

항우는 장한이 주장하는 대로 즉시 장하(漳河)를 건너 신안(新安)으로 해서 진나라로 쳐들어가고 싶어했지만 범증이 그것을 막았다. 아직도 진나라는 부국강병하니 홀홀히 쳐들어가는 것은 시기상조라는 것이 범증의 주장이었다.

그리고 회왕이 초나라의 수도를 우이성에서 팽성(彭城)으로 옮겼으니 일단 팽성으로 돌아가 인마를 휴양하고 군량을 저장하고 재정을 조달한 뒤에 진나라를 동서로 협공하는 것이 정당한 길이라고 그는 주장했다.

항우는 범증의 주장에 따르기로 했다. 장한과 진나라에서 귀순한 장수와 병졸을 거느리고 항우는 팽성으로 돌아와 회왕 앞에 나아가 인사를 올렸다.

회왕은 나이는 어리지만 의젓한 임금이었다. 옥좌에서 몸을 일으켜

항우의 예를 받고,

"장군이 출사 이래 누차 대공을 세우니 그 기록을 금석에 새기어 천추만세에 남기고 싶소이다."

이같이 말했다. 회왕은 언제든지 항우와 말을 할 때에는 으레 일어서서 대답하는 것이었다.

그리고 즉시 큰 잔치를 베풀게 했다. 회왕이 중앙에 좌정하고 한편으로는 항우·범증·영포·계포·종리매·환초·우영·정공·옹치·장한·사마흔·동예·위표·장이·진여·용저·우자기 등 항우의 부하 장수들과, 한편으로는 유방을 비롯해서 소하·조참·번쾌·주발·왕릉·하후영·시무·노관·주창 등을 좌우로 참석시켰다. 항우의 부하 장수들은 일백십여 명이요, 유방의 부하 장수들은 오십여 명이나 되므로, 그들 중에서 중요한 인물들만 회왕이 좌정하고 있는 방에 배석하게 하고, 다른 장수들은 다른 방에서 여러 패로 각각 분산해서 회왕의 사찬을 즐기게 했다. 모든 장수들은 취하게 마시고 배부르게 먹고 하여 밤이 깊기 전에 궁에서 물러나왔다.

이날 회왕은 항우를 노공(魯公), 유방을 패공(沛公)에 임명했다. 유방은 회왕에게 오기 전에 패현에서 현령이 되었던 일이 있어 그때부터 패공이라는 칭호를 들어왔었다. 그러므로 회왕의 임명으로 말미암아 이번에 정식으로 패공이 된 셈이었다.

노공 항우의 군사는 오십만 명이 넘었고 패공 유방의 군사는 십만 명이었다.

항우는 도산에 있는 우왕묘에서 오천 근이나 되는 돌솥을 공깃돌같이 들어보인 힘센 장사일 뿐 아니라, 장한과 접전할 때에 사흘 동안에 아홉 번이나 대전하여 연전연승한 용맹이 있었다. 이같이 항우는 당시에 당할 사람이 없는 기운 센 장수이기 때문에 부하들이 많이 생겼지만, 유방의 부하는 그 후로 저절로 조금씩 증가된 정도에 지나지 않았다.

그러나 회왕은 나이는 어리지만 항우보다 유방이 훨씬 좋은 사람이라고 인정하고 있었다.

"패공은 장자(長者)야."

회왕은 유방을 관인후덕(寬仁厚德)한 장자라고 인정하고 속마음으로 더 믿고 기대했다.

잔치를 마친 후 며칠 지나서 항우는 회왕 앞에 가서 진 이세 황제의 최근 동정과 장한이 항복한 후의 군사 사정을 아뢰고,

"진나라를 때려부술 때는 바야흐로 왔습니다. 신으로 하여금 공격하게 해주소서."

이같이 청했다.

"경의 생각이 옳소. 나도 패공과 경과 두 사람이 동서로 길을 나누어 진격하게 하려 했소."

회왕은 이렇게 대답하고 즉시 유방을 어전에 불렀다.

"진의 이세를 천인(天人)이 하나같이 제거하려 하므로 내가 지금 노공과 패공으로 하여금 정벌하게 하려 하오. 이곳 팽성에서 진의 서울 함양으로 가는 길은 동서 두 갈래가 있다 하니 경들이 한 길씩 분담해서 진격하기 바라오."

회왕은 유방을 보고 이같이 말한 뒤 좌우를 둘러보면서 물었다.

"동서 어느 쪽이 멀고 어느 쪽이 가까운가?"

"동서 두 길의 거리는 꼭 같다고 아뢰오."

근시들이 이같이 대답했다.

"그렇다면 동서 두 글자를 제비뽑기해서 두 사람이 각각 한 길을 택하도록 하오."

회왕은 이렇게 분부했다. 항우와 유방은 즉시 근시들이 만들어 내놓은 제비를 뽑았다.

유방은 서쪽 길을 뽑았다.

항우는 동쪽 길을 뽑았다.

두 사람이 각각 동서 두 길을 자신이 제비뽑아 결정하는 것을 보고 회왕은 천천히 입을 열었다.

"경들은, 진의 이세가 시황의 무도보다도 더욱 심하게 흉악하므로 나를 초왕으로 세우고 민심을 거두려고 하는 줄 아오마는, 나는 나이도 어리고 몸도 약하고 재주도 없고…."

회왕은 잠깐 동안 말을 멈추고 있다가 다시 계속했다.

"이제 경들이 동서로 진격하는 데 거리는 같다 하니 저 함양에 들어가는 사람이 왕이 되고, 다음에 들어가는 사람이 신하가 되도록 하시오. 반드시 이같이 실행하기 바라오. 그런 후에 천하가 안정되거든 그때 나를 한가한 땅에서 책이나 보면서 신체의 건강을 보존하게 해주기 바라오."

회왕은 이같이 말을 맺었다. 어린 임금으로서는 놀라운 말이었다. 유방과 항우는 회왕의 말에 감동하여 땅 위에 엎드렸다.

"신이 바라옵기는 신들 두 사람이 충심을 다하여 왕사(王事)를 다하옵고 제업(帝業)을 창립한 후에 장안(長安)에 도읍을 정하고 전하를 모시겠다고 아뢰오."

유방이 먼저 이같이 아뢰었다. 항우도 그에 따라서 말했다.

"패공의 말이 진정이라 아뢰옵니다."

회왕은 두 사람을 속히 진발하게 했다. 항우와 유방은 자기 처소에 돌아와 각각 부하들을 휘동하여 출발 준비를 하기에 바빴다. 수일 후에 유방과 항우는 팽성을 떠나 정도(定陶) 땅에 왔다. 여기가 길이 동서로 갈리는 곳이었다. 두 사람은 여기서 잔치를 베풀고 나이 한 살이 위인 항우를 형이라 하고, 유방은 아우가 되었다. 이와 같이 의형제의 맹약을 하고 항우는 동쪽으로, 패공은 서쪽으로 군사를 몰아 출발했다. 때는 이세 황제 삼년, 서력기원전 이백칠년 이월이었다.

패공은 정도에서 항우와 작별하고 며칠 후에 창읍(昌邑)에 다다랐다.

성문이 굳게 잠겼고 군사가 요소 요소를 엄중히 지키고 있었다.

선두에서 행군해오던 번쾌는 이것을 보고 즉시 공격 작전을 하려 했다. 부대의 중앙에 있던 패공은 선진이 소동하는 것을 보고 번쾌를 불렀다.

"지금 선진에서 하는 모양을 보니 성을 공격하려는 모양인데 정말 공격할 작정인가?"

패공은 번쾌에게 물었다.

"그렇습니다. 성문을 열어주지 않으니 쳐서 깨뜨려야 하지 않습니까?"

번쾌는 자신의 책임을 다하겠다는 태도를 보였다. 그러나 패공은 그것을 가로막았다.

"아닐세! 그러는 게 아니야! 이까짓 조그만 성을 깨뜨리고 통과하기는 쉬운 일이지만, 성안의 백성들한테는 우리의 십만 대군이 성을 부수고 덤벼든다는 것이 기막히게 큰일이 아닌가? 내가 대군을 거느리고 진군해온 까닭은 오랫동안 진나라의 혹독한 법에 쪼들려 살아오던 백성들을 도탄에서 구원함에 있는 것이지 그들을 괴롭히려고 온 것은 아닐세. 이 작은 성을 지금 깨뜨린다면 우리가 폭진(暴秦)과 무엇이 다를 것인가?"

번쾌는 패공의 훈시를 듣고 성을 공격하려던 준비를 멈추게 했다.

그래서 패공의 대부대는 창읍에 들어가지 못하고 길거리와 들판에 주둔하기로 했다.

성안에서는 이상하게 생각했다. 패공의 군대가 성을 공격할 준비를 하는 것 같더니 갑자기 중단하고 그대로 성 밖에 주둔해버리는 까닭을 몰랐다. 그러나 얼마 지나지 않아 패공의 군대가 성을 공격할 준비를 하다가 중지한 이유는 패공의 명령으로 백성들에게 해를 끼치지 않게 하기 위함이라는 소식이 그들에게 전해졌다.

"이건 정말 드문 일이구나! 군사를 거느리고 싸우러 온 사람이 마음을 이렇게 쓸 수 있는가?"

"그러게 말이야! 진나라의 혹독한 법에 오랫동안 얽매여 살아오다가 이런 일을 당하고 보니 물에 빠졌다가 언덕에 올라온 것 같으이!"

"나는 몸이 불속에 들어 있다가 갑자기 뛰어나온 것같이 가벼워졌네!"

"패공을 못 들어오게 성문을 걸고 막는다는 것은 하늘의 명령을 거역하는 것이나 다름없는 일이라고 나는 생각하네. 속히 성문을 열고 맞아들이세."

성안에서는 창읍의 군수와 노인들이 이같이 의논하고 성문을 열고 패공을 맞아들이기로 결정했다. 창읍에는 삼천 명의 군사가 지키고 있었지만 그들도 모두 군수의 명령에 따라 군복을 벗고 길거리에 도열하고, 노인과 부인네들은 향불을 피우면서 성문을 활짝 열어젖혔다.

패공의 대군을 진심으로 환영한다는 기별을 받고 패공은 성안으로 들어갔다.

"백성의 재물을 빼앗지 말고, 백성의 몸에 손을 대지 마라."

패공은 성에 들어서자 즉시 이 같은 군령을 내렸다. 성중 백성들은 하늘에 대고 두 손을 모아 합장하고 감사했다.

칼날에 피 한 방울 묻히지 않고 패공은 이같이 하여 창읍을 통과하고 그다음 고양(高陽) 땅에 이르렀다.

고양 땅을 지키는 장수 왕덕(王德)은 패공의 인격을 사모하고 있던 터라 미리부터 성문을 크게 열고 기다리고 있었다.

패공은 성중에 들어가 왕덕의 예를 받았다.

"보아하니 그대는 지모(智謀)와 용력(勇方)이 출중한 것 같은데 나를 따라 함께 진나라를 멸하고 대업(大業)을 도모해보지 않겠는가?"

패공은 왕덕에게 이같이 말했다. 왕덕은 땅에 엎드려 감격한 어조로 대답했다.

"장군 휘하에 저를 두시는 것을 제가 원하지 않는 바 아니올시다마는 제가 떠나면 이 땅의 백성들을 보살펴줄 사람이 없습니다. 저 같은 것을 휘하에 두시는 것보다는 저희 고을에 역이기(酈耳其)라는 사람이 있으니 이 사람을 별가(別駕)로 휘하에 따르게 하시는 것이 크게 도움이 될까 합니다."

왕덕은 자기보다 훌륭한 인물이 있다면서 역이기라는 사람을 추천했다.

역이기는 육십여 세 되는 노인이지만 기운이 튼튼하고 술만 마시면 길거리에서 노래를 부르며 다니는지라 세상에서는 미친 사람이라고 업신여기지만 그의 가슴속에는 만 권의 서적이 들어 있고 천하의 흥망성쇠를 손금 보듯 훤히 아는 굉장한 사람이라는 것이 왕덕의 설명이었다.

"그런 인물이 숨어 있다니 말이 되나! 그대가 가서 모셔오게."

패공은 역이기라는 노인을 청해오라고 명령했다.

왕덕은 패공의 진중에서 나와 역이기 노인의 집으로 찾아갔다. 노인은 술 취한 눈을 반쯤 뜨고 사랑채로 나와 왕덕과 마주 앉았다.

왕덕은 자신이 성문을 열어젖히고 패공의 군사를 친히 맞아들였으며 역이기 노인을 패공에게 선생님으로 천거했다는 경과를 설명하고,

"저와 함께 패공을 만나보지 않으시렵니까?"

하고 물었다. 역이기는 왕덕의 말을 듣고 눈을 제대로 크게 떴다.

"그렇지만 내가 듣기에는 패공 유방이라는 사람이 그릇은 크지만 교만한 구석이 있다고 하던데, 그런 사람도 재미없어…."

이렇게 말하는 역이기는 미친 사람도 술주정꾼도 아니었다.

"선비와 학자를 몰라보고 교만하게 구는 사람이야 무수히 많지요! 그러나 선생님께서는 그런 것쯤은 넉넉히 임시응변으로 처리해나가실

수 있지 않습니까…. 한번 만나보시고 시험을 해보시지요?"

왕덕의 말도 일리가 있다고 역이기 노인은 생각하고,

"그래, 공의 말도 일리 있는 말이야… 그럼 나하고 같이 가볼까…?"

하고 승낙했다. 왕덕은 크게 기뻐하며 역이기 선생을 모시고 나왔다.

두 사람이 패공의 진중에 들어와 방문 앞에 도착하기까지 패공은 의자에 걸터앉아 여자 하인들에게 두 발을 씻기게 하면서 내다보기만 했다. 역이기는 방문 앞에 서서 들어가지 않고 패공을 바라보며 큰소리로 말했다.

"그대는 진나라를 도와 제후를 치려 하는가? 제후를 이끌고 진나라를 치려 하는가?"

노인 같지 않은 씩씩한 음성이었다.

패공은 방문 앞에 서서 호령하는 소리를 듣고 똑같이 큰소리로 대꾸했다.

"늙어빠진 썩은 선비가 무슨 말을 그따위로 하시오! 회왕의 분부를 받들고 내가 지금 서쪽 길로 진나라를 쳐들어가는 것은 천하 만민을 위해 무도한 것을 제거하려는 것인데, 진을 도와서 제후를 치다니 그게 무슨 말이오?"

역이기 노인은 뻣뻣하게 버티고 서서 패공의 말을 끝까지 듣더니 더욱 기운 있는 음성으로 말했다.

"천하 만민을 위해 무도한 진나라를 치는 것이라면 이것은 의병으로써 천하를 심복시키려고 하는 것일 터인데, 그대는 발을 여자에게 씻기게 하면서 어른을 만나는 그따위 무례한 행동을 하고 있으니, 앞으로 총명하고 덕이 높은 사람은 그대를 찾지 않을 것이오! 이같이 해서 훌륭한 인물이 그대한테서 떠나버린다면 그대는 누구와 함께 천하를 도모하겠소?"

꾸짖는 듯 타이르는 듯 기운 있는 역이기의 말을 듣고서야 패공은 자

신의 잘못을 깨달았다. 그는 급히 수건으로 발을 닦고 쫓아나가 역이기 노인을 맞아들여 상좌에 모시면서,

"잘못했습니다. 용서해주십시오. 사실 선생님께서 이렇게 빨리 찾아 오실 줄은 예상하지 못하여 문밖까지 나가 영접하지 못한 죄를 용서하시기 바랍니다."

이같이 진심으로 사죄를 했다. 역이기는 일부러 꾸짖는 체하던 터라 패공이 사죄하는 것을 보고 즉시 온화한 태도를 보였다.

"그같이 말씀하면 도리어 내가 무안하외다."

패공의 겸연쩍던 마음도 사라졌다.

"시황이 죽은 뒤에 육국이 다시 일어나 천하는 지금 끓는 가마솥 같은데 앞으로 천하의 일을 어떻게 보십니까?"

패공은 역이기에게 정색하고 이같이 물었다. 역이기는 초면이건만 패공을 마주 보면서 거침없이 청산유수같이 천하대세를 설명하고, 진나라의 멸망은 반드시 올 것이요, 천하를 통일할 자는 민심을 열복시키는 자라야 될 것이라는 말을 쏟아놓았다. 패공은 기꺼웠다.

"과연 지당한 말씀이올시다. 그런데 선생께서는 어찌해서 그동안 양광(佯狂)하고 계셨습니까?"

패공은 왕덕에게서 대강 들어 알고 있으므로 이같이 물었다.

"그야 미친 척할밖에 더 있소? 진시황이 선비를 잡아 땅 속에 묻어 죽이고 책을 불사르고 하는 세월에 미친 놈 행세나 해야지, 그렇지 않고야 생명을 보존할 수 있겠소?"

"알겠습니다."

"그렇게 세상 사람들을 못살게 굴고 자기는 불사약을 구해 먹으려고 하던 진시황도 황천객이 되어버렸고…. 이제는 멸망할 날이 가까웠소이다."

"그런데 지금 진의 서울 함양으로 돌입하려면 어떤 작전이 필요하겠

습니까?"

"안 됩니다! 장군이 거느리신 십만의 군사는 말하자면 아직은 오합지졸입니다. 강하디 강한 진나라의 서울을 오합지졸로써 공격한다는 것은 마치 양떼를 몰아 범의 아가리에 가져가는 것과 마찬가지지요."

"그러면 어찌하는 것이 좋겠습니까?"

패공은 난감한 표정을 지으며 물었다.

"먼저 지리(地利)를 얻어야 하겠으니 진류(陳留) 땅으로 옮기시지요. 진류 땅은 교통의 요충지입니다. 그야말로 사통오달한 곳이요, 성중에 식량과 물자가 산더미같이 저장되어 있는 지방인데, 이 땅을 다스리고 있는 태수가 다행히 내 친구입니다. 이 사람을 내가 찾아가 설득하겠으니 먼저 이리로 옮기십시다."

역이기는 이렇게 대답했다. 패공은 대단히 기뻐했다.

"감사합니다. 꼭 그렇게 해주십시오. 내일이라도 꼭 가보심이 좋겠습니다."

패공은 이렇게 청했다.

이튿날 역이기는 패공의 부탁으로 진류성을 찾아갔다.

태수 진동(陳同)은 역이기를 오랜만에 만났는지라 후당으로 안내하여 접대했다.

역이기는 태수 진동과 함께 술을 마시면서 패공에게 귀순할 것을 권고했다. 비록 오랫동안 진나라의 녹을 먹었으나 시황은 무도했고 이세는 포악하며 망할 날이 며칠 남지 않았는데 패공이 십만 대군의 힘으로 진류성을 함락시키는 것은 쉬운 일이므로, 그때 죽음을 기다리는 것보다는 미리 패공에게 귀순하는 것이 좋은 일이라고 역이기가 설득하는 바람에 진동은 그의 말을 따라 진을 배반하고 패공에게 항복했다.

패공은 고양 땅을 떠나 진류성으로 옮겼다. 역이기의 말 한마디로 진류성과 함께 이만 명의 군사와 막대한 물자가 패공의 산하에 들어왔으므로 패공은 즉시 그에게 광야군(廣野君)의 칭호를 주었다.

광야군은 항상 패공과 함께 지냈다. 패공은 무슨 일이 있든지 반드시 광야군과 의논한 다음에 처리했다.

그럭저럭 한 달이 지났다.

패공이 하루는 광야군에게 그동안 인마를 조련하고 무용을 훈련했으니 진군하는 것이 어떻겠느냐고 물었다. 그러나 광야군은 또 반대했다.

"아직 안 됩니다. 이 사람이 장군을 모시고 한 달 이상 지냈습니다마는 나는 신출귀몰한 큰 공을 세울 인물이 못 됩니다. 탕(湯)의 이윤(伊尹)이나 주(周)의 여망(呂望)과 같은 대인재(大人材)를 얻고서라야 천하를 경영할 수 있는 것입니다. 다행히 여기 한 인물이 있는데 이 사람을 먼저 얻은 후라야 가히 진나라를 깨뜨릴 수 있을 것입니다."

광야군이 반대하는 이유를 듣고 패공은 즉시 자리에서 일어나 공손히 물었다.

"그 사람이, 그 같은 인물이 과연 지금 어느 땅에 있습니까?"

광야군은 패공의 얼굴을 바라보면서 말했다.

"그 사람은 한(韓)나라의 장량(張良)입니다. 한나라 오대 정승의 집 자손이지요. 자는 자방(子房)이라 부르는 사람인데, 일찍이 이인을 만나 가르침을 받은 바 있어 그야말로 도통한 사람이라 합니다."

"그런데 그 인물은 이미 한나라에서 벼슬을 하고 있는데 나를 따라 올 수 있겠습니까?"

패공은 실망하는 듯 언짢은 표정이었다. 광야군은 한참 동안 무엇인가 생각하더니 무릎을 치면서 말했다.

"내게 한 가지 계교가 있습니다. 이렇게 하면 반드시 이 사람을 천하대사가 끝날 때까지 한나라에서 빌려올 수 있지요. 이렇게 되면 천하는 장군의 장중에 든 셈입니다."

"어떻게 하면 장량을 빌려올 수 있습니까? 그 계교를 가르쳐주십시오."

패공은 물었다.

"장군이 한왕에게 편지를 쓰십시오. 군사를 일으켜 진나라를 토벌하여 육국의 원수를 갚으려 하는데 군중에 식량이 부족하여 급히 행진을 못하니 군량 오만 석을 빌려달라고만 하십시오…."

"그러면 군량만 오지 않겠습니까?"

"아니올시다. 한나라도 요새 새로 일어선 나라인지라 식량의 저장이 있을 리 없습니다. 동맹 국가로서의 의리는 지켜야 하겠고 꾸어줄 식량은 없고 하니 이에 대한 대답을 잘하기 위해서 한왕은 반드시 장량을 사신으로 보낼 것입니다. 그러면 일은 다 된 것이지요…."

"옳습니다!"

패공은 즉시 한왕에게 편지를 써서 광야군으로 하여금 그 편지를 가지고 한나라로 가게 했다.

> 초나라 정서대장군 패공 유방은 한왕 전하에게 엎드려 아뢰나이다. 진나라 시황이 무도하여 육국을 아울러 삼키고, 이세는 악독하여 그 죄악이 하늘에 사무치니 백성은 울부짖고 원한은 골수에 맺혔는지라, 이제 대군을 거느리고 잔악한 것을 제거하여 백성의 분함을 풀어주고자 하나, 군사는 하루에 백 리를 행진하는 동시에 날마다 만금을 소비하니 비록 과다한 금액은 아닐지라도 통과하는 고을마다 열 곳에서 아홉 곳은 텅 빈 곳일 뿐이므로 부득이 역이기를 사자로 하여 전하에게 군량미 오만 석을 차용코자 하오니 도와주시옵소서. 후일에 진나라를 멸망시키면 반드시 두 배로 계산하여 갚겠나이다. 천하의 공을 위해 차용하는 것이지 개인의 영달을 위한 것이 아니오니 하렴해주시기 바라오며 이만 아뢰나이다.

한왕은 역이기가 가져온 패공의 이 같은 서간을 받아보고 신하들을 모아 의논했다.

"국용이 부족한 이때 타국을 도울 수 있는가?"

한왕의 근심은 자기 나라의 식량 사정이었다.

"패공은 지금 회왕의 명을 받들고 진을 정벌하려는 것이니 이것은 천하의 대의 아니오니까? 오만 석이 어렵다면 단 만 석이라도 빌려주는 것이 동맹국 처지로서 옳은 줄로 아뢰오."

신하들 가운데 여러 사람이 이 같은 의견을 말하므로 한왕은 더욱 난처했다.

"과히 진념 마시고 신을 보내주소서. 신이 가서 신의 나라에 식량이 없는 사실을 패공에게 알아듣도록 이야기하겠나이다."

이때 장량이 이같이 아뢰었다.

"그러면 경이 빨리 패공의 사자와 함께 패공에게 가서 진상을 알려주도록 하오."

한왕은 장량을 사신으로 보내기로 했다.

그러나 속마음으로,

'옳다, 되었다!'

하고 좋아한 사람은 광야군 역이기였다.

그는 장량과 함께 한왕의 대궐에서 나왔다.

역이기를 따라 패공이 주둔하고 있는 진류성을 향해 수레를 몰아오던 장량은 역이기가 패공의 심부름으로 단순히 식량을 빌러 온 사람이 아닌 것을 눈치챘다.

'옳거니! 이 사람이 핑계는 식량에 두고 딴 마음을 품고 나를 찾아온 것이 틀림없다….'

장량은 이렇게 깨달았다.

장량은 역이기의 풍채에서 그의 인격을 느꼈다. 비록 늙었으되 광채가 있고 기골이 늠름하고 언어와 동작이 우수한 학자이지, 상된 곳이 없는 것으로 보아 평범한 인물이 아님을 직감했다. 장량은 여러 모로 뜯어보다가,

'나로 하여금 패공을 따라 진을 멸하게 하기 위해 찾아온 사람이 분명하다.'

이렇게 단정했다.

이틀 후에 진류성에 들어갔다. 패공의 진영 앞에 이르렀을 때 원문 밖에까지 번쾌가 마중 나와서 장량에게 공손히 인사를 했다.

'개국 공신이로다.'

장량은 번쾌의 얼굴을 보고 이렇게 직감했다.

문안에 들어서서 패공이 거처하는 본진으로 인도되어 들어가니, 패공은 소하와 조참을 좌우에 데리고 마중나와 있었다.

패공의 인자하고 후덕하고 위엄 있는 용모와, 소하의 너그럽고 호방하고 명랑한 얼굴과, 조참의 강직하고 단아한 풍신이 장량의 눈에 한꺼번에 비쳤다. 장량은 놀랐다. 왜냐하면 이같이 혼탁하고 살벌한 세상에서는 구하고자 해도 구할 수 없는 비범한 인물들이기 때문이었다. 나라를 건지고 백성을 편안하게 해줄 일대의 임금과 진실로 어진 임금을 모시고 정성스럽게 보필의 책임을 완전히 다할 수 있어 보이는 인물들임을 느끼고 장량은 패공 앞에 나아가 두 번 절했다.

패공은 장량의 인사를 받고 자기 방으로 그를 안내했다.

장량은 패공이 자리에 앉은 뒤에,

"장군께서 정의의 군사를 일으켜 진나라를 치시니 모든 지방의 백성들이 두 손을 들고 맞아들이는 터이므로 식량의 부족함이 없을 줄로 압니다. 부족하지도 않은 식량을 공연히 미친 사람의 말을 들으시고서 차용하신다는 핑계를 꾸미시어 저로 하여금 걸음을 걷게 하실 것은 없을 줄로 생각합니다."

하고 말했다.

패공이 단도를 찌르듯이 가슴속을 쿡 찌르는 장량의 바른 말에 놀라 얼른 대답을 못하고 머뭇거리자 곁에 섰던 소하가 입을 열었다.

"우리 장군께서 식량을 차용하시겠다고 한 것은 실상인즉 장량을 차용시키려 함이었고, 지금 선생이 여기까지 오신 것은 실상인즉 우리 장군을 설복시키려고 온 것입니다. 그렇건만 선생이 우리 장군을 관찰하고서 설복하려던 말을 하지 못하는 까닭은 심중에 생각하는 바가 있는 때문입니다. 어떻습니까? 그래 우리 장군과 십 년 전에 박랑사에서 진시황의 수레를 때려부수던 창해 역사와 비교하면 백배 천배 다르지 않습니까? 선생이 만일 우리 장군을 모시고 진나라를 쳐서 한나라의 원수를 갚으신다면 큰 공을 세울 뿐 아니라 힘을 쓰지 않고 뜻을 이루는 것입니다."

소하가 여기까지 말했을 때 장량은 자리에서 일어나 마루 위에 엎드렸다.

"과연 사실이옵니다. 이 사람의 심중을 밝게 아시는 말씀, 나는 다시 할 말이 없습니다."

장량은 패공 앞에 엎드려 소하에게 이같이 대답했다.

소하는 급히 앞으로 나가 장량을 붙들어 일으켜 다시 자리에 앉게 한 후,

"이미 피차의 심중을 알았으니 원컨대 우리와 함께 패공을 따라주십시오."

했다. 소하의 권고가 장량은 진정임을 깨달았다.

"그러나 저 역시 한왕 전하의 허락이 없이는 안 되지 않습니까? 패공을 모시고 진을 멸하고 싶은 생각을 일단 한왕 전하께 고하고 허락을 얻은 연후에 행동하십시다."

소하와 장량이 이같이 문답하는 것을 보고 패공의 얼굴에는 기쁜 빛

이 가득해졌다.

"과연 옳은 말씀입니다. 먼저 한왕 전하께 사유를 고하러 나와 함께 가십시다."

패공은 장량에게 이같이 말했다.

"그러면 저는 기쁘게 장군을 모시고 천하를 도모하겠습니다."

장량은 확실하게 약속하는 말을 했다.

패공은 즉시 대군을 진류 땅에 머물게 하고 장량과 함께 한왕에게 가기로 결정했다. 패공을 따라 수행하는 사람은 광야군 역이기·소하·번쾌 세 사람과 군사 백 명으로 제한케 했다.

일행이 한나라 서울에 도착하자 장량이 먼저 대궐에 들어가 패공과 함께 오게 된 사유를 한왕에게 고했다.

한왕은 즉시 잔치를 베풀게 하고 패공을 맞아들였다.

한왕은 패공과 더불어 인사를 마친 후,

"장군이 천하를 구하고 진나라를 정벌하는 데 소용되는 식량을 청하셨지만, 아시다시피 국용도 부족한 형편인지라 장량을 대신 보내어 사과했던 것이외다. 용서하시오."

이같이 말했다.

"건국하신 지 얼마 안 되었으므로 저장이 부족하실 것은 저도 잘 알고 있습니다. 식량을 못 주시는 대신 장량을 빌려주시기를 바랍니다. 이 사람과 함께 일을 의논하여, 육국의 원수를 갚은 뒤 즉시 전하께 돌려보내겠습니다."

패공은 정식으로 '장량 차용'을 신청했다.

"그렇게 하십시오. 그러나 자방은 과인의 곁에서 하루도 없어서는 안 되는 사람입니다. 그것을 아시고 진나라를 멸하신 연후에는 지체 없이 과인에게 돌려보내시기 바랍니다."

"그렇게 하겠습니다."

한왕과 패공은 순조롭게 장량 문제를 결정지었다.

패공은 기꺼웠다. 광야군 역이기도 문제의 발단은 자기가 먼저 장량을 패공에게 천거했던 것인 만큼 이제 무난히 해결된 것을 기뻐하지 않을 수 없었다. 장량도 그 자리에서 왕의 허락이 순조롭게 이루어진 것을 보고 또한 유쾌했다.

연회가 끝난 뒤에 패공은 한왕에게 인사를 하고 물러나온 후 이튿날 장량과 더불어 진류 땅으로 돌아왔다.

"이제는 진군 출정해도 좋습니까?"

패공은 본영에 돌아와 가장 먼저 광야군에게 농담 비슷이 이렇게 물었다.

"이제는 좋겠습니다."

역이기도 웃는 낯빛으로 이같이 대답했다. 그는 장량이 한왕으로부터 떠나 패공에게 병법(兵法)을 가지고 논의하는 것을 들었는지라 천거한 장본인으로서의 만족감도 적지 않았다.

패공은 역이기의 찬동을 들은 후 즉시 번쾌에게 대군의 진발 계획을 부탁했다.

번쾌의 호령이 한번 내리자 십오만 대부대는 일시에 움직이기 시작했다. 소하·조참·역이기·장량 네 사람이 패공의 측근자로 선두 부대에 뒤이어 행군했다.

패공의 대부대가 함양 서울을 향해 무관(無關) 땅에 가까이 왔을 때 산모퉁이에서 군사를 거느리고 늠름한 장수 한 사람이 별안간 길을 막고 못 가게 했다.

부관(傅寬)·부필(傅弼) 두 사람이 행군의 선두에 있다가 호령했다.

"너는 누구이기에 이같이 무례하게 길을 막느냐?"

"내가 길을 막는 것은 패공을 만나고 싶어서다."

그 장수는 이렇게 대답했다.

부관·부필은 괘씸하게 생각하고 즉시 창을 휘두르며 뛰어나가 길을 막는 장수를 찌르려 했다. 이리해서 싸움은 벌어졌다.

그러나 두 사람은 그 장수의 적수가 되지 못했다. 눈 깜짝하는 사이에 부관은 그 장수에게 사로잡혀버리고 부필은 이십 합가량 접전을 하다가 당할 수 없어서 돌아섰다.

"내가 패공을 만나려고 하는 까닭은 딴 생각이 아니다. 패공과 함께 진나라를 정벌하려는 것뿐이다. 내게는 부하 삼천 명이 있다."

길을 막은 장수가 이렇게 외쳤다.

장량이 번쾌와 함께 멀찍이 쫓아와서 이 모양을 보고 뛰어나가서,

"너는 누구냐? 이름을 대라."

했다. 그러나 그 장수는 말하지 않았다.

"패공을 만나고 싶다."

그 장수는 시종일관 이 말밖에 하지 않았다. 번쾌는 크게 화가 났다.

"되지 못한 놈! 이름도 없는 녀석이 우리 장군님을 감히 대면하려고!"

하면서 번개같이 쫓아나와 그 장수를 칼로 찌르려 했다.

두 사람이 맞붙어서 이십여 합을 접전했지만 승부가 나지 않았다.

패공은 아까부터 이 모양을 멀찍이서 보고 있다가 그 장수의 무용에 놀랐다. 그는 말을 달려 앞으로 가까이 나아가 물었다.

"길을 막는 장수야, 나를 보고자 하려는 까닭이 무엇이냐?"

이 말을 듣더니 그 장수는 급히 말 위에서 뛰어내려 땅바닥에 엎드리면서,

"오랫동안 참된 주인을 만나 큰 공을 세워보고자 하던 중 존명을 듣고는 꼭 한번 뵙고 싶었습니다. 요사이 이리로 지나가신다는 소식을 듣고 여기 와서 여러 날을 기다리고 있었습니다."

하고 말했다.

"그렇다면 왜 나의 부하와 접전을 했는가?"

패공은 꾸짖는 듯 말했다.

"다른 생각이 아니라 단지 저의 무용을 한번 보여드리기 위함이었습니다."

"이름을 무엇이라 하느냐?"

"저는 낙천(洛川)에서 살고 있는 관영(灌嬰)이라고 부릅니다."

그 장수는 그제야 자기의 이름을 대었다. 그는 일찍이 장사를 하고 다니다가 산적 떼를 만나 혼자서 수십 명을 죽인 일이 있어, 인근 지방에서는 그의 이름을 모르는 사람이 없으리만큼 유명한 인물이었다.

패공은 관영이 자기소개를 하자 아까부터 그의 무용에 감탄하고 있던 터라 대단히 기뻐했다.

"소원대로 해줄 것이니 희망을 말하게."

"황송합니다. 함양에 쳐들어가는 선진(先陣)이 되게 해주십시오."

"장하다!"

패공은 즉시 허락했다. 이렇게 해서 새로 참가한 관영의 군사를 거느리고 패공은 행군을 재촉하여 무관 땅의 성 밖에까지 도착했다.

무관은 진나라의 서울 함양을 지키는 제일 큰 요해지다. 무관성을 지키고 있던 진나라 장수 주괴(朱蒯)는 성문을 굳게 닫고 일이 급하게 된 사실을 함양 서울로 보고했다. 초나라의 대군이 동서 두 길로 진을 공격해오는데 그 형세는 함양 서울의 운명이 풍전등화와 같다는 것이 보고문의 내용이었다.

승상 조고는 크게 놀랐다.

'이 일을 어떻게 조치하나?'

그는 곰곰 생각하다가 사실을 절대 비밀에 부치고 몸이 불편하다는 핑계를 대고 자리에 드러누워버렸다.

'패공의 대군이 무관에 왔다. 천자가 이 사실을 알기만 하면 나더러

책임을 지라고 나를 죽일 것이다. 먼저 이 화를 면해야 하지 않나?'

조고는 나라의 운명보다도 제가 살아날 일이 더 크고 급했다.

이때 이세 황제는 밤에 꿈을 꾸었는데 수레를 타고 자기가 지나는 길가의 수풀 속에서 흰 빛깔의 큰 호랑이가 뛰어나오더니 왼편에 있는 말을 깨물어 죽이는 것이었다. 꿈을 깨고 나서 마음이 편치 않아 점쟁이에게 꿈 해석을 시키게 했다. 명령을 받고 해몽을 해온 내관의 보고에 따르면 이것은 경수(涇水)에서 동티가 난 까닭인데 함양궁을 떠나면 화를 면할 수 있다는 것이었다.

이세는 점쟁이 말대로 함양궁을 나와 멀찍이 성 밖에 떨어져 있는 망이궁(望夷宮)으로 옮겼다. 망이궁은 재궁(齋宮)이었다.

그는 목욕재계를 하고 경수의 푸른 물 속에 흰 말 네 필을 제사 지내고는 내관들을 불러들여,

"근일에는 각처의 도적들이 어떠하다 하느냐?"

하고 물었다. 가까이 모시는 신하들이 황제의 이 같은 물으심을 듣고 모두 눈물을 흘렸다.

"경들은 어찌해서 눈물만 흘리고 말이 없는가?"

"황송하와 아뢰옵기 어렵사오나 초나라의 대군이 동서 두 길로 공격해오고 있사옵고, 그 중에 패공이 거느린 군사는 지금 무관까지 들어왔으므로 함양 서울이 함락될 날도 목전에 있는 형편이라고 아뢰옵나이다."

"빨리 승상을 입대(入對)하라 해라!"

이세는 낯빛이 변했다. 근시가 명령을 받들고 조고의 집으로 달려갔다. 그러나 조고는 오지 않았다.

"병으로 와석하여 나오지 못한다 하옵나이다."

근시의 보고를 듣고 이세는 더욱 격노했다. 다시 다른 신하를 시켜 조고에게 가서 그 죄를 따져 어찌하겠는가 물어보고 오라고 명령했다.

이세는 조고의 말만 믿어왔던 자신을 이제서야 후회했다.

근시는 명령을 받들고 조고에게 가서 천자의 말씀을 전했다.

"너는 승상의 지위에 있으면서 적군이 수도의 성 밑에 이르렀건만 신병을 핑계삼아 나오지 않고 오늘날까지 그럴듯한 말만 꾸며 정승 이사를 죽이게 하고 또 지금은 나라를 위태로운 지경에 빠지게 하지 않았느냐? 너는 무슨 궁리가 있어서 네 죄를 면하려고 하느냐?"

이세의 문책은 조고로 하여금 도피할 길이 없으리만큼 절실한 문제였고 명백한 사실이었다.

조고는 이불을 쓰고 누웠다가 칙명을 듣고 대답할 말을 생각해내지 못했다. 간신히 일어나 앉아서,

"지당한 말씀이외다. 폐하께 나아가 상세히 아뢰옵겠다고 상달해주시오."

그는 우선 이렇게 말해서 근시를 보내놓고, 즉시 염락(閻樂)을 비밀히 불렀다. 염락은 수도 함양시의 시장과 같은 함양령(咸陽令)인 동시에 그의 사위 되는 사람이었다. 그리고 자기의 동생 조성(趙成) 등 친족 십수 명을 불렀다.

"천자께서는 내가 항상 간하는 말씀을 듣지 않아 급기야 나라가 망하게 되었다! 적군이 벌써 무관을 공격해왔으므로 일은 급하게 되었다. 그리고 그 죄가 지금 와서는 나 한 사람한테 뒤집어씌워졌다. 내가 죄를 당하면 화가 삼족에 미치게 되는 것은 너희들도 알지 않느냐? 너희들도 이미 죽음을 당하고 있는 목숨들이다!"

조고는 여기까지 말하고 잠시 쉬었다 다시 입을 열었다. 이때 조성·염락 들은 얼굴빛이 백지장으로 변한 채 조고의 입만 바라보고 있었다.

"그러니까 지금 이때, 이 화를 면할 도리는 적군이 망이궁에 잠입했다고 거짓 핑계를 대고 군사를 데리고 내궁에 들어가 천자를 죽여버리고 공자 자영(子嬰)을 세워서 황제로 모실 길밖에 도리가 없다. 속히 이

렇게 해라!"

조고는 말을 맺었다.

"과연 그 길밖에는 살아날 길이 없겠습니다."

염락은 장인의 말에 찬성했다. 조성도 형이 시키는 대로 하지 않고서는 살 길이 없다고 판단하고 즉시 행동을 개시하자고 주장했다. 다른 사람들도 모두 일어났다.

조고의 마지막 간특한 계교를 받아 염락과 조성 등 십 수 명은 그길로 부하 군사 일천 명을 인솔하여 망이궁으로 달음질했다. 고함을 지르고 꽹과리를 두드리면서 적군이 궁내에 잠입했다는 소리를 지르게 하면서 염락이 선두에 서서 망이궁 문 앞에 도착하여 부하 군사로 하여금 파수 보고 있는 무감(武監)을 결박짓게 하고,

"도적이 궁내에 잠입했건만 어찌해서 너희들은 가만히 있단 말이냐?"

이같이 벽력같은 호령을 했다.

"소인들이 엄중히 파수하고 있는데 도적이 들어오다니요!"

무감들은 자신 있는 어조로 변명했다. 그러나 염락은 호통을 쳤다.

"이놈들! 천연스럽게 모르는 척하는 죽일 놈들! 애들아, 이놈들을 죽여 없애거라!"

염락의 호령이 떨어지자 군사들이 휘두르는 칼날에 무감들의 모가지는 땅에 떨어졌다.

아우성치고 울부짖는 궁내의 관원들은 제각기 먼저 도망하려고 엎치락뒤치락하는 사이에 군사들의 칼에 죽어 넘어진 자가 부지기수였다.

염락·조성 두 사람은 이 틈에 내궁으로 돌입했다.

내관 두 명이 황제를 모시고 도망하려 했다.

염락과 조성은 그 앞을 가로막고 칼을 뽑았다.

"폐하께서 교만하고 난폭해서 사람을 죽이고 유흥하기를 즐겨하므로 천지신명이 노하고 제후가 배반한 것입니다. 그런고로 저희들은 불의(不義)의 짓을 하는 것이 아니올시다."

염락은 이렇게 말하고 이세로 하여금 꼼짝도 못하게 버티고 섰다.

이세는 염락을 바라보면서 기막히다는 표정으로,

"승상은 지금 어디 있느냐? 만나볼 수 없느냐?"

이같이 물었다.

"만나보지 못합니다!"

염락의 대답이었다.

이세는 더욱 기막히는 얼굴로,

"짐이 하는 말로 승상에게 전해주게. 짐은 한 지방을 떼어가지고 왕이 되겠네. 이것도 허락되지 않겠는가?"

하고 물었다. 염락의 대답은 아까보다도 더 냉랭했다.

"안 됩니다!"

"그러면 처자와 함께 제위를 버리고 공자들과 같이 그냥 지내려 하네. 그것은 허락되겠는가?"

"안 됩니다."

이세 황제는 염락의 서슬 시퍼런 거절을 당하고는 그만 슬픈 울음을 쏟았다. 천하를 호령하던 만승천자의 몸으로 신하 중에서도 가장 믿고 의지해오던 조고에게 이 모양을 당하는 것을 생각하니 자기 자신이 불쌍했다. 저절로 설움이 솟아났다. 저절로 눈물이 흘렀다.

잠시 동안 이세 황제가 울면서 있는 것을 보다가,

"나는 승상의 명령을 받들어 지금 천하를 위해 그대를 죽이는 것이니 그대가 지금 무어라고 말한댔자 승상에게 전갈할 수 없소."

염락은 이렇게 말하고 부하 군사에게 눈짓을 했다. 군사의 손에서 칼날이 번쩍하고 빛나는 것을 보고 이세 황제는 '이젠 도리가 없다'고 느꼈던지 허리에 차고 있던 칼로 자기의 목을 찔러 자결하고 말았다.

염락은 사명을 다했는지라, 이세 황제가 시체 된 것을 확인한 뒤에, 조고에게 돌아가서 자세히 경과 보고를 했다. 조고는 늙은 얼굴에 만족한 웃음을 띠었다. 그리고 즉시 조정의 백관을 소집했다.

"이세 황제 폐하께서는 항상 내가 간하는 말씀을 듣지 않으시더니 이제는 제후가 모두 배반하고 백성이 저마다 원망하므로 내가 천하를 대신해서 황제를 이 세상으로부터 떠나시게 했다. 본래 진나라는 왕의 나라이었는데 공연히 시황제 폐하 때부터 '제'의 칭호를 써왔단 말이야. 지금 육국의 자손들이 각기 일어나 왕이 되었고, 진을 멸하고서 '제'가 되려고 한다. 본래부터 우리 진나라는 쓸데없이 이름만 크고 땅은 작은 나라였으니 작고하신 태자 부소의 아드님 자영을 세워서 '왕'이라 한다면 육국의 자손들도 왕위를 빼앗으려고 하지 않을 것이요, 그렇게 되면 앙심을 품고 우리 진나라에 쳐들어올 자도 없을 것이란 말이야. 제관들은 이 일을 어찌 생각하는가?"

조고는 위엄을 보이면서 백관들에게 이같이 물었다.

"옳은 줄로 생각합니다."

"옳습니다."

"합당하외다."

"그럴 일이지요."

백관이 모두 승상의 처사에 찬동했다.

조고는 의기양양했다.

이튿날 조고는 자결한 이세 황제를 의춘원(宜春苑)에 국장으로 모시는 절차를 다른 신하들에게 부탁한 다음 신하들을 이끌고 자영을 찾아갔다.

"이세 폐하께옵서 자결하셨으니 전하께서 오 일간 재계하시고 옥새를 받으셔서 왕위에 오르시옵소서."

조고는 이같이 말했다. 자영은 사 년 전에 자기의 조부 시황제가 사구 땅에서 승하했을 때 자기의 부친에게 왕위에 오르도록 조서를 내리신 것을 조고가 이사를 꾀어서 조서를 위조하여 자기 부친을 상군에서 자결케 했다는 내용을 어렴풋이 알고 있는 터라 속마음으로는 항상 원수같이 생각해오던 참이었다. 나이는 삼십도 못 되었건만 그의 숙부 이세 황제보다는 명철한 인물이었다.

"그리하오리다."

자영은 조고에게 이같이 대답해 보냈다. 그리고 재궁으로 들어가 목욕재계를 시작하면서 그는 조고를 처치할 계교만을 생각했다.

그러나 아무리 생각해도 보통 방법으로는 조고의 권세와 지위를 꺾어버릴 방법이 없었다. 사흘 뒤에 그는 자기의 두 아들을 재궁으로 불러들였다.

"너희는 아직 나이가 어리지만 내 말을 똑똑히 듣고 시키는 대로 일을 잘해라! 내일모레면 오 일째 되는 날이지만, 내가 몸이 불편해서 못 나간다고 하면 조고가 나를 찾아올 것이다. 그때를 노리고 너는 지금부터 미리 한담(韓覃)·이필(李畢) 두 사람에게 가서 내 말을 전하고, 재궁 안에 복병하고 있다가 조고가 들어오거든 즉시 죽여버리도록 해라!"

자영은 열 살, 여덟 살밖에 안 된 두 아들에게 이같이 말하고 한담·이필에게 보내는 글을 적어주었다. 두 아들은 부친의 명령을 받들고 물러갔다.

오일 재계가 끝나는 날이었다. 자영은 내관을 조고에게 보내어 나가지 못하는 뜻을 알렸다.

조고는 자영이 예상했던 바와 같이 친히 자영을 모시러 왔다.

기다리고 있던 한담·이필 두 사람의 복병이 재궁 안에 들어서는 조고를 에워쌌다. 조고는 놀랐다.

"이놈들! 이놈들!"

조고는 뭐라고 말해야 할지 몰라 작은 눈을 크게 뜨고 저를 둘러싸는 군사들을 보고 호령하는 흉내만 냈다.

"염락이 오지 않았느냐?"

조금 있다가 겨우 함양령 염락을 찾았다. 그러나 군사들은 아무 대답도 없었다. 이때 이필이 한담과 함께 나타났다.

"이세 황제 폐하께서 너를 죽이실 것 같으니까 네가 도리어 황제를 죽이고, 지금 와서는 명분을 세우려고 공자 자영을 왕위에 오르시게 꾸몄지만, 공자께서는 너의 죄상을 죄다 알고 계시다. 너를 죽이는 것은 공자의 명령이시다!"

이필은 이같이 선언하고 조고의 가슴을 창으로 찔러 거꾸러뜨렸다.

이때 안으로부터 자영이 나와서,

"그놈의 목을 베어라."

이같이 명령했다. 그는 그의 부친과 그의 숙부를 죽인 일생의 원수를 시원스럽게 보복했다고 만족을 느꼈다. 군사들은 조고의 시체에 달려들어 먼저 목을 베어 자영의 발아래 갖다바치고는 조고의 시체를 동강동강 끊었다.

한담과 이필은 그길로 즉시 조고의 집 삼족을 전부 붙잡아 함양 시중에서 허리를 끊어 죽이는 일에 착수했다.

자영은 군사들을 물러가게 한 후 즉시 함양궁에 나가서 옥새를 받들고 조정의 백관들이 국궁배례하는 가운데 위엄 있게 황위에 올랐다.

대례(大禮)를 마친 후 백관들은 자영을 삼세 황제 폐하라고 존칭했다.

삼세 자영은 중요한 신하들을 가까이 불렀다.

"지금 초의 군사가 침경하여 사태가 위급하니 이것을 물리치는 방법이 없을까?"

여러 신하에게 이같이 물었다.

"속히 대장을 뽑아서 요관(嶢關)을 엄중히 방어하게 하신 후에 대군을 징발하여 격퇴하지 않는다면 함양 서울의 운명이 시각에 걸려 있다고 아뢰오."

모든 신하들이 이같이 대답했다.

삼세 자영은 이에 좇아서 한영(韓滎)·경패(耿沛) 두 장수를 대장으로 임명하고 군사 오만 명을 인솔하여 요관으로 가게 했다. 수도 방위의 긴급 조처가 황제 즉위와 동시에 취해진 셈이었다.

한영·경패 두 장수는 즉시 군사를 거느리고 요관으로 갔다. 요관은 함양에서 불과 오십 리 거리였다.

이 무렵 패공의 대군은 무관을 공격하고 있었다. 무관을 지키는 장수 주괴는 죽을힘을 다해 패공의 군사를 막고 있었다. 요관으로 파견되어 온 한영·경패의 응원 부대가 무관의 수비에 증원되었다.

패공은 무관 공격에 오륙 일을 허비하고서야 진나라의 군사들이 용맹하고 강한 것을 깨달았다. 그 위에 증원 부대까지 도착했으니 무관 함락에는 시일이 더 필요하게 될 것이라고 걱정했다.

이것을 보고 장량이 패공에게,

"과히 걱정하실 것 없습니다."

하고 위로했다.

"선생에게 좋은 꾀가 있거든 가르쳐주시오."

패공은 장량에게 대책을 물었다.

"내가 보건대 진나라 군사들은 모두 강합니다. 그러나 진나라의 장수들은 거의 다 장사치의 자식들입니다. 때문에 골짜기와 봉우리에 기치를 세워 의병(疑兵)을 꾸미고, 말 잘하는 사람을 뽑아 적진에 보내어 금은을 풀어서 적장을 매수하여 적이 방심하고 있는 틈을 타서 한번에 쳐부수면 족히 대승할 수 있습니다."

패공은 장량의 말대로 산골짜기와 봉우리마다 의병을 꾸미고 불일간에 대공격을 감행할 것같이 보이고는 광야군 역이기 노인을 적진으로 보냈다.

역이기는 홀로 무관의 성 위에 올라가 진나라의 대장 주괴·한영에게 면회를 청했다. 패공의 진에서 광야군이 면회를 왔다는 말을 듣고는 한영·주괴도 거절하지 못하고 상면했다.

"진나라가 무도해서 천하 만민을 괴롭히므로 천하가 일시에 진나라를 치는 것이올시다. 패공 한 사람뿐이 아닙니다. 그러니 장군께서는 백성을 불쌍히 여기시거든 성문을 열고 패공에게 항복하십시오. 그러면 패공은 회왕께 보고하여 황금의 상을 주시고 만호후에 봉하시도록 할 것입니다."

역이기의 말을 듣고 한영은 대답했다.

"내가 오랫동안 진나라의 녹을 받아왔는데 나라가 위태하다고 배반하는 것은 의롭지 못한 일이 아니겠소? 좀 더 생각해보고 대답을 하겠으니 선생은 물러가십시오."

역이기는 그렇게 하라 하고 물러갔다. 한영은 그를 돌려보내고 부하장수들과 상의했다.

온종일 서로 의논했건만 의견은 구구했다. 항복하는 것이 좋다는 둥, 항복해서는 좋지 못하다는 둥, 이야기는 끝이 나지 않았지만 여러 장수들의 마음은 저절로 해이해졌다. 싸우고자 하는 생각이 엷어진 것만은 사실이었다.

이튿날 역이기는 또 한영을 찾아갔다.

"장군께서 하루 동안 생각해보신 결과 마음을 정하셨습니까?"

한영은 역이기의 묻는 말에,

"글쎄요…. 부하들이 항복하지 않겠다고들 하니 낸들 어찌할 도리가 없습니다그려."

이같이 대답했다. 역이기는 품 안에서 금덩이를 꺼내어 한영에게 주면서 말했다.

"장군께서 항복하시지 않더라도 패공은 장군의 마음을 깊이 아시므로 황금을 보내드리면서 장군의 덕을 찬양하십니다. 패공은 지금 공격할 예정을 연기하고 제후의 군사가 도착하기를 기다리고 있습니다."

역이기가 이같이 말하면서 꺼내놓는 황금덩이를 한영은 모두 밀어놓으면서,

"패공과는 지금 적대하고 있는 처지인데 무슨 까닭으로 내가 황금을 받겠소!"

하고 거절했다.

"장군이 지금 이것을 안 받으시는 것은 패공과 교제를 안 하시겠다는 뜻이 됩니다. 무관성이 함락된다면 그때 장군은 무슨 면목으로 패공을 대하시렵니까? 지금 이것을 받아두시어 이후에 패공과의 사이가 좋도록 예비하시는 것이 좋을 것입니다."

역이기의 말을 듣고 보니 그것도 일리가 있는 말이라 생각하고 한영은 금을 받았다. 그리고 이같이 말했다.

"패공께 가서 제후가 도착하거든 서로 화목해서 전쟁을 그만두고 백성을 도탄에서 구하도록 하시라고 전해주십시오."

"그렇게 하오리다. 패공은 관후장자이니까 화목을 주장하고 전쟁을 피할 것입니다. 안심하십시오."

역이기는 이같이 한영에게 대답하고 패공에게로 돌아가 한영과 문답하던 전말을 보고했다.

"이때를 놓치지 말고 속히 무관을 공략해야 하겠습니다."

역이기의 보고를 듣고 패공 곁에 앉아 있던 장량이 이같이 주장했다. 패공은 즉시 설구(薛歐)·진패(陳沛) 두 사람에게 수십 명을 인솔하여 산 뒤의 샛길로 성을 넘어 적의 후방으로 돌아들어가 깊은 골짜기에 불을 질러 적의 마음을 놀라게 하고, 때를 같이하여 정면에서는 번쾌가 대군

을 휘동하여 성을 공격하도록 명령했다. 설구·진패 두 장수는 염초(焰硝)와 마른 나무를 한 짐씩 사졸들에게 지워서 샛길로 성을 넘어 적진 뒤로 숨어 들어갔다.

사흘이 지났다. 이제는 때가 되었으려니… 이같이 생각될 때, 번쾌는 무관성 정문 앞에서 함성을 지르고 북을 치면서 공격을 시작했다. 패공의 군사들은 번쾌의 지휘 아래 서로 먼저 성을 넘어 들어가려고 경쟁하는 것 같았다.

진나라의 장수들은 역이기가 천금을 진정하고 돌아간 뒤부터 마음이 더욱 해이해져서 아무 준비도 하지 않고 날마다 술타령이나 하고 있다가 뜻밖에 천지가 진동하는 공격을 당했다. 정신을 못 차리고 있을 즈음에 사졸들이 달려와서,

"적은 벌써 관을 넘어서 우리 후방에 와 있습니다. 불을 질러 후방에서는 화재가 나고 있습니다."

이같이 보고했다. 한영 이하 진나라 장수들이 본영에서 나와 뒤를 돌아다보니 과연 화광이 충천하고 연기가 불기둥같이 올라가고 있었다.

그들은 어찌할 바를 몰랐다. 그들은 무관이 이미 패공의 군사에게 점령되었다고 생각해버렸다.

'다 틀렸다! 달아날 수밖에 없다!'

한영 이하 모든 군사가 성을 버리고 샛길로 도망하기 시작할 때에 번쾌는 군사들과 함께 성을 넘어 몰려들어왔다. 달아나는 진나라 군사들이 번쾌가 지휘하는 군사들의 칼에 수없이 죽임을 당했다.

포성이 진동하는 속에서 한영 이하 진나라 장수들은 도주해오는 군사들을 거두어 밤을 새워 함양 교외의 남전(藍田)으로 집결하여 최후의 일전을 준비했다.

패공은 하후영을 선진으로 하여 대군을 몰고 남전으로 돌진했다.

패공과 더불어 최후의 일전을 해보려고 하던 한영·주괴·경패 들은

남전에서도 패공에게 견디지 못하고 간신히 목숨만 살아 함양성 안으로 도망해 들어갔다.

패공은 이것을 추격하여 성 밖까지 쫓아가 패상(覇上)에 진을 치고 후속 부대가 도착하기를 기다렸다.

삼세 황제 자영은 간신히 목숨만 살아 돌아온 한영 이하 두 장수의 보고를 듣고 깜짝 놀랐다. 패공의 대군이 패상에 주둔하고 있다는 것은 수도 함양의 문턱을 밟고 있는 것이다. 함양성이 함락된 것이나 다름없었다.

"이 일을 어찌하면 좋은가?"

삼세는 좌우를 보면서 황급한 목소리로 이같이 물었다. 진나라의 운명이 마지막 끝나려 하는 순간이었다.

한참 동안 모든 신하들이 침묵하고 있을 때, 상대부(上大夫) 직에 있는 부필(孚畢)이 삼세 앞에 나와 아뢰었다.

"폐하! 황송하오나 일이 궁극에 달했다고 아뢰오. 폐하께오서 패공에게 항복하시면 멸족의 화를 면하실 것이요, 민생을 도탄에서 구할 수 있지 않을까 생각하옵니다."

삼세는 그만 눈물을 쏟았다. 무관·요관이 함락되고 패공의 대군이 패상에 들어와 있다. 최후의 일전을 하던 한영·경패·주괴 등 세 장수가 겨우 목숨만 부지해 대궐로 돌아왔다. 이제는 도리가 없지 않은가? 삼세 자영은 그만 목놓아 울었다. 어떤 신하도 감히 삼세의 울음을 말리지 못했다. 그들도 옷소매로 얼굴을 가리고 느껴 울었다.

한참 동안 눈물을 쏟다가 삼세는 정신을 수습하여,

"나라의 운이 다하고 내 덕이 없으니 백성을 구해보기나 하자…."

하고 좌우 근시로 하여금 소차백마(素車白馬)를 준비하라고 분부했다. 마침내 그는 패공에게 항복하러 나가는 것이었다.

드디어 그는 흰 수레를 흰 말이 끌게 하고 나라의 옥새를 봉하여 수레에 얹어 함양궁을 나갔다.

패공은 삼세가 자기에게 와서 예를 갖추어 항복하겠다는 기별을 받고 부하 막료들을 인솔하여 본진을 떠나 영문 밖으로 나가 기다렸다.

삼세의 항복하기 위한 행렬이 패상 지도(軹道)에 이르렀을 때 삼세는 수레에서 내렸다. 그는 걸어서 패공의 수레 앞에 와서 예를 깍듯이 올리고,

"모(某)가 황위에 있었으나 덕이 없어 장군께서 서행해오심을 알고 일찍이 항복함으로써 만민을 도탄에서 구하려 했습니다. 옥새를 바치오니 원컨대 받으시옵소서."

솔직하게 항복하는 말을 올렸다.

패공은 기쁨을 금치 못했다.

"네가 이미 항복했으니 나는 초왕께 상주하여 너의 일명을 구하고 토지를 주어 일생을 편안히 살도록 하겠다."

패공은 옥새를 받으면서 이같이 말했다. 그리고 자영과 그의 족속들은 모두 한군데로 가서 처분을 기다리고 있으라 하여 돌려보냈다. 자영은 조고가 이세를 망이궁에서 죽게 한 후 자기를 왕위에 오르게 하여 즉위한 지 불과 사십삼 일 만에 패공에게 나라 전체를 바치고 항복한 것이다. 때는 을미년(乙未年), 서력기원전 이백육년 시월이었으니, 항우와 길을 나누어 팽성에서 서쪽 길로 진군하여 공격해온 지 불과 팔 개월 만에 패공은 진나라 수도를 점령하고 삼세 황제의 항복을 받은 것이다.

패공의 기쁨은 한량없이 컸다. 그러나 번쾌 이하 여러 장수들은 삼세 자영의 항복을 받은 후 그를 죽이지 않고 살려두는 패공의 처사에 불만을 표시했다.

"진왕이 무도해서 만민이 절치부심하는데 어찌해서 죽이지 않으십니까?"

그들은 패공에게 이같이 물었다.

패공은 웃었다. 막료들이 분해하는 것도 그는 잘 이해하고 있었다. 그러나 그는 항복한 진시황의 자질을 죽이고 싶지는 않았다. 그래서 이렇게 대답했다.

"처음에 회왕께서 나로 하여금 서쪽 길을 택해 진을 토벌하라 하실 때는 내가 사람이 너그럽고 인자하니까 모든 사람의 마음을 편하게 해줄 것으로 생각하신 까닭이야. 그런고로 항자불살, 죽이는 것은 상서롭지 못한 것이란 말이야."

이렇게 말하는 것을 듣고 번쾌 이하 모든 장수들도 더 할 말이 없어졌다.

패공은 막료들이 진정하는 것을 보고는 그들을 데리고 성내로 들어갔다.

함양궁은 굉장히 화려했다. 궁궐이 삼십육 궁이요, 동원이 이십사 원(院)이었다. 난실초방(蘭室椒房) 경루옥우(瓊樓玉宇)라는 형용 그대로 진선진미를 다해 이루어진 궁궐은 사람의 눈을 빼앗기에 충분했다.

"과연 천하제일이구나!"

패공은 감탄했다. 그리고 즉시 삼군에게 상을 주었다. 막료 장수들에게 궁중의 창고에서 온갖 보물을 끌어내 그것을 부하들에게 나누어주도록 하고 그 중에서도 고귀한 금은보석은 손대지 못하도록 창고에 봉인하게 했다.

산같이 쌓인 보물.

꽃같이 많은 후궁의 여인들.

패공과 패공의 부하 장수들은 눈이 부실 지경이었다. 그러나 소하는 이 자리에 없었다.

소하는 승상부(丞相府)에 홀로 들어가 있었다. 승상부 안에는 천하의 지적도(地籍圖)가 정비되어 있었다. 소하는 지금 모든 장수들이 보물에 한눈팔고 있건만 홀로 지적도만 뒤져보고 있었다. 이때까지 잘 알지 못하던 천하의 지리가 한 조각의 지적도에 드러나 있었다. 이 지방의 산세는 어떻고 인구는 몇 명이고 요해지는 어디고 하천과 호수는 어떠하며 중요한 산물은 무엇인가, 이 모든 것이 한눈에 들어왔다.

"천하의 보물은 바로 이것이다!"

소하는 이같이 생각했다.

이와 반대로 패공은 산같이 쌓인 보물과 후궁의 미인들을 보고 나와서,

"진나라의 부귀가 이와 같았구나! 여기에 내가 앉아 몸과 마음을 편하게 하리라…."

하고 혼자 말했다. 패공의 이 말을 듣고 번쾌가 입을 열었다.

"이 모든 화려한 것 때문에 진나라는 망했습니다. 패공께서 어찌 이런 것들을 갖고 싶어하십니까!"

패공은 번쾌의 말을 듣고 불쾌한 표정을 지었다. 이 모양을 보고 장량이 번쾌의 역성을 들어 입을 열었다.

"번장군의 말이 옳습니다. 옛날부터 안으로 음탕하고 거죽으로는 금수 같은 행동을 하며, 술과 고운 노래를 즐기고 높은 담 훌륭한 집에 거처하는 자는 망하는 법이라 하지 않았습니까? 진나라가 무도하고 교만했기 때문에 패공께서 오늘날 이 자리에 들어오신 것 아닙니까? 잔폭한 자를 제거한 사람은 스스로 검소해야 합니다. 이 대궐 안에 머물러 계시는 것은 진나라의 무도함을 계승하는 것이 됩니다. 그러니까 번장군의 말이 지당하오니 속히 패상의 진으로 돌아가시지요!"

장량의 말을 듣고서야 패공은 새 정신이 든 것처럼 흔연히 대답했다.

"옳은 말이오! 진영으로 돌아갑시다."

패공은 즉시 모든 막료에게 패상으로 귀환할 것을 명령하고 자신이 먼저 장량·소하·조참·역이기·번쾌 등을 데리고 패상으로 돌아갔다.

"함양에 먼저 들어가는 자가 왕이 되라."

패공은 팽성을 떠날 때 회왕으로부터 항우와 자신에게 이 같은 부탁이 있었던 것을 생각했다. 때문에 먼저 수도를 점령하고 삼세 황제의 항복을 받은 자신이 왕이 되는 것은 결정된 사실이건만, 자신은 함양궁을 닫아걸고 패상으로 돌아와 제후가 집합하는 것을 기다리는 것이 얼마나 의젓하고 겸손하고 아름다운 처사인지 몰랐다. 장량·번쾌의 충언을 듣기를 잘했다고 생각했다.

이때 소하가 들어왔다.

"천하의 백성들이 오랫동안 진나라의 모진 법으로 인해 괴롭게 지내왔습니다. 이것을 바르게 고치셔서 너그럽게 해주시면 백성들이 얼마나 즐거워하고 복종하겠습니까?"

소하의 의견에 패공은 그 말이 좋다고 찬성했다.

"그래, 그 말이 합당하오. 즉시 가까운 군현(郡縣)의 부노들을 패상으로 소집하도록 하시오!"

패공의 명령을 받은 소하는 그 즉시 부노들을 소집하는 일에 착수했다.

이튿날 함양 성중의 유지들과 가까운 고을의 노인들이 일제히 패공 앞에 나왔다. 패공은 높은 단 위에 올라서서 훈시를 했다.

"내가 회왕의 명령을 받들어 진을 토벌했다. 먼저 관중에 들어가는 사람이 왕이 되기로 상약했으므로 내가 관중에서 왕위에 오를 것이다. 그러므로 진의 법이 가혹해서 정사를 비방하는 자는 삼족을 멸하고, 귓속말을 하는 자는 목을 자르는 이 같은 법은 백성의 부모 되는 임금의 마음이라 할 수 없으니, 오늘부터 내가 공약삼장(公約三章)을 정하겠다. 살인하면 죽인다. 사람을 해치고 도둑질하면 경중에 따라 죄를 주겠다. 진나라 때의 모든 법은 폐기한다. 이 세 가지를 공약하는 바다. 백성들은 안심하고 살기 바란다. 내가 여기 온 것은 너희들에게 해로운 것을 덜어주기 위해 온 것이니만큼 조금도 두려워할 것이 없다. 내가 성안에 들어가지 않고 패상에 주둔하고 있는 까닭은 뒤로 관중에 들어오는 제후를 기다리기 위함이다. 안심하고 집으로 돌아가기 바라는 바다."

훈시가 끝난 뒤에 패공은 군중을 해산시키고 이관(吏官)으로 하여금 훈시의 요지를 적어 거리에 방을 붙이게 했다. 그리고 부하 장수들에게는 백성의 물건을 빼앗거나 민폐를 끼치는 자는 목을 잘라버린다는 군령을 내리게 했다.

이 소문은 즉시 성내에 들어갔다. 함양 성내뿐 아니라 가까운 고을의 주민들도 패공의 이 같은 처사의 소문을 듣고 오랜만에 숨을 편하게 쉬었다.

"아아, 이제야 비로소 하늘의 해를 바라보는 것 같구나!"

그리고 모두들 기를 폈다. 활갯짓을 했다. 그리하여 진나라는 망했지만 진나라 백성들의 기뻐하는 얼굴빛은 땅 위에 가득했다.

엇나가는 사람

항우는 이때 하북(河北) 지방을 평정한 후 각처에서 모여드는 제후의 군사와 합병하여 함양에 들어오려는 도중이었다. 그는 지금 함양성 못 미쳐 신성(新城)이라는 곳에 주둔하고 있는 중이었다.

새로 진격하여 주둔하는 땅인지라 저녁식사 후에 항우는 혼자서 어둠 속으로 각 부대의 진을 순행했다. 계포·종리매 두 장수의 부대 앞을 지나, 환초·우영의 부대를 멀찍이 바라보며 장한·사마흔의 부대 앞에까지 왔을 때, 막사 내부에서 병졸들이 지껄이는 소리가 크게 들렸다. 항우는 귀를 기울였다.

"우리가 속았단 말이야!"

"그래 정말 잘못했거든! 항우한테 항복하지 말고 패공한테 항복했으면 좋았을 텐데…."

"그래 말이야. 항우는 기운은 센지 모르나 너무 난폭해서 어디 사람이 견딜 수 있어야 말이지."

"그런데 요새 첩보 군사가 전하는 말을 들으면 패공은 벌써 함양에 들어갔다더라!"

"뭐? 함양에 들어갔대? 그럼 패공이 왕이 되는 거 아냐!"

"그러기에 말이지…. 진작 패공에게 붙었으면 좋았지 뭐야!"

항우는 더 들을 수 없었다. '이런 나쁜 고약한 놈들!'

그는 이를 갈았다. 급히 본진으로 돌아와 영포를 불렀다. 영포가 들어왔다.

"장한과 함께 항복해온 진의 항졸 이십만 명은 그냥 두어서는 안 되겠다. 배반할 징조가 보인다구. 내가 그놈들이 지껄이는 소리를 똑똑히 들었어! 빨리 처단해버려! 오늘 저녁으로 속히 처단해버리는데, 필요하거든 본부 군사를 전부 동원시켜 한 놈도 남기지 말고 다 죽여버리란 말이야. 장한·사마흔·동예 세 사람만 남겨두고. 알겠는가?"

항우는 이렇게 명령했다. 이때 이웃방에 있다가 범증이 건너와 항우에게 말했다.

"그러는 것이 아니외다. 고정하십시오."

그러나 항우는 노기등등해 범증의 말을 듣지 않았다.

"빨리! 빨리!"

항우는 영포에게 소리 질렀다.

"예!"

영포는 대답하고 나와 본부 군사 삼십만 명을 소집시켜 한옆으로는 땅을 파게 하는 동시에 한옆으로는 항복한 군사 이십만 명이 있는 막사로 돌격했다. 살기등등하여 청천벽력같이 습격하는 영포의 군사는 장한·사마흔·동예 세 사람을 남겨두고 항졸 이십만 명을 모조리 죽여 땅에 묻었다.

장한 등 세 사람은 항우에게 가서 목숨을 살려주기를 빌었다.

"그대들의 죄가 아니다! 그놈들이 나를 배반하려고 막사 안에서 지껄이는 소리를 내 귀로 들었기 때문에 미리 처단해버리고 후환이 없도록 하는 것이니 그대들은 안심하라."

항우는 세 사람에게 이렇게 대답했다. 세 사람은 허리를 굽혀 항우에게 감사했다. 항복해올 때 데리고 넘어온 수하 이십만 명은 도살당했지만 그들은 그와 같은 참변이 자기 목숨 위에 떨어지지 않은 것만을 천만다행으로 생각하는 것이었다. 본부 군사들은 밤늦게까지 항졸 이십만의 시체를 파묻기에 바빴다.

이튿날 항우는 함곡관을 향해 진발 명령을 내렸다. 장한이 항복할 때 데리고 온 항졸 이십만 명을 몰살했어도 항우의 군사는 오십만 명이나 되었다.

'가는 곳마다 말썽 피우는 것 때문에 패공보다 늦어졌어!'

항우는 말 위에 앉아 패공 유방보다 자기가 함양성에 들어가는 것이 늦어진 것을 후회하며 조급해지는 마음을 참을 수가 없어 짜증을 냈다. 어제 저녁에 항졸들이 자기에게 항복한 것을 후회하며 패공이 자기보다 먼저 함양성에 들어간 것을 부러워하는 소리를 들었는지라 그의 마음은 저절로 패공이 미워졌다. 그는 닥치는 대로 적군을 죽여야 했고, 항복하지 않고 성문을 닫아놓고 있는 곳마다 불을 질러야 했으며, 종말에 이르러서는 항졸 이십만까지 죽여버리느라고 지체된 것을 생각하면서 함곡관까지 왔다.

함곡관은 문이 굳게 닫혀 있었다. 두꺼운 철판으로 덮인 성문이 굳게 잠겨 있고, 성 위에는 패공의 기치가 선명히 꽂혀 있었다. 이미 항우가 들어오기 전에 패공이 번쾌의 의견을 좇아서 설구·진패 두 장군으로 하여금 군사를 거느리고 함곡관에 가서 엄중히 파수 보라는 조처를 내렸던 까닭이었다.

항우는 패공의 군사가 자기 군사를 막아 못 들어오게 하는 것을 보고 화를 냈다.

이것을 보고 범증이 말했다.

"저것 좀 보십시오. 패공이 한 걸음 먼저 함양에 들어왔대서 함곡관을 이같이 막고 있는 것을 보십시오. 회왕께 상약한 대로 패공이 왕이 되려는 생각입니다. 만일 그렇게 된다면 장군이 삼 년 동안 고전분투하고 노심초사한 것이 허사가 되지 않습니까? 천하는 벌써 패공의 수중에 들어가지 않았습니까?"

자신의 말을 듣고 격분할 줄로 범증은 생각했건만, 항우는 의외로 껄껄 웃었다.

"패공의 군사는 불과 십만! 강하기도 장한에 비교하면 어림도 없는 것을! 제가 나를 당할 수 있어야지!"

항우의 말에는 자신이 가득했다.

"그렇더라도 한편으로는 맹렬히 공격하는 일방, 패공에게 보내는 편지를 쓰십시오. 편지를 보고 함곡관을 저절로 열도록 하심이 좋을 것입니다."

범증의 의견을 듣고 항우는 즉시 편지를 쓰게 했다.

> 노공 항적은 유패공 장막 아래 편지를 보내노니, 일찍이 그대와 나는 회왕을 모시고 상약하였으며 또한 형제의 결의를 하였노라. 그대가 진나라를 멸망하고 함양 서울에 먼저 들어갔으되 만약 내가 회왕을 세우고 천하 민심을 복종하게 하고, 장한을 항복받아 모든 힘의 항거를 제거하지 않았던들 그대가 어찌 먼저 들어올 수 있었으리오. 이는 남의 공을 빼앗아 자기의 소유로 함이니 대장부의 할 일이 아니로다. 이제 함곡관을 막고 나로 하여금 들어가지 못하게 하니 과연 오래도록 방어해서 관이 함락되지 않게 할 자신이 있는가. 나의 용장과 용병이 관을 함락시키는 일은 쉬운 일이나, 관을 함락한 뒤에 그대는 무슨 면목으로 나를 보려느뇨. 그러니 어서 관문을 열고 대의를 지켜 형제의 의를 잃지 말지어다. 진나라를 멸망한 공과 먼저 함양에 들어감에 대한 상약은 피차에 알아서 처리할 것이로다.

항우는 편지를 이같이 써서 함곡관의 성문 안으로 화살에 매어 쏘아 떨어뜨리게 했다. 그리고 영포가 지휘하는 십만 대군이 함곡관을 공격하기 시작했다.

함곡관을 수비하고 있던 설구·진패 두 장수는 화살에 매달려온 편지를 주워 즉시 패상으로 보냈다.

패공은 항우의 편지를 가지고 장량과 의논한 결과 함곡관 문을 열어주고 항우를 들어오게 하라 했다.

설구·진패 두 사람은 패공의 지시대로 관문 위에 올라서 큰소리로 외쳤다.

"공격해온 군사야! 말 듣거라. 너희 대장은 어디 있느냐? 너희 대장에게 할 말이 있으니 나오라고 해라."

영포가 이 말을 듣고 관문 앞으로 말을 달려 나갔다.

"무슨 할 말이 있느냐?"

영포는 문 위에 서 있는 설구·진패를 쳐다보고 물었다.

"우리들이 관문을 파수하고 엄중히 방비하는 것은 패공께서 도적을 막으라 하신 까닭이요, 패공께서 노공을 못 들어오시게 막으라 하신 것이 아니외다. 패공께서는 지금 노공의 글을 보시고 빨리 맞아들이라고 분부가 계셨으므로 지금 관문을 열어드리니 속히 들어오시도록 하시오."

문 위에서 설구는 이렇게 영포에게 말하고 즉시 관문을 활짝 열어젖혔다.

영포는 항우에게 달려 이 사실을 보고했다.

"그러면 그렇지!"

항우는 패공이 자신의 말을 거역하지 못하고 순종하는 것을 알고 의기양양했다. 그는 대군을 거느리고 함곡관을 넘어 함양으로 들어가다가 홍문(鴻門)에서 진을 치고 그곳에 주둔하기로 했다.

항우는 홍문에 자리 잡고 앉아 첩보 군사를 십여 명 함양 성중으로 들여보내 패공이 자기보다 먼저 성중에 들어가서 무슨 일을 했는지 세밀히 조사해오도록 명령했다.

첩보 군사들은 모두 똑같은 정보를 가지고 밤늦게 돌아왔다. 패공이 자기보다 먼저 함양에 들어와서 했다는 일은 항우가 생각하건대 회왕 앞에서 상약한 것처럼 관중에서 왕이 되려고 한 것임이 틀림없다고 생각되는 일뿐이었다. 귀중한 보물은 건드리지 않고, 함양궁 안의 창고를 모조리 봉인하고, 궁중에 머무르지 않고, 패상으로 돌아가 삼세 자영이 항복할 때 바친 옥새만을 지니고 있으며, 백성들에게는 공약삼장만을 반포했다.

'이것이 모두 제가 왕이 되려고 하는 행동이다.'

항우는 이렇게 생각하지 않을 수 없었다. 이렇게 생각하면 할수록 그의 마음은 편안하지 않았다.

'내가 패공에게 왕위를 빼앗기다니!'

항우는 입을 꽉 다물고 한참 생각해보다가,

'저는 약하고 나는 강하다! 그는 나를 당하지 못할 테니, 그를 다른 곳으로 보내버리고 내가 관중에서 왕이 되어야겠다!'

마침내 이렇게 결심했다.

'그러면 어떠한 계교를 써야 할까? 며칠 두고 기회를 보자!'

이같이 생각하니 두 주먹이 저절로 힘 있게 쥐어졌다.

범증은 항우와는 별개로 패공이 함양에 먼저 들어와 무슨 행동을 어떻게 했는지, 자기 수하의 첩보 군사를 시켜 알아오도록 하였더니, 그들의 보고도 항우가 받은 정보와 마찬가지였다.

'패공은 호락호락하게 얕볼 수 없는 인물이로다.'

회왕 앞에서 항우와 함께 상약한 바와 같이 먼저 함양에 들어왔다는 그 이유만으로 제가 왕이 된다면 항우를 도와오던 자신은 어떻게 되는가? 항우가 패공 앞에 허리를 굽히고 신하가 된다면 자신은 신하를 도와 일을 의논하는 미미한 존재가 되고 마는 것이 아닌가?

범증은 마음이 유쾌하지 못했다. 처음 항량이 사람을 보내어 자신을 산에서 내려오게 할 때부터 자신이 천운을 타산해보지 않고 보내온 예물을 받고 승낙했던 것이 그의 가슴속에 뭉클하게 남아 있는 불쾌한 혹 덩어리인 것을 그는 지금도 느끼고 있었다.

그는 찌뿌드드한 자기의 마음을 싸늘한 바람에 씻어버리고 싶은 생각에 항백의 막사로 찾아갔다.

"바람이나 쏘입시다. 밖으로 나가보지 않으시려오?"

"그렇게 하시지요. 모시고 나가겠습니다."

항백은 선생님이 자기 처소에까지 온 것을 황송하게 여기면서 즉시 따라나섰다. 두 사람은 진영 앞에 흘러내리는 홍안천(鴻雁川) 언덕까지 걸어와 거기서 조금 더 높은 언덕 위에 올라가서 다리를 쉬었다. 하늘에는 크고 작은 별뿐이요, 하늘과 땅 사이에서는 아무 소리도 들리지 않는 고요한 밤이었다.

범증은 다리를 쉬면서 밝게 빛나는 하늘의 별들을 한참 우러러보다가,

"항장군은 천문을 아시오?"

항백을 바라보며 이같이 물었다.

"잘 알지 못합니다. 어렸을 때부터 친하게 지낸 저의 친구 중에 장량이라는 사람이 있는데, 그 사람이 저에게 일러주기를 나라의 대장이 되려면 천문·지리·풍운·기상까지 모든 것을 알아야 한다고 하며, 때때로 제게 가르쳐주어서 대략 짐작은 합니다마는, 잘 알지 못하오니 선생님께서 좀 가르쳐주십시오."

항백의 이 같은 대답에 범증은 일어서서 발자국으로 하늘의 둥근 모양과, 경(經)·위(緯)를 산출하는 걸음 수효와, 다섯 개의 큰 별의 도수(度數)와, 십이주천(十二周天) 이십팔 수(宿) 삼백육십오 도(度)의 구주분야

(九州分野)에 대하여 알아듣기 쉽게 설명해주었다.

"자세히 알아들었습니다."

항백이 감사하는 말을 하자,

"그런데 장군은 천문을 통해서 패공을 보건대 패공의 인물이 과연 어떠할 것 같소?"

범증이 이같이 물었다. 항백은 서편으로 패상 지점 위에 크게 빛나는 별빛의 왕기와 동편으로 홍문 지점 위에 크게 빛나는 별빛의 살기를 가리키면서,

"우리 노공은 위엄이 너무 강해서 살기가 충만해 있고, 패공은 제왕의 기상이 들여다보이는 것 같구먼요."

하고 대답했다.

"잘 보았소! 지금 제왕의 별이 패상 위에 빛나는 것을 보니, 아마도 패공은 천운을 타고난 인물인가보오. 그러나 천운은 천운일 뿐, 인사의 성쇠(盛衰)는 사람에게 달린 것이니…."

범증은 잠깐 침묵을 지킨 후 다시 말을 계속했다.

"그렇지만 내가 천문을 이렇게 보았을지라도 노공을 향한 내 마음에는 변함이 없소이다. 충성을 다하고 지혜를 다하다가 죽어도 한이 없다고 생각하오. …그런데 오늘밤 이 이야기는 우리 두 사람만 알고 결코 입 밖에 내지 마시오."

"예."

범증의 의미 깊은 말에 항백은 머리를 숙이고 공손히 대답했다.

"그러면 이만 돌아갑시다."

범증은 항백과 함께 본진으로 돌아왔다. 밤은 이미 깊어 있었다. 이튿날 항우는 패공의 부하 중 좌사마(左司馬) 직책에 있는 자로부터 패공을 중상하는 비밀 서한을 받았다.

> 패공은 진나라 장수와 크게 접전한 공로도 없이 먼저 함양에 들어왔다는 이유 하나로 왕이 되려 하는데 노공께서는 어찌 이것을 두고 보십니까?

패공을 모략하고 항우에게 붙는 내용이었다. 항우는 이 편지를 보고 갑자기 조급한 마음이 생겨 막료들을 소집했다.

"내가 생각한 바와 같이 패공이 자신이 왕이 되려 하는 충분한 증거가 드러났다. 패공의 좌사마 조무상(趙無傷)이라는 자의 밀서가 왔으니 이것으로써 충분한데, 이에 대해 무슨 좋은 계책이 없을까?"

항우는 이같이 물었다.

"패공이라는 사람은 본래 호색하고 재물을 탐하던 사람인데, 먼저 함양에 와서는 이런 행동을 하지 않았을 뿐더러 공약삼장을 반포하여 민심을 거두는 것을 보건대, 그 의사가 얕은 데 없고 대단히 깊은 데 있습니다. 뿌리를 깊게 심기 전에 패공을 제거해버려야 합니다."

범증이 이렇게 의견을 말했다.

"그러면 지금 당장 패상을 엄습하지요."

항우는 흥분하여 당장 패공을 무찔러버리려는 자세를 보이며 동그란 눈이 더욱 동그래졌다.

"너무 조급히 하지 마십시오. 패공은 부하로 십만의 군사와 오십여 명의 대장을 거느리고 있습니다. 경솔히 작전을 하다가는 도리어 낭패를 당할 것이니 잠깐 고정하십시오."

범증은 항우를 제지하고,

"오늘밤 삼경에 정병을 추려 두 길로 나누어서 패상을 엄습하면 패공을 사로잡을 수 있을 것입니다. 아마 이렇게 하는 것이 패공을 제거하는 제일 좋은 방책일 것입니다."

이같이 작전 계획을 말했다. 항우는 범증의 계획대로 밤중에 패상을 엄습할 것을 결정하고 부하 장수들에게 인마를 조정하라고 명령했다. 영포 이하 모든 장수가 명령을 받고 급히 나갔다.

회의가 끝난 뒤에 항백이 자기 막사에 돌아와 가만히 생각하니 자기 편에서 밤중에 아무 방비도 없는 패공의 진을 야습한다면 패공의 군사는 한 명도 남지 않고 모두 죽을 것이 분명했다. 그렇게 되면 어려서부터 친밀하게 지냈고 결의형제까지 맺었으며, 진시황을 박랑사에서 암살하려다가 실패했을 때는 오랫동안 자기 집에 숨겨주기까지 했던 장량도 살아남기 어려울 것이 분명했다. 이같이 생각하니 패공의 진 속에 패공과 함께 있는 장량을 구해내는 것이 자신의 의리라고 생각하지 않을 수 없었다.

그는 장량에게 이 뜻을 편지로 썼다. 편지를 써놓고 생각하니 그것도 미덥지 못했다. 편지를 전하려던 놈이 도중에서 붙들려 다른 사람이 이 편지를 본다면 큰일이 아닌가?

이렇게 생각하니 차라리 자신이 몸소 패공의 진 속으로 장량을 찾아가 일러주느니만 같지 못하고 그 외에는 다른 방법이 없다고 생각되었다.

'해가 저물거든 직접 가자!'

항백은 마침내 이렇게 결심했다. 그리고 그는 해가 지기만을 기다렸다.

이 무렵 장량은 패공과 함께 천하의 일을 의논하고 해가 저물 무렵에 패공이 거처하는 방에서 나오다가, 동남방의 하늘 위에 한 줄기 검은 회색빛의 구름도 아니요, 안개도 아닌 살기가 은은하게 길게 뻗치는 것을 보고 깜짝 놀랐다.

'저게 웬일인가?'

그는 걸음을 멈추고 하늘만 쳐다보았다. 살기는 점점 뚜렷해지더니 길게 뻗치면서 무척 불길한 징조를 보였다. 한참 동안 살기는 그대로 뻗쳐 나가더니 뜻밖에도 때 아닌 무지갯빛 경사스러운 구름이 그 사이에서 생겨 살기를 가로막고 오락가락했다. 그것을 보고 장량은 조금 안심이 되었다. 그는 다시 패공이 거처하는 방으로 들어갔다.

"선생께서 가신 줄 알았는데 안 쉬시고 어찌 다시 오셨습니까?"

패공은 걱정하는 표정으로 이같이 물었다.

"지금 하늘을 보니 오늘밤에 항우의 군사가 우리를 엄습해올 것 같습니다. 속히 방비하도록 분부하십시오."

장량의 이 같은 말을 듣고 패공은 낯빛이 변했다.

"정말 그런 일이 생긴다면 저 일을 어찌합니까? 항우는 강하고 우리는 약하니 당해낼 수 있어야지?"

패공은 자리에서 일어서며 장량을 바라보고 근심스런 얼굴 표정을 지었다.

"그러나 과히 걱정 마십시오. 살기가 점점 커지다가 거의 위태할 지경에, 난데없이 경사스러운 기운이 살기를 가로막아버렸으니, 필시 무사하게 되실 것 같습니다. 그러나 만일을 모르니까 일대 접전을 할 방비를 해야지요!"

장량의 말을 듣고 패공은 즉시 번쾌를 불러 물샐틈없이 엄중하게 방비하도록 부탁했다.

한편, 항우의 진에서 항백은 해가 이미 서산에 지고 땅거미가 짙어지자 홀로 아무도 모르게 말을 잡아타고 홍문의 진을 나섰다.

진문 밖에 나오려니 대장 정공(丁公)이,

"대왕은 지금 어딜 가십니까?"

하고 물었다.

"음, 지금 급히 알아볼 일이 있어 은밀하게 나가는 길일세."

항백은 이같이 대답했다.

"예, 그러십니까? 어서 나가보십시오."

정공은 예를 하고 항백을 통과시켰다.

항백은 항우의 숙부가 되는 터이므로 항우의 부하 장수들은 그를 '대왕'이라고 존칭하면서 모두 어렵게 공대하는 터였다.

항백은 홍문을 나서기 무섭게 연방 말 등에 채찍을 가하며 달렸다. 홍문에서 패상까지는 이십 리 길이었다. 어느덧 패상 지점 가까이 왔을 때 초저녁의 순찰 감독을 하고 있던 패공의 부하 장수 하후영(夏侯嬰)에게 발견되었다.

"거 누구이길래 이 밤에 무슨 일로 말을 달려 어디로 가는가?"

항백은 말 위에 앉아서, 길을 가로막고 질문하는 하후영에게 다급한 목소리로 대답했다.

"예, 나는 장자방의 친구인데 급한 일이 생겨 꼭 만나야 하겠기에 달려가는 길이외다."

하후영은 잠시 망설이더니 고개를 끄덕였다.

"나를 따라오시오."

하고 앞서서 말을 달렸다. 항백은 그 뒤를 따랐다.

조금 가서 진문 앞에 기(旗)를 지키고 있는 사졸에게 하후영은 중군(中軍)에 사실을 보고하라고 명령했다.

밤에 순행하면서 딱딱이를 치는 군사가 딱 딱 딱 세 번 소리를 내자 중군의 왼편 문이 열리면서 장수 한 명이 나와 물었다.

"무슨 일이냐?"

하후영은 자신이 항백을 데리고 여기까지 온 사유를 보고했다. 중군의 좌편 문에서 하후영의 보고를 듣던 장수는 고개를 끄덕이고 안으로 들어갔다.

항백은 그 근처를 둘러보았다. 영문마다 기치가 엄정하고, 사졸들의 경비 상태가 질서정연한 것을 보고 그는 놀랐다.

'패공은 보통 인물이 아니구나. 범증 선생이 두려워하고 미워하는 것

도 까닭이 있었군.'

그는 속으로 이렇게 생각했다.

한편, 장량은 중군에서 패공과 함께 이야기를 나누고 있던 중 밖에서 찾아온 사람이 자신을 만나고자 기다리고 있다는 말을 들었다.

'이것이 경운(慶雲)의 길조(吉兆)인가보다!'

그는 이렇게 생각하면서 급히 원문까지 쫓아나갔다. 그는 항백을 발견하고 반색하며 맞았다.

"아, 이게 얼마 만이오! 어서 오시오. 들어가십시다."

장량이 거처하는 방으로 들어가서 비로소 항백은 입을 열었다.

"오랫동안 적조하였소이다. 그래 그동안 평안하셨다니 다행이오. 실은 오늘 저녁에 긴히 할 말이 있어서 찾아온 것인데…."

항백은 말끝을 맺지 못하고 방 안의 좌우를 살폈다. 그것을 보고 장량이 말했다.

"무슨 말씀이오. 아무도 없으니 마음 놓고 말씀하시오."

그러나 항백은 장량의 귀에 자기의 입을 대고, 오늘밤 삼경에 항우가 정병을 휘동하여 패공의 진영을 공격할 계획이니, 미리 장량만은 자신과 함께 피신하자고 가만히 말했다.

장량은 그의 말을 듣고,

"잠깐만 기다려주시오! 한왕께서 패공에게 나를 빌려주신 이후 나는 패공에게 와서 융숭한 대우를 받아왔으니 한마디 고하고 떠나는 것이 의리상 옳을 것 같소. 조금 기다려주시오."

하고 밖으로 나갔다. 그 말도 일리가 있다고 생각되어 항백은 가만두었다.

장량은 패공의 방에 들어가 항백이 갑자기 자신을 찾아와 항우의 계획을 전하고 빨리 피신하라고 재촉한 사실을 보고했다.

패공은 근심스러운 낯빛으로 안절부절 못했다.

"자 그렇다면 일은 당한 일인데 어떻게 하면 이 화를 면한다?"

장량은 잠시 생각하더니 패공의 귀에다 입을 대고 무엇인가 한참 속삭였다.

패공은 귓속말을 다 듣고 나더니 장량에게 고개를 끄덕여 보였다.

장량은 패공에게 눈짓하고 다시 밖으로 나가 항백이 자신을 기다리고 있던 방으로 들어와서,

"패공을 좀 만나보고 가시오. 내가 특별히 청하는 바이오."

하고 항백에게 패공을 만나볼 것을 권했다.

"아닙니다. 내가 여기 온 것은 장자방 때문이지 패공을 만나러 온 것이 아니오."

"아니 그렇게 고집할 게 없지 않소? 한번 만나보고 가시오."

장량은 만나기 싫다는 항백의 손을 붙들고 억지로 어깨를 떠밀어 기어코 안으로 끌고 들어갔다.

패공은 의복을 단정하게 하고 문밖에 나와 있다가 항백을 맞아들였다.

"마침 잘 오셨습니다. 그렇지 않아도 한번 가서 뵈오려고 했는데…. 저리로 앉으십시오."

패공은 이같이 말하고 상좌로 항백을 안내했다.

항백은 사양하다가 마지못해 상좌에 앉아 항우가 대단히 격노해 있다는 말을 대강 전해주었다.

"그래서 자방과 저와는 절친한 사이인지라 자방을 구하기 위해 이렇게 왔습니다."

항백은 대강 이야기하고 이같이 끝을 맺었다. 이때 심부름하는 사졸이 술과 안주를 들고 들어왔다.

패공은 항백에게 술을 권했다.

"한잔 드시지요. 그리고 내 이야기를 들어주십시오. 내가 먼저 관중

에 들어오고서도 진나라의 궁실과 창고를 봉인하고 건드리지 않은 것은 노공을 기다리기 위함이었고, 공약삼장을 발표한 것도 혹독한 법에 얽매여 있던 백성들로 하여금 노공의 덕을 알게 하기 위함이었는데, 그런 것들을 가지고 노공께서 나를 의심하신다니, 나는 죄가 없습니다. 그렇지 않습니까?"

술을 권하면서 패공은 이렇게 말했다.

"그렇다면 노공이 지금 오해하고 있군."

항백도 이렇게 대꾸했다.

"그렇습니다. 억울합니다. …그런데 듣자니 장군께서 아들이 있는데 아직도 혼처를 정하지 못했다고 하던데 사실인지요? 내게는 딸년이 하나 있는데 상약한 데가 없으니 후일 저희들이 장성하거든 혼인을 하도록 약정함으로써 오늘 저녁의 덕에 보답하고 싶습니다. 그리고 장군이 본진에 돌아가시거든 노공에게 내게는 아무 죄가 없음을 잘 말씀하시어 오해를 풀도록 해주십시오."

패공은 또 이같이 말했다.

"감사한 말씀이오나 지금 두 집에서 서로 지용(智勇)을 경쟁하는 이때 패공과 나의 자식의 혼사를 언약한다는 것은 남의 비평을 들을 일이니 어렵겠습니다."

항백이 이렇게 대답하자 곁에 앉아 있던 장량이,

"남이 비평하다니 될 말인가! 노공과 패공은 회왕 앞에서 형제가 된 사이인데 누가 의심하겠소."

이같이 말하고 패공의 옷깃과 항백의 옷깃을 잡아당겨 한데 묶은 다음 칼로 옷깃을 끊었다.

"자 이것을 한 조각씩 각각 보관하십시오. 이것으로써 두 댁에서 연분을 맺으신 증거물로 삼으십시오."

장량은 옷깃에서 끊어낸 옷매듭을 두 조각으로 잘라 패공과 항백에게 반쪽씩 나누어주었다. 패공은 아까 장량이 귓속말로 일러준 터라 예정된 행동이었지만, 항백은 갑작스러운 처사에 어안이 벙벙했다. 그러나 조금 있다가,

"명심하겠습니다. 그리하지요."

이같이 말하고 옷깃을 여몄다.

패공은 다시 항백에게 술을 권했다. 장량과 항백도 패공에게 석 잔씩을 권하고 항백은 일어섰다.

"오늘밤에 내가 본진에 돌아가 패공이 무죄하다는 말을 하면 무사하게 될 것입니다. 그러니 내일 아침에 패공이 홍문에 오셔서 항우를 찾아보십시오. 그렇지 않으면 항우는 또 성을 낼 것입니다."

항백은 패공에게 이같이 주의를 주었다.

"알겠습니다. 그리하지요."

패공은 약속했다. 항백은 두 사람에게 작별 인사를 하고 문밖으로 나갔다.

장량은 원문까지 따라나와 항백과 작별하는 동시에 하후영으로 하여금 홍문의 진영 앞까지 항백을 호위하여 치송(治送)하게 했다.

한편, 홍문의 진영에서는 밤 이경(二更) 때 범증이 자리에서 일어나 항우가 거처하는 방으로 들어가 재촉했다.

"때가 거진 되어옵니다. 속히 준비하시지요."

항우는 자리에서 벌떡 일어나 즉시 모든 대장들을 소집시켰다.

얼마 후, 항우는 큰 마당으로 나와 집합해 있는 장수들을 둘러보았다. 그들 중에서 항백이 보이지 않았다. 범증도 항백이 안 보이는 것을 발견하고 순찰 책임을 맡은 정공에게 물었다.

"항장군이 어째 보이시지 않는가?"

"예, 아까 저녁때 항장군이 홀로 말을 달려 나가시기에 어디 가시느냐고 물었더니 은밀히 알아볼 일이 있어 나가는 길이라 하시면서 패상

쪽을 향해 가셨습니다."

정공은 범증에게 이렇게 보고했다.

"허어, 그러면 오늘밤 작전은 그만두는 것이 좋겠군. 이쪽의 계획이 패공에게 누설되었을 테니…."

범증이 혼잣말처럼 이렇게 중얼거리는 소리를 듣고 항우는 그의 곁으로 다가갔다.

"선생, 항장군은 그러실 분이 아니올시다. 내 숙부가 되지 않습니까. 선생께서는 너무 의심이 지나치십니다그려."

범증은 항우의 말을 듣고 도리어 웃으면서 대답했다.

"아니오. 내가 항장군의 충심을 의심하는 것이 아니올시다. 다만 군중의 지모(智謀)는 귀신도 모르게 해야 합니다. 만일 우리의 계획이 그대로 누설되지 않아도 조그만 냄새라도 났다 한다면 벌써 일은 글러진 것입니다. 착수 안 하는 것이 좋습니다."

범증의 말이 채 끝나기 전에 군사가 와서 항우에게,

"항장군이 지금 돌아오셨습니다."

하고 보고했다.

"속히 이리로 오시라고 해라."

항우는 즉시 항백을 청했다. 다른 장수들은 일이 어찌 되는가 궁금해하며 기다렸다.

여러 사람이 기다리는 중에 항백이 항우 앞에 나타났다.

"숙부, 어디를 가셨다 지금 오십니까?"

항우의 질문은 날카로운 음성이었다.

"한나라에 장량이라는 절친한 친구가 있는데, 그 친구가 지금 패공의 진중에 있네. 이 밤에 속절없이 죽어버린다면 딱한 일이므로 몰래 피신을 시키려고 찾아갔다가 우연히 패공도 만나 패공이 하는 이야기도 자세히 들었구먼…."

항백은 천연스럽게 대답했다. 항우가 재차 물었다.

"패공이 무슨 이야기를 자세히 했단 말입니까?"

"그런 게 아니라, 패공이 먼저 관중에 들어와서 행동한 일은 아무런 별다른 의사가 있었던 것이 아니고, 대장을 시켜 함곡관을 지키게 한 것은 노공을 막기 위함이 아니라 다른 도적이 들어올까 해서 지키게 한 것이요, 궁중의 창고를 봉인하고 후궁의 여인들도 그대로 안치해두고 손도 대지 않은 것은 모두 노공이 관중에 들어온 뒤에 노공의 처분을 기다리느라고 그랬던 것이라고 말하더군. 내가 생각건대 패공은 우리를 위해 공을 끼친 사람이야. 만일 패공이 먼저 함양에 들어오지 않았다면 우리가 칼날에 피 한 방울 안 묻히고 관중에 들어올 수 있었겠나?"

"하기야 그렇게 말씀하면 그렇기는 하지요."

"그렇기는 하다는 정도가 아닐세. 남의 공을 알아주어야지. 소인의 말을 듣고 대의를 저버린다는 것은 대장부의 할 일이 아닐세. 패공이 내일 우리 진으로 노공을 찾아와 만나겠다고 하니, 장군은 노하지 말고 이야기를 들어보게나."

"숙부의 말씀이 합당한 것 같습니다. 그러고 보니 패공은 죄가 없군요. 죄 없는 것을 쳤다면 도리어 나중에 웃음거리가 될 뻔했습니다."

항우가 항백의 말을 듣고 마음이 변하자 범증이 입을 열었다.

"내가 패공을 지금 없애버려야 한다고 주장하는 까닭은 패공이 먼저 관중에 들어와 약법 삼장을 공약하고 백성들의 마음을 붙잡은 것이 장차 천하를 빼앗을 뜻이 있는 것이므로 지금 없애버리지 않으면 후환이 염려되어서 그러는 것입니다. 항백 장군은 지금 패상에 갔다가 장량에게 속고 와서 그대로 믿고 하는 말이니 노공께서는 항백 장군의 말을 곧이듣지 마십시오."

범증이 이같이 말을 하자 항백은 정색을 했다.

"선생님, 당치 않은 말씀입니다! 패공을 죽여버리려면 다른 꾀도 있을 터인데 하필 밤중에 그 진을 엄습합니까? 이렇게 하는 방법이 대장부가 취하는 방법입니까?"

항백의 겸손하면서도 날카로운 항의에 범증도 얼른 대답할 말을 찾지 못했다.

범증이 얼른 대답을 못하는 것을 보고 항우가,

"그래, 우리 숙부의 말씀이 옳은 말씀이야! 야심 삼경을 타서 패공의 진을 엄습한다는 것은 비겁한 행동입니다. 남들이 웃겠지요…. 오늘밤 계획은 그만두십시다!"

마침내 이같이 선언했다. 그리고 큰 마당에 집합해 있는 모든 장수들에게 각기 막사로 돌아가라고 명령하고 자기도 범증과 함께 들어가버렸다.

홍문(鴻門)의 연회

범증은 항우를 따라 방에 들어오면서도 오늘밤에 패공을 없애버리려고 하던 자기의 계책이 틀려버린 것 때문에 심기가 무척 불편했다. 패공을 그냥 두었다가는 천하는 패공의 것이 되고 만다. 그러므로 한시바삐 없애버려야만 한다. 그런 것을 항우가 항백의 말을 듣고 패공에게 죄가 없다는 말을 믿으니 이것이 답답한 노릇이었다. 그래서 범증은 항우가 자리에 앉자마자 그 곁으로 가서 차근차근 말을 했다.

"내 말을 들으십시오. 패공을 그대로 두었다가는 후일에 큰 화근덩어리가 될 것입니다. 그러니 지금 죽여 없애야 합니다…."

"글쎄 우리 숙부의 말씀이 일리가 있지 않습니까? 내가 패공을 야심삼경에 엄습해 죽인다면 세상 사람들이 나를 겁쟁이라고 할 것 같기에 그만두라는 것입니다."

"예, 그것은 잘 압니다. 나 역시 항백 장군이 돌아오기 전부터 야습하려던 계획을 중지하는 것이 좋다고 말씀드렸지요…. 그러나 지금 때를 놓쳐 패공을 살려둔다면 나중 일이 큰일이올시다."

"그러면 어떻게 하면 좋습니까?"

항우는 그제야 범증에게 꾀를 물었다. 범증은 한참 생각하다가 이같이 말했다.

“패공을 처치하는 방책으로 세 가지 꾀를 생각했습니다. 노공께서 패공을 내일 홍문으로 초대하십시오. 그래서 패공이 도착하거든 노공이 나가 마중하시면서 좌석에 들어오기 전에, 패공이 관중에 들어와 지은 죄를 문책하십시오. 그래서 만일 얼른 대답을 못하거든 즉시 노공께서 패공의 목을 베십시오. 이것이 상책입니다.”

“그리고 중책은?”

“중책은 노공께서 친히 마중 나오시기 싫거든, 장막 뒤에 힘센 군사를 이백 명가량 숨겨두었다가 내가 때를 보아 가슴에 차고 있는 옥패를 쳐들거든, 그것을 암호로 노공께선 즉시 군사를 불러 죽이도록 하십시오. 이것이 중책입니다.”

“그리고 하책은?”

“그다음에 하책은, 패공에게 술을 자꾸 권해서 몹시 취하게 만들어 취중에 실례를 하거든 그때 죽이십시오. 이같이 상중하 삼책만 가지시면 패공을 쉽게 처치해버릴 수 있을 것입니다.”

“알았습니다. 삼책이 모두 합당합니다. 패공을 속히 청합시다.”

항우는 범증의 세 가지 꾀를 찬성하고 패공에게 보내는 편지를 범증에게 써달라고 했다. 범증은 붓을 들었다.

> 노공 항적은 패공에게 글을 보내노니, 처음에 회왕을 모시고 공과 더불어 난폭한 진을 무찌르기를 상약한 후, 천병을 휘몰아 관중에 들어와 이미 자영의 항복을 받고 영(嬴)씨의 족속을 멸망시켰으니 천하를 위하여 이 같은 경사가 없도다. 마땅히 진나라를 멸망시킨 경축 연회를 베풀어 공의 원훈(元勳)을 사례함이 있어야 할 것이므로 이제 홍문에 자리를 베풀고 공을 청하는 것이니 연석에 나와 모든 사람으로 하여금 기쁨을 같이 하도록 하시라.

범증은 쓰기를 마쳤다. 어언간 날이 밝았다. 항우는 편지 내용을 읽어보고 군사를 불러 급히 패상에 있는 패공의 진영으로 전달하라고 명령했다.

항우의 편지를 받고 패공은 의심이 생겼다. 그는 즉시 부하 장수들을 소집했다.

"항우가 오늘 홍문에서 잔치를 베푼다면서 나더러 와달라고 청했는데 예감에 아무래도 불길한 연회일 것 같네. 필시 범증의 꾀일 것이야. 나를 해칠 음모가 있을 것 같은데 어찌하면 좋을까?"

"항우는 강하고 군사가 많습니다. 답장을 잘 쓰셔서 말 잘하는 사람을 시켜 갖다주게 하시고, 패공께서는 조그만 지방을 떼어가지고 몇 해 동안 힘을 기르신 뒤에 때를 보아 계책을 세우시는 편이 옳을까 합니다."

소하의 의견이었다.

"그 말이 합당합니다. 편지를 써주시면 내가 가지고 가서 항우를 설득시키겠습니다."

역이기 노인이 소하의 그 말에 찬동하는 뜻을 표시했다.

"그럴 것 없습니다. 옛적에 오자서(伍子胥)는 평왕(平王)을 모시고 임동(臨潼) 회합에 가서도 십팔 개국의 제후로 하여금 꼼짝 못하게 하였고, 인상여(藺相如)는 진나라에 심부름을 가서 구슬을 감쪽같이 빼앗아 조나라로 돌아왔는데 그들을 지금까지도 천하 사람들이 칭송하고 있습니다. 제가 재주는 없습니다마는 패공을 모시고 홍문연에 나아가 범증으로 하여금 그 꾀를 부리지 못하게 하고, 항우로 하여금 그 용맹을 쓰지 못하게 하겠습니다."

두 사람의 의견을 반대하고 이같이 말한 사람은 장량이었다.

패공은 그의 말을 듣고 기뻐했다.

"선생의 묘계만 믿습니다!"

패공은 이렇게 말하고 내일 홍문 연회에 어김없이 참석하겠노라는 답장을 써서 홍문으로 보냈다. 홍문의 진에서는 패공의 답장을 보고 범증이 항우에게 두 번 다시 얻기 어려운 기회이니 이 기회를 놓치지 말라고 부탁하고, 항우 또한 틀림없이 범증의 세 가지 계책대로 실행할 것을 약속하고 연회 준비를 시키는 동시에 정공과 옹치 두 장수로 하여금 진문을 엄중히 지키라고 명령했다.

이튿날 이른 아침에 패공은 장량·번쾌·근흡·기신(紀信)·등공(騰公) 다섯 막료를 동반하여 패상에서 나왔다.

홍문으로 가는 동안 패공의 마음은 점점 불안해졌다.

“아무래도 오늘 일이 안심이 안 되는데 괜찮을까요?”

패공은 말 위에서 장량을 돌아보면서 근심스런 표정을 보였다.

“염려 마십시오. 어젯밤에 제가 말씀한 대로만 대답하십시오. 그러면 아무 일 없을 것입니다.”

장량의 대답을 듣고 패공은 조금 마음이 놓였다.

조금 더 가노라니 벌써 홍문의 진영이 멀찍이 보였다. 칼날이 번뜩거리고 창끝이 광채를 발하면서 한 명의 대장이 패공 일행을 향해 쫓아나왔다.

그 장수는 패공 앞에 당도하여 말 위에서 성큼 내리더니 예를 하고 인사를 드렸다.

“저는 육안(六安) 땅의 영포라는 사람입니다. 노공의 명령을 받들고 마중을 나왔습니다.”

그리고 영포는 다시 말 위에 올라앉더니 패공의 일행을 홍문의 진영 앞으로 인도했다. 패공의 일행이 원문에 도착하자 문 옆에서 진평(陳平)이 나와 그들을 맞아들였다.

패공은 안내를 받으면서 원문 안으로 걸음을 걸었다. 좌우를 살펴보니 무기가 수없이 많이 놓여 있고, 징을 치는 소리, 북을 치는 소리, 휘

황한 빛과 요란한 소리가 어수선하여 불쾌하기 짝이 없었다. 그래서 그는 장량을 돌아다보면서,

"선생! 나는 들어가기 싫소이다. 경축연회가 마치 전쟁판과 다름없군요."

하고 걸음을 멈추었다. 장량은 패공이 겁을 집어먹고 걸음을 멈추자 그의 귀에 입을 대고 가만히 말했다.

"겁내지 마십시오. 여기까지 온 이상 앞으로 나아가면 이롭고 뒤로 물러나면 해롭습니다. 만일 한 발짝이라도 물러가신다면 저쪽의 계책에 빠지는 것입니다. 여기서 잠깐 기다리고 계십시오. 제가 먼저 노공을 만나보고 나오겠습니다."

"그렇게 해주십시오."

패공은 구원을 청하는 듯이 장량의 얼굴을 바라보았다. 장량은 급히 중군으로 향해 걸었다.

중군에 들어가는 문 앞에서 정공·옹치 두 장수가 문을 지키고 들어가지 못하게 했다. 장량은 그들에게 예를 올리고 자신은 지금 패공에게 차용되고 있는 장량이라는 사람인데 노공을 뵙고 드릴 말씀이 있으니 전갈해달라고 인사를 드렸다.

정공은 안으로 들어가 항우에게 장량의 말을 전달했다.

항우는 그 말을 듣고서,

"패공에게 차용되고 있는 사람이라니 그게 무슨 말인가?"

차용이라는 문자를 처음 듣는 듯 알아듣지 못하고 이같이 물었다.

"한나라의 장자방이 장량인데, 한나라의 오대 정승집 아들입니다. 패공이 팽성을 떠나 진나라에 쳐들어올 때 한왕에게 가서 장자방을 빌려왔지요. 차용된 사람이라는 말은 이래서 하는 말입니다. 말 잘하고 꾀가 많은 사람이지요…. 필시 노공께 변설로써 설복시키려고 찾아왔을 것이니 이 사람을 먼저 죽여버리십시오!"

항우의 물음에 범증이 이렇게 말하자 항백이 곁에 있다가 깜짝 놀라며 반대했다.

"안 됩니다! 노공이 관중에 들어와서 첫째 할 일이 천하의 인심을 거두는 일인데 무고하게 사람을 죽이다니요! 더구나 장자방은 나의 절친한 친구입니다. 그 재주가 탐난다면 내가 그 친구에게 권해서 우리 편으로 오게 하겠소!"

"숙부의 말씀이 옳습니다."

항우는 항백의 말에 동의하고 정공에게 장량을 들어오게 하라고 명령했다.

정공이 밖으로 나가더니 조금 있다가 장량이 들어왔다.

장량은 항우 앞에 이르러 길게 허리를 굽혀 공손히 예를 하면서 살폈다. 항우는 갑옷을 입고 칼을 찬 채 높이 앉아 있었다. 장량은 예를 올리고 천천히 입을 열었다.

"제가 듣기에는, 옛날부터 훌륭한 임금은 천하를 다스리기를 덕으로 하였지 군사로써 하지 않았고, 크게 장사하는 사람은 물자를 감추어두고 내놓지 않았으며, 세력이 강한 사람은 힘이 약한 것처럼 폭력을 사용하지 않았답니다. 지금 노공께서 홍문에 연회를 베푸시니 응당 생황의 노랫소리가 있고, 주객이 함께 진나라 망한 것을 즐겨야 할 터인데 그렇지 못한 것이 대단히 애석합니다."

장량의 입에서 청산유수같이 흐르는 말을 항우는 눈만 크게 뜨고 내려다보면서 가만히 듣고 있었다. 장량은 항우의 얼굴을 한번 바라보고 말을 계속했다.

"오늘 홍문의 연회는 전승 경축의 대연회입니다. 그런데 갑옷을 입고 무장한 군사가 사방을 엄중히 지키고, 금고를 울리는 소리 천지가 요란하여 홍문에는 살기가 가득하여 사람이 가까이 오기를 싫어합니다. 노공께서는 장한과 싸우기를, 사흘 동안에 아홉 번 싸워서 아홉 번이기신 이후로 모르는 사람이 없습니다. 힘은 나타내지 않을지라도 저절로 강한 것이며, 뽐내지 않을지라도 저절로 용맹은 드러나는 것이므로, 오늘 이같이 형세를 보이시지 않아도 좋으실 것입니다. 지금 제후가 밖에까지 와서도 마음이 송구해서 들어오지 못하고 있으니 원컨대 통찰해주십시오."

항우는 장량의 말을 듣고 보니 딴은 그 말이 옳다고 생각되었다. 자기를 당할 놈이 없고 자기를 무서워하지 않는 놈이 없는데 무엇하러 이렇게 차리고 있을 이유가 있는가. 항우는 이 같은 생각이 들자, 즉시 갑옷을 입은 무장한 군사들을 뒤로 물러가게 하고, 징과 북치는 소리를 내지 말라고 명령한 다음 자기도 안으로 들어가 갑옷을 벗고 의복을 갈아입은 후에 다시 나와 앉으면서 정공·옹치를 불러 제후를 맞아들이라고 명령했다.

정공·옹치가 명령을 받고 나간 후 얼마 지나지 않아서 패공이 들어왔다.

그런데 패공은 노공이 앉아 있는 방으로 들어오지 않고 뜰아래로 걸어와 항우에게 겸손하게 예를 올렸다. 패공이 예를 마치자 항우는 정색을 하고 패공에게 문죄하기 시작했다.

"그대는 내게 세 가지 죄를 지었는데 그 죄를 아는가?"

항우의 호령 비슷한 소리가 떨어지자 패공은 두 손을 비비면서 겸손한 음성으로 대답했다.

"저는 얼마 전까지도 패현에서 정장 노릇을 하던 보잘것없는 사내였습니다. 우연히 여러 사람이 내세우는 바람에 사졸들을 데리고 진나라를 치게 되었으나 종시 장군의 부하에 예속되어 있으므로 나아가는 것이나 물러가는 것이나 모두 장군의 명령에 의해 해왔습니다. 어떠한 일도 제 마음대로 방자하게 해온 일이 없으니 죄를 지었을 것이 없는 줄로 압니다."

패공은 말을 맺고 또 한 번 허리를 굽혔다.

"그러면 죄 지은 것을 내가 가르쳐줄 터이니 들어보게. 그리고 한 죄목 한 죄목에 대해서 분명하게 대답을 해보란 말이야! 그대가 관중에 들어와서 진 삼세 자영의 항복을 받고 그대 마음대로 자영을 석방했으니 그 죄가 하나요, 백성들의 마음을 사려고 진의 법을 고치고 제 마음대로 공약삼장을 반포했으니 그 죄가 둘이요, 그다음에 대장을 보내어 함곡관을 엄중하게 막아 제후가 들어오지 못하도록 제 마음대로 처결했으니 그 죄가 셋이란 말이야! 이같이 내게 지은 죄목이 세 가지나 되는 것을 마음대로 한 일이 없으니까 죄가 없다고? 이렇게 말하면 죄를 면할 줄 아나? 어디 말해보라구!"

항우의 노기를 띤 호령은 우렁차기 짝이 없었다.

"제가 한마디 말씀으로써 심중의 소회를 올리겠습니다…."

패공은 항우의 호통하는 소리를 듣고 조금도 당황하는 기색 없이 말을 계속했다.

"진왕 자영은 세궁역진해서 제게 항복하고 처분을 기다렸는지라 저는 이것을 제 마음대로 죽여버리지 못하고 노공께서 관중에 오시기를 기다렸습니다. 함부로 석방한 것이 아니고 처분을 기다리는 것입니다. 또 하나는 진나라의 법이 혹독해서 백성들이 불속에 있는 것이나 마찬가지이므로 저는 관중에 먼저 들어왔기에 노공의 덕을 보여주기 위해 우선 모든 혹독한 법을 폐지하게 하고 약법 삼장을 지키라고 했더니, 백성들은 말하기를 먼저 들어온 장군이 이렇게 후덕하니 나중에 들어오시는 임금이야 얼마나 좋게 해주실까 하고 노공이 어서 들어오시기를 기다렸습니다. 백성들은 진정으로 노공이 입성하시는 날을 고대하고 있었습니다. 끝으로 장수를 파견해서 함곡관을 수비하게 한 것은 제후가 관중에 들어오는 것을 막으려 함이 아니었고, 진나라의 잔당들이 또 난동을 일으킬 것이 염려되어 수비를 튼튼히 하게 했을 뿐입니다.

이 같은 실정을 알아주신다면 제게 죄가 없음을 인정하실 것입니다. 다행히 우리는 작년에 결의형제를 맺은 일이 있으므로 노공께서는 제 마음을 알아주실 줄로 믿습니다."

패공은 조금도 쉬지 않고 여기까지 자신의 무죄함을 사리 분명하게 설명했다.

항우는 패공의 대답을 듣고 보니 과연 패공이 관중에 들어와서 한 일은 모두 자기를 위해서 잘한 일이지 못한 일이 아닌 것 같았다. 그는 벌떡 일어서서 뜰아래로 내려가 패공의 손을 덥석 잡고,

"내가 그대를 의심할 리가 있겠소! 그대의 좌사마 조무상이란 자가 내게 그런 고자질을 했기 때문에 잠깐 의심을 했을 뿐이오. 지금 직접 해명하는 말을 들으니 내 마음이 참으로 기쁘오. 올라갑시다."

하며 패공을 데리고 방으로 올라왔다. 패공은 항우에게 두 번 고개를 수그려 감사의 뜻을 표하고, 자리에 나아가 항우와 마주앉았다. 그와 동시에 모든 사람들이 자리에 착석하고, 범증·장량·항백·진평 들은 항우와 패공 가까이에 자리를 정했다.

악사들이 풍악을 울리자 조금 전까지 살기충만하던 큰방은 순식간에 화기애애한 연회장으로 변하고, 음식 접시 위로 서로 권하는 술병이 오갔다. 이 세상에서 모든 백성이 미워하던 진나라가 망해 없어지고 태평한 세상을 꾸미게 되었다는 유쾌한 잔치가 벌어지고 있었다.

이때 범증이 항우를 건너다보았다. 항우의 얼굴은 조금 전과는 전혀 달라져 패공을 죽이고자 하는 뜻이 조금도 보이지 않았다. 시간은 흘러간다. 오늘 연회의 목적을 이루지 못하면 안 된다. 이렇게 생각하니 범증은 마음이 조급해졌다.

그는 항우를 건너다보면서 암호로 작정한 바와 같이 가슴에 차고 있는 옥패를 세 번씩이나 쳐들었다. 한 번만 옥패를 쳐들어도 장막 뒤에 숨어 있는 이백 명의 군사를 항우가 불러내어 패공을 죽이기로 약속된

일이건만, 항우는 그 암호를 지키지 않았다.

항우도 범증과의 암호 약속을 잊어버린 것이 아니었다. 범증이 옥패를 세 번이나 쳐드는 것을 보았지만, 마주보고 앉아 있는 패공의 호인 같은 얼굴을 보고 있자니 죽이고 싶은 생각이 나지 않았다. 이렇게 겸손하고, 이렇게 온화하고, 이렇게 유약해 보이는 인물이 살아 있다고 한들 무슨 대수로운 일을 하겠느냐? 걱정할 인물이 못 되지 않느냐? 이같이 생각되었다. 그래서 항우는 범증의 암호를 보고도 모르는 체했다.

범증은 항우가 자기의 암호를 아예 못 본 체해버리자 더욱 조바심이 생겼다.

항우의 호령 소리가 떨어지지 않으면 뒤에 숨겨둔 군사는 나오지 못할 것이므로 이제는 세 번째 계획을 시행할 수밖에 없다고 생각하고 진평을 바라보고 눈짓을 했다. 연회를 시작하기 전에 미리 진평에게는 약속해두었던 일이므로 범증이 눈짓만 하면 진평이 패공에게 술을 자주 자주 권해서 취하도록 만들고 급기야 실례를 하도록 마련된 것이었다.

진평은 범증의 암호를 눈치 채고 큰 잔과 술병을 들고 패공 앞으로 갔다. 패공의 얼굴을 가까이 들여다보니 번듯한 이마, 둥근 코, 큰 귀, 의젓한 입술, 뚜렷한 두 눈, 온화하고 인자한 태도가 가히 왕자의 기상이 엄연한 것을 보고 진평은 마음속으로 놀랐다. 이런 사람은 드물게 보는 사람이다. 범증 노인의 말을 듣고 이 사람을 해친다는 것은 옳은 일이 아니다. 진평은 이렇게 생각했다.

마침내 진평은 패공의 술잔에 술을 따르는 체하면서 조금씩 붓고, 항우의 술잔에는 가득히 붓기 시작했다. 옆에서 술을 권하는 사람이 이같이 하니 패공은 술에 취할 까닭이 없었다. 패공도 진평의 의사를 모르지 않았다. 자신을 위해 조심시키는 것임을 깨닫고 조금도 실수하지 않았다.

범증은 이때나 저때나 하며 기다리고 있었지만 도저히 자기 꾀가 이루어지지 않는 것을 보고 더욱 조바심이 생겼다. 오늘 기회를 놓치면 안 된다. 그런데 이미 세 가지 계교는 실패로 돌아갔다. 이렇게 된 바에야 비상한 방법으로 대담하게 패공을 이 자리에서 처치해버려야 한다. 그는 이렇게 생각하고 자리에서 일어나 뒷문을 열고 근처를 살펴보았다. 멀찍이 떨어져 있는 뜰아래 돌 위에 한 사람이 앉아 허리에 칼을 어루만지며 노래를 부르고 있었다. 범증은 그 모양을 바라보았다.

칼이여 나의 칼이여
거울같이 밝은 칼이여
날 위에 구름이 일고
칼집 위에 서리 엉기네
내 지금 너를 어루만지며
다시 또 너를 그리워하노라.

노랫소리가 그쳤다. 범증은 그 모양을 바라보고 섰다가 마음속으로 기뻐했다. 저 사람이 내 말을 들어줄 사람이로다. 그는 이렇게 생각되어 즉시 그 사람을 불렀다. 가까이 보니 다른 사람이 아니라 항우의 일가되는 항장(項莊)이라는 장수였다.

범증은 항장에게 오늘 연회의 목적을 자세히 이야기했다.

"좌중에 들어가 검무를 추겠다 하고 대번에 패공의 목을 베어버리게."

범증은 끝으로 이렇게 부탁했다.

"잘 알았습니다. 선생께서 시키는 대로 하겠습니다."

항장은 칼을 잡고 방으로 성큼성큼 걸어들어갔다.

"군중에서 풍악을 울리는 것은 우리들 무인들에게는 그다지 흥취 있는 일이 아닙니다. 그래서 제가 여러 어른들의 흥취를 돕기 위해 검무를 추어올리겠으니 보시고 웃어주시기 바랍니다."

항장은 중앙에 와서 이같이 한마디 하고는 칼을 뽑아들고 춤을 추기 시작했다.

장량이 항장의 모양을 바라보니 그 뜻이 다른 데 있는 것이 아니고 패공에게 있는 것이 분명했다. 가만히 보고 있을 일이 아닌 것을 짐작하고 그는 마주앉은 항백에게 눈을 끔쩍했다.

항백도 장량의 뜻을 알아들었다. 그는 즉시 자리에서 벌떡 일어나서,

"옛날부터 검무라는 것은 홀로 추는 것보다 적수가 있어서 두 사람이 추는 것을 일컬어왔습니다. 서릿발 같은 칼날이 서로 얽히니 보는 눈이 황홀하다고들 일컫지 않았습니까…. 지금부터 쌍무를 추겠으니 흥겹게 보아주십시오."

하고 말했다.

항우는 자신의 일가 동생 되는 사람과 자기 숙부가 쌍무를 춘다니까 흥겨워서,

"아, 좋고말고… 아주 좋지요."

하면서 검무를 허락했다. 두 사람은 좌우에서 칼을 휘두르며 춤을 추었다.

항장이 칼을 날리면서 패공 가까이 가면 항백이 패공을 자기 몸으로 가로막아버렸다. 검무에 맞추는 풍악 소리가 끝나도록 항장은 몇 번이나 패공을 노렸으나 번번이 항백 때문에 목적을 이루지 못했다.

범증은 주먹에 땀을 쥐고 입속으로는 이를 갈았다.

장량은 아무리 보아도 항장의 기운을 항백이 당하지 못할 것 같았다. 급히 자리에서 일어나 문밖으로 나왔다. 방에서 나와 급히 중군의 문을 나서려니 정공·옹치 두 장수가 길을 막고 못 나가게 했다.

"진나라의 옥새를 가져오라 하시는 패공의 분부이며, 노공께서도 가져오라 하시니 나가야겠소이다."

장량은 이같이 말하고 나가려 했으나 두 장수는 얼른 그를 내보내지 않았다.

이 모양을 멀리서 진평이 보았다. 그는 패공이 위급한 것을 알고 방에서 나가는 장량의 뒤를 따라나와 바라보고 섰다가,

"속히 장선생을 나가게 하시오!"

하고 정공·옹치를 건너다보며 소리쳤다. 정공·옹치는 그 소리를 듣고서야 길을 비켜주었다.

장량은 문밖에 나가 거기서 기다리고 있는 번쾌를 불러 패공의 위태함을 자세히 이야기했다.

"내가 먼저 들어갈 터이니 곧 따라들어와 화를 면하게 하시오."

하고 장량은 부탁했다.

"염려 마십시오. 내가 죽은들 어김이 있겠습니까?"

번쾌는 호탕했다. 장량이 돌아서서 다시 중군문 앞에 오니 정공·옹치가,

"옥새를 가져오셨습니까?"

하고 물었다.

"여기 가져왔습니다."

하고 장량은 옷소매를 쳐들어 그 속에 무엇을 감추어 가지고 오는 것처럼 거짓 행동을 보였으나 두 사람은 의심하지 않고 장량을 들여보냈다. 장량이 자리에 돌아와보니 항장과 항백 두 사람은 아직까지 칼춤을 추고 있었다.

장량이 중군문 안으로 들어간 뒤에 번쾌는 방패를 한옆에 끼고 허리에 칼을 차고 문 앞으로 뚜벅뚜벅 걸어와 큰소리로 고함을 쳤다.

"오늘 홍문 잔치에 따라온 사람은 사람이 아니고 무쇳덩어리인 줄 아시오? 이른 아침부터 지금까지 술 한 방울 안 주니 이런 법이 어디 있소? 내가 직접 노공을 만나 술을 얻어먹고 나오겠소!"

이렇게 한마디 하고 뚜벅뚜벅 걸어갔다. 그러자 정공·옹치 두 사람이,

"어디를 함부로 들어가는 거야!"

하며 문을 쾅 닫았다. 번쾌는 이까짓 것쯤이야 하고 어깨로 문을 쾅 밀었다. 진문은 부서져 땅 위에 넘어졌다. 문이 넘어지는 바람에 사졸 두 명이 즉사해버렸다.

번쾌는 그길로 쏜살같이 큰방으로 달려가 장막을 제치고 방 안으로 쑥 들어갔다. 항우의 정면에 들어와 우뚝 서 있는 번쾌의 얼굴에는 성난 눈이 화등잔같이 밝았으며 머리카락은 곤두서서 하늘을 찌르는 것 같았으며, 한편 옆구리에는 방패를 끼고 한편 손은 칼자루를 쥐었는데 입을 꽉 다문 채 버티고 있는 모양이 항우가 처음 보는 무섭게 용맹한 장사였다.

"이 장사는 웬 사람인가?"

항우는 놀라서 좌우를 보며 물었다.

장량이 얼른 자리에서 일어나 대답했다.

"패공의 참승(驂乘) 번쾌입니다."

항우는 장량의 대답을 듣고 정면에 서 있는 번쾌를 건너다보았다. 번쾌는 움직이지 않고 여전히 딱 버티고 서 있었다.

"왜 들어와 섰는 거야?"

항우는 그 모양을 보고 이같이 물었다.

"말씀드리겠습니다. 제가 듣기에 오늘은 노공께서 진나라 망한 것을 기뻐하기 위해 축연을 베풀고 상하가 없이 모든 사람에게 술을 하사하셨다는데 오직 저 한 사람은 이른 아침부터 문밖에 와서 있건만 지금 점심때가 지나도록 술 한 방울 주는 사람이 없습니다. 뱃속에서 쪼록 소리가 들리도록 목마르고 시장하기에 노공께 하소연하려고 이렇게 들어온 것입니다."

번쾌의 대답을 듣고 항우는 화를 내기는커녕 오히려 심부름하는 사졸들을 시켜 한 말들이 술통에 술을 가득 채워 번쾌에게 갖다주라고 했다.

번쾌는 갖다주는 술통을 두 손으로 받아 벌떡벌떡 쉬지 않고 한숨에 다 마셔버렸다.

그리고 심부름하는 사졸 두 사람이 돼지를 통째로 잡은 것을 양 어깨에 메고 들어와 그 앞에 놓자 번쾌는 칼을 뽑아 돼지 다리를 썩 베어 들더니 잠깐 동안에 오둑오둑 다 깨물어 먹었다.

항우는 그 모양을 바라보고 탄복을 금치 못했다.

"참 장하다! 또 먹겠느냐?"

항우가 이같이 묻는 말에 번쾌는 입 가장자리를 주먹으로 씻으면서,

"제가 지금 이 자리에서 죽는 것도 사양하지 않았는데 어찌 술을 주시는 것을 사양하겠습니까?"

하고 대답했다. 항우는 그의 말이 무엇을 의미하는 것인지도 모르면서 재미있다고 생각했다.

"그래 죽는 것도 사양하지 않는다니 누구를 위해 죽는단 말이냐?"

항우는 이같이 물었다.

번쾌는 서슴지 않고 대답했다.

"진나라가 호랑이같이 함부로 사람을 죽이는 까닭으로 천하가 궐기했습니다. 그래서 우리 회왕께서는 제후와 약속하기를 먼저 함양에 들어가는 사람을 왕으로 삼으시겠다고 말씀하셨습니다. 그런데 지금 패공이 먼저 함양에 들어왔건만 재물과 부녀를 추호도 건드리지 않았고 군사는 패상에 주둔시킨 채 노공께서 함양에 들어오시기만 기다렸습니다. 고생도 고생이려니와 패공의 공은 크다고 봅니다. 그런데 작을 봉하고 상을 주는 일은 없이 소인의 간계에 빠져 공 많은 사람을 죽여버리려고 하니 이것은 망해버린 진나라의 길을 따라가는 것밖에 안 됩니다.

노공께서는 이렇게 하지 마십시오! 지금 항장·항백 두 분이 칼을 휘두르며 춤을 추시는데 그 목적이 어디 있느냐 하면 우리 패공의 목을 베려고 하는 데 있습니다. 제가 이 때문에 죽음을 무릅쓰고 이 자리에 들어온 것입니다. 첫째는 출출한 배를 채우기 위해, 둘째는 우리 패공을 위해 노공께 하소연하려고 들어온 것입니다. 그러니까 죽는 것도 사양치 않는다는 말씀입니다."

번쾌는 하고 싶은 말을 쏟아놓고 방 안을 한 바퀴 휘둘러보았다. 칼춤을 추고 있던 항장·항백 두 사람은 어느 틈에 검무를 멈추고 어디로 사라졌는지 보이지 않았다.

항우는 번쾌의 장황한 사설을 듣고 유쾌하게 웃었다.

"장하다! 패공은 훌륭한 참승을 두었구나! 참말로 천하에 제일가는 장사로다!"

그는 번쾌를 처음 보는 장사라고 칭찬하면서 자기도 큰 잔으로 술을 연거푸 마셨다.

얼마 지나지 않아 항우는 술기운을 이기지 못해 탁자 위에 쓰러져버렸다. 좌우에 있던 사람들이 항우를 부축하여 옆방으로 옮겨 침상에 눕혔다.

장량이 이 상황을 보고 패공 곁에 와서 가만히 말했다.

"지금 이 틈을 타서 돌아가십시오!"

패공은 즉시 변소에 가는 체하고 본진에서 나왔다. 문 앞에 오니 정공·옹치 두 사람이 길을 막고 못 나가게 했다.

장량이 쫓아나와서,

"노공께서 크게 취하셔서 제후들을 돌아가라 했으니 돌아가게 하시오."

하고 말했다.

진평이 뒤에서,

"속히 문을 열어드리시오."

하고 재촉했다.

정공·옹치 두 사람은 그제야 옆으로 비켜서 패공을 나가게 해주었다.

패공은 번쾌를 데리고 문밖으로 나갔다. 기신·근흡·하후영 세 사람이 문밖에서 기다리고 있다가 패공을 모시고 샛길로 빠져 말을 달려 패상으로 돌아왔다.

항우는 패공이 이같이 돌아간 줄도 모르고 깊이 잠들었다.

범증은 오늘 홍문연 잔치에서 자신이 계획하고 항우와 철석같이 약속한 중대한 계책이 한 가지도 실행되지 못한 것을 생각하고 분통이 터질 것 같았다.

"아, 아!"

그는 한숨을 쉬면서 본진 뒤에 있는 뜰아래를 거닐고 있었다.

중군문 밖에까지 따라나와 패공이 무사히 돌아가는 것을 보고 다시 중군으로 돌아오던 장량은 근처에서 노랫소리가 나는 것을 들었다.

위태하도다 어이할거나
굶주린 곰이 산에서 나와
개미 한 마리 삼켰으니
재채기하지 못할 작시면
도로 빼앗지 못하리로다
어이할거나, 어이할거나

장량은 귀를 기울이고 들었다.

'이상하다!'

그는 이 노래의 의미가 보통이 아니라고 생각했다. 이 노래를 지어 부르는 사람은 평범한 인물이 아닐 것이라 생각되어 노래하던 사람을 찾아보았다.

조그만 막사가 있는 뒤뜰로 돌아가보니 얼굴이 청수하게 잘생긴 장사 한 사람이 홀로 걸상에 앉아 있을 뿐이었다. 노래를 한 사람이 분명이 사람일 것이라 생각하고 장량은 그 앞에 다가가 물었다.

"지금 노래한 사람이 노형인가요? 성함이 어떻게 되십니까?"

창을 들고 앉아 있던 장사는 장량의 묻는 말에 대꾸도 하지 않고 딴전을 피웠다.

"범노인 헛수고하고 장량 홀로 이치를 아네.

오늘 홍문을 벗어나 후일 천하를 진정하려나."

노래를 하는 듯, 시를 읊는 듯, 이같이 중얼거리고는 창을 들고 장량은 돌아보지도 않고 저쪽으로 가버렸다. 장량은 그 사람의 뒷모양을 멍하니 바라보면서 이 세상에서 처음 보는 비범한 인물이라 탄복하면서도 따라가지도, 붙들지도 못하고 그대로 돌아서서 안으로 들어갔다.

항우는 한동안 잠을 자고서야 술이 조금 깨었다. 눈을 뜨고 좌우를 보며,

"패공은 어디 있느냐?"

하고 물었다. 큰방에 들어와 앉았던 장량이 소리를 듣고 얼른 항우 앞으로 다가갔다.

"패공은 술을 너무 많이 마셨기 때문에 앉아 있을 수 없어서 조금 전에 패상으로 돌아가고, 제게 대신 여기 있다가 노공께서 잠이 깨시거든 오늘 은혜를 사례드리라 하였습니다."

"무엇이라고?"

항우는 침상에서 벌떡 일어나 앉으면서 노기를 띠었다.

"아니 패공이 내게 인사도 안 하고 제 맘대로 돌아가다니?"

항우는 자신의 허락 없이 돌아가버린 패공을 분하게 생각했다.

이때 범증이 항우가 대로하여 큰소리 내는 것을 듣고 급히 들어왔다.

"보십시오! 제가 뭐라고 말씀했습니까? 패공은 거죽으로 유약한 체 하지만 내심으로는 간웅(奸雄)스러운 인물입니다. 노공의 허락 없이 홍문을 떠난 것은 노공을 업신여기는 까닭입니다. 이것은 모두 장량이 그렇게 시킨 까닭이지요. 그러니까 이 사람 장량의 말도 곧이듣지 마십시오. 큰일 납니다!"

이렇게 부채질을 했다. 항우의 성난 마음에는 불이 붙었다.

"여봐라! 장량을 잡아다가 목을 베어라!"

항우의 호령이 떨어졌다.

항우의 호령이 떨어지자 옆방에서 장사 두 사람이 들어왔다. 장량의 목숨은 위기일발이 되었다.

그러나 장량은 천연스럽게 항우를 바라보며 말했다.

"잠깐 고정하시고 제 말씀을 들어주십시오. 패공은 본시 장량의 주인이 아닙니다! 때문에 패공을 위해 제가 노공께 거짓말할 까닭이 없습니다. 더구나 지금 노공께서는 위엄이 천하를 진압하고 있는데, 누가 감히 섣불리 거짓말을 하겠습니까? 모든 사람이 복종하고 두려워하는데도 불구하고 잔치를 베풀고 술을 대접하다가 패공을 죽인다는 것부터 그 계획이 틀린 것입니다. 그렇게 한다면, 천하 사람들이 뭐라고 말하겠습니까? 노공이 패공을 이기지 못할 것 같으니 홍문연 잔치에 청하여 별안간 대항하지 못하는 사이에 죽여버렸다고 이야기를 하면서 노공을 조소할 것입니다. 그러지 마시고 저를 패상으로 돌려보내주시면 나라를 대대로 전하는 옥새라든지 그 외의 여러 가지 보물을 패공에게 말하여 모두 노공께 드리게 하겠습니다. 노공께선 진나라 자영이 패공에게 바치고 항복한 옥새를 받아 위에 오르신다면 대의명분이 번듯하여 원근이 모두 복종할 것입니다. 그러나 만일 지금 노공께서 저를 이 자리에서 죽여버리신다면, 패공은 옥새를 가지고 다른 나라로 도망가 딴 사람에게 주어버리든지, 깨뜨려버리든지 할 것입니다. 그렇게 되면 노공께서는 나라를 전하는 보배를 잃어버리고 마는 것이 아닙니까?"

항우는 장량의 말을 여기까지 듣고 고개를 끄덕였다.

"자방의 말이 옳아. 천하를 제압하고 사해가 이제는 내게 돌아왔는데 패공이야 사실 초개 같은 것이지! 범증 선생의 말대로 했더라면 일을 그르칠 뻔했어. 자방아! 네가 가서 옥새를 가져오겠느냐?"

장량은 항우가 이같이 말하자 시원스럽게 그렇게 하겠다고 대답했다. 항우는 믿기지 않는지 장량을 위협했다.

"가서 어김없이 옥새를 가져와야지, 만일 명령을 어긴다면 내가 백만 대군을 이끌고 패상의 진을 가루가 되도록 분쇄해버릴 것이니 그런 줄 알아라!"

"예, 염려 마십시오. 지금 곧 가서 가져오겠습니다."

장량이 홍문에서 빠져나와 패상으로 돌아오니 패공은 반색을 하며 그를 맞았다.

"감사합니다. 오늘 선생의 계획과 주선이 아니었으면 살아나오지 못했습니다. 참말 어려운 지경을 무사히 모면했습니다."

패공은 이렇게 장량에게 감사의 말을 하고 좌사마 조무상올 끌어내어 그 죄목을 밝히고 참형에 처했다.

이 일이 끝난 뒤에 장량은 패공에게 항우와 약속하고 온 옥새와 보물을 항우에게 갖다주자고 말했다. 패공은 장량의 꾀로 홍문의 잔치에서 무사히 살아난 것을 감사하면서도 옥새를 항우에게 주기는 싫어했다.

"옥새는 나라를 전하는 보배, 남에게 줄 수 있는 물건이 아니지 않습니까?"

패공은 이같이 반대했다.

"그러나 천하는 옥새와 함께 붙어다니는 것이 아닙니다. 천하를 얻는 것은 덕에 있고, 보물에 있지 않습니다. 만일 지금 패공께서 다른 사람에게 주는 것이 아까워 옥새를 항우에게 안 주신다면 반드시 싸움이 일어납니다. 그리고 양편이 싸운다면 절대 항우를 당해내지 못합니다. 그러니 항우가 달라고 청할 때 순순히 주는 것만 같지 못하지요! 내일 나를 주시면 내가 홍문으로 가지고 가서 항우에게 주고, 항우가 기뻐하는 동안 우리는 조용히 우리의 큰 계획을 세웁시다."

패공이 반대하는 것을 장량은 알아듣도록 이같이 설명했다. 영웅호걸이 지금 자웅을 겨루고 승부를 다투는 목적이 말하자면 옥새 하나에 있다 해도 과언이 아니다. 이 옥새를 빼앗긴다는 것은 천하를 빼앗긴다는 것과 다름없다. 하지만 장량의 말을 듣고 생각해보니 과연 천하가 옥새에 붙어다니는 것은 아니다. 그렇다면 옥새가 보물 될 것도 없다. 패공은 이렇게 생각하고 장량의 말에 찬성했다.

"과연 선생의 말씀이 옳습니다. 내일 선생이 항우에게 옥새를 전해 주십시오."

이튿날 장량은 옥새와 진기한 보물을 가지고 홍문으로 갔다.

"패공은 어제 과음한 탓으로 오늘까지 자리에 누워 계십니다. 저더러 대신 뵈옵고 사죄의 말씀을 드리라 했습니다. 여기 옥새와 보물을 가져왔습니다."

장량은 이같이 말하고 항우에게 보물과 옥새를 바쳤다.

항우는 이것을 받아 탁자 위에 벌려놓고 만족한 표정으로 한참 동안 들여다보더니 그 중에서 제일 광채 은은하고 맑은 구슬을 한 개 집어 범증에게 내밀었다.

"이 중에서 이것이 제일 특이하게 광채가 좋습니다. 이것을 선생이 가지시고 즐기십시오."

범증은 항우의 손에서 구슬을 받더니 뜻밖에 그 보물을 땅바닥에 던져 칼로 때려 부숴버리면서,

"아! 이제는 일이 다 틀렸구나! 아마도 우리는 패공에게 사로잡히게 될 거야. 포로가 되는 신세에 이 같은 보물이 무슨 소용이란 말인가!"

하며 혼잣말처럼 중얼거렸다.

항우는 이 광경을 보고 크게 노했다.

"선생! 이게 무슨 짓이오. 어디서, 감히 누구 앞에서 이런 무례한 행패를 한단 말씀이오."

"제가 노공이 나에게 주시는 것을 경시하는 것이 아닙니다. 자고로 귀중한 것은 물건이 아니라 사람입니다. 지금 우리들이 보물과 함께 뺏어와야 할 것은 패공의 목입니다. 이따위 구슬이 아닙니다."

범증은 흥분해서 대들듯이 대꾸했다. 항우는 도리어 노기를 억제하면서 범증을 위로하는 듯이 입을 열었다.

"패공은 유약한 인물이올시다. 큰일을 저지르지 못할 테니 너무 염려 마십시오."

항우가 이같이 말하자 범증도 흥분한 마음을 진정시켰다.

"노공께서는 이같이 말씀하시지만 옛날에 등후(鄧侯)가 초(楚)의 문왕(文王)을 죽이지 않았다가 마침내 초는 등을 멸했으며, 역시 초자(楚子)는 진(晋)의 문공(文公)을 죽이지 않았다가 마침내 진에게 멸망당해 버렸습니다. 노공이 지금 패공을 죽이지 않았기 때문에 패공은 틀림없이 노공과 더불어 천하를 빼앗을 경쟁을 하게 될 것입니다. 지금 패공을 놓아주는 것은 용을 바다로 보내는 것이요, 범을 산으로 보내는 것이나 마찬가지입니다. 다시 두 번 붙잡으려 해도 되지 않을 것입니다."

범증이 항우의 마음을 돌리려고 안간힘을 쓰자 장량이 얼른 범증의 말을 가로챘다.

"선생께서는 무슨 말씀을 그렇게 과대하게 하십니까? 노공께서 천하를 위압하시는 터요, 힘은 오천 근의 솥을 드시고, 세력은 산을 뽑아내시며, 아홉 번 장한과 싸워 이기신 뒤로는 천하의 제후가 노공 앞에서는 무릎으로 기어다닐 판인데, 어찌 등후·초자에다 비교해서 말씀하십니까? 지금 패공은 관중에 들어와도 아무 일도 제 마음대로 행한 일이 없고, 오직 노공이 관중에 들어오시기만 기다리고 있지 않았습니까? 이것만 보아도 패공에게는 큰 뜻이 없음을 알 수 있습니다. 그런 것을 선생께서는 문왕(文王) · 진후(晋侯)에다 패공을 비교하시니 이것도 과대한 말씀이지요."

장량의 이 같은 말을 듣고 항우는 얼굴에 기쁜 빛을 띠었다.

"그래 자방의 말이 옳아. 패공은 보잘것없는 졸장부야! 자방아, 지금부터 패공을 버리고 내게로 오길 바란다!"

항우는 갑자기 장량을 귀애하고 싶은 생각이 들어 이같이 말했다. 장량은 대답을 적당히 얼버무리고 항우의 앞을 떠났다. 범증 노인의 계획은 또 허사가 되었다.

"노공께서는 조금 전까지도 장량을 죽이려 하시더니, 지금 와서는 자방의 교묘한 말솜씨에 넘어가시어 갑자기 좌우에 데리고 계시려 하시니, 그러시면 대단히 해롭습니다. 그렇게 하지 마십시오!"

범증은 너무나 애가 타고 안타까워 항우를 설득하려 했으나 항우는 도리어 껄껄 웃었다.

"선생은 참말 염려가 너무 과대합니다! 장자방은 일개 유생! 비록 내 곁에 있는다 할지라도 감히 제가 나를 어떻게 하겠소?"

"아니올시다! 내놓고서 해를 끼치는 자는 방어할 수 있지만, 모르게 해치는 사람은 알 길이 없는 법이올시다! 노공께서는 생각하셔야 합니다."

"염려할 것 없소이다. 안상에 보검이 있거늘 누가 감히 나를 당할 수 있으리오!"

항우는 끝내 범증의 말을 듣지 않았다. 이렇게 하여 장량은 마음속으로는 웃음이 나는 것을 참으면서 홍문의 항우 진영에 머물러 있게 되었다.

바뀌는 세상

항우는 홍문의 진영에서 여러 달 지냈다. 회계 땅에서 숙부 항량과 함께 의병을 일으켜 초나라 왕실의 후손을 찾아 회왕을 세우고, 그 후에 유방과 길을 나누어 진을 격멸하여 함양에 입성하기까지 합쳐서 계산한다면, 거의 삼 년의 세월이 지나갔다. 그동안 적과 싸운 기록은 수백 회이건만, 한 번도 패한 일이 없는 항우였다. 오추마를 타고 앉아 무기를 높이 쳐들고 벽력같은 소리를 지르며 달려드는 항우 앞에는 당해낼 장수가 없었다. 진의 명장인 장한도 이십만 명의 부하를 데리고 와서 그의 앞에 항복했다. 삼십만 군사를 거느리고 항우보다 먼저 함양에 입성한 패공 유방도, 홍문의 잔치에서 실낱같은 목숨을 간신히 부지해 패상으로 달아났다.

내가 제일이다 하는 생각은 지금 항우의 가슴속, 머릿속, 오장육부, 사지의 혈맥 구석구석에까지 팽창되어 있었다. 홍문연에서 패공을 죽이지 않은 것도, 범증의 충심으로 권하는 말을 듣지 않은 것도, 장량을 죽이려 하다가 도리어 자기를 섬기라고 붙들어둔 것도 모두 그의 생각으로는 상대가 안 되는 힘없는 것들로 여겨졌기 때문이었다.

그는 천하를 평정했다. 함양에 먼저 입성한 패공까지 자기를 섬기기로 되었으니, 이제 진 삼세였던 자영을 없애고 왕위에 오르기만 하면 천하가 손아귀에 들어오는 것이었다.

그래서 그는 즉시 패공에게 편지를 보냈다. '진 자영이 어찌해서 나를 찾아와 항복하지 않느냐? 무슨 딴마음이 있는 것이 아니냐?'

하는 내용이었다.

패공은 이 편지를 보고 자영을 불렀다.

자영은 이미 패공에게 항복한 몸으로서 또 항우에게 항복할 이유가 없다고 하소연했다.

그러나 이미 항우가 자신이 왕이 되려고 자영의 항복을 다시 받고자 하는 이상, 그의 뜻을 거역하면 결과가 어떻게 될 것이라는 것은 뻔한 노릇인지라 자영은 또다시 흰 옷을 입고, 흰 수레를 타고, 입에는 항복문을 적은 글을 물고, 패공의 진영에서 나와 항우의 진영으로 갔다.

항우는 홍문의 진영 앞에 나와 항복문을 받아보고 호령을 추상같이 했다.

"너의 할애비가 육국을 멸하고 천하의 백성을 해롭게 한 죄가 네게까지 내려온 것을 너는 아느냐?"

"육국을 멸망시킨 것은 조부 시황이 한 일이옵고 소신의 죄가 아니오니, 소신의 소원은 다만 한 가지, 함양의 백성들이 이세에 이르기까지 밝은 햇빛을 못 보았사오니 백성들만 편안하게 해주시기 바랍니다."

항우의 호령을 듣고 자영은 땅 위에 꿇어앉아 이같이 대답했다.

항우는 영포를 내려다보고 눈짓을 했다. 그와 동시에 영포는 칼로 자영의 목을 쳤다. 자영의 머리는 땅 위에 굴렀다.

멀리서 이 모양을 바라보고 있던 함양 주민들은 통곡하기 시작했다. 청명하던 하늘은 금세 어두워지고, 항우를 원망하는 울음소리가 천지를 진동했다. 항우는 함양 백성들의 이 같은 광경을 보고 분한 생각에 피가 끓었다.

"패공은 유덕하고 노공은 저렇게 잔인무도하니 노공을 망하게 해주소서."

백성들의 통곡하는 울음소리 속에서 이같이 지껄이는 소리까지 들렸다. 이 소리를 들은 항우는 더 참을 수 없었다.

"저 연놈들을 모두 죽여버려라!"

항우는 말 위에서 부르짖었다. 영포가 항우의 명령에 따라 행동을 시작하려 하자 범증이 항우 앞으로 나와 그의 말고삐를 붙들었다.

"안 됩니다! 안 됩니다! 패공은 관중에 들어와서 약법 삼장을 공포했는데, 지금 노공께서는 자영을 죽이고 또 백성들까지 모두 죽이시겠다니…. 백성들의 마음이 떠나버린다면 천하를 어떻게 얻을 수 있겠습니까?"

범증은 항우의 무도한 행위를 극구 말렸다.

"그렇지만 자영은 진왕이었으니까 진의 무도함을 죽인 셈이지요. 지금 백성들이 저렇게 떠들고 나를 욕하는 것을 그냥 내버려두면 저것들이 장차 모반할 것입니다. 죽여 없애지 않으면 반드시 후환이 있을 것입니다."

항우는 자기 생각이 옳다고 주장했다.

"아닙니다! 옛날에 노군(魯君)이 무죄한 궁녀를 한 사람 죽였더니 삼 년 동안 비가 오지 않았답니다. 그래서 한 사람이 한을 품으면 유월에도 서리가 내리고, 한 계집이 원망하면 삼 년을 비가 안 온다는 옛말이 생긴 것입니다. 진시황은 죄가 있지만 자영은 죄가 없습니다. 그를 죽였기 때문에 날이 흐리고 검은 안개가 일어난 것인데, 죄 없는 백성들을 죽여보십시오, 그러면 하늘이 더욱 노할 것입니다…."

범증이 더 뭐라고 길게 말하기 전에 백성들의 욕하는 소리, 고함치는 소리가 더욱 크게 들려왔다. 항우는 범증의 말을 더 들을 수 없었다.

"비켜나십시오."

항우는 한소리 크게 지르고 말을 달려 영포와 함께 떠드는 백성들 가운데로 쫓아들어갔다.

홍문 근처 높은 언덕과 큰길가에 모여 서서 웅성대던 함양 백성들과 자영이 삼십삼 일간 황제 노릇을 하던 때 벼슬을 하던 진나라 관리들이 이 구석 저 구석에서 쑥덕공론을 하다가 영포가 지휘하는 군사들에게 발견되는 대로 모조리 참살당하고 말았다. 항우와 영포는 군중을 도살하는 일을 동서남북으로 쫓아다니면서 지휘하고 호령했다. 큰길에는 삽시간에 시체가 산같이 쌓이고 좁은 골목에는 사람의 피가 도랑물처럼 흘렀다.

항우는 이렇게 많은 사람, 관리와 백성을 모두 합해서 사천육백여 명을 참살하고서도 분이 풀리지 않았다.

"이왕이면 함양 백성을 한 놈도 남기지 말고 모두 죽여버리자!"

항우는 말 위에서 영포를 돌아보며 이같이 소리쳤다. 이 소리를 듣고 범증은 항우 앞으로 쫓아갔다.

"안 됩니다! 참으십시오! 옛날에 탕왕(湯王)은 날이 몹시 가물어서 곡식이 타는 고로 몸소 삼림 속에 들어가 일신을 희생하기로 하고 기도를 드렸더니 과연 큰비가 쏟아졌다 합니다. 옛날 임금들은 백성을 위해 이같이 자기를 버렸거늘, 죄 없는 함양 백성을 모두 죽인다니 이게 될 말입니까!"

범증은 항우가 타고 앉은 말머리에 자신의 이마를 비비면서 울었다.

범증 노인이 이같이 말머리를 붙들고 울면서 말리는 소리를 듣고서야 항우도 분한 생각이 조금 진정되었다.

"그럼, 그만해두지요."

항우는 이렇게 말하고 영포로 하여금 군사를 거두어 먼저 홍문의 진영으로 돌아가라고 했다. 그리고 자신은 함양 성내에 들어온 범증과 함께 함양궁에 들어가보자고 했다. 범증은 항우를 따랐다.

함양궁은 먼저 패공이 관중에 들어와서 봉인한 채 그대로 있었다. 그러나 항우가 궁 안에 들어와보는 것은 이번이 처음이었다. 삼십육 궁 · 이십사 원, 모두 합치면 육십 채의 고루거각이 궁담 안에 있었다. 사람이 출입하는 문은 천 개도 더 되는 것 같았고, 방마다 닫혀 있는 문은 몇만 개인지 알 수 없었다. 높은 다락과 높은 층계에는 옥을 깎고 금을 박아서, 그 호화찬란한 품이 이루 형용할 수 없었다. 항우는 길게 한숨을 쉬면서,

"진나라는 과연 부귀하기 짝이 없었습니다그려! 이 아까운 것을 지니지 못하고 망하다니!"

범증을 돌아다보며 이같이 말했다.

"그게 무슨 까닭인지 모르시겠습니까? 백성을 학대하고, 충간하는 말을 듣지 아니한 까닭이랍니다."

범증이 이같이 대답했다. 항우는 더 이상 아무 말도 않고 입을 꽉 다물어버렸다.

얼마 후 항우는 함양궁에서 나왔다. 범증도 함께 홍문으로 돌아왔다.

날이 어두워진 뒤에 항우는 촛불을 밝히고 범증을 청해 앞으로 할 일을 의논했다. 그의 생각에 따르면 함양궁을 빼앗고, 옥새를 얻고, 항복을 받고, 자영을 죽였으니 이제는 관중에서 하루속히 왕위에 오르는 것이 급한 일이 아니냐는 것이었다. 이에 범증도 찬성했다.

그러나 범증은 항우와 유방이 똑같이 초 회왕의 신하이므로 회왕에게 이 뜻을 알려 회왕의 조칙을 받은 후에 왕위에 올라가는 것이 옳은 일이며, 이렇게 순서를 밟아서 해야만 이름이 번듯하고 천하에 뒷공론이 없게 된다고 대답했다.

이 말을 듣고 항우도 찬동했다.

그러나 항우의 숙부 항백이 팽성으로 가서 회왕을 찾아보고 항우가 관중에서 왕이 되고 싶어하오니 재가해주십사고 간청해보았건만 실패하고 돌아왔다. 먼저 함양에 입성하는 자를 왕으로 한다, 이것이 최초의

약속이었으니 약속대로 해야 한다는 것이 나이 어린 회왕의 고집이었다. 이 같은 결과에 항우는 분개했다.

"무엇이 어떻다구요? 아니, 회왕은 우리집에서 세워준 왕인데, 지금 와서 자신은 아무 공로도 없이 선약이 제일이라고 선약만 주장하다니! 그까짓 거, 내가 남에게 굴복하고 또 명령까지 받아야 하겠습니까! 내 마음대로 하는 것이 대장부의 할 일이지!"

항우는 항백에게 이같이 쏘아붙이고는 범증에게 택일하여 왕위에 오르는 절차를 꾸미라고 말했다.

"먼저 존호(尊號)를 결정하셔야겠는데 이에는 장량이 공부를 많이 했고 아는 것이 많으니 장량에게 하명하십시오."

범증은 먼저 장량에게 왕호를 지어올리라고 명령하는 것이 좋겠다고 대답했다.

"그래, 먼저 왕호를 지어야겠군!"

항우도 동의했다.

"그렇습니다. 존호를 먼저 결정하신 후 택일하여 등극하십시오. 장량이 지어 바치는 존호가 존의에 합당하면 장량이 충심을 가진 자일 것이요, 만일 존의에 합당치 않은 존호를 올리거든 충심이 없는 증거이니 즉시 장량을 죽여버리십시오."

"그렇게 합시다."

범증의 의견에 항우는 찬동하고 즉시 장량을 불러들였다.

"자방아, 나는 관중의 왕이 되고자 한다. 너는 박식하니 역대 제왕의 존호를 잘 알 것이다. 그러니 옛날 칭호를 참작해서 지금 천하 백성들이 심복할 만한 존호를 지어 올리기 바란다."

항우는 장량에게 이같이 명령했다. 그의 명령하는 소리를 듣고서 장량은,

'이것은 범증의 꾀로구나!'

이같이 직감했다. 나로 하여금 존호를 짓게 하여 트집을 잡은 후에 나를 해치려고 꾀를 부리고 있지만, 네 꾀에 넘어갈 내가 아니다. 장량은 이렇게 생각하고 입을 열었다.

"자고로 오늘에 이르기까지 존호는 동일하지 않습니다. 소신이 자세히 말씀올리겠으니 대왕께서 친히 그 중에서 선택하셔서 결정하시기 바랍니다."

"그래, 말해보아라."

항우는 재촉했다.

"태고 시대 삼황(三皇) 이후엔 오제(五帝)가 계셨으니 소호(少昊)·전욱(顓頊)·제곡(帝嚳)·제요(帝堯)·제순(帝舜)이 오제이십니다. 소호의 이름은 지(摯), 자는 청양(青陽), 성은 희(姬)씨로서 재위 백 년 하시었고, 전욱은 황제(黃帝)의 손자이신데 성은 역시 희씨로서 이십 세에 등극하시어 재위 칠십팔 년, 수는 구십팔 세 하시었고, 제곡 또한 희씨로서 재위 칠십 년, 수는 일백오 세 하시었고, 제요의 성은 이기(伊祁)씨로 모친의 태중에서 십사 개월 만에 출생된 후 이십 세에 등극하여 재위 오십 년, 제순(帝舜)에게 정사를 맡기기를 이십팔 년간, 수는 일백십팔 세에 붕하시었고, 제순의 성은 요(姚)씨, 자는 도군(都君), 재위 오십이 년 후에 대우(大禹)에게 양위하시고 수는 일백 세에 붕하시었습니다. 이상이 오제인데 '제'는 '천(天)'의 뜻입니다. 덕이 천지에 가득하고, 간과(干戈)를 쓰지 않으며, 살벌을 행하지 않고, 서로 사양하여 천하를 갖는 자를 '제'라 하여왔습니다. 대왕께서는 이것을 쓰시겠습니까?"

장량은 오제의 설명을 마치고 항우에게 이같이 물었다.

항우는 생각해보았다. 덕이 천지에 가득하고, 간과를 쓰지 않고, 살벌을 행하지 않고, 서로 사양하여 천하를 얻었는가? 아니다. 자기는 항졸 이십만 명을 도살하고, 먼저 함양에 입성한 패공에게 천하를 빼앗고, 자영을 죽이고, 살상만 일삼아온 것을 돌이켜보니 마음에 '제'호를 쓰는 것이 부끄러운 생각이 들었다.

"제호는 내가 생각하는 바가 없으니 그만큼 해두고, 다시 다른 칭호를 말해보아라."

항우는 다시 이같이 명령했다.

"그러면 다음으로 왕호(王號)를 말씀드리겠습니다. 오제 후에 삼왕(三王)이 계셨습니다. 하(夏)·상(商)·주(周)의 삼왕입니다. 하의 우왕(禹王)은 성은 사(姒), 이름은 문명(文命), 자는 고밀(高密), 수는 일백 세, 십칠대 사백삼십구 년의 국운을 유지했으며, 상(商)의 왕은 제곡의 후손으로 성은 자(子), 이름은 이(履), 자는 천을(天乙), 이분을 성탕(成湯)이라고 일컫습니다. 걸(桀)을 남소(南巢)로 내쫓고 천자가 되었으니 수는 일백 세, 황위를 계승하기 이십팔대 육백사십사 년 하였고, 주(周)의 문왕은 은(殷)의 주(紂)가 무도하므로 천하를 삼분하여 그 둘을 가졌었는데 무왕(武王)이 서게 된 후 은을 멸하고 천자가 된 후 삼십칠대 팔백육십칠 년의 국운을 유지했으니, 이 세 분이 삼왕이십니다. 근면하고 검소하고, 착하고 의롭고 내 한 몸을 돌보지 않고 백성을 위하는 성덕이 높았습니다. 대왕께선 이것을 쓰시겠습니까?"

"그래, 내가 왕호를 쓰고 싶은데, 왕호 다음에 또 무엇이 있거든 말해보아라."

항우는 장량에게 더 설명하기를 명령했다.

"그다음으론 오패(五覇)가 있었습니다. 제(齊)의 환공(桓公), 송(宋)의 양공(襄公), 진(秦)의 목공(穆公), 진(晋)의 문공(文公), 초(楚)의 장공(莊公)이 이분들입니다. 천하를 위해 잔폭한 것을 제거하고, 어진 것을 좋아하며, 의로운 것을 숭상하고, 위무강대하여 만민이 두려워했습니다. 대왕께선 이것을 쓰시겠습니까?"

"왕호는 옛날에는 좋았으나 지금 상태에는 맞지 않고, 패업은 지금 형편에는 적합하나 옛맛이 없다!"

항우는 장량에게 이같이 대답하고 잠시 동안 무엇을 생각하는 듯하더니 말을 계속했다.

"만일 고금을 합쳐서 칭호를 쓴다면 패왕이라 하는 것이 좋겠다! 나는 본시 초나라 태생이고 회하(淮河) 이북을 서초(西楚)라 부르니, 지금부터 나를 '서초패왕'이라고 칭호를 불러라! 그래, 이와 같이 조서를 꾸며서 천하에 반포하여 백성들에게 알리도록 해라."

항우는 이같이 결론을 내렸다. 이때 범증이 얼른 앞으로 나와 입을 열었다.

"대왕은 잠깐 기다리시기 바랍니다. 왕호는 좋으나 패호는 불가합니다. 옛날에 대패는 불과 다섯, 소패는 불과 셋이라 했습니다. 대왕께서는 장량의 말을 듣지 마십시오."

범증은 '패왕'이라는 칭호를 장량이 지어서 바친 것처럼 꾸미고 들어가는 말로 항우에게 이같이 말했다.

"아니, 오패는 과거에 제일 장구하게 천하를 보존해온 터요, 또 내가 해온 일이 대부분 오패의 과거지사와 방불한 바가 있으므로 내가 고르기를 패왕이라 선정한 것이지 장자방이 지어준 칭호가 아니올시다. 선생은 쓸데없는 말씀을 마십시오."

항우는 모처럼 자기가 선정한 '서초패왕'이라는 칭호를 범증이 반대하는가 해서 이같이 퉁명스럽게 대답했다. 범증은 뒤통수를 긁으면서 항우 앞에서 물러갔다.

항우는 스스로 자기의 존호를 서초패왕이라 결정한 후 장량에게는 후하게 상금을 내리고 길일을 택하여 대례를 거행하고, 조칙을 원근에 반포하여 천하에 알리고, 회왕을 의제(義帝)라 존호를 받들게 하는 동시에 도읍을 팽성에서 강남의 침주(郴州)로 옮기게 하라 한 후, 부하 군사들에게 상금을 주어야겠는데 재물이 없었다.

서초패왕 항우는 범증을 불렀다.

"짐이 부하 사졸들에게 은상을 주고자 하는데 재물이 없으니 경은 무슨 계책이 없소?"

"어려운 일이 아니외다. 패공이 먼저 함양에 입성했으므로 재물이 어디 있다는 것을 잘 알 것이니 패공을 불러 하문하소서."

범증은 또 한 번 패공을 걸어 넣었다.

"과연 그렇겠소."

항우는 패공에게 사람을 보내어 곧 오라고 했다.

장량이 이 일을 알고 급히 편지를 써서 심복하는 사졸을 주어 패공에게 보냈다. 항우가 재물이 어디 있느냐고 묻거든 자세한 것은 장량이 알고 있을 뿐 아무도 아는 사람이 없다고 대답하라는 내용이었다. 패공은 장량의 편지를 받아보았는지라 안심하고 홍문으로 갔다.

"그대가 먼저 함양에 입성했으므로 진나라 재물이 어디 감추어 있는지 자세히 알 터이니 짐에게 말하라."

항우는 패공에게 이같이 말했다.

"신은 관중에 들어와서 다른 일이 바쁜 고로 재물을 점검하지 못했습니다. 오직 장량이 진의 재물이 어디 있는지 알고 있을 것입니다."

패공은 이같이 대답했다. 항우는 즉시 장량을 불러들였다.

"네가 진의 재물이 어디 있는지 알고 있다는데 어찌해서 지금까지 짐에게 알리지 않았느냐?"

항우는 꾸짖듯이 물었다.

"대왕께서 하문하신 일이 없으므로 아뢸 겨를이 없었습니다. 진의 금은보배는 효왕(孝王)·소왕(昭王) 때부터 축적되어 시황에 이르러서는 그 부(富)가 천하에 제일이었습니다. 그러나 시황이 죽은 후 여산에 능을 축조하느라고 막대한 금은을 흩었습니다. 그리고 나머지 재물을 전부 무덤 속에 집어넣었고, 또 이세 호해가 유흥하느라고 물쓰듯 낭비해 버린 까닭에 지금은 텅 비었습니다. 그런고로 감추어진 것으로는 여산의 시황묘에 있는 것뿐입니다."

항우는 이 말을 듣고 한참 생각하는 듯하더니 뒤에 서 있는 범증을 돌아보면서 말했다.

"시황묘를 파헤치고 재물을 파내어 사졸들에게 나누어줍시다."

"시황묘에는 시황이 평생에 애호하던 물건만을 묻었습니다. 무슨 재물이 있겠습니까?"

범증은 이같이 반대했다.

"장군께서 모르시는 말씀! 시황묘는 주위 팔십 리, 높이 오십 척에 주옥으로 일월성신(日月星辰)을 꾸미고, 수은(水銀)으로 관곽을 보호하고, 천만 가지 보물 즉 주·산호·비취 등 없는 것이 없으므로 밤중에도 시황묘에서는 서광이 하늘에 뻗칩니다. 사실이올시다."

항우는 장량의 이 말을 듣고 마음이 동하여 가슴속이 시원해졌다.

"그러면 시황묘를 파자!"

항우는 이렇게 분부했다.

"아니올시다. 참으십시오!"

범증이 급히 만류했다.

"왜요?"

"시황이 아무리 무도했지만, 제왕의 묘소를 파헤치는 것은 삼갈 일입니다. 까닭없이 재물을 탐내 제왕의 묘소를 발굴해보십시오. 후세에 이르도록 조소를 받기 쉽습니다. 더구나 대왕께서 즉위하신 지 며칠 안 되었는데 첫 행사가 이런 일이라니, 절대 하셔선 안 됩니다."

범증의 충언은 이치에 합당한 말이건만, 항우의 머릿속에는 그 말이 들어오지 않았다.

"어째서 안 된다는 말이오? 시황이 무도해서 육국을 병탄하고, 천하의 재물을 없애고 분시서갱유생(焚詩書坑儒生), 그 죄가 걸주(桀紂)에 못지 않기 때문에 짐이 자영을 죽이고 그 자손을 멸해버렸건만, 그래도 아직 원한이 풀어지지 않고 있소! 그 무덤을 파고 시체를 꺼내서 볼기를 때려야지만 속이 풀리겠소! 비단 재물이 탐나서 그러는 것이 아니오…."

항우는 언성을 높여 이같이 말했다. 범증은 더 말하지 않았다.

항우는 이미 마음을 정했는지라 패공에게 패상으로 돌아가라 하고, 영포를 불러 시황묘 발굴 작업을 지휘하라고 명령했다.

이튿날 항우는 친히 군사 십만 명을 인솔하여 여산의 시황묘로 갔다. 울울창창한 수림은 맹수와 교룡이 숨어 있음직하고, 웅장하게 조각한 돌사자와 쇠로 만든 문무(文武)의 사람이 좌우로 늘어섰는데, 능 안에 들어와서는 어느 길이 시황묘로 통하는 길인지 알 수 없도록 교묘하게 설계되어 있었다.

항우는 말 위에서 내려 사방으로 연결된 돌난간의 길을 걸어다녔다.

그러나 어디서부터 땅속으로 뚫리는, 시황묘의 정면으로 통하는 구멍이 있는지 알 길이 없었다.

"시황묘로 통하는 지하도(地下道)가 있을 것이다. 이것을 알아내는 자에게는 상을 주겠다."

항우는 한참 동안 둘러보고 이같이 말했다.

"신이 그 길을 짐작합니다. 신이 전일에 이곳에서 인부감독을 한 일이 있어 대강 짐작합니다."

영포가 이같이 말하자 항우는 즉시 공사에 착수하라고 명령했다.

영포는 수많은 사람들로 하여금 여산의 북쪽에서부터 남향해서 깊이 오십 척, 길이 백 척의 땅을 파헤치게 했다.

공사한 지 사흘 만에 땅 밑에서 넓은 마당이 나타났다. 거기서 다시 오륙 척을 파헤치니 큰 돌문이 서 있었다. 돌문을 열고 들어서니, 한 개의 돌담이 막혀 있는데 돌로 깎은 용이 한 마리는 위로 올라가고, 한 마리는 아래로 내려오는 모양으로 조각되어 있었다. 돌담문에는 빗장을 질렀는데 쇠망치로 그 빗장을 때려부수니 그제야 돌담 중앙의 문이 열리고 돌로 자리를 깐 것 같은 큰길이 환히 뚫렸다. 거기서 이 마장가량 걸어들어가니 대전(大殿)·형전(亨殿)·침전(寢殿) 등 삼궁육원(三宮六院)의 건물이 즐비하게 서 있었다. 시황의 시체가 들어 있는 석관은 침전 중앙에 누워 있는 것이었다.

사졸들은 침전 속에 들어가 시황의 석관을 쇠망치로 때려부수려고 했다. 그러자 영포가 큰소리로 그것을 제지시켰다.

"안 된다! 건드리지 말라. 그 속에서 철포가 쏟아져나와 여기 있는 사람은 모두 죽는다!"

영포의 이 소리에 사졸들은 질겁을 해서 도로 나왔다. 영포의 설명을 들으면, 시황의 석관 속에는 총알과 화살촉이 엄청나게 많이 들어 있고, 그것이 석관을 때리기만 하면 석관 속에 들어 있는 자기황이 폭발하는 바람에 자동적으로 석관이 열리면서 발사되게 장치되었으므로 건드릴 수 없다는 것이었다. 시황의 시체를 안전하게 방어하는 치밀한 설계와 정교한 기술에 항우는 탄복했다.

"금은보물만 가지고 나가자!"

항우는 하는 수 없이 시황의 시체를 꺼내 볼기를 때린다던 생각을 버리고, 보물만 운반해내기로 했다. 시황의 침전에는 금·은 합해서 육십만 근, 석관 주위에 장식된 천하의 귀중한 보물이 일백이십 종류, 이것들을 전부 운반시키니 수레로 수십 차에 달하는 재물이었다.

금은보물을 운반해낸 뒤에 시황묘를 다시 묻어버리게 한 후, 항우는 영포와 함께 아방궁에 들어가보았다. 여산에서부터 함양까지 누각과 복도가 연속되어 있으니 아방궁의 건물은 길이 삼백 리에 뻗쳐 있었다. 그 규모의 장대함과 막대한 물자와 인공을 생각하니 시황의 궁사극치한 행위에 항우는 미운 생각을 참을 수 없었다.

"진시황은 이렇게 사치했구나! 천하의 재물을 이따위로 모두 없애버렸구나!"

항우는 영포를 돌아보고 이같이 탄식하다가,

"이것을 그냥 둘 수 없다. 죄다 불질러버려라!"

하고 명령했다. 영포는 사졸들을 불러 아방궁에 불을 질렀다. 삽시간에 화광은 충천했다. 이날부터 타기 시작한 아방궁의 화재는 삼 개월간 연소했다는 것이다.

항우는 홍문으로 돌아와 시황묘에서 꺼내온 금은보물로 부하들에게 상을 주고 모든 막료들에게 논공행상을 하기 위해 범증과 의논을 했다.

"먼저 패공을 어떻게 하면 좋을까요?"

항우의 제일 큰 문제는 패공이었다.

"파촉(巴蜀)은 함양에서 서남으로 수천 리 떨어져 있는 진나라의 요해지입니다. 산세가 험준하고 도로가 기구하므로 그전부터 귀양 보내는 땅이 아니었습니까? 그러니 패공을 한왕(漢王)에 봉하여 촉 땅에 가 있도록 하십시오. 그런 다음 진의 항장인 장한·사마흔·동예 이 세 사람을 삼진(三秦) 왕에 봉하시어 촉 땅에서 나오는 길을 지키고 있게 하십시오. 이렇게 하시면 관중에서 왕이 되게 하는 것과 형태도 방불하고, 패공이 모반하고 싶어도 꼼짝 못하고 촉 땅에서 늙어 죽을 것입니다."

범증은 이같이 계책을 말했다.

"그것 참 상책입니다!"

항우는 범증의 계책에 찬성하고 즉시 군정사(軍政司)를 불러 논공행상을 기록하게 했다.

항우가 논공행상을 기록시킨 것은 대략 다음과 같았다.

패공은 한왕이 되어 촉 땅의 사십일 현(縣)을 통치하고, 장한은 옹왕(雍王)이 되어 상진(上秦)의 삼십팔 현, 사마흔은 새왕(塞王)이 되어 하진(下秦)의 십일 현, 동예는 곽왕(霍王)이 되어 중진(中秦)의 삼십 현, 신양을 하남왕(河南王), 사마앙을 은왕(殷王), 영포를 구강왕(九江王), 공오(共

敖)를 임강왕(臨江王), 오예(吳芮)를 형산왕(衡山王), 전안(田安)을 제북왕(濟北王), 위표를 서위왕(西魏王), 장이를 상산왕(常山王), 장도(藏荼)를 연왕(燕王), 조헐(趙歇)을 조왕(趙王), 전횡(田橫)을 상제왕(上齊王), 전욱(田郁)을 중제왕(中齊王), 정창(鄭昌)을 한왕(韓王), 진승을 양왕(梁王), 전영(田榮)을 전제왕(前齊王), 전경(田慶)을 전조왕(前趙王), 전여를 함안군(咸安君), 전시를 교동왕(交東王), 항정을 춘승군(春勝君), 항원을 안승군(安勝君), 범증을 승상으로 하고 존칭을 아부(亞父)라 했으며, 항백을 상서령(尙書令), 종리매를 우사마, 계포를 좌사마, 옹치를 우장군, 정공을 좌장군, 용저를 대사마, 진평을 도위(都尉), 한생(韓生)을 좌간의(左諫議), 무섭(武涉)을 우간의(右諫議), 환초를 대장군, 우영(于英)을 인전장군(引戰將軍), 우자기를 대장군, 한신을 집극랑으로 각각 발령했다.

천하 제후로부터 서초패왕 항우에 딸리는 미관말직에 이르기까지 논공행상이 끝난 뒤에 큰 잔치가 베풀어졌다.

잔치가 끝난 뒤에 패공은 패상으로 돌아갔다. 장량도 홍문의 진영을 떠나 패공을 따라갔다.

패상에서는 패공이 한왕이 되어 촉 땅으로 가게 된 것을 알고 모든 장수들이 울근불근했다.

"파촉은 귀양 가는 땅이란 말이야! 이런 땅으로 우리더러 가 있으란 말인가?"

"우리가 한번 가면 살아서는 다시 못 나온다! 죽어서 촉 땅의 귀신이 된다!"

"그럴 것 없이, 이래도 죽고 저래도 죽을 바에야 항우와 한번 싸워서 결정짓는 것이 좋겠다!"

번쾌 이하 모든 장수가 항우의 처사에 분개해 떠들어대자 패공도 참고 있던 분통이 터져버렸다.

"그래! 최초의 약속이 먼저 함양에 입성하는 사람이 관중에서 왕이 되기로 한 것인데, 항우가 나를 촉 땅으로 쫓는다는 것은 도대체 말이 안 된다! 싸워보자!"

패공도 이렇게 흥분했다.

"이거 어째 이러십니까? 안 됩니다. 한왕으로 계시는 것과 헛되이 항우에게 죽는 것과는 비교할 수 없지 않습니까? 한왕이 되어 백성을 잘 기르고, 군사를 양성하고, 인재를 등용하여 먼저 삼진(三秦)을 공략한 뒤에 서서히 천하를 도모하는 것이 좋습니다."

소하가 패공의 흥분을 제지시키면서 이렇게 말하자 장량도 소하의 의견에 첨부해서 이같이 설명했다.

"촉 땅은 진나라에서 좌천시키는 지방입니다만 안으로 들어가면 중산의 보호가 두텁고, 밖에서는 험산준령이 막아주고 있으므로 초패왕의 백만대군이라도 침범해 들어오기는 어렵습니다. 흥분하지 마시고 빨리 한중(漢中)으로 들어가십시오. 범증이 낮이나 밤이나 패공을 해치려고 계획하는 줄을 잊으셨습니까?"

장량의 말을 듣고 패공도 흥분이 가라앉았다.

"선생의 말씀이 과연 옳습니다."

이때 역이기 노인이 또 장량의 설명에 보충해서 패공을 위로했다.

"지금 한왕이 되어서 촉 땅으로 가시면 이로운 점이 세 가지가 있고, 안 떠나시고 함양에 계시면 해로운 점이 세 가지 있습니다. 파촉은 산세가 험준해서 교통이 어렵기 때문에 남이 허실(虛實)을 모르니 이로운 것이 그 하나요, 군마를 양육하고 훈련하는 데 좋으니 이로운 것이 그 둘이요, 부하들을 이끌고 공격해 나올 때에는 모두들 제 고향에 가고 싶은 생각에 용기백배할 것이니 이로운 것이 그 셋이올시다. 그 반대로 함양에 있으면 우리의 실정을 세세하게 남들이 알게 될 것이니 해롭고, 초나라를 공격하려고 해도 범증이 우리의 허실을 잘 알고 방어할 것이요, 또 우리를 반격할 것이니 해롭고, 항우가 점점 형세가 커지면 우리의 군사들이 초나라로 달아나는 놈도 많이 생길 것이니 해롭습니다. 그러니까 파촉으로 들어가셔서 와신상담 힘을 기르시어 왕업을 일으키는 것이 제일입니다."

역이기 광야군의 이해 설명을 듣고서야 패공은 기쁜 낯빛을 보였다.

"잘 알았습니다. 속히 떠나도록 준비하십시다."

패공은 마음을 결정했다.

한편, 초패왕의 진영에서 범증은 패공을 한왕으로 봉하게 한 후에도 마음이 가볍지 못하고 머릿속에서 걱정이 떠나지 않았다.

범증이 자리에 드러누워 패공을 염려하다가 문득 패공은 화덕(火德)으로 된 사람이라는 것이 생각났다. 패공은 그의 깃발도 붉은 빛으로 쓰고 있지 않은가. 붉은 빛을 숭상하는 것은 불을 의미하는 것이다. 그런데 파촉 땅은 서방이다. 서방은 금(金)이다. 쇠의 기운이다. 쇠는 불을 만나면 그릇이 된다. 그런고로 만일 패공이 파촉 땅에 가 있게 되면 반드시 큰일을 이룰 수 있다. 범증의 머릿속에서는 이 같은 결론이 내려졌다.

이튿날 범증은 초패왕에게 말했다.

"만일 오늘 한왕이 와서 대왕을 뵈옵거든 대왕께서는, 내가 너를 한왕으로 봉했는데 가겠느냐, 가기 싫으냐, 이렇게 물어보십시오. 가겠다고 대답하거든 일을 자의대로 단행하는 자라 해서, 그 반대로 가기 싫다고 대답하거든 부족한 생각이 있는 자라 해서, 즉시 죄를 주어 처치해버리시기 바랍니다."

범증의 계책에 걸려들기만 하면 패공은 죽은 목숨이다. 항우는,

"그거 잘되었습니다."

하고 찬성했다.

아침때가 지나 패공은 항우를 찾아와 인사를 했다. 항우는 패공을 불러 범증이 시킨 대로 물어보았다.

"짐이 경을 한왕에 봉하여 파촉으로 가게 하였는데, 경은 어떻게 생각하는가? 가려는가? 가기 싫은가?"

"옛날부터 임금을 섬기는 자는 일신의 행동을 군명에 따라서 했습니다. 왕께서는 신에게 왜 그런 말씀을 물으십니까? 신은 비유하건대 대왕이 타시는 말입니다. 대왕께서 채찍을 때리시면 달음질하고, 고삐를 잡아당기시면 걸음을 멈출 뿐입니다."

패공은 이렇게 대답했다. 항우는 유쾌하게 웃었다.

"허허허, 그거 참 비유가 그럴듯하이그려!"

항우는 패공을 조금도 죽이고 싶지 않았다. 패공은 인사를 마치고 패상으로 돌아갔다.

패공이 본진으로 돌아오자 장량이 기다리고 있다가 기쁜 얼굴로 맞아들였다.

"패공께서 오늘 위태한 지경을 잘 빠져나오셨습니다. 과연 복이 많으십니다!"

장량이 이렇게 치하했다. 그러나 패공은 알아듣지 못했다.

"왜요? 무슨 복이 많다는 말씀인지요?"

도리어 이같이 물었다.

"오늘 초패왕이 대왕더러 가겠는가, 가기 싫은가라고 묻지 않았습니까?"

"그랬지요."

"그 질문에 대답을 잘하셨습니다. 가겠다고 대답하셨어도 죽었고, 가기 싫다고 대답하셨어도 죽었습니다! 이렇게 위태한 지경을 무사히 벗어나셨으니 그것이 복이라는 말씀입니다."

장량이 해설해주는 말을 듣고서야 비로소 패공은 항우의 뜻을 깨달았다.

"아아, 참 그랬군! 이거 이래가지고서야 여기 오래 머물러 있을 수 있습니까? 하루라도 더 있으면 어느 그물코에 걸리든지 그물에 걸리기 쉽지요! 속히 떠나도록 마련해주시기 바랍니다."

"기다리십시오. 항백·진평 두 사람이 우리 쪽에 호의를 가지고 있으니, 이 두 사람에게 신이 잘 부탁해서 무슨 계책을 꾸며내도록 주선하겠습니다."

장량은 패공에게 이같이 말하고 밖으로 나와서 그길로 홍문에 갔다. 장량은 항우의 분부로 홍문에서 여러 날 동안 체재한 일이 있는 고로 자유로이 출입할 수 있었다. 그는 먼저 진평을 찾아보고 패공을 구해달라고 부탁했다. 진평은 장량의 귀에 입을 대고 여차여차하겠으니 그러면 어떻겠느냐, 이렇게 말했다.

"묘한 꾀올시다. 꼭 그렇게 해보십시오."

장량은 진평의 꾀를 칭찬하고 아무쪼록 틀림없이 하라고 부탁하고 패상으로 돌아갔다.

이틀이 지난 뒤에 항우는 모든 신하들을 모으고 회의를 열었다. 천하의 제후를 봉하고 아직 그 경과를 의제 회왕께 보고하지 못한 것과, 또는 자기가 초패왕이 되고서 의제로 하여금 도읍을 팽성에서 침주로 옮기도록 하였건만 그 후 소식이 없으니 이런 사건을 처리하자는 것이 회의의 목적이었다.

"의제께서는 아직 천도하시겠다는 회답이 없으니 경들은 어떻게 생각하는가?"

항우는 이같이 물었다.

"신이 생각하옵기는 하늘에는 해가 둘이 없고, 백성에게는 왕이 둘이 없습니다. 대왕께서 지금 천하에 임금이 되시었는데도 불구하고 회왕의 재가를 얻으신 후에 일을 처리하신다면, 이는 임금이 두 분 계신 모양이 됩니다. 요새 밖에서 백성들은 지껄이기를 '신하로 앉아서 제후를 봉한다는 것도 고금에 희한한 일이다' 이렇게 말한답니다. 대왕의 체통이 떨어지는 말이 아니오니까…. 그러니 지금 범아부께서 대장을 한 사람 데리고 급히 팽성으로 가서 회왕을 궁벽한 곳으로 옮겨놓게 하고, 앞으로는 회왕의 명령을 듣지 마시고 대왕께서 친히 천하의 임금이 되셔야 할 줄로 아뢰옵니다."

진평이 항우 앞에 나가 이같이 말했다. 항우는 듣던 중 제일 반가운 말이라고 생각했다.

"암, 그게 옳은 말이야."

항우는 즉시 범증에게 환초·우영 두 장수를 데리고 의제에게 가서 도읍을 침주로 옮기게 하고, 팽성에는 궁실을 조영해서 자기로 하여금 고향에 한번 돌아가보도록 해달라고 부탁을 했다.

범증은 항우의 명령을 듣고 승낙했다. 항우가 천하의 제후를 봉한 이상, 의제를 천자 위의 천자로 모셔야 한다고 주장할 이유가 없다고 생각되었기 때문이었다.

"그러면 신이 팽성으로 가서 말씀대로 거행하겠사오나, 다만 신이 대왕께 삼개조의 간하는 말씀이 있습니다. 대왕께서는 이 삼개조를 꼭 실행하셔야 합니다. 하나는 이곳 함양을 떠나서는 안 됩니다. 함양은 옛날부터 도읍으로 정해오던 천부의 땅입니다. 둘째는 집극랑 한신을 대장으로 등용하시기 바랍니다. 한신은 원융의 재목입니다. 이 사람이 대장이 되어 용병작전을 한다면 천하에서 당할 사람이 없을 것입니다. 만일 대왕께서 등용하시지 않으시려거든 죽이실밖에 없습니다. 그래야 후환이 없을 것입니다. 셋째는 한왕을 파촉 땅으로 보내지 마시고 신이 팽성에서 돌아올 때까지 기다리시기 바랍니다. 이상 삼개조를 꼭 실행하시기 바랍니다."

범증은 항우가 자기 없는 사이에 주의해야 할 조목을 이같이 말했다.

"잘 알았어요. 아부는 빨리 떠나시오."

범증은 항우의 재촉으로 환초·우영을 데리고 팽성으로 떠났다.

진평은 범증이 떠난 뒤에 안심하는 미소를 띄웠다. 그리고 이튿날 항우에게 상소를 올렸다.

> 자고로 성인은 국가 운영에 있어서 검소한 것을 주장삼아 이재를 힘쓰게 하였으니 검소하지 않으면 사치함이 증가하고, 이같이 되면 창고가 공허하여 백성이 어렵고, 필경에는 국가가 망하는 까닭입니다. 이제 함양에 모여 있는 제후들은 각각 본부 인마 삼만 이상을 영솔하고 있으니 그 총수가 백만이며, 그들이 소비하는 물자는 방대하오니 구체적으로 말씀하오면 날마다 지출되는 술이 삼백 통, 양(羊) 일천백 마리, 돼지 사백 마리, 소 백 마리, 국수 사천 근, 장작 팔백 지게, 쌀 이만 석, 콩 일만 석, 마량(馬糧) 이만 부대, 대략 이상과 같으므로 진실로 한심하기 짝이 없습니다. 속히 제후들을 돌아가도록 하명하소서. 신은 하정에 송구함을 금치 못하와 이같이 아뢰는 바입니다.

항우는 진평의 상소문을 받아보고 생각하니 과연 막대한 비용이었다. 이대로 가다가는 큰일 나겠다. 이같이 생각하고 모든 제후들에게 각각 그 임명한 나라로 오 일 이내에 출발하라, 그리고 한왕 유방 한 사람만 함양에 머물러 있으라, 이같이 칙령을 내렸다.

패공은 놀랐다. 다른 사람은 모두 그들의 임명받은 토지로 출발시키면서 자신만 함양에 붙들어두는 것이 불안했다.

'이거 필시 나를 죽이려고 남겨두는 것이 아닐까?'

패공은 걱정이 태산 같았다.

"지금 대왕의 부모처자가 모두 풍패 땅에 계시지요? 내일 아침에 초패왕에게 풍패로 가셔서 가족을 데려오시겠다고 글을 올리십시오. 신이 그때를 타서 대왕을 구할 방책을 마련하겠습니다."

장량이 패공을 위로했다. 패공은 역이기에게 초패왕한테 올리는 표를 부탁했다.

이튿날 패공은 역이기가 지어준 표문을 가지고 초패왕 앞에 나갔다. 항우는 패공이 올리는 글을 받아보고,

“경이 고향에 가서 부모를 모셔오고 싶다는 것은 자식 된 도리를 하고자 하는 것이니 당연한 일 같지만, 본심이 아닐 것이야. 왜냐하면 다른 사람들은 모두 오 일 내로 출발하되, 경 한 사람만은 함양에 남아 있으라고 짐이 분부했기 때문에 부모를 핑계삼아 함양을 떠나자는 심산이 아닌가? 그렇지?”

항우는 패공의 심중을 알고 이같이 말했다. 그러나 패공은 천연스럽게 대답했다.

“천만의 말씀이올시다. 신의 부친은 노령인지라 신이 항상 그리워하고 있습니다. 진작 사뢰고 싶었으나 대왕께서 즉위 초에 국사다망하신 고로 사뢰지 못했사온데 이제 제후들이 각기 고향에 돌아갈 수 있게 되었건만, 신 홀로 부모를 찾아가 뵙지 못하는 것을 생각하니 흉금이 쪼개지는 듯합니다.”

패공은 여기까지 말하고 갑자기 느껴 울기 시작했다. 이때에 장량이 멀찍이 패공 뒤에 섰다가 항우 앞으로 나와서 입을 열었다.

“대왕께서는 한왕을 고향에 돌려보내시지 마시옵소서. 사람을 보내서 풍패에 가서 한왕의 부모처자를 함양으로 맞아오도록 하신 후, 한왕의 가족을 인질(人質)로 두신 다음에 한왕을 파촉 땅으로 들어가도록 하시옵소서. 이같이 처리하시는 것이 후환이 없을 줄로 아뢰옵니다.”

“짐은 한왕을 한중으로 보내지 않고 여기다 두려고 생각한다. 한중에 들어가면 한왕이 딴마음을 일으킬 것이야.”

항우가 장량의 의견에 반대하는 것을 보고 진평이 항우 앞으로 나와 간했다.

“대왕께서 이미 천하에 포고하시기를 한왕으로 하여금 촉 땅의 임금

으로 하셨습니다. 지금 촉 땅으로 못 가게 하시고 여기다 두신다면 천하에 신의를 저버리는 일이 됩니다. 그러므로 제후에게 신의를 잃지 않고 일을 조용히 처리하시려면 장량이 간하는 말씀대로 한왕의 부친 태공을 인질로 두시고 한왕은 파촉으로 떠나게 하시옵소서."

항우는 무엇을 생각하는 것 같더니,

"이미 의논하기를 한왕은 이곳에 머물러 있도록 한 일이지만, 다시 생각을 바꾸어 한중으로 떠나도록 하겠다. 그러나 풍패 땅으로는 돌아가지 못한다!"

이같이 결정을 지어 명령했다. 패공은 이 말을 듣고 일부러 소리를 내어 느끼면서 울었다.

"경은 속히 한중에 들어가 파촉을 다스려라. 짐은 팽성에 궁실이 완성되면 그 후에 경의 가족을 맞아들여 양육하겠다. 그렇게 하면 경도 또한 효양의 도리를 지키는 것이 될 것이야!"

항우는 패공의 울음소리를 들으면서 이같이 위로의 말을 했다. 패공은 항우에게 공손히 절하면서,

"신은 대왕의 은혜를 평생 잊지 않겠습니다. 그러면 속히 한중으로 들어가 대왕께서 하명하신 대로 행하겠습니다."

이같이 감사의 말을 하고 물러나왔다. 모든 것이 진평의 꾀대로 이루어진 셈이었다. 패공이 항우에게 감사의 말을 하고 나온 뒤에, 종리매가 범증의 말을 인용해가며 항우에게 간했으나, 항우는 듣지 않았다.

앞날을 위해

초패왕 항우의 허락을 받아 나온 패공은 즉시 부하 대장들에게 출발 준비 명령을 내렸다. 모든 신하와 장수들이 한시라도 속히 항우 앞에서 떠나고자 분주했다.

함양의 백성들은 패공이 파촉으로 떠난다는 소식을 듣고 수십 명이 패상으로 찾아와 눈물을 흘렸다.

"언제 다시 대왕의 인자하신 용안을 우러러 뵈올 수 있겠습니까?"

이것이 함양 백성들의 눈물에 젖은 인사말이었다.

"항왕의 법도가 무서우니 노인들은 속히 돌아들 가십시오."

소하는 함양의 백성들을 돌려보내기에 힘쓰고, 한편으로 장량은 번쾌에게 재촉해서 행군을 단행했다.

군마가 패상에서 출동하여 구십 리를 가서 안평현(安平縣), 사십 리 더 가서 부풍현(扶風縣), 사십오 리 더 가서 봉상군(鳳翔郡), 삼십 리 더 가서 미혼채(迷魂寨), 또 삼십 리 더 가서 보계현(寶鷄縣), 오십 리 더 가서 대산관(大散關), 육십 리 더 가서 청풍각(淸風閣), 또 육십 리 더 가서 봉주(鳳州). 여기서부터 길은 기구망측해서 깎은 듯한 낭떠러지에 나무다리를 한쪽 언덕에 붙여서 가설했으니, 이것이 천하에 유명한 잔도(棧道)이다. 태산준령은 나는 새도 넘어가지 못할 만큼 구름 위에 솟아 있고, 나무다리의 잔도는 한량없이 연달아 뻗쳐 있으니 그 길이 몇 백 리나 되는지 알 길이 없었다. 한쪽으로 천인절벽을 내려다보며, 한쪽으로는 구름 밖에 솟은 층암괴석과 울창한 수림을 보면서 험산궁곡을 지나노라니 분한 생각이 모든 장수의 가슴에 북받쳤다.

"우리가 무슨 죄로 이렇게 험한 땅으로 간단 말이냐?"

"구사일생으로 전쟁을 치르고 살아난 목숨이 고향에 못 돌아가고 이런 땅에 가다니! 다시는 살아서 고향에 못 가보겠다!"

"아니, 그래 어쩌다 우리가 촉 땅으로 귀양 가야 할 신세가 되었나! 회왕의 말씀대로 하자면, 먼저 함양에 입성했으니 관중에 있어야 할 팔자가 아닌가 말이다!"

여러 사람이 이렇게 떠들어대자 번쾌도 그만 분함을 참지 못해서,

"그래라! 초패왕과 싸워 사생결단을 내자!"

하고는 말머리를 돌려 돌아오면서 고함을 질렀다. 패공도 분통을 억제하지 못하고 함께 소리를 지르면서 항우를 욕했다.

장량·역이기·소하 세 사람은 급히 말에서 내려 패공의 말을 붙들고 타일렀다.

"대왕은 고정하십시오! 일을 그르치면 안 됩니다!"

"안 됩니다. 흥분하시면 안 됩니다."

"한중은 험지입니다만 대왕이 흥하실 땅은 이 땅입니다. 한중에서 인마를 양성하여 먼저 삼진을 공략한 뒤에 천하를 도모하시면 족히 초패왕을 이기실 것입니다. 만일 지금 이대로 돌아가다가는 초패왕의 백만 대군에게 대패하고 말 것이니 그때 후회한들 무슨 소용이 있겠습니까? 철모르는 여러 사람들이 소동할지라도 대왕은 진정하셔야 합니다."

세 사람이 번갈아가며 이같이 간하는 말을 듣고서야 패공은 다시 마음을 진정하고 번쾌로 하여금 행군을 재촉하게 했다.

패공의 명령으로 다시 한중을 향해 행군을 계속할 때 역이기는 패공 앞에 와서 촉 땅의 길이 이같이 험한 내력을 이야기하기 시작했다.

"옛날에는 촉 땅의 길이 지금보다 십 배 더 험준했습니다. 진혜왕(秦惠王)이 육국을 병탄하고 싶어서 먼저 촉 땅을 공격하고자 했건만, 촉에는 장사가 다섯 사람 있는데 그 힘이 무서운 장사인지라 먼저 이 사람들을 제거하려고 일부러 거짓말로 소문을 내기를, 진나라에는 무쇠로 생긴 황소가 다섯 마리 있으며 그 소 다섯 마리가 날마다 금똥을 닷 말씩 누어놓는다. 진나라는 그래서 철우(鐵牛)의 황금분(黃金糞) 때문에 부강해지고 있다고 헛소문을 냈습니다. 그랬더니 촉 땅의 임금이 그 소문을 듣고 그 소 다섯 마리를 훔쳐오려고 그 다섯 명의 장사로 하여금 진나라에 들어가는 길을 닦으라고 명령했더랍니다. 다섯 장사가 몇 해 동안 걸려서 길을 내고 진나라에 들어와보니 금똥을 눈다는 것은 거짓말이고 그냥 무쇠를 부어서 만들어 세운 소가 다섯 마리 있기는 있더랍니다. 그 후에 장사들은 죽어버리고 길은 뚫렸으므로 진혜왕은 군사를 일으켜 촉을 정벌했습니다. 지금 우리가 걸어가고 있는 잔도가 바로 그때의 그 길입니다."

역이기가 잔도의 내력을 말하자 패공은 처음 듣는 이야기를 재미있게 생각했다.

이튿날 잔도를 다 지나와서 장량은 패공에게,

"신은 여기서 대왕을 하직하고 고국으로 돌아가겠습니다."

하고 작별 인사를 했다. 패공은 천만 뜻밖의 일로 말문이 막힌 듯 잠시 동안 어안이 벙벙하더니 가까스로 마음을 가다듬었다.

"아니, 그게 무슨 말씀이시오? 선생이 여기서 나를 버리고 가시면 나는 어떻게 합니까?"

장량은 패공을 위로하듯 가만히 말했다.

"신이 지금 고국으로 간다 하지만, 고국에 가서는 잠시 고주(故主)께 인사만 올리고 바로 되돌아나와 대왕을 위해 중요한 일을 세 가지 할 생각입니다. 그 하나는 항우로 하여금 도읍을 팽성으로 옮기고 함양은 대왕을 위해 비워두게 하는 일이요, 둘째는 천하의 제후들을 설복시켜 초패왕을 배반하고 대왕께 가담하게 만드는 일이요, 셋째는 초(楚)를 멸하고 한(漢)을 흥하게 할 만한 대원수(大元帥) 재목의 큰 인물을 구하여 대왕께 보내드리려고 하는 것입니다. 대왕께서는 신이 보내는 인물과 더불어 은인자중하시며 군사를 교련하신 후 관중(關中)으로 오시면, 신은 그때 관중에서 만나뵙겠습니다. 앞으로 길어야 삼 년, 짧으면 일 년 이내에 대왕은 촉 땅에서 나오시게 될 것입니다."

장량의 말을 들으니 패공의 서운한 마음이 조금 진정되었다.

"선생의 말씀과 같이 되기만 한다면 무슨 고생이든 원망하지 않고 참고 있지요! 그러나 선생이 천거하시는 그 인물을 무슨 증거로써 알게 해주셔야 하지 않겠습니까?"

"그것은 미리 만들어서 소하에게 주었습니다. 신이 천거하는 인물이 엄표(割符)를 가지고 한중으로 찾아오면 소하가 가지고 있는 엄표와 맞추어보는 것으로 증거물이 되게 되어 있습니다. 소하가 그때에 천거하거든 대왕께선 대원수로 봉하시면 되겠습니다."

"잘 알았습니다. 그러면 안심하겠습니다."

"그러면 요전에 말씀드린 몇 가지 일만 명심하시고 안녕히 계시기 바랍니다."

장량이 절을 하고 패공의 수레 앞에서 물러서려 하자 패공은 눈물을 흘리면서 장량의 손을 붙들고 놓으려 하지 않았다.

"선생이 지금 약속하신 말을 천만 번 부탁건대 절대 위약하지 마시기 바랍니다. 그리고 풍패에 계신 태공을 만나거든 자세한 이야기를 드려주십시오."

"그리하겠습니다. 염려 마시기 바랍니다."

패공은 장량의 손을 놓았다. 장량은 소하에게 뭐라고 귓속말을 하고 작별 인사를 마친 뒤에 역이기·조참·번쾌 이하 몇몇 사람들과 작별하고, 사졸 오륙 명을 신변 보호로 데리고 각기 말을 타고 다시 잔도를 넘어 관중으로 향했다.

패공은 장량을 돌려보내고 앞일을 생각하느라 때가 가는 줄도 모르고 수레에 몸을 흔들리면서 온종일 길을 갔다. 이튿날 식전에 갑자기 후진(後陣)에서 고함 소리가 요란하게 들렸다. 패공은 수레를 멈추고 뒤를 돌아다보았다. 난데없는 화광이 충천하고 시커먼 연기가 길바닥 위에서 온 산골짜기를 뒤덮어 올라오고 있었다.

"잔도가 탄다!"

"불지른 것이 분명하다!"

"저걸 어쩌나!"

모든 사람이 떠들어댔다. 패공도 한참 동안 불구경을 했으나 기가 막혔다.

"장량이 돌아가면서 잔도에 불을 질러 태워버리는구나! 장량의 짓이로다! 아아, 언제 다시 잔도를 수축한 뒤에 동쪽으로 간단 말이냐!"

패공은 이같이 탄식했다. 다른 장수들과 사졸들도 이 말을 듣고 모두 통곡했다. 장량을 원망하고 욕하는 소리가 사방에서 웅성거렸다.

이것을 보고 소하가 급히 패공 앞으로 와서 가만히 말했다.

"대왕께서는 장량을 원망하시지 마십시오. 잔도를 태워버리는 데는 네 가지 이익이 있다고 어제 장량과 의논이 있었습니다. 하나는 초패왕이 알면 잔도가 끊어졌으니 한왕이 동쪽으로 돌아올 생각이 없을 것이라 여기고 자기 스스로 우리를 경계하지 않을 것이요, 둘째로는 삼진의 왕도 게을러질 것이요, 셋째로는 우리 편의 사졸들도 도망갈 생각을 안 하게 될 것이요, 넷째로는 제후가 저희들끼리 다투고 경쟁하는 일이 있더라도 우리에게 영향이 없을 터이므로 잔도를 태워버리기로 상약했던 것입니다."

소하의 설명을 들으니 장량의 깊은 꾀를 그제야 깨닫게 되었다.

"그렇다면 내가 잘못 알고 자방을 원망했소그려."

패공은 그제야 얼굴빛이 환하게 밝아지며 번쾌를 불러 행군을 독촉했다.

"장선생을 원망하는 소리를 금지시키고 속히 행군하라!"

이 같은 명령이 즉시 전후의 각 부대에 통달되었다. 떠들고 수군거리던 전후의 부대가 일제히 숙연해졌다.

수일 후, 패공은 포중(褒中)에 안착했다. 그는 한왕(漢王)이 되었다.

한편, 한왕 패공과 작별하고 돌아선 장량은 잔도에 불을 질러 삼백리의 잔도를 모조리 잿더미로 만든 뒤에, 봉주를 지나서 익문(益門)으로 나와 보계산에 당도하니 맞은편에서 오륙 명의 일행이 그를 마중해왔다. 장량은 놀랐다.

"웬 사람들이오?"

장량이 물었다.

"항백 선생께서 장선생님이 한왕을 잔도 끝까지 전송하시고 되돌아오실 테니 모시고 오라 해서 마중 오는 길입니다."

그들 중 한 사람이 이같이 대답했다.

"참으로 고마운 친구의 정이오그려!"

장량은 탄식하듯 이같이 말하고 그들과 함께 길을 재촉했다.

수일 후, 항백의 집에 도착하여 그들은 옛정을 나누었다. 하루가 지났다.

이튿날 항백이 조정에 나간 사이에 그 집의 문객에게서 장량은 슬픈 소식을 들었다. 장량이 패공을 따라 촉 땅으로 들어갔다는 소문을 듣고 항우가 노엽게 생각하고 있는데 장량의 고국 한(韓)나라 임금 희성(姬成)이 다른 나라 제후들보다도 늦게 찾아와 인사를 한 까닭으로 항우가 용서 없이 죽여버렸으며 한왕의 시체는 어제야 수렴하여 본국으로 송환했다는 것이었다. 장량은 통곡해 마지않았다. 그는 자기 가문이 오대조 할아버지 때부터 한왕을 섬겨왔으며 대대로 한 왕실에서 받은 부조의 은혜를 생각하니 슬프기도 하려니와 자신이 패공을 전송하기 위해 잔도까지 따라가지만 않았더라도 고국의 임금을 죽게 하지는 않았을 것이라는, 자신을 책망하는 생각에 가슴이 빼개지는 것 같았다. 장량은 하루 밤새도록 눈물로 베개를 적시고 이튿날 항백에게 작별 인사를 했다. 항백은 깜짝 놀랐다.

"그게 무슨 말씀이오? 떠나시다니, 내 집에 오신 지 며칠 되었다고! 우리가 그동안 국사에 다망해서 조용히 옛정을 즐길 겨를이 없었던 것이 한인데 좀 더 내 집에 머무시오."

항백은 그를 붙들었다.

"소문을 들으니 한(韓)나라 임금은 패왕을 늦게 찾아뵈었다고 해서 죽임을 당하셨다더군요! 장량은 지금 임금을 따라서 죽지 못하는 것이 한일 뿐입니다! 속히 본국에 돌아가 임금을 안장하고 가족을 안치한 다음 한 달 안에 다시 오겠습니다."

"그러시겠습니까? 그러면 붙잡지 않겠습니다. 오실 때쯤 해서 사람을 마중 보내겠습니다."

"도중까지 마중 보내실지라도 아무에게도 알리지는 마십시오."

"말씀대로 하겠습니다."

항백은 이렇게 약속하고 장량을 떠나보냈다.

장량은 하인을 두 사람 데리고 고국으로 돌아와 옛 임금의 영전에 통곡하고, 왕자들과 함께 장사를 지낸 후에 함양으로 되돌아왔다. 그 기간은 한 달도 채 안 되었다.

항백은 약속대로 장량을 멀리까지 나가 맞이하며 무한히 기뻐했다.

"존형이 약속대로 속히 다녀오셔서 반갑습니다. 이제 앞으로 무슨 일을 하셔야 할 터인데 마음을 어디다 두시는지?"

장량이 자리에 앉자 항백이 이같이 물었다.

"옛 임금은 이미 작고하시고 내 몸 또한 잔약하니, 할 일이 무어 있겠습니까? 노자(老子)의 현묵(玄默)과 장자(莊子)의 방탕을 본받고, 기산(箕山)의 소(巢)·허(許)와 수양(首陽)의 이(夷)·제(齊)를 따라다니다가 선인(仙人)을 만나면 묘론(妙論)이나 들어볼까 합니다."

장량의 대답에는 조그마한 욕심도 뜻도 없었다. 세상에 아무런 뜻도 두고 있는 사람의 말이 아니었다. 명예와 지위와 황금과 권세를 초개같이 버리고, 흐르는 물속에 비치어 있는 뜬구름 같은 생명으로 알고 살아가는 인생. 항백의 눈에 장량은 이런 사람같이 보였다.

'이미 벼슬하고 싶은 생각이 없는 사람에게 그런 수작은 그만두자!'

항백은 이렇게 생각하고 장량의 마음을 떠보는 말은 입 밖에 내지 않고 지나간 옛날 이야기를 하면서 조금씩 술을 권하는 것으로 우정을 만족시켰다.

장량이 항백의 집에 머문 지도 벌써 오륙 일이 지났다. 하루는 주인이 조정에 출사하고 없는지라, 장량은 홀로 뒤뜰에 나가 만발한 여름 장미꽃을 구경하고 있었다. 기암괴석으로 흡사 깊은 산속같이 꾸민 후원의 좁은 길가에는 난초가 심어져 있고, 높은 언덕 위에는 누각이 서 있고, 그 처마에는 '만권서루(萬卷書樓)'라는 현판이 걸려 있었다.

장량은 꽃구경을 하다가 그 위로 올라가보았다. 누각 좌편으로는 참말로 만 권이나 되어 보이는 서적이 쌓여 있었다.

'항백은 상서령(尙書令)이니까, 무슨 문서든지 먼저 항백이 받아보고 나서 초패왕에게 상달되렷다….'

장량은 이같이 생각하고 그곳에 쌓인 문서들을 하나씩 하나씩 펴보았다. 몇 장을 훑어보았건만 제대로 된 것이 하나도 없었다. 어떤 것은 한쪽 말만 한 것, 어떤 것은 고집불통의 수작, 어떤 것은 이간중상하는 소리, 어떤 것은 자기 쪽 사람을 천거하는 소리… 이런 것들을 주섬주섬 보아오다가 그 중에서 장량은 깜짝 놀랄 만큼 눈에 띄는 글을 한 장 발견했다.

신은 듣자오니, 천하를 다스리는 도(道)는 천하의 형세를 살피는 것을 귀하다 했으며 형세를 살핀다 함은 천하의 기틀을 아는 것으로 귀하다 했는데, 형세라 함은 허실(虛實)을 알고 강약(强弱)을 밝히고, 이해(利害)를 알고, 득실(得失)을 밝히는 것이니 이같이 한 연후에라야 가히 천하를 얻을 수 있는 것이옵니다. 만일 그렇지 못하면 비록 강하나 일시 강한 것뿐입니다. 기틀이라 함은 흥망(興亡)을 분별하고, 치란(治亂)을 결정하고, 기미(機微)를 뚫고, 은복(隱伏)을 밝히는 것이오니, 이같이 한 연후에라야 천하는 도모하는 것이옵고, 그렇지 못하면 풀끝의 이슬과 같아서 비록 나라를 얻었으되 오래도록 편안하기 어려운 법이옵니다. 이제 폐하께서는 관중에서 으뜸가시오나 아직 인심이 복종하지 않고, 근본이 세워지지 못했습니다. 백성들은 다만 그 강한 것을 무서워할 뿐, 그 위엄을 두려워할 뿐, 그 얼굴을 꾸밀 뿐이니, 강한 것은 약해질 수 있는 것이며, 위엄은 눌릴 수 있는 것이며, 얼굴은 마음이 아니건만 폐하께서는 이 세 가지를 믿으십니다. 만일 일이 생기는 날이면 천하는 하루아침에 없어지는 것입니다. 욕심으로는 오래도록 통치해보고 싶지만 그렇게 되지 못할 것이오니 이것이 신이 한심히 여기는 바입니다.

그러하온데 유방은 그 전날 산동 땅에 있을 때에는 재물을 탐하고 색을 좋아하던 사람이었으나 관중에 들어와서는 부녀와 재물을 건드리지 않고 약법 삼장을 공약하여 인심을 거둔 고로 관중 백성이 모두 열복하여 유방이 관중에서 왕이 되지 못한 것을 원망하고 있습니다. 그 반면에 폐하께서는 관중에 들어오시어 선정을 베푸시지 못하고, 주민을 살육하시고, 자영을 죽이시고, 시황릉을 파시고, 아방궁을 불질러버리시어 민심을 크게 잃었으니, 이 같은 일은 천하의 형세와 기틀을 밝히 살피지 못하신 연고입니다. 만일 유방이 파촉 땅에서 일어난다면 제후가 향응하여 유방은 강해지고, 유방은 저절로 이기게 될 것이니 폐하께서 잃고 계시는 것을 유방은 얻어가지고 있습니다. 폐하께서는 홀로 강한 것만 믿고 이길 것만 아시지만, 패망하는 기틀이 불측한 가운데서 싹트고 있는 것을 깨달으시지 못하니, 이것이 감히 신이 여러 사람의 꾸지람을 돌보지 않고 폐하께 말씀드리고자 하는 바이옵니다.

이제 세 가지 계교가 있사오니, 첫째는 강한 군사로 하여금 변방을 엄중히 수비하는 동시에 장한 등 세 사람을 불러들이고 지혜 있는 장수를 삼진의 왕으로 보내두시고, 둘째는 유방의 가족을 연곡(輦轂) 아래 두시고 인의(仁義)로써 시정(施政)을 하시며, 군사의 훈련을 엄하게 하시고, 셋째는 함양의 도읍터를 떠나시지 말고 지혜 있고 어진 사람을 정승 자리에 앉게 하여 천하를 다스리게 하시옵소서. 이렇게 하셔야만 사직은 반석과 같이 견고할 것이요, 유방은 동쪽으로 나오지 못할 것이옵니다.

장량은 문서를 읽고 나서 탄복을 금치 못했다. 항우가 이 글을 받아보고 이같이만 한다면 한왕은 파촉 땅에서 늙어 죽었지, 꼼짝 못하게 될 것이요, 자기도 옛 임금의 원수를 갚지 못하고 포기할 수밖에 없다고 생각했다. 그와 동시에,

'처음 보는 인물이구나! 이 사람을 얻으면, 이 사람이 파초 대원수(破楚大元帥)감이야!'

이같이 입속으로 부르짖었다. 먼저는 놀랐고 다음으론 기뻤다. 이처럼 훌륭한 인물이 항우의 부하 중에 있음을 놀란 것이요, 패공을 도와 파초 대원수가 될 수 있는 인물을 발견한 것이 기쁜 일이었다.

장량은 그 상소문을 도로 접어서 전과 같이 놓아두고 누각에서 내려왔다.

점심때가 지나서 항백이 퇴청하여 돌아왔다.

"혼자 계시느라고 적적하셨겠습니다."

그는 이같이 인사하고 자리를 베풀어 술상을 들였다.

장량은 술이 거나하게 되자 항백을 이끌고 후원으로 나왔다. 해는 서천에 넘어가고 저녁놀이 푸른 하늘을 물들이고 있는데 장미꽃은 더한층 아름다웠다.

이쪽으로 저쪽으로 거닐다가, 장량은 누각을 손으로 가리키면서 물었다.

"만권서루가 있습니다그려. 무슨 서적을 그렇게 애독하시나요?"

"애독이라니요! 게으르고 또 겨를이 없고 해서… 구경이나 하시렵니까?"

"글쎄요. 존형이 애독하시는 서적을 조금 봅시다."

장량은 마음속으로 기다리던 말인지라, 이같이 대답하고 누각으로 올라갔다.

"여기는 책만 두고, 저기는 문서만 두어두는 곳이군."

장량은 처음 들어와보는 듯이 말했다.

"그렇습니다. 별로 많지도 못한 서적… 이쪽에 있는 문서는 대부분 상소하는 글을 모아둔 것입니다."

"어디 좀 구경할까요?"

장량은 그 중에서 하나를 뽑아들고 보는 체하다가,

"이거야 처음부터 잘못되었군."

하고 도로 놓고, 그다음에 또 하나를 들고 보는 체하다가,

"이것은 문장은 훌륭한데 남을 꼬집기 위해 글을 지었습니다그려."

하고 도로 놓고, 그런 다음에 아까 혼자 들어와서 보던 그 글을 집어 들고 보는 체하다가,

"이 글은 누가 쓴 것인가요? 총명한 사람의 글인 것 같습니다그려."

하고 물었다.

“그 사람이야말로 때를 못 만난 사람이지요. 범증 선생이 여러 번 천거했지만, 항왕이 듣지 않아 아직까지 집극랑으로 있는 한신이라는 사람입니다.”

“집극랑이면 항상 궁중 안에 있는 사람입니까?”

“그렇지요. 본시 회음(淮陰) 땅 사람인데, 무인의 아들로 조실부모하고 가세가 곤궁하여 낚시질하다가 표모에게 밥을 얻어먹은 일이 있고, 저자바닥에서 부랑패류에게 협박 조롱을 당하다가 가랑이 밑으로 기어서 나갔다고 해서 모르는 사람들은 이 사람을 겁쟁이, 빙충맞은 사내… 이렇게 알지만, 재주가 비상한 인물입니다.”

항백은 칭찬을 아끼지 않았다.

“그래서 이 상소문을 패왕이 보셨는가요?”

“암, 보았지요. 보고는 항왕이 대로하여 상소문을 꾸겨서 내버리고 한신을 옥에 가두라고까지 하는 것을 내가 여러 가지로 말해서 간신히 죄를 면하게 했답니다.”

“그랬습니까? 하마터면 아까운 사람을 그르칠 뻔했습니다그려.”

장량은 이렇게 말하고 그 상소문을 아무렇지도 않은 것처럼 도로 그 자리에 놓고는 다른 책들을 뒤적거리다가 밖으로 나왔다.

‘한신이라는 사람은 바로 그 사람이다! 홍문연에서 비범한 인물로 알고 내가 그 성명을 물어본 그 사람이 틀림없어!’

장량은 누각에서 내려오면서 이렇게 생각했다.

‘위태하도다 어이할거나, 굶주린 곰이 산에서 나와 개미 한 마리 삼켰으니…’ 하고 노래하던 그 인물의 얼굴이 장량의 눈 속에서는 홍문연 이후로 지워지지 않고 있는 그림자였다.

지금도 그의 눈앞에는 그때의 광경이 또렷하게 보였다.

장량은 항백의 처소로 돌아와 다른 이야기를 하다가 극히 자연스러

운 태도로,

"나는 내일 떠나겠습니다."

하고 주인의 양해를 구했다.

"또 무슨 일이 생각나십니까? 별안간 떠나시다니?"

항백은 놀라서 물었다.

"홍진만장의 속세간에 내가 무슨 일이 있겠어요! 좀 더 한적한 곳을 찾아가 심신을 정양하고 싶을 뿐입니다."

장량은 이렇게 대답했다.

그의 말이 마음속과는 딴판인 것을 그는 자인하면서도, 친구에게 이같이 대답하는 자신을 부끄럽게 생각하지 않았다.

"아무 일도 없다면 좀 더 체류하셔도 좋지 않습니까? 내 집에 오신지가 한 달도 못 되었는데, 그리고 거처하시는 처소와 음식도 그만하면 한적한 편이요, 보신 영양에 부족함이 없을 것입니다."

"감사합니다. 그러나 고량진미가 몸에 좋은 것이 아니요, 고대광실이 수양에 적합한 것이 아닌 줄은 존형도 잘 아시지 않습니까? 산중의 허도사(許道士)는 되고 싶어도 인간의 허장사(許莊士)는 되지 않겠다는 속담에 있는 말과 같이, 진세의 영화를 버리지 않고서야 어찌 물외(物外)의 선술(仙術)을 얻을 수 있겠습니까? 그래서 존형댁을 떠나 산림으로 들어가 이름을 감추고 장생술(長生術)이나 배워볼까 합니다."

장량은 말을 맺고 웃었다. 항백은 그의 마음을 바꾸게 할 수 없음을 알았는지라 억지로 더 붙들려고 하지 않았다.

이튿날 장량은 항백의 집에서 나왔다.

항백은 함양성 밖까지 따라나와 정처없이 산림 속으로 돌아다니겠다는 장량을 전송하면서 섭섭해했다.

장량은 항백과 작별하고 촌가에 들어가 거처할 곳을 정한 뒤, 누른 빛깔의 도포와 허리띠와 관을 만들어 도사의 의복같이 지어 입고, 완전히 변장을 하여 다시 함양 성중으로 들어갔다.

도포 속 허리에는 돈꾸러미를 차고, 소매 속에는 밤과 배를 가득 넣고, 풍증 걸린 사람 모양 입을 씰룩씰룩해가면서 중얼거리며, 삼베로 얽어서 만든 신을 질질 끌면서, 손에는 목탁을 들고 두드리는 모양이 흡사 절반 미친 사람이었다.

장량은 자신의 모양을 이같이 변장하고 절간 같은 곳과 넓은 마당 빈터와, 대갓집 사당 근처로 휘적휘적 돌아다니면서 아이들에게 돈과 과실을 나누어주었다.

미친 사람 같기도 했지만 돈과 사과를 주는 바람에, 며칠 동안에 장량과 친숙해진 아이들이 수십 명이나 생겼다.

장량은 사흘 만에 그 중에서 제일 총명해 보이는 아이를 데리고 사람 없는 호젓한 빈터로 가서 돈과 과일을 주면서,

"너는 영리하니까 노래를 가르쳐주면 금시 외워서 잘할 것이다. 내가 노래 하나 가르쳐주면 배우겠니?"

하고 머리를 쓰다듬었다. 일곱 살쯤 되어 보이는 아이는 눈을 반짝거리면서 고개를 끄덕였다.

"그럼 내가 지금 부를 테니 잘 들어라."

사람 사람 무슨 사람
담장 밖에 키 큰 사람
딸랑딸랑 무슨 소리
들리느니 방울 소리
그 사람 안 보이네.
부귀 부귀 높은 부귀
고향 고향 우리 고향
아니 가고 무얼 하나

아니 가는 저 사람은
비단 입고 밤길 가네.

"자아, 알았지? 아주 쉬운 노랜데, 어디 한번 해보아라."

장량은 이같이 가르치고 아이에게 연습을 시켰다. 그 아이는 몇 번 해보더니 금시 유창하게 줄줄 외워서 노래 불렀다.

"참 착하다! 썩 잘하는구나! 너 이 노래를 여러 아이들에게 반복해서 가르쳐주어라. 모든 아이들이 이 노래를 부르게 되면 너는 훌륭하게 된단다! 첫째 병이 나서 앓지 않고, 수명장수하고, 복을 많이 받게 된다."

장량은 이렇게 말하고 또 돈을 쥐어주었다.

아이가 고마운 듯이 예를 하고 돌아가려고 하자 장량은 다시 붙들고 말했다.

"그리고 이 노래를 부르다가 집안 어른들이나 또 그 밖에 다른 사람들이 그 노래를 누가 가르쳐주었냐고 묻거든, 꿈에 어떤 노인한테 배웠다고, 이렇게 대답해야 한다. 그래야만 복을 많이 받는다. 다른 아이들에게도 그렇게 하라고 네가 일러줘야 한다. 알아들었니?"

"아저씨, 염려 마세요. 다 잘 알았어요."

영리한 아이는 이렇게 대답하고 천진난만하게 웃었다.

장량은 모든 일이 자기 뜻대로 되어간다고 생각하고 아이를 보낸 후 자신은 다시 미친 사람 흉내를 내면서 성 밖의 처소로 돌아갔다.

그는 이틀 동안 출입을 하지 않았다.

자신이 지어서 가르쳐준 노래가 아이들 간에 전파되자면 하루 이틀은 더 걸릴 것이라고 생각했기 때문이었다.

이틀 후, 그는 장사꾼 나그네 모양으로 복색을 갈아입고 성중에 들어가 이 골목 저 광장으로 돌아다니며 아이들이 놀고 있는 곳을 살펴보았다. 과연 한편 넓은 마당에서 수십 명의 어린아이들이 뛰놀면서 '사람 사람 무슨 사람 담장 밖에 키 큰 사람, 딸랑딸랑 무슨 소리 들리느니 방울 소리…' 이렇게 자신이 가르친 노래를 다 같이 부르고 있었다. 그는 이 모양을 보고 미소를 지었다.

이 무렵, 항우는 제후를 좌천시키고 죽인 사람도 많고 하여 백성들의 공론이 어떤지 염탐해볼 생각으로 근시의 신하 두 사람으로 하여금 장사꾼 모양을 하고 돌아다니며 세상 소식을 알아오게 하고 있었다. 근시 두 사람은 항우에게 돌아와 요사이 이상한 노래가 어린아이들 사이에서 유행하고 있다는 보고를 올렸다. 항우도 의심스럽게 생각되었다.

'이상한 노래가… 그게 정말인가.'

항우는 마침내 자신이 직접 진상을 규명해보겠다고 생각했다. 그래서 그는 의복을 갈아입고 초저녁에 남모르게 시장으로 나왔다. 과연 넓은 마당에서 놀고 있는 아이들이 떼를 지어 노래 부르는 소리가 들렸다. 항우는 가까이 가서 들었다. 아니나 다를까 '사람 사람 무슨 사람… 딸랑딸랑 무슨 소리…'의 이상한 노래였다.

항우는 노래하고 있던 아이를 하나 불렀다. 그 아이가 두려운 눈빛으로 항우를 멀리서 쳐다보기만 할 뿐 가까이 오려 하지 않자 장사꾼같이 차린 근시가 그 아이를 데리고 왔다. 그리고 근시는 이 아이에게 돈을 주었다.

"너 그 노래를 누가 가르치더냐? 말하면 내가 돈을 더 주겠다."

항우는 이같이 물었다.

"저어, 꿈에 하늘에서 노인이 내려와서 이 노래를 가르쳐주고 갔어요."

아이의 대답은 이러했다. 항우는 그 아이에게 돈을 더 주라고 근시에게 이르고 바삐 궁으로 돌아왔다.

'이야말로 하늘의 뜻이다!'

항우는 침전에 앉아 이같이 생각했다. 황제(회왕)를 침주로 옮기게 하고 팽성에 궁궐을 조영하도록 범증·환초·우영을 보내둔 것이 이러고 보니 잘한 일이라고 생각되었다.

'도읍을 팽성으로 천도하려는 생각은 하늘이 가르치는 일이로다.'

항우는 이같이 생각하고 이튿날 모든 막료들을 소집했다.

"짐이 경들을 모은 것은 이즈음에 하늘에서 노래를 내려보내 성중의 아이들이 모두 이 노래를 부른다 하는데도 경들은 이 일을 짐에게 고하지 않아서 모이라 한 것이야. '사람 사람 무슨 사람 담장 밖에 키 큰 사람, 딸랑딸랑 무슨 소리 들리느니 방울 소리, 그 사람은 안 보이네.' 이것은 짐이 천하에 우뚝 솟아 높은 사람으로 이름을 떨치건만, 형체를 고향 사람들이 못 보고 있다는 뜻이요, '부귀 부귀 높은 부귀 고향 고향 우리 고향 아니 가고 무얼 하나 아니 가는 저 사람은 비단 입고 밤길 가네.' 이것은 짐이 고향으로 돌아가지 않는 것이 비단옷을 입고 캄캄한 밤길을 걷는 것 같아서 아무도 알아주지 않는다는 뜻이야. 이 노래의 뜻이 짐의 뜻과 부합하는 것이니 천도할 준비를 속히 하고, 길일을 택하기 바란다."

항우는 이렇게 명령했다.

간의대부(諫議大父) 한생(韓生)이 항우 앞으로 나와 간하기 시작했다.

"폐하께서는 재고하시기 바랍니다. 노래라는 것은 모두 사람이 짓는 것이옵니다. 팽성도 회하 이북으로 아홉 고을이 있고, 옥야천리의 중심지이오나 함양에 비교할 수 없습니다. 함양은 동으로 황하·함곡관, 서로 대농관(大朧關)·산란현(山蘭縣), 남으로 종남산·무관(武關), 북으로 경(經)·위(渭)·동관(瞳關)이 있어 산과 강이 일백이 개, 옥야 천리, 가히 제왕의 도읍지입니다. 옛날에 주(周)나라가 여기서 일어났고, 진(秦)나라도 이 땅에서 패업을 완성하였사온데, 폐하께서는 어찌하여 어린아이들의 노랫소리를 믿으시나이까?"

한생이 이같이 아뢰는 소리를 듣더니 항우는 껄껄 웃었다.

"경은 천도를 말리고자 하는 말이나 짐은 이미 결정했다. 짐이 천도하기로 결정한 것은 세 가지 이유 때문이다. 삼 년 동안 정벌하느라 고향에 못 가본 것이 그 하나요, 관중에는 산이 많고 평야가 적어서 안계가 좁은 것이 또 그 하나요, 그리고 셋째는 하늘이 노래로써 알리는 까닭이다."

"폐하께서 사해에 군림하시어 하늘의 해가 중천에 있는 것 같으신데 어느 누가 우러러 받들지 않겠습니까? 고향으로 도읍을 옮기시는 것은 결코 영화로울 것이 없을 줄로 아뢰옵니다."

"하늘 아래가 모두 짐의 것이니 짐이 그 어느 땅에 가서 있든지 짐의 마음대로 할 것이다."

"범승상께서 팽성으로 떠나갈 때 폐하께 사뢰기를 함양에서 떠나시지 말라고 하지 않았습니까?"

한생의 이 말에 항우는 얼굴빛이 달라졌다.

"짐이 천하를 종횡하였으나 가는 곳마다 무적인데, 범아부가 어찌 짐의 흉중을 다 알 수 있으랴! 경은 길게 말하지 마라."

한생은 항우가 듣기 싫어하자 더 말하지 않고 항우 앞에서 물러나오면서,

"초인(楚人)은 목후이관(沐猴而冠)이라더니, 할 수 없구나!"

혼잣말처럼 이렇게 중얼거리는 소리를 항우가 들었다.

항우는 그것이 무슨 뜻인지 몰라서,

"지금 한생이 중얼거리는 소리가 무슨 말이냐?"

진평을 내려다보며 이같이 물었다.

진평은 대답하기 어려웠다. 사실대로 말하면 항우가 한생을 살려둘리 만무하고, 그렇다고 거짓말을 꾸밀 수도 없어 입장이 무척 난처했다.

"황송하옵니다. 원숭이가 관을 썼으되 원숭이일 뿐 사람은 아니라는 뜻과, 원숭이는 성질이 조급해서 관을 오래 쓰고 있을 수 없다는 뜻과,

원숭이는 필경 관을 벗어버리든지 못 쓰게 만들고야 만다는 세 가지 뜻이 있는 말이온데, 세상에서 초나라 사람을 비방하는 말이옵니다. 폐하께서 초나라 태생이기 때문에 비방하는 말씀인 줄로 아뢰옵니다."

진평은 사실대로 이렇게 고했다.

항우는 크게 노했다.

"저런 죽일 놈! 쥐새끼같이 늙은 놈이 짐을 욕하다니! 저놈을 기름에 끓여 죽여라!"

항우는 함양 시장에 있는 가마솥에 기름을 끓이고 한생의 옷을 벗겨서 삶아 죽이도록 집극랑에게 명령을 내렸다. 집극랑 한신이 명령을 받아 한생을 붙들고 시장거리로 나왔다.

길거리에는 구경꾼이 모여들었다. 간의대부가 패왕에게 간하다가 기름에 끓여 죽이는 형벌을 당한다는 소문이 순식간에 군중을 모아놓았다. 장량도 군중 틈에 끼어 그 광경을 보고 있었다.

한생은 옷을 끄르면서 구경꾼들을 둘러보고 큰소리로,

"함양 백성들아, 내 말을 들어라. 나는 간신 역적이 아니다. 초패왕이 어린아이들의 노래를 듣고 도읍을 팽성으로 옮기겠다기에 그것을 간하다가 이 모양을 당한다. 두고 보아라, 앞으로 백 날 안에 패공이 한중에서 나와 삼진을 공략할 것이다."

이렇게 외쳤다. 길에서 지키고 섰던 한신이 이 말을 듣고 한생을 나무랐다.

"떠들지 마시오! 위에서 들으시면 불덩어리가 내게까지 튀어오겠소!"

그러나 한생은 겉옷을 다 벗고 하늘을 우러러보면서 소리쳤다.

"황천후토는 굽어살피소서! 한생은 지금 죽나이다! 억울합니다! 원통하외다!"

한신은 또 한생을 나무랐다.

"대부는 억울하다 하시지만, 나는 이 결과가 당연하다고 생각합니다."

"어째서 당연하단 말이오?"

"대부가 오랫동안 간의직에 있으면서, 연전에 항왕이 경자관군 송의를 죽일 때 부하로서 주장을 죽이건만 간하지 않았고, 자영을 죽이고, 시황묘를 발굴하고, 아방궁을 소각하고, 제후를 좌천할 때는 왜 간하지 않았소? 또 진의 항졸 이십만을 도살했기 때문에 진의 백성들의 원한은 골수에 사무치게 되었는데 그때는 왜 간하지 않았소? 범증 선생과 대부를 비교해서 누구의 말이 위력이 있습니까? 범증 선생으로도 간하지 못하고 내려왔거늘, 일은 이미 다 글러진 뒤에, 지금 와서 대부가 간한다는 것이 대부 스스로 죽여달라고 한 말이나 마찬가지외다! 그러니 항왕을 원망하지 말고, 그 노래를 지어낸 사람을 원망하시오! 아마 이 구경꾼 속에 그 노래를 지어내고 또 파촉에 들어가는 잔도를 불질러버린 사람이 숨어서 구경하고 있는지도 모르지요!"

장량은 한신의 이 말을 듣고, 얼른 자기 몸을 다른 사람의 등 뒤에 숨겼다.

'무섭게 대단한 사람이다!'

장량은 몸을 감추면서 탄복했다. 그리고 진정으로 마음이 기뻤다.

'저 사람이 홍문 잔치에서 보았던 사람이다. 항백의 집에서 발견한 상소문을 지은 사람이다. 한신이다. 파초 대원수감이다!'

그는 한신이 한생을 기름 끓는 가마솥에 넣어 죽이는 광경을 끝까지 보지 않고 그 자리를 떠났다. 그는 주막거리로 다니면서 한신의 집을 염탐했다. 얼마 걸리지 않아 그는 한신의 집이 어디 있는지 알아내어 전일 진나라 궁궐에 패공과 함께 들어가서 얻어 나온 보검(寶劍)을 찾아 그날 밤으로 한신의 집을 찾아갔다.

장량은 한신의 집을 파수 보는 병정에게 한신의 고향 친구라고 자신을 소개했다. 때마침 한신은 집에 있었다.

'고향 친구가 찾아왔다고?'

문간을 지키고 있는 병정의 전갈을 받은 한신은 기억을 더듬어보았으나 자기를 찾아올 만한 고향 친구라고는 있을 것 같지 않았다. 집이 가난해서 친구라고는 사귀지 못하고 낚시질해서 잡은 물고기를 저자에 갖다 팔아서 죽이나 끓여먹고 지내던 자기를, 고향 친구가 찾아오다니, 그는 이같이 생각하다가 좌우간 들어오게 하라고 병정에게 일렀다.

조금 있다가 장량은 뜰 앞에 들어와 섰다. 여름달이 환하게 밝은데 미목이 청수하게 생긴 장량의 얼굴은 비범해 보였다.

"댁은 누구이신데 나를 만나보시겠다고 찾아오셨습니까? 하여간 방으로 올라오십시오."

한신은 장량을 방으로 청해 들였다.

장량은 주저하지 않고 방으로 들어와 입을 열었다.

"이 사람은 장군과 동향 사람입니다마는, 어려서 회음 땅을 떠나 외국으로 다녔기 때문에 고향에 친한 사람이 없고, 집안에 여러 대 가보로 내려오는 보검(寶劍)이 세 자루 있기에 널리 천하로 다니면서 영웅을 찾아, 먼저 그 사람을 보고 그다음에 칼을 팔아오고 있습니다. 그래서 그동안 두 자루는 팔고, 칼 한 자루가 남아 있건만, 그 칼을 가져야 할 인물을 찾지 못했기 때문에, 장군께서는 저와 동향이시고 또 영웅이신지라, 오늘은 장군에게 팔려고 아침부터 문밖에 와서 기다리고 있었습니다. 이 칼이 어둠 속에 있을 때는 강물 속에서 용의 울음소리가 들리는 것 같고, 산속에 가지고 가면 산속의 귀신들도 놀라 자빠지는 터인데, 이 칼은 땅속에 파묻혀 있기를 십만 년 동안, 값으로 말한다면 수천 금입니다마는, 영웅을 만나면 칼이 저절로 쨍 하니 울음을 웁니다. 이 세상 물건이란 각각 임자가 있는 것이어서 억지로 그 값을 받지 못합니다. 장군께서 이 칼을 가지시면 이 칼은 그 임자를 만나는 것입니다."

장량은 여기까지 쉬지 않고 청산유수 같은 변설을 토했다. 한신은 그 말을 듣고 마음이 기뻤다.

"내가 초나라에 와 있은 뒤로 나를 알아주는 사람이 없었는데, 선생이 이렇게 찾아주시니 고맙습니다. 그 자랑하시는 칼을 구경이나 시키십시오."

한신은 이렇게 말하고 칼을 보기나 하자고 청했다.

장량은 들고 들어온 큰 칼을 탁자 위에 올려놓고 그 속에서 보검을 꺼내 두 손으로 한신에게 주었다.

"이것입니다. 보십시오."

한신은 장량에게 칼을 받아 칼집에서 칼을 뽑았다. 순간, 고상한 기운이 칼날에서 풍기면서 찬 기운이 방 안에 가득 찼다. 한신은 불빛에 칼날을 비추어보면서 정신이 황홀해지는 것을 느꼈다. 그는 칼집 위에 가느다랗게 새겨진 글을 읽어보았다.

> 곤륜산 쇠를 달구어 칼을 치니 붉은 무지개 하늘에 뻗치는 것을 그대는 보지 못하는가. 이루어진 보검은 서리와 눈의 기운을 뿜으며, 갑 속에 넣어두면 얼음꽃이 갑 위에 서리고 명월이 갑 위에 생기며, 영웅을 만나서는 천하에 풍운을 일으키니 조화무궁하도다.

이 글은 이 칼을 자랑하는 내용이었다. 한신은 어려서부터 칼을 몹시 사랑했다. 오늘밤에 이 같은 보검을 구경하니 무한히 기쁘고 갖고 싶건만 값이 엄청나게 비쌀 것이 분명한지라 주머니 속을 생각하니 마음만 안타까웠다. 그래서 그는 차마 값이 얼마냐고 묻지도 못하고 딴말을 물었다.

"댁의 말씀은, 칼이 모두 세 개가 있었는데, 두 개는 벌써 팔아버리셨다니 그것을 얼마씩 받고 파셨는지요?"

"아까 말씀드린 바와 같이 먼저 그 인물을 보고, 나중에 그 값을 의논하는 것입니다. 만일 진정 그 칼의 주인 될 사람이라면 값을 받지 않고 그냥 드릴 수도 있습니다. 장군은 오래전부터 천하의 영웅이시라는 말을 듣고 일부러 찾아와서 뵈옵는 터이니 장군이 이 칼의 주인이시지요!"

"말씀은 감사합니다만 나는 이 칼의 주인이 될 인물이 못 됩니다."

"아니올시다. 만일 이 칼의 주인이 될 사람이 아니라면 수천 금을 주신다 해도 나는 이 칼을 장군에게 드리지 않습니다."

한신은 장량의 말을 듣고 마음이 흡족했다. 그는 술을 들여오라고 하여 장량에게 술을 권하면서 물었다.

"그런데 이 칼은 이름이 없습니까?"

"있습니다. 세 자루에 각각 이름이 있으니 하나는 천자검(天子劍), 하나는 재상검(宰相劍), 하나는 원융검(元戎劍)으로 지금 장군께 드린 것은 원융검입니다. 그리고 천자검 · 재상검 · 원융검은 모두 팔덕(八德)이 없는 사람은 갖지 못합니다."

"무엇이 팔덕입니까?"

"천자의 팔덕은 인(仁) · 효(孝) · 총(聰) · 명(明) · 경(敬) · 강(剛) · 검(儉) · 학(學)입니다."

"재상검에도 팔덕이 있나요?"

"있지요. 충(忠) · 직(直) · 명(明) · 변(辨) · 서(恕) · 용(容) · 관(寬) · 후(厚), 이것이 재상검의 팔덕입니다."

"천자검, 재상검에 이미 팔덕이 있는 것을 가르쳤으니, 원융검의 팔덕도 말씀해보시지요."

한신은 장량의 술잔에 다시 술을 따르면서 이같이 물었다.

"염(廉) · 과(果) · 지(智) · 신(信) · 인(仁) · 용(勇) · 엄(嚴) · 명(明), 이것이 원융검의 팔덕입니다."

"참으로 천하의 보검입니다. 그런데 천자검과 재상검은 누구에게 파셨습니까?"

"천자검은 지금 한왕이 된 풍패 땅의 유패공에게 팔았습니다."

"한왕에게 무슨 덕이 있다고 보셨기에 천자검을 그에게 파셨는가요?"

"한왕 패공은 성탕(成湯)과 같은 큰 덕이 있지요. 융준용안, 인물도 잘 생겼을 뿐 아니라, 큰 뱀을 죽인 자리에서 밤에 신모(神母)가 울었으며, 가끔 하늘에 왕기가 뻗친 일이 있어 진실로 천자의 기운을 가졌다고 봅니다. 전일 망탕산에서 그분이 뱀을 죽였을 때 그분에게 천자검을 팔았습니다."

"재상검은 누구에게 파셨는가요?"

한신은 또 물었다.

"패현에 있던 소하에게 팔았습니다."

장량은 술을 마시고 한신에게도 술을 권하면서 대답했다. 한신은 잔을 비우고 또 물었다.

"그 사람한테서는 무엇을 보셨습니까?"

"그 사람은 운수를 계산할 줄 아는 원훈, 무기를 쓰지 않고도 인의(仁義)를 세우고, 악법을 고치고, 백성을 구하고, 천하를 포용하는 큰 그릇입니다."

한신은 유쾌한 듯이 껄껄 웃었다.

"댁이 천자검 · 재상검은 그 칼주인을 잘 찾아주신 것 같습니다만, 이 사람은 이름 없는 졸장부, 그같이 덕이 없으니 원융검의 주인 노릇을 못하겠습니다."

"장군은 겸손의 말씀을 하십니다. 장군의 흉중에 들어 있는 것은 옛날의 손자(孫子) · 오자(吳子)도 못 당할 것입니다. 그렇건만 아직 좋은 임금을 만나지 못했습니다. 옛날에 천리마도 백락(伯樂)을 만나지 못했을 때는 마구간에서 보통 말과 함께 구유통의 여물을 먹고 있었지만, 한번 백락을 만나매 그만 하루에 천 리를 달리는 기린(麒麟)이 되었습니다. 지금 장군은 때를 못 만나서 불우한 처지에 있으나, 만일 때를 만나면 가만히 앉아서 풍운조화를 일으켜 천지를 진동하고, 천하를 진정시키고 가장 높은 지위에 올라앉아 계실 분입니다."

한신은 자신에게 이같이 말해주는 사람을 생전 처음 만났다. 그는 그만 긴 한숨을 쉬었다.

"댁의 말씀은 과연 이 사람의 마음을 꿰뚫어보는 말씀입니다. 항왕 밑에는 더 있기 싫고, 또 천하 대사는 이미 글렀기 때문에 빨리 몸을 은신하는 것이 좋겠다고 생각했으므로 머지않아 고향으로 돌아갈까 합니다."

"장군의 말씀은 진실이 아니올시다. 나는 새들도 나무를 골라 둥지를 틀고 현신은 임금을 택하여 보좌한다 하거늘, 장군과 같은 인재까지 회음 땅에 돌아가 낚시질하는 어부로 일생을 마칠 리 있겠습니까?"

장량의 말에 한신은 감동을 받았다. 그는 또 한 번 한숨을 길게 내쉬었다.

"댁이 오늘밤에 찾아와서 하는 말이 사람을 감동시키고 또한 그 의논이 출중하여 보통이 아니니, 필시 칼만 팔려고 온 것이 아니라 깊은 뜻이 있어서 온 것 같소이다. 아까부터 언어 동작을 살펴보건대 아무래도 한나라의 장자방 선생인 것 같습니다. 그렇지 않습니까?"

장량은 이 말을 듣고 자리에서 일어나 옷깃을 여미고 말했다.

"그렇습니다. 장군의 고명을 들은 지는 오래이나 뵈옵기 늦었습니다. 이미 본인을 알고 물으시니 낸들 감추겠습니까? 말씀과 같이 나는 한나라의 장자방입니다."

한신은 장량의 대답을 듣고 유쾌하게 웃었다.

"선생은 과연 인간 중의 용입니다! 나는 여기서 떠나 한왕에게로 가겠습니다. 청컨대 계책을 가르쳐주십시오."

"한왕은 관인장자입니다. 지금 포중에 몸을 굽히고 들어앉아 있지만 다음날에는 반드시 대사를 이룰 것입니다. 장군이 지금 한왕에게로 가신다면 내가 장군에게 드릴 물건이 하나 있습니다."

장량은 이같이 말하고 품속에서 소하와 함께 만들어 지니고 온 엄표를 꺼내어 한신 앞에 놓고 말을 계속했다.

"이것은 전일 한왕과 작별할 때 소하와 만일 내가 파초 대원수 될 만한 인물을 구하면 이것을 증거물로 삼아서 천거하겠다고 약속한 것입니다. 장군이 이것을 가지고 포중으로 들어가면 한왕이 반드시 장군을 중용할 것입니다."

"그런데 선생께서 이미 촉 땅으로 들어가는 잔도를 불태워 없애버렸으니 어느 길로 포중에 들어갈 수 있습니까?"

한신이 장량에게 엄표를 받으며 이같이 묻자, 장량은 얼른 품속에서 지도 한 장을 꺼내어 탁자 위에 펴놓았다.

"이 지도는 여기서 포중으로 들어갈 수 있는 산협소로의 지도입니다. 이쪽 가늘게 그린 산길로 해서 사분(斜岔)을 지나 진창(陳倉)으로 들어가서 고운(孤雲) · 양각산(兩脚山)을 돌아 계두산(鷄頭山)으로 나온 다음 거기서 똑바로 내려가면 포중(褒中)입니다. 거리가 약 이백 리가량 가까워지는 길입니다. 장군이 이다음 날 군사를 인솔하여 천하를 취하러 나오실 때 이 길로 나와 먼저 삼진(三秦)을 장중에 집어넣으십시오. 그러면 장래는 탄탄대로입니다. 그리고 이 길은 세상에서 모르는 길이니 장군 혼자 심중에 감추고 계셔야 합니다."

한신은 탁자 위에서 지도를 접어 품속에 감추었다.

"선생의 가르치심에 진정으로 감사하고, 또 그대로 이행하겠습니다. 그런데 선생께서는 앞으로 어느 방향으로 가실 겁니까?"

"나는 항왕이 도읍을 팽성으로 옮기는 것을 보고, 소진(蘇秦)의 옛일을 본받아 제후들을 찾아다니면서 초패왕을 배반하게 만들어 항왕으로 하여금 힘을 서쪽에 기울이지 못하도록 만들겠습니다. 그렇게 해야만 포중으로 들어가서 장군이 마음놓고 군마를 훈련하여 삼진을 먼저 취하고, 관중을 평정하고, 서서히 천하를 도모해보실 수 있지 않겠습니까?"

한신은 장량의 말을 듣고 자리에서 일어나 예를 하고 다시 앉았다.

"감사합니다. 선생의 가르치심, 어김이 없겠습니다. 될 수 있는 대로 속히 한왕에게로 떠나겠습니다."

두 사람은 밤이 깊도록 천하의 일을 의논했다.

이튿날 장량은 한신의 집을 떠났다.

한신은 장량을 보낸 뒤에 그날 저녁때 진평을 찾아 그의 집으로 갔다. 진평이 평소에 초나라에 있는 것을 달갑게 여기지 않고 한왕 패공에게 호감을 가지고 있는 것을 한신은 홍문에서 잔치가 있은 이후로 짐작하고 있는 때문이었다. 관문을 무사히 통과하여 삼진을 벗어나는 열쇠는 도위 직책에 있는 진평이 무사하게 마련해줄 수 있는 일이라고 한신은 믿고 있었다.

한신

한편, 팽성으로 천도하려는 것을 못하도록 간하는 한생을 삶아 죽인 항우는 더 한층 황급히 서둘렀다. 팽성에 가 있는 범증에게 항우는 연거푸 재촉하는 신하를 보냈다. 그러나 의제(초회왕)는 범증의 말을 듣지 않을 뿐 아니라 범증을 꾸짖기까지 하므로 범증도 하는 수 없이 항우에게 돌아가 경과를 보고했다.

항우는 대로하여 구강왕 영포·형산왕 오예·임강왕 공오 등 세 사람을 시켜 침주 동쪽에 있는 강가에 매복하고 있다가 의제가 내려오면 강물 속에 던져 죽여버리고 의제가 타고 오던 배가 강에서 전복되었다고 세상에 발표하게 하고 다시금 범증과 계포를 팽성으로 보냈다.

범증이 함양으로 갔다가 다시 가져온 항우의 글을 받아본 의제는, 기어코 자신을 침주로 옮기고 팽성을 도읍지로 삼으려고 하는 항우의 말을 듣지 않다가는 불행한 일이 있을 것으로 생각하고 팽성을 떠났다. 배를 타고 강물을 따라 하류로 내려가다가, 침주 못 미쳐서 영포의 일행을 강중에서 만나 욕을 당하게 되는 것을 깨닫고 의제는 스스로 자기 몸을 강물에 던져버렸다. 이같이 해서 항우는 의제를 죽이고, 여러 신하들이 연속해서 간하는 것도 듣지 않고 성화같이 천도 준비를 시켰다. 천도를 반대하는 자는 한생과 같이 삶아 죽인다는 바람에 아무도 다시는 반대 의견을 항우에게 아뢰지 못했다.

이와 같은 정세 가운데 한신은 진평에게서 관문을 통과하는 엄표를 받아 항우를 배반하고 포중을 향해 말을 달렸다.

오 일 만에 한신은 안평관에 도착했다.

"어디를 가시는데 혼자서 단기로 출동하십니까?"

안평관을 파수 보는 장수가 한신에게 물었다.

"패왕께서 비밀히 삼진에 전달하라는 밀명이시므로 밤을 새워 급히 가는 길이외다."

한신은 거짓말을 하고 진평에게 받은 엄표를 내보였다. 관문을 지키는 장수는 엄표를 보더니 통과시켜주었다.

"그럼 빨리 지나가십시오."

이같이 해서 한신이 안평관을 통과한 뒤에 함양 성중에 있는 한신의 집에서는, 내일모레쯤 돌아올 터이니 집을 잘 지키라 하고 나간 뒤로 오륙 일이 지나도록 한신이 돌아오지 않자 사졸들은 그냥 있을 수 없어 이 사실을 중군에 보고했다.

항우는 대로했다. 그보다도 놀라고 걱정한 사람은 범증이었다. 범증은 종리매로 하여금 한신을 추격하여 붙들어오라고 했다. 그러나 종리매가 안평관까지 추격했을 때 한신은 이미 나흘 전에 안평관을 무사히 통과한 뒤인지라, 종리매는 함양에 돌아와 항우에게 사실을 보고했다.

항우는 걱정하지 않았다.

"속히 팽성으로 옮기자."

항우는 천도하기만 재촉했다. 한신 같은 못난 사내, 여러 사람이 보는 데서 남의 가랑이 밑으로 기어나가는 그따위 인물이 무슨 대단한 일을 하겠느냐는 것이 항우의 생각이었다. 항우는 여신(呂信)·종공(縱公) 두 사람에게 함양을 지키게 하고 모든 관원을 인솔하여 팽성으로 천도했다.

안평관을 무사히 통과한 한신은 똑같은 방법으로 대사관을 통과한 후 포중으로 들어가는 산길을 찾고자 장량에게 받은 지도를 꺼내 보려고 할 때 등 뒤에서 말발굽 소리와 함께 사람의 고함치는 소리가 들려왔다.

"여보 여보, 당신은 누구요?"

한신은 말을 돌려 세우고서 대답했다.

"나는 이가 성을 가진 사람으로 지금 포중에 있는 친척집에 찾아가는 길이외다."

"그러면 관문을 통과하는 증명을 가졌소?"

"네, 여기 있소이다."

한신은 품속에서 엄표를 꺼내어 관원에게 주었다. 보사관(報事官)은 관문 밖에서 경계선을 순찰하는 관원이다. 보사관이 한신에게서 관문 통과증을 받아 펴보려고 할 때 한신은 장량에게서 받은 보검을 날쌔게 뽑아 보사관을 찔러 죽였다. 이것을 보고 검문소 안에 있던 시졸 다섯 명이 쫓아나오는 것을 한신은 그들 다섯 명을 모조리 죽여버리고 서쪽을 향해 말을 달렸다. 한참 가다가 한신은 뒤에서 또 추격해오면 어쩌나 하는 생각이 들었다. 그는 산속으로 들어가는 길로 방향을 바꾸었다. 이제는 지도를 펴본댔자 대중할 수도 없게 되었다. 그는 대산관령을 넘어 장량이 가르쳐주던 진창이라는 땅에 도착한 뒤에라야 옳은 길을 찾아 포중으로 가게 되리라고 생각했다. 천인절벽 밑으로 가느다란 길이 한 가닥 있고, 그 길을 나무꾼이 나무를 한 짐 짊어지고 내려오는 것이 한신의 눈에 띄었다.

한신은 나무꾼이 내려오는 앞으로 갔다.

"여보시오, 말 좀 물읍시다. 진창으로 가려면 어떻게 가야 합니까?"

나무꾼은 짊어졌던 나뭇짐을 내려놓고 이마에 흐르는 땀을 씻으면서 친절히 일러주었다.

"여기서 저 앞에 보이는 저 고개를 넘어가면 솔밭이 있습니다. 솔밭을 지나면 난석탄(亂石灘)이라는 개울이 나오는데 거기서 돌다리를 건너면 아미령(娥眉嶺)입니다. 아미령은 엄청나게 험해서 말을 타고는 못 갑니다. 거기서 다시 태백령(太白嶺)을 넘어야 합니다. 이 재를 넘으면 인가가 나오는데 거기서 고운·양각산을 또 넘어 흑수(黑水)에서 한계(寒溪)를 지나가면 남정관(南鄭關)입니다. 여기는 무서운 호랑이가 있어 밤에는 다니지 못합니다. 그다음이 바로 진창입니다."

한신은 나무꾼이 일러주는 대로 장량의 지도를 펴들고 살펴보았다. 나무꾼의 설명은 지도와 틀림이 없었다.

"참으로 고맙소이다."

한신은 인사를 하고 말머리를 돌려 고개로 올라가기 시작하고 나무꾼은 다시 나무를 짊어지고 아래로 내려가기 시작했다.

한신은 한참 가다가 큰일이 한 가지 생각났다.

'조금 전에 보사관과 검문소의 사졸 다섯 명을 죽였으므로 추격하는 관원이 있을 것이며 지금 저 나무꾼이 그대로 가다가 추격해오는 관원을 만난다면 나의 행방은 탄로나는 것이 아닌가.'

한신은 이같이 생각하고 다시 말머리를 돌려 나무꾼을 쫓아가 나무꾼의 머리채를 한손으로 움켜잡고 한손으로 칼을 뽑아 나무꾼의 목을 잘라버리고는 나직이 중얼거렸다.

"나를 용서해주십시오!"

그는 가슴이 아팠다.

그는 말에서 내려 부드러운 흙이 있는 곳을 파헤쳐 나무꾼의 시체를 묻었다. 다른 사람이 보아서는 무덤인 줄 알지 못하도록 표 나지 않게 흙을 덮은 뒤에 큰 바윗돌 한 개를 그 자리에 굴려다놓고, 자기만은 그것을 암표를 해서 어느 때고 그 무덤을 알아볼 수 있도록 한 다음 무덤 앞에 두 번 절하고 무릎을 꿇었다.

"한신이 인정이 없는 것이 아니라, 형편이 어렵게 되어서 자네를 죽였네. 이다음 날 내가 잘되면 자네에게 은혜를 갚겠네. 용서하게!"

그는 이렇게 맹세하고 눈물을 뿌렸다.

그는 나무꾼의 영혼에 사죄한 후 다시 말을 타고 산을 넘었다. 나무꾼의 말처럼 고개를 넘으니 솔밭이 있고 솔밭을 지나니 개울에 돌다리가 있었다. 돌다리를 건너 아미령의 큰 재를 넘어가니 태백령이 나타났다. 저녁때가 다 되어 태백령을 간신히 넘어서니 나무꾼의 말과 같이 인가가 보였다. 그는 말을 주막집 마당에 매어두고 안으로 들어갔다. 주막에는 마침 다른 손님이라고는 없었다. 그는 노파에게 술을 주문했다.

한 잔 두 잔 서너 잔 마신 뒤에 한신은 시장기도 없어지고 거나하게 취하여 불현듯 무량한 감개가 가슴속에서 끓었다. 그는 붓을 꺼내들어 벽에다 노래를 쓰기 시작했다.

> 기구하도다 태산준령이여, 괴이하도다 사람의 가는 길이여. 홀연히 나타난 나무꾼이여, 나의 갈 길을 가르치도다. 살아서 그대 돌아감이여, 나의 종적이 위태하도다. 어이하리오. 본의 아니나, 그대 죽이고 종적을 감추리. 측은하도다 그대 죽음이여, 억색(臆塞)한 것은 나의 가슴이로다. 무거운 죄를 용서하라. 그대의 은혜를 평생 갚으리.

한신은 벽에 이렇게 적어놓고 소리 내어 노래를 읊었다.

이때 방 안으로 별안간 장사 한 사람이 성큼 들어서더니 큰소리로 외쳤다.

"네가 초를 배반하고 한왕에게로 오다가 나무꾼을 죽이고 내 집에 와서 노래를 적어놓았으니 이제는 내가 너를 붙잡아 초패왕한테 보내어 상금을 받아야겠다!"

한신은 놀라기는 했으나 겁내지 않고 장사를 꾸짖었다.

"너도 포중의 백성이 아니냐? 한왕의 백성으로 그럴 수가 있단 말이냐!"

한신의 호령 소리를 듣고 새로 들어온 장사는 얼른 땅바닥에 꿇어앉았다.

"그럴 까닭이 있겠습니까? 지금 말씀드린 것은 공연한 말입니다. 저의 조부는 신뢰(辛雷)라고 부르며 저의 부친은 신금(辛金)이라 합니다. 조부 때는 주나라의 벼슬도 했었지만 부친 때는 진시황이 잔인무도했기 때문에 벼슬을 하지 않고 여기 와서 사냥질이나 하고 살았답니다. 어젯밤 꿈에 큰 호랑이가 동북방에서 고개를 넘어 저의 집으로 들어오기에 오늘은 사냥도 안 나가고 귀객이 오시기를 하루 온종일 기다렸습니다. 아까 말씀한 것은 농담이오니 용서하십시오."

그 장사는 공손한 어조로 한신에게 사죄했다.

"보아하니 자네는 힘도 세고 무예도 출중한 것 같은데, 지금 한왕이 인재를 등용한다 하니 포중에 들어가 벼슬이나 하지 않고 왜 집에 들어 있는 겐가?"

한신은 그 장사에게 이같이 말했다.

"저도 그런 생각을 해보았습니다. 그러나 오늘 장군께서 저의 집에 오셨으니 장군이 포중에 들어가셔서 크게 되신 다음에 군사를 일으켜 이리로 나오시면 그때부터 장군을 따라다니겠습니다. 이 길은 가까운 길이고 아무도 모르는 길입니다. 제가 길을 인도하여 먼저 삼진을 공략하시는 데 도와드리겠습니다."

한신은 그의 손을 잡으며 물었다.

"쉬, 그런 소리는 경솔하게 입 밖에 내지 말게. 후일 초나라를 공략할 때는 자네가 선봉을 서야겠네. 자네 이름은 무엇인가?"

"저는 신기(辛奇)라고 부릅니다."

"알았네. 그러면 일어나서 이리로 편히 앉아서 자네도 한잔 하게."

이렇게 해서 주막집 젊은 사내 신기와 한신은 친해졌다. 주막의 노파는 신기의 모친이었다. 한신은 신기와 함께 그날 밤을 지냈다. 이튿날 한신은 주막에서 떠났다. 신기는 창을 들고 따라나섰다.

"이 너머 고운산·양각산에 가면 굉장히 큰 호랑이가 출몰합니다. 제가 한계(寒溪)까지 모셔다드리겠습니다."

한신은 그의 말에 따랐다. 두 사람은 무예에 관한 이야기를 나누면서 말을 타고 고운산을 넘어 양각산 아래에서 하룻밤을 지내고, 이튿날 한계에 도착했다.

"여기서는 남정관까지 얼마 안 됩니다. 집에서 노모가 기다리고 계시므로 장군을 더 모시지 못하겠습니다. 그러나 험한 지경은 다 넘어왔습니다."

신기는 한신에게 작별 인사를 했다.

"그렇게 하게. 빨리 돌아가게. 그리고 얼마 후에 초나라를 공략하는 군사가 포중에서 떠났다는 소문이 들리면 자네는 나를 찾아오게."

"맨 먼저 찾아가뵙지요! 그럼 조심해 들어가십시오."

"잘 돌아가게."

한신은 신기와 작별했다.

얼마 지나지 않아 한신은 남정 땅에 들어섰다. 여기서부터 벌써 백성들의 옷을 입은 모양과 얼굴의 표정이 온건하고 명랑해 보였으며, 질서가 잡히고 풍속이 아름다운 것이 느껴졌다. 길을 걷는 사람들은 서로 양보하고, 젊은 사람들은 부지런했으며, 노인은 한가하게 앉아 있는 모양이 한신의 눈에 띄었다.

'질서가 잡힌 나라다!'

한신은 마음이 편안해짐을 느꼈다.

밭에는 뽕나무와 삼대가 우거져 있고, 들에서는 젊은이들이 부지런히 일하고 있으며, 이 마을 저 동리에서 생황의 아름다운 곡조가 간간이 울려나왔다. 백성들의 태평한 모양이 그대로 나타났다.

포중 땅에 들어섰다. 활짝 열린 이백 리 평야 가운데 벌여져 있는 육가삼시(六街三市)는 한신이 생각하던 바와는 달리 풍경도 좋은 수도(首都)였다. 그는 아문(衙門) 앞에 이르렀다. 초현전(招賢殿)이라는 현판이 붙어 있고, 그 좌우에 십삼 개조의 인물 채용 요령이 적혀 있었다.

1. 병법에 능통한 사람.

1. 용맹무쌍하여 선봉될 사람.

1. 무예가 출중한 사람.

1. 천문에 능통한 사람.

1. 지리에 밝은 사람.

1. 심성이 공평·정직한 사람.

1. 군사 정탐을 잘하는 사람.

1. 변설이 훌륭한 사람.

1. 계산을 잘하는 사람.

1. 박학·박식한 사람.

1. 의술이 뛰어난 사람.

1. 비밀을 잘 알아오는 사람.

1. 살림살이를 잘 보는 사람.

이상 십삼 개조 중에서 그 하나에 해당한 사람은 중용할 것이니 서슴지 말고 출두하라.

이 같은 방문이 붙어 있었다. 한신은 초현전 앞에서 그 방문을 보고 지나가는 사람에게 물어보았다.

"초현전의 인물 채용을 맡아보는 분이 누굽니까?"

"등공(藤公) 하후영입니다."

"그 영감의 댁이 어디쯤 되나요?"

"저기 저 댁이 바로 등공댁입니다."

지나가던 사람이 손으로 그 집을 가리켰다. 한신은 생각해보았다. '파초 대원수로 천거하는 장량의 엄표는 지금 품속에 감추고 있다. 이것을 한왕에게 보이면 나를 중용할 것은 틀림없다. 그러나 사내자식이 남의 천거장을 가지고 제 인물 소개를 받아 벼슬을 얻어 한다든지 중요한 일을 맡아본다는 것은 씩씩한 태도가 아니지. 제 인물은 언제든지 제 자신의 힘으로 남이 알아주도록 되어야 할 것 아니냐? 등공을 직접 만나보고 내가 나를 알리자!'

한신은 이렇게 생각하고 종이에 자기 성명을 써서 등공의 집에 찾아갔다.

등공은 한신의 명함을 보고 하인을 시켜 들어오라고 했다. 그는 한신이 초패왕의 집극랑으로 있는 사람인데 웬일인가, 마음속으로 이상하게 생각했다.

한신은 등공 앞에 와서 예를 올렸다.

"들어오시오. 그런데 어떻게 오셨소?"

등공이 물었다.

"네, 저는 초패왕의 신하였었는데 패왕이 저를 알아주지 않기에 함양에서 이리로 왔습니다."

"잔도가 끊어졌는데 길을 어떻게 알고 오셨소?"

"천신만고했습니다. 그러나 괴로운 줄은 모르고 왔습니다."

"장하시오! 그런데 초현전에 써붙인 방문은 보셨소? 그 중에서 무슨 재주에 능하시오?"

"방문에는 십삼 개조가 적혀 있던데 그 열세 가지 재주에 능통한 외에, 한 가지 재주가 더 있습니다."

"십삼 개조 외에 또 한 가지 재주란 무엇입니까?"

등공은 한 가지 재주가 더 있다는 말에 조금 놀라는 표정이었다.

"십삼 개조 외에 또 한 가지 재주라는 것은 문무겸전해서 나아가면 장수 되고, 들어오면 정승 되고, 가만히 앉아서도 천하를 다스리며, 백 번 싸우면 백 번 이겨 천하를 빼앗기를 손바닥 뒤집는 것같이 마음대로 할 수 있는 파초 대원수(破楚大元帥)의 재주입니다. 이것이 십삼 개조 외에 한 가지 더 있다는 것입니다. 지엽말단(枝葉末端)의 십삼 개조보다는 필요한 이 조목이 방문에 빠져 있습니다."

한신의 말을 듣고 등공은 놀랐다. 그는 자리에서 일어나 한신에게 공손히 예를 취했다.

"존함을 들어 알고 있은 지는 오래입니다만 만나기를 오늘 처음 뵈오니 만시지탄입니다. 이같이 우리에게로 와주셨으니 참으로 국가 사직에 다행한 일입니다. 청컨대 고론을 들려주십시오."

"요새 세상에서 대장 노릇을 하는 사람은 변변치 않게 병법이나 알고 있는 되지 못한 인물들입니다. 이런 것들을 상대해서 이야기할 것도 없지요. 병법을 알기만 해서는 안 됩니다. 쓰기를 잘해야 합니다. 옛날 송(宋)나라에, 겨울에 손 트지 않는 약을 가지고 있는 사람이 있었더랍니다. 대대로 내려오는 비방(秘方)인데 이 약을 바르면 엄동설한에 온종일 빨래를 해도 손이 안 틉니다. 하루는 손님이 그 집에 와서 그것을 보고 은 백 냥을 줄 터이니 그 약방문을 가르쳐달라기에 주인은 가만히 생각하니 삼동내내 명주 빨래를 해서 받는 삯전보다 더 많은 돈이므로 그 약방문을 손님에게 팔았습니다. 그 손님은 오(吳)나라에 가서, 그때 월(越)나라가 쳐들어오는데 엄동설한인지라 오나라 임금에게 그 약 이야기를 하고 군사들의 손등에 그 약을 바르게 했습니다. 그랬더니 오나라 군사들은 추운 줄 모르고 월나라 군사와 싸워 크게 이겼습니다. 꼭 같은 손등에 바르는 약을 가지고서도 송나라에서는 빨래 빠는 데 쓰고, 그것을 본 나그네는 큰 공을 세웠습니다. 대장이 되는 길도 이와 같습니다."

한신은 이렇게 말을 시작했다.

"그런데 장군은 큰 재주와 포부를 가지고도 초패왕에게서 크게 중용되지 못한 것은 무슨 까닭입니까?"

등공은 한신의 말을 듣다가 궁금한 조목이 생각난 것처럼 이같이 물었다.

"옛날에 백리해(百里奚)가 우(虞)나라에 있을 때 이 사람을 쓸 줄 몰라서 우나라는 망해버렸고, 진나라에서는 백리해를 쓸 줄 알았기 때문에 패업을 완성했습니다. 초패왕이 나를 쓸 줄 모르니까 내가 초를 배반하고 이리로 온 것이 아닙니까?"

"장군은 이미 초를 배반하고 한왕에게 오셨으니 한왕이 장군을 중용하신다면 어떤 공을 세우시겠습니까?"

등공은 또 이같이 물었다.

"한왕이 만일 나를 중용한다면 나는 이 땅의 군사를 거느리고 인의(仁義)의 출병(出兵)을 하여 초패왕을 치는데, 먼저 삼진을 공략하고 다음에 육국을 항복받고서 패왕의 우익(羽翼)을 제거해버린 후, 범증으로 하여금 아무런 꾀도 세우지 못하게 하여 불과 반 년이면 함양에 도읍을 정하게 하겠습니다. 그러나 보건대 한왕이 나를 쓸 줄 모를 것이요, 영감이 나를 천거하지도 못할 것 같습니다."

한신은 이같이 대답했다.

"장군은 호언장담하십니다만 나는 생각하기를 장군의 말과 같이 실지로 되기 어려울 것이라고 봅니다. 초패왕이 큰소리로 호령을 한 번 하면 천 명 만 명도 질겁을 하고, 종횡천하하기를 그동안 삼 년, 이 같은 무용이 고금에 없다 하는데 장군이 그렇게 쉽게 초패왕을 무찌르겠습니까?"

등공의 이 말에 한신은 정색을 했다.

"호언장담이라니요. 내가 수천 리 험한 길을 넘어와서 아무런 실력도 없이 입으로 지껄이기만 한다면 이야말로 사람을 속이는 일이요, 내가 스스로 죄를 짓는 것이 아니겠습니까? 한패공 이하 여러분들은 초패왕을 무서워하지만 나는 초패왕 보기를 어린아이같이 봅니다."

"장군은 육도삼략에 통달하셨는지요?"

"대장이 되려면 그 같은 병법은 물론이요, 시서(詩書)도 숙달해서 천하의 성패(成敗)도 깊이 알고, 위로는 천문 아래로는 지리 등 무엇 한 가지 모르는 것이 없어야 대장이 될 수 있는 것입니다. 그러니 육도삼략뿐이겠습니까?"

한신은 등공이 초현전에서 인물 채용의 책임을 맡고 있는 사람이므로 자신을 시험해보기 위해 이 같은 질문을 하는 것인 줄 알고, 육도삼략과 음양의복(陰陽醫卜)을 비롯해서 병기(兵器)의 제조와 그 사용 방법까지 두루 엮어가면서 한나절 동안 설명해주었다. 등공은 한신의 변설에 도취하여 귀를 기울이고 듣고 있다가 한신의 이야기가 끝나자 감탄해 마지않았다.

"장군은 과연 천하기재(天下奇才)요, 고금희유(古今稀有)의 대재이십니다! 내일 한왕께 아뢰어 장군을 중용하도록 하겠습니다."

"아닙니다. 한왕께 먼저 아뢰지 마시고 나를 소상국(蕭相國)과 대면시키신 후 상국과 영감 두 분께서 한왕께 천거하셔야 한왕께서도 나의 재주를 알아주실 것입니다."

"참 그렇겠습니다. 그러면 내가 승상과 상의해서 장군을 승상과 만나게 하겠습니다."

한신의 의견대로 등공이 소하에게 한신을 먼저 소개하기로 약속했다. 한신은 객줏집으로 돌아가서 기별이 있을 때까지 기다리기로 하고 등공의 집에서 물러갔다.

이튿날 등공은 소하를 찾아가 한신이 어제 자신을 찾아온 이야기를 하고, 소하에게 만나보기를 권했다.

소하도 한신의 이름은 듣고 있었던 터라, 등공에게 한신을 데리고 오라고 했다.

다음날 등공은 객줏집에 있는 한신을 자기 집으로 오게 한 후 함께 승상부로 갔다. 등공은 승상부 대문 앞에서 초현전으로 돌아가고 한신 혼자만 승상부 사람에게 안내되어 당상(堂上)으로 들어갔다.

한신은 당중(堂中)에 들어서서 둘러보았으나 손님을 맞이하는 자리를 베풀어놓지 않아 약간 불쾌했다.

이때 소하가 안에서 나왔다.

"어제 등공에게서 귀하를 극구 칭찬하는 소리를 들었습니다. 다행히 이같이 뵈오니 반갑습니다."

소하는 한신에게 첫인사를 이렇게 하였다.

한신은 예를 올리고 그 말에 이같이 대답했다.

"이 사람은 초나라에 있으면서도 한왕의 성명(聖明)하심과 승상의 현달(賢達)하심을 듣고, 더구나 승상께서는 인물을 구하시기를 목마른 사람이 물을 찾는 것같이 하신다 해서 불원천리하고 왔습니다만 포중에 들어와서 수일 만에 이제야 승상을 뵙게 되오니 오히려 고향으로 돌아가서 산림 속에 숨어 사는 것만 같지 못하다고 생각됩니다."

"귀하는 여기까지 찾아와서 흉중에 감추어두고 있는 지혜의 일단도 보이지 않고 되돌아가려 하는 것은 무슨 까닭이오?"

한신은 서슴지 않고 대답했다.

"인물을 구하려면 예(禮)로써 하셔야 합니다. 지금 승상께서 저를 만나보시는 법이 예의에서 벗어납니다. 예의에 어긋나는 대접을 받으면서까지 제가 스스로 나를 써주십시오, 하기는 싫습니다."

"도대체 나의 어떤 점이 귀하에게 실례가 되었소이까?"

"옛날에 제왕(齊王)은 비파(琵琶)의 곡조를 듣기 좋아했는데 시골의 선비 한 사람이 비파를 잘한다 하기에 제왕은 그 선비를 재삼 불렀습니다. 선비는 제왕에게 왔습니다. 제왕은 당상에서 비파를 내주고 소리를 듣게 하라 했습니다. 선비는 제왕에게 말하기를, '왕이 비파를 좋아하시지 않는다면, 제가 어찌 왕을 지척간에서 이같이 뵈올 수 있겠습니까? 그러나 진실로 왕께서 비파를 듣고 싶다면, 향을 피우게 하고 저에게 자리를 베풀어주십시오. 지금 이같이 마당에서 심부름하는 하인을 부리듯이 저를 시키시면 저는 하지 못하겠습니다.' 하고 선비가 제왕에게 말했더랍니다. 옛날에는 비파를 뜯는 사람도 예가 아니면 왕의 앞에 서기를 부끄러이 생각했습니다. 지금 승상은 나라를 위해 치국평천하(治國平天下)의 도를 들으려 하면서 제가 앉아 있을 자리도 베풀지 않고 저를 당중에 맞아들이시니, 이것이 제가 고향으로 돌아가려 하는 까닭입니다."

소하는 한신의 말을 듣고서야 비로소 자신의 잘못을 깨달았다.

그는 한신의 손을 잡고 친히 상좌로 안내한 후 공손히 예를 취했다.

"내가 미처 생각지 못했습니다. 큰 실례를 범했으니 용서하시기 바랍니다."

그는 정중히 사과했다.

"승상께서 선비를 구하시는 마음이나 제가 승상께 찾아온 마음이나, 모두 국가를 위한 것입니다. 한 사람의 사사로운 일이 아니니 과히 꾸짖지 마시기 바랍니다."

"감사합니다. 청컨대 천하의 치란강약(治亂强弱)을 들려주십시오."

"초패왕은 도읍을 함양에서 팽성으로 옮겼습니다. 의제를 강물에 빠뜨려 죽였습니다. 백성들은 원한을 품고 있으며 제후는 기회를 보아 배반하려는 마음이 있건만, 패왕은 이것을 모르고 있습니다. 그리고 강한 것만 믿고 있으니 이야말로 천하를 잃어버리고 있는 것이지요. 지금 한왕 패공은 포중에 좌천되어 있으나 약법 삼장 이후 천하의 민심을 얻고 있으므로 군사를 일으켜 동으로 향한다면 천하는 한왕을 따를 것이온데 승상께서는 새삼스러이 지금 치란강약의 형세를 물으십니까?"

한신은 천하의 형세가 이미 결정된 사태인 것같이 말했다.

"만약 귀하의 말씀처럼 형세가 결정되어 있다면, 지금 이때가 군사를 일으킬 때라고 봅니까?"

"그렇습니다. 한이 초를 칠 때는 바로 지금입니다. 만일 때를 놓치면 제·위·조·연 이 네 나라 중에서 지혜 있는 자가 먼저 함양을 빼앗고 삼진을 평정한 뒤에 요해지를 막아버린다면 한나라 군사는 늙어 죽을 때까지 포중을 벗어나지 못할 것입니다."

"잔도가 이미 타버리고 길이 없어졌으니, 우리 군사가 나아갈 길이 없지 않습니까?"

한신은 이 말을 듣고 껄껄 웃었다.

"승상께서는 나를 속이려고 하십니다마는 나는 알고 있습니다. 군사가 나올 수 있는 딴 길이 있음을 알고 지혜 있는 사람이 승상과 더불어 비밀히 약조하고 잔도를 불사른 것입니다. 초패왕으로 하여금 서쪽으로 마음을 기울이지 않게 하고, 한패공의 군사로 하여금 동쪽으로 돌아가고자 하는 마음을 끊게 하려고 잔도를 불사른 것인데, 이런 것에 초패왕은 속아 넘어갈지 모르지만 지혜 있는 사람은 속지 않습니다."

소하는 놀랐다. 자신과 장량 두 사람밖에는 알지 못하는 사실을 이렇게 똑똑히 알고 있는 사람을 그는 처음 보았다.

그는 자리에서 일어나 재차 한신에게 깍듯이 예를 취하고 경의를 표했다.

"나는 포중에 들어와서 그동안 사방의 많은 현사(賢士)를 만나보았지만 오늘 이같이 고견탁설(高見卓說)하는 분은 처음 만났습니다. 제 집으로 함께 가십시다."

소하는 한신과 함께 승상부를 나와 자기 집으로 왔다. 그는 음식을 내오게 하고 한신에게 물었다.

“대장은 삼군의 사명(司命)으로 국가의 안위(安危)가 완전히 그 한 사람에게 달려 있으므로 그 책임이 무겁고 큽니다. 대장이 될 수 있는 도(道)를 일러주십시오.”

한신은 천천히 입을 열었다.

“대장에게는 오재십과(五才十過)가 있습니다. 지신인용충(智信人勇忠)을 오재라 합니다. 지혜는 어지러움이 없고, 믿음은 때를 놓치지 않고, 어짊은 능히 사람을 사랑하며, 용맹은 범할 수 없고, 충성에는 두 마음이 없습니다. 이 다섯 가지 재주가 있은 연후에 대장이 될 수 있지요. 그러나 용맹하나 믿음을 가볍게 하는 자, 속한 것을 위주로 하여 마음이 조급한 자, 탐욕하여 이익을 좋아하는 자, 어질기만 하고 살생을 못하는 자, 지혜 있으나 겁이 없는 자, 믿음만 두터워 아무나 함부로 믿는 자, 청렴결백하여 사람을 사랑할 줄 모르는 자, 꾀만 있고 마음이 느린 자, 너무 강해서 자기만 믿는 자, 게을러서 남에게 일임하는 자, 이 열 가지 과실이 있는 사람은 대장 되기에 부족합니다. 그래서 용병 작전을 잘하는 자는 오재를 구비하고 십과는 없이하여 싸우면 이기고, 공격하면 점령하고, 계획하면 성공하므로 천하에 가는 곳마다 적이 없습니다.”

“그런데 지금 세상의 대장들은 어떠하다고 보십니까?”

“지금의 대장들은 계획은 있으나 용맹이 없고, 용맹이 있으면 계획이 없고, 저만 믿고 남을 업신여기고, 거죽으로 공손하되 속으로 교만하고, 으스대고, 버티고, 시기하고, 남이 잘한 것을 감추고, 또 제가 잘못한 것도 감추는 등 이따위들입니다.”

“만일 귀하가 대장이 된다면 어떻게 하시겠습니까?”

“만일 이 사람에게 대장이 되라 한다면, 군사를 씀에는 문(文)으로써 하고, 정비함에는 무(武)로써 하여, 움직이지 않으면 산악과 같고, 움직이면 강하(江河)와 같으며, 변화하면 천지와 같고, 호령하면 우레 같고,

상벌(賞罰)은 사시(四時)와 같고, 계획하는 것은 귀신같이 하며, 죽어서도 살아 있고, 약하면서도 능히 강하고, 부드러우면서도 능히 편안하여 임기응변하는 것이 측량할 수 없도록 합니다. 때문에 천리 밖에 앉아서 능히 결승(決勝)을 하는 것이니, 하늘 위로부터 땅 아래에 이르기까지 모르는 것 없고, 속이 곧 거죽이요, 거죽이 곧 속이요, 낮이 곧 밤이 되고, 밤이 곧 낮이 되게 하므로 위태하고 편안한 이치를 결정하며 승부의 기회를 붙들고, 무궁무진한 지혜를 감추고 기정상생(奇正相生)하며, 음양종시(陰陽終始)하게 합니다. 그런 뒤에 인(仁)으로써 이것을 포옹하고, 예(禮)로써 이것을 세우고, 용(勇)으로써 이것을 재(裁)하고, 신(信)으로써 이것을 성취시킵니다. 이와 같이 하면 성탕(成湯)의 이윤(伊尹), 무정(武丁)의 부설(傅說), 위수(渭水)의 자아(子牙), 연산(燕山)의 악의(樂毅)가 모두 이 사람의 선생입니다. 이 사람이 대장이 된다면 평소에 배운 것이 이것이므로 이대로 실행할 것입니다."

한신의 대답을 듣고 소하는 탄복을 금치 못했다.

'훌륭한 인물이다. 과연 대장의 재목이다. 지나간 날 장량과 작별할 때 나누어 가진 엄표를 가지고 장량의 천거로 찾아올 사람만 없다면 이 사람이야말로 파초 대원수감이다!'

소하는 이렇게 생각하고 마음이 기뻤다. 그러나 한신은 장량에게서 받은 엄표를 소하에게 보이지 않았다.

'대장부가 치사하게 엄표로써 대장의 지위에 나아가겠느냐!'

한신은 아직까지도 이렇게 생각하고 있었다.

소하는 한신을 자기 집에서 묵게 했다.

이튿날 소하는 등공과 함께 한왕에게 나아가 초현전에서 훌륭한 인물을 한 사람 발견했는데 이 사람이야말로 고금에 통하고 병법에 능통한, 파초 대원수감이라고 칭찬하고 정중히 건의했다.

"대왕께서는 이 사람을 중용하시옵소서."

"그 같은 현사(賢士)가 있다니 이름이 무엇이며, 어디 사람인가?"

한패공이 물었다.

"회음 땅의 한신이라는 사람이라고 아뢰오. 초나라에 있을 때 집극랑으로 있었는데, 누차 계교를 상소했으나 초패왕이 써주지 않아 초를 배반하고 대왕을 모시고자 찾아왔다고 아뢰오."

등공이 이같이 아뢰었다.

"짐이 패현에 있을 때 한신의 이야기를 들은 일이 있소. 가세빈한하여 표모에게 걸식한 일이 있고, 저자바닥에서 욕을 보고 가랑이 밑으로 기어나갔대서 사람들이 웃었다 하오. 이런 사람을 대장으로 한다면 삼군이 복종하지 않을 것이요, 제후가 조소할 것이오."

승상 소하와 대부 등공이 극구 칭찬해서 추천하는 인물이 한왕 패공의 마음에는 조금도 신기하게 들리지 않는 눈치였다.

"그러하오나 옛날부터 인물은 빈천(貧賤)한 데서 나온다고 아뢰오. 그런고로 이윤(伊尹)은 신이(莘夷)의 필부(匹夫)였고, 태공(太公)은 위수(渭水)의 낚시질하는 늙은이였으며, 영척(甯戚)은 포차(抱車)하는 수자(豎子)였고, 관중(管仲)은 감군(監軍)의 수부(囚夫)이었나이다. 능히 그 사람을 써서 그 재주를 부리게 한다면 큰일을 성취할 수 있는 것이옵니다. 한신은 비록 빈천한 집안의 출신이오나 진실로 천하의 기재(奇才)이옵니다. 대왕께서 만일 써주시지 않는다면 이 사람은 다른 나라로 가버릴 것이니 이야말로 연성(連城)의 구슬을 버리고 화씨(和氏)의 보(寶)를 깨뜨리는 것과 마찬가지입니다. 신의 말씀을 들으시고 속히 한신을 중용하여 초패왕을 정벌하시면 천하를 얻으실 것으로 아뢰오."

소하는 패공에게 한신을 극구 추천했다.

한왕은 소하의 말에 마지못해 승낙했다.

"경들이 그 사람을 이렇게 간곡히 천거하니 그렇다면 한신을 불러오시오."

소하는 즉시 금문(禁門)에 있는 위관을 불러 한신을 청해오라고 명령했다.

한신은 한왕이 부른다는 소식을 듣고,

'왕이 나를 대수롭지 않은 듯이 부르는 것을 보니 크게 생각하지 않는 모양인데 좌우간 한왕을 대면해보고 꼴이나 구경하기로 하자.'

이렇게 생각하고 한왕 앞에 나갔다.

"불원천리하고 네가 찾아왔으나 갑자기 너를 중용할 수는 없다. 재주와 인물을 본 연후에 등용하겠다. 우선 연오관(連傲官)으로 임명하는 터이니 양미(糧米)를 점검하여 그 직분을 다하도록 하라."

패공은 한신에게 이같이 분부했다.

"황송하옵니다."

한신은 조금도 얼굴빛이 변하지 않고 태연하게 머리를 조아리면서 은혜에 감사했다.

소하와 등공은 이 모양을 보고 마음에 딱하기 한량없었다. 대원수감이라고 천거한 인물이 겨우 쌀을 검사해서 창고에 저장하는 미관말직에 임명되다니! 한신에게 미안하기도 하고 아까운 인물이라는 탄식도 나고 했지만 이미 왕의 분부가 내린 뒤니 어찌해볼 도리가 없다고 두 사람은 생각했다.

한신은 그날부터 연오관 직무를 맡아보았다. 산같이 가득 쌓인 쌀 부대를 한눈으로 훑어보고는 얼마 얼마라고 척척 계산해내는데 그 수효가 하나도 틀리지 않았다. 이졸들이 이 모양을 보고 혀를 빼물고 탄복했다.

"어쩌면 이렇게도 신통하게 알아내십니까?"

"참, 귀신같이 아시는데요!"

"이런 일이야 남의 집 머슴살이하는 사람들도 잘하는 일이 아닌가. 뭐 신통할 게 있나!"

한신은 그들에게 이 정도의 일은 아무것도 아니라는 듯이 가볍게 대꾸했다.

며칠 후에 이 소식을 소하가 들었다. 그는 오래전부터 한신에게 미안한 마음을 품고 있었기 때문에 그날로 한신을 찾아갔다.

"승상께서 이 행차가 웬일이십니까?"

한신은 놀라서 물었다.

"내가 귀하를 천거하여 대원수에 임명하도록 애썼지만 한왕께서 귀하가 큰 그릇이라는 사실을 모르고 작은 벼슬을 주신 데 대해 미안하기 짝이 없소이다."

"천만의 말씀입니다."

한신은 소하의 뜻을 알고 고마워했다.

소하는 그길로 한신을 작별하고 조정으로 들어가 한왕에게 또 한신을 중용해야 한다고 아뢰었다. 한왕은 처음에는 소하의 말에 반대했으나 소하가 진심으로 한신은 큰 그릇이라고 천거하는 말을 듣고 한신의 벼슬을 한 등 올려 치속도위(治粟都尉)에 임명했다. 치속도위는 전국의 양곡을 총괄하는 직책이었다.

치속도위가 된 한신은 각 지방에서 창고를 지키고 있는 자들 가운데 그동안 수량을 속인 자, 부정한 짓을 한 자들을 모조리 추방해버리고, 백성들에게 도조를 받는 부과를 공평하게 개정했다. 그가 직책을 수행한 지 반 개월이 못 되어 농민들 간에서 그를 칭송하는 소리가 높아졌다. 소하는 이 같은 소문을 듣고 크게 기뻐했다.

하루는 조정에서 왕이 소하에게 물었다.

"어젯밤 꿈에 고향에 가보았는데 가족들이 모두 수심에 싸여 있는 것을 보았소. 흉몽(凶夢)이 아니오?"

소하는 허리를 굽혀 공손히 대답했다.

"옛날에 제경공(齊景公)이 사냥하다 돌아와 안자(晏子)에게, 내가 요새 꿈자리가 사나워 기분이 몹시 불쾌하다고 하자 안자가 어떤 꿈이냐고 물었습니다. 경공이 대답하기를 산에 가서 호랑이를 만나고, 연못에 가서 큰 구렁이를 만나 마음이 산란하다고 했습니다. 안자가 말하기를 산에는 본시 호랑이가 있는 법이요, 연못은 본시 구렁이가 거처하는 곳이온데 무엇이 불쾌합니까? 지금 이 나라에는 세 가지 불길한 일이 있는데 왕께서는 그것을 아십니까? 하고 안자가 물었습니다. 경공은 모른다고 대답했습니다. 안자는 말하기를, 우리나라에 인물이 있건만 알지 못하는 것이 그 하나요, 알고도 쓸 줄을 모르는 것이 그 둘이요, 쓰되 등용해서 중임을 맡기지 않으니 그것이 셋이올시다, 이랬더랍니다. 그와 같이, 지금 대왕께서도 흉몽을 꾸셨다 하시지만 그것은 현사(賢士)를 중용하지 않는 까닭으로 그 같은 꿈을 꾸신 것이라 생각됩니다. 만일 지금이라도 초패왕의 대군이 쳐들어온다면 대왕께서는 누구를 내세워 그 강적을 막으시겠습니까? 신이 낮이나 밤이나 걱정하는 것이 이것이옵니다."

"짐이 포중에 들어온 이후 현사를 많이 구하고 있는 것을 경이 알고 있으면서 현사를 쓰지 않는다니, 그게 무슨 말이오?"

한왕은 소하의 말을 알아듣지 못하고 도리어 이같이 물었다.

"대왕께서는 목전에 인물을 두시고도 먼 곳에서 현사를 구하시는 것이 잘못이라고 아뢰오."

"목전에 있는 큰 인물이 누구란 말이오? 승상이 천거한다면 반드시 등용하겠소."

한왕은 정색하며 말했다.

"신이 천거하고 싶어도 대왕께서는 또 그 사람이 빈천한 사람이라고 중용하시지 않아 도리어 현사의 마음을 상하게 할까 두렵습니다. 이렇게 되면 사방의 명사가 어떻게 대왕께 와서 복종하겠습니까?"

"승상은 왜 그다지 말이 긴가? 대체 누구요? 그 현사가 누구란 말이오?"

한왕은 짜증이 나는 듯이 이같이 물었다.

소하는 왕이 짜증을 내면서 묻는 것을 보고 은근한 태도로 머리를 수그리며 대답했다.

"신이 아뢰옵는 큰 인물은 회음 땅의 한신이로소이다."

"아니, 그 사람은 승상이 두 번이나 말하기에 짐이 치속도위로 등용했는데 어찌 등용하지 않았다고 하시오?"

"치속도위 같은 직책은 한신의 재주를 시험하는 벼슬이 못 됩니다. 대원수의 직책을 맡겨야지만 그 사람은 우리나라에 오래 있을 것입니다. 그렇지 않으면 반드시 타국으로 갈 것입니다."

"작(爵)은 함부로 내리지 않는 것이요, 녹(祿)은 가볍게 더하는 것이 아니거늘, 한신은 불과 한 달 동안에 두 차례나 등용하지 않았소? 지금 척촌(尺寸)의 공훈도 없는 사람에게 원융(元戎)의 대임을 맡긴다면 오래전부터 공로가 많은 대장들이 원망할 것 아니오? 상벌이 분명치 않다고 할 것 아니오?"

"그러하오나 옛날부터 성제명왕(聖帝明王)들은 사람을 쓰되 그 재목에 따라서 썼고, 그 힘에 따라서 직책을 맡겼습니다. 한신으로 말씀하오면 대들보나 기둥감이지, 서까래감이 아니옵니다. 지금 맡기신 직책은 너무 작은 것이옵니다. 패현에서부터 따라다니는 여러 대장들은 공훈이 많으나 한신과 같은 재목에 비교가 안 되는 줄로 아뢰오."

"승상은 좀 더 기다리시오. 장량이 짐과 작별할 때 천하를 두루 찾아서 파초 대원수의 인물을 구해 보낸다 했으니, 수개월만 더 기다려보다가 장량이 천거하는 인물이 오거든 한신과 비교해본 연후에 한신을 대원수로 봉하는 것이 옳다고 생각되오."

한왕이 이렇게까지 말하므로 소하는 더 이상 고집하기도 어려웠다.

"물러가옵니다."

하고 대궐에서 나왔다.

그는 승상부로 돌아오기 무섭게 한신을 오게 하여 천하를 어떻게 평정할 것인가에 대해 의논을 시작했다. 물론 장량과 작별할 때 장량이 천거하는 파초 대원수가 가지고 올 엄표가 있으므로 한왕이 한신을 속히 등용하지 못한다는 것을 한신에게 눈치를 보이지 않았다.

한신은 소하가 묻는 말에 몇 마디 대답하다가, 삼진을 평정하고 육국을 통일하고 초패왕을 멸망시키는 방법을 묻자,

"그런 것은 물으실 것이 아니올시다. 기회를 보아 움직이고 때에 따라 변하며 흐르는 물같이 형상을 모르므로 싸워본 연후에 비로소 이긴 것을 알게 되는 것입니다. 이것은 귀신도 모르는 일이요, 부자 사이라도 그 취지를 말할 수 없는 것이올시다."

이렇게 말하고 승상부에서 나와 자신의 객줏집으로 돌아갔다.

한신이 집으로 돌아와 곰곰이 생각해보았다.

'이대로 있다가는 한패공이 언제 나를 중용할지 모르겠구나. 그렇다고 장량에게서 받아온 엄표를 내놓고 중용된다 할지라도 여러 사람들이 모두 진심에서 따른다는 보장이 없으니….'

그는 한참 동안 고심하다가 마침내 꾀를 하나 생각해냈다.

그는 객줏집 주인에게 말 한 필을 준비시키고, 날이 밝기 전에 먼 곳에 가야 할 일이 있다고 거짓말을 하고 밤중에 말을 타고 동쪽으로 달아났다.

아침때가 지나도록 한신이 집으로 돌아오지 않는 것을 보고서 객줏집 주인은 승상부로 가서 이 일을 보고했다.

소하는 이 보고를 듣고 몹시 당황했다.

'이 사람이 달아났구나! 이 사람을 잃으면 우리는 영원히 포중에서 나가지 못해!'

그는 황급히 자리에서 일어나 수레를 타고 한신의 객줏집으로 달려

갔다.

"언제 밖으로 나가셨느냐?"

소하는 객줏집의 문간지기에게 한신이 여관을 떠난 시간을 물었다.

"어젯밤 초저녁에 말 한 필을 준비해놓으라 하시더니, 오경(五更) 때쯤 동쪽으로 나가셨습니다."

문지기의 대답을 듣고 소하는 한신이 거처하던 방문을 열어보았다. 텅 빈 방 안에는 탁자와 걸상만 있을 뿐, 옷가지도 벽에 걸려 있는 것이 없고, 벽에는 다음과 같은 노래가 적혀 있었다.

> 날이 새지 아니하니 별빛이 서로 다투는도다.
> 운이 닥치지 아니하니 재능이 감추어지도다.
> 지초(芝草)가 유곡(幽谷)에 있으니 누가 이것을 캐리요.
> 난초(蘭草)가 심림(深林)에 들었으니 향기를 모르는도다.
> 어느 때나 미인을 얻어서 함께 놀아보리요.
> 날개를 치며 하늘에 오르니 새가 곧 봉(鳳)이로다.

소하는 벽에 적힌 노래를 읽어보고 발을 굴렀다.

'아뿔싸, 기어코 달아났구나!'

소하는 데리고 온 이졸을 불러 역마(驛馬)를 끌어오게 한 후 그 말을 타고 동문으로 달렸다. 그는 대궐에 조회하러 들어갈 때 입고 나온 조복(朝服)을 벗지도 못하고 승상부에서 바로 이곳으로 왔던 것이다.

조복을 입은 채 홀로 말을 달려 동문에 이르러 파수 보는 이졸들에게 물었다.

"너희들은 흰 말을 타고 칼을 찬 사람이 동문으로 나가는 것을 못 보았느냐?"

"예, 그런 사람이 오늘 새벽 오경이 지나서 이 문으로 나갔습니다. 아마 그동안 오십 리는 갔을 겝니다."

소하는 더 묻지 않고 말을 달렸다. 한동안 달리다가 저쪽에서 걸어오는 행인을 만났다. 소하는 말을 멈추고 또 물었다.

"노형은 혹시 말 타고 가는 장군을 못 보았소?"

"예, 흰 말을 타고 칼을 찬 사람이 혼자서 급히 동쪽으로 가더군요. 아마 그동안 육칠십 리는 갔을 겝니다."

행인의 대답을 듣고 소하는 말에 채찍을 가해 달렸다.

그는 아침밥도 못 먹었다. 일찍이 조회에 나가느라 지금까지 조반을 먹을 틈이 없었던 것이다. 점심때가 훨씬 지나도록 말을 달리노라니 배가 몹시 고팠다.

그는 하는 수 없이 민가에 들어가 음식을 얻어먹고 다시 말을 달리기 시작했다.

어느덧 해는 저물었다. 태양이 서산에 숨어버리고 땅이 어두워지기 시작할 때, 한계(寒溪)의 냇가에 이르렀다. 때는 늦여름 칠월 중순이었다. 낮에는 햇볕이 따가우나 아침저녁에는 쌀쌀한 기운이 추위를 느끼게 했다. 초저녁의 한기는 피부를 찌르는 것 같고, 골짜기의 좁은 길은 험악하여 말도 겨우 길을 찾아갔다. 얼마 지나지 않아 산모퉁이에서 달이 솟았다. 여름 장마에 물이 불은 한계의 냇물이 눈앞에 보이는데, 저 아래 냇가에서 말 울음소리가 들리고, 사람의 그림자가 보였다.

'옳지, 저게 한신인가보다! 물 얕은 곳을 찾아서 물을 건널 작정이구나.'

소하는 이렇게 짐작하고 소리를 질렀다.

"여보시오! 거기 있는 분은 한신 장군 아니오? 어쩌면 그렇게 말도 없이 달아나시오? 나 좀 봅시다."

소하는 말을 달려 냇물 아래쪽으로 한신의 그림자를 찾아 쫓아 내려갔다. 이때 뒤에서 또 말굽 소리가 나면서 웬 사람이 소하를 쫓아왔다.

소하는 뒤돌아보며 물었다.

"게 누구요?"

"저올시다. 하후영이올시다."

뒤에서 말 타고 쫓아온 사람은 하후영이었다.

"등공도 한신을 쫓아오는 중입니까?"

"예, 아침에 초현전에 있으려니 창문(倉門)에서 보고가 오기를 한신 장군이 밤 오경에 동문으로 나갔는데 돌아오지 않는다 하기에, 가만히 생각하니 왕께서 중용하시지 않으니까 타국으로 달아난 것이 틀림없을 것 같아 제가 붙들어보려고 뒤쫓아 나왔지요. 승상을 여기서 만나뵈오니 다행입니다."

이때 한신은 냇가에서 자기를 뒤쫓아온 승상과 등공이 이같이 말 위에서 문답하는 소리를 듣고 크게 감탄했다. 그는 두 사람이 오는 앞으로 걸어갔다. 두 사람이 말에서 내리자 한신은 그들에게 예를 올렸다.

"참으로 감복합니다. 이 세상에 재상 된 사람으로서 두 분과 같으신 분은 아마 없을 겁니다! 저 혼자서 권력을 잡고 어진 사람, 총명한 사람, 능한 사람을 미워하고 시기하는 것이 오늘날의 재상들이요, 아첨하고 비위 맞추는 사람이나 좋아하고, 되지 못한 고집이나 부리고, 위에 가서는 '지당합지요' 할 줄만 아는 것이 오늘날의 인물들인데, 두 분께서는 나라에 충성을 다하시고, 훌륭한 사람은 극력 천거하시고, 자기를 굽혀서까지 선비를 대하시니, 이것은 고금에 드문 일이올시다. 황차 저 같은 사람을 붙들려고 조복을 입으신 채 이 밤에 험한 산길을 이같이 찾아오시니, 저는 재주 없고 무능한 사람이올시다만 진심갈력(盡心竭力)하여 문하에서 도와드리겠습니다."

한신은 두 사람에게 이같이 말했다. 달빛 아래 보이는 그의 표정은 진지했다.

소하는 한신의 손을 붙잡았다.

"나는 귀하가 이윤(伊尹)·여망(呂望)과 같은 재주가 있고 초를 멸하고 한을 흥하게 할 인물임을 알지만 한왕이 귀하의 빈천함만 알고 대재(大才) 있음을 알지 못하여 이 모양이 되었소이다. 좀 더 참고 기다려주시오! 그러면 내가 등공과 함께 힘껏 천거해보다가, 그래도 한왕이 귀하를 써주지 않는다면, 우리도 함께 관(官)을 사직하고 고향으로 돌아가겠소이다. 그러니 이제 함께 포중으로 돌아갑시다."

소하와 하후영은 한신을 말 위에 오르게 하여 포중으로 돌아왔다. 소하·등공·한신 세 사람은 달빛을 받으며 곧장 승상부로 향했다.

한편, 그날 아침에 조정에서는 백관이 승상의 모습이 보이지 않아 모두 이상히 생각하고 있을 즈음에, 주발(周勃)이 한왕 앞에 나와 아뢰었다.

"요즈음 군사들 가운데 고향 생각을 못 잊어 달아나는 사람이 많사옵니다. 승상 소하도 어제 아침에 홀로 동문으로 나가서 지금까지 돌아오지 않고 있습니다."

한왕은 깜짝 놀라더니 곧이어 대로했다.

"뭐라고? 소하도 달아났단 말이냐? 패현에서 의병을 일으킨 이후 소하는 삼사 년 동안 짐과 더불어 떨어져본 일이 없는데, 다른 사람들은 중간에 모여든 사람이니까 짐을 버리고 도망한다 해도 용혹무괴(容或無怪)하지만, 소하는 이름이 군신(君臣)지간이나 정은 부자형제나 마찬가지인데…."

한왕은 처음에는 노한 음성으로 시작했으나 나중에는 혼잣말처럼 탄식하면서 안절부절 못했다. 왕은 자기 두 손이 끊어져버린 것같이 허전했다. 서 있어도, 마음을 진정하고자 앉아 있어도 허전하기는 마찬가지였다. 왕은 아침도 점심도 식사를 하지 않았다.

점심때가 훨씬 지나서 금문에서 위관이 들어와서, 승상 소하와 등공 하후영이 돌아왔다고 아뢰었다. 왕은 기쁨이 절반, 노염이 절반, 급히 두 사람을 불러들여 꾸짖었다.

"그래, 경이 짐을 버리고 달아나다니, 그럴 수가 있나? 다른 사람이면 몰라도 경이 그럴 수 있느냐 말이야?"

"신은 대왕의 지우(知遇)로서 일국의 승상이 되어 어찌 마음이 변하오리까? 하루 이틀 밖에 나가서 돌아오지 못한 것은 밤을 새워가며 도망가는 사람을 쫓아가 그 사람을 데리고 옴으로써 대왕께서 천하를 도모하시도록 하려고 그리 된 것입니다."

소하는 국궁하고 이같이 아뢰었다.

"도망간 사람이 누구란 말이오?"

"치속도위 한신이라고 아뢰오."

한왕은 소하의 대답을 듣고는 웃음이 터지려는 것을 간신히 참고 물었다.

"아니, 그동안 포중에서 도망한 장수가 한둘이 아닌데, 그때는 승상이 그 장수들을 쫓아갔었소? 지금 한신을 쫓아갔었다는 것은 거짓말 아니오?"

"열 명의 대장은 얻기 쉽사오나 한 사람의 한신은 다시 구하기 어렵습니다. 대왕께서 포중에서 노사(老死)하시려 한다면 모르오나 항우와 더불어 천하를 쟁탈하시려 한다면, 한신이 있어야지만 일이 되옵니다. 대왕께서 한신을 중용하시지 못하오면 신도 관을 벗어버리고 고향으로 돌아가 후일에 항우에게 사로잡히는 욕을 면하겠습니다."

소하의 태도는 몹시 근엄했다.

"승상이 아뢰는 말씀은 실로 국가를 위해 아뢰는 것이옵니다. 대왕께서는 저 같은 충성된 말씀을 들으시어 한신을 중용해주시옵소서."

곁에서 등공 하후영도 소하의 말에 뒤이어 이같이 아뢰었다.

"경들이 한신의 말만 잘하는 것을 듣고 그같이 말하는 것인 줄로 아오마는 일국의 원융은 국가의 안위, 삼군의 존망, 그 한 사람에게 달려 있으므로 지금 그를 중용하여 대장으로 한다면 삼십 만의 국군과 칠십 명의 문무(文武)를 모두 그 한 사람에게 맡기는 것이 되오. 그래서 삼진을 평정하고, 항우를 격파하고, 천하를 빼앗는다면 좋거니와, 만일 그렇지 못하면 짐이 포로가 되는 것은 논외로 하고, 삼십만의 군사가 죄 없이 죽어야 하지 않소? 그런 까닭에 짐은 한신을 얼른 중용하지 않는 것이오."

한왕은 소하와 등공을 번갈아보면서 이같이 왕으로서의 고충을 털어놓았다. 소하와 등공은 아무 말도 하지 않고 왕의 말이 계속되기를 기다렸다.

한왕은 두 신하가 아무 말 없이 있자 말을 계속했다.

"한신을 지금 중용하지 않는 것은 이런 이유 때문이오. 거기다 한신으로 말하면 회음 땅에서 친상을 당했을 때 장례를 못했다 하니 이것은 그 사람이 계교가 없는 것이요, 표모에게서 밥을 얻어먹었다 하니 이것은 무능함이요, 저자바닥에서 싸움패의 가랑이 밑으로 기어나갔다 하니 이것은 용맹이 없는 것이요, 초나라에서 벼슬하기를 삼 년이나 했는데 겨우 집극랑에 그쳤으니 이것은 재주가 없음이라, 속에 감춘 재주는 저절로 밖으로 나타나는 법이요. 만일 한신에게 그 같은 재주가 있고, 그릇이 그만큼 크다면 짐이 반드시 중용하겠소. 국가를 위해 승상은 깊이 생각하기 바라오."

소하는 왕이 말을 그치고 자신의 대답을 기다리는 것 같으므로 그제야 입을 열었다.

"대왕께오서 이르시는 말씀, 확론(確論) 같사오나 신의 소견과 다르옵니다. 공자(孔子)가 진채(陳蔡)에 곤욕을 당하신 것이 결코 무능한 것이 아니었고, 광인(匡人)들에게 포위당하신 때가 용맹이 없었던 것이 아니오며, 철환천하하시다가 마침내 늙어 돌아가셨으나 이것은 재주 없음이 아니었나이다. 한신이 표모에게서 밥을 얻어먹은 것이나·저자바닥에서 욕을 당한 것 등은 군자가 아직 때를 못 만났음이요, 벼슬이 집극랑에 그친 것은 인물이 아직 그 주인을 만나지 못했음이옵니다. 신이 한신의 말만 듣고 취하는 것이 아니요, 그 인물이 능한 것을 보고 이같이 죽음을 무릅쓰고 간하는 것이오니, 대왕께서는 깊이 생각해주시옵소서."

정성껏 말하는 소하의 의견을 듣고 한왕은 잠시 침묵하더니 천천히 입을 열었다.

"오늘은 이미 날도 저물었으니 경들은 물러가고, 내일 아침 일찍 조정에서 상의합시다."

소하와 등공은 대궐에서 나와 승상부에 돌아와 기다리고 있던 한신에게 한왕이 내일 아침에 조정에서 상의하여 결정하기로 했다고 알려주었다. 소하는 한왕과 문답하던 이야기를 한신에게 전하고 자신의 결심을 밝혔다.

"한왕이 귀하를 중용하지 않는다면, 나도 관을 버리고 그만두겠소이다."

한신은 객줏집으로 돌아왔다. 말짱하게 치워놓고 달아났던 방 안에 홀로 들어앉아 가만히 생각하니, 소하와 등공 같은 충신은 이 세상에 둘도 없었다. 일호의 사심도 없이 오직 일편단심 국가의 장래를 위해 유능한 인재를 천거하고야 말겠다는 그 성심을 생각하니 그는 자신의 계교가 들어맞는 유쾌함도 있으려니와, 함양에서 탈출해오던 때부터 최근 두 달 반 동안의 지나온 일이 회상되어 감개무량하여 노래를 지어 부르기 시작했다.

> 하늘에 덮인 구름은 어느 때에 걷히려노.
> 용은 숨어서 물고기 노는 것을 보고 있도다.
> 풍운이 언제나 닥쳐오려노.

함정 속의 호랑이, 토끼 떼만 보는도다.

어느 때 구름이 걷히고 날이 밝으리.

어느 때 성주를 만나서 회포를 풀리.

한신은 저녁식사를 늦게야 했다. 그가 저녁을 마치고 밤늦게까지 잠들지 못하고 이런 생각 저런 생각에 잠겨 있을 때, 하인이 들어와 승상이 찾아왔다고 아뢰었다. 그는 자리에서 일어나 의관을 단정히 차려입고 소하를 맞아들였다.

"밤이 깊었을 터인데 승상께서는 아직까지 주무시지 않으셨습니까?"

소하를 상좌로 모시고 한신은 이같이 인사했다.

"국사가 걱정이 되어 잠을 이룰 수 없어서 나왔소이다. 귀하가 초나라에 있을 때 범증이 귀하의 재능을 알고 항왕에게 천거했었다던데, 그때 귀하가 헌책한 방침은 무엇이었나요?"

한신은 자기가 한왕이 포중으로 들어오면서 촉 땅에서 관중으로 연결되어 있는 잔도를 불살라버린 것을 듣고서 항우에게 올린 상소문의 내용을 자세히 이야기했다. 소하는 한신이 헌책한 방침을 듣고 경탄을 금치 못했다.

"만일 귀하의 방침을 초패왕이 채용했더라면 우리는 늙어 죽을 때까지 포중에서 벗어나지 못할 뻔했소이다그려."

"그런데 패왕은 이 사람의 상소문을 보고 도리어 죄를 주려고 하는 것을 항백이 무사하게 만들어주었습니다. 제가 초를 배반하려는 마음은 이때부터 생겼습니다. 오늘 저녁에 이같이 밤이 깊어서 승상이 저를 찾아오신 것은, 그리고 이와 같은 말을 물어보시는 것은, 범증이 꾀 많은 사람이므로 혹시나 범증이 저를 일부러 한왕의 동정을 염탐해오라 해서 보낸 것이나 아닌가, 어제 밤중에 제가 홀로 포중에서 도망가는 것을 보시고 더욱 이같이 생각되어 의심하시는 것 같습니다. 승상께서 국가를 위해 이같이 노심초사하시니, 제가 여러분에게 미안함을 느낍니다. 제가 가지고 있는 물건을 보시고 마음을 놓아주시기 바랍니다."

한신은 이렇게 말하고 그제야 품속에서 장량에게 받은 엄표를 꺼내 소하에게 주었다.

소하는 이게 무엇인가, 이상스럽게 생각하면서 그것을 받아 불 앞으로 가까이 놓고 보았다. 그것은 장량과 작별할 때 만들어서 나누어 가진 엄표가 분명했다.

소하는 얼른 자리에서 일어나서 한신에게 공손히 예를 올렸다.

"놀랐습니다! 장군이 여기에 오신 지 수개월이 되도록 이렇게 오랫동안 이것을 안 보이시다니! 그 때문에 나와 등공은 얼마나 고심했는지 아십니까? 한왕이 이것만 보시면 확연히 깨닫고 주저하심이 없어질 것입니다."

하고 만면에 희색을 띠었다.

"저는 본시 빈천한 사람인지라, 한나라에 갑자기 들어와 아무런 공도 세운 것 없이 대장이 된다면 여러 사람이 업신여길 것이므로 장량의 엄표를 감추고 다만 여러분이 저의 인물을 알아주고 또 저를 천거할 때까지 기다렸다가 이 엄표를 내놓겠다고 생각했던 것입니다."

"참말 장군이야말로 천하의 호걸이올시다! 심상한 사람으로는 흉내도 못 낼 일이올시다."

소하는 탄복했다. 그는 한신에게서 받은 장량의 엄표를 가지고 총총히 자기 집으로 돌아갔다.

이튿날 아침에 소하는 이 사실을 등공에게 통지하고 조정에 나가 한왕에게 사실을 고하고 장량의 엄표를 왕에게 바쳤다.

한왕은 깜짝 놀랐다.

"과연 경탄할 일이로다! 천하의 호걸들은 보는 눈이 이같이 같으단 말이냐! 이러고 보니 한신은 천하의 대재(大才)가 틀림없는 모양이구나! 속히 한신을 대원수로 봉하라!"

한왕은 크게 기뻐하면서 한신을 대원수로 봉했다. 한왕은 한시바삐 장량의 엄표대로 시행하고 싶은 생각에 가슴이 약간 뛰는 것 같았다.

(2권 계속)

항우(BC 232~BC 202)

본래 이름은 항적(項籍), 우(羽)는 자(字). 항씨족의 초나라 장군으로 숙부 항량을 도와 거병을 하다 항량이 죽자 전권을 쥐고 진군을 무찌르며 관중으로 들어가 아무 지지기반 없이 군사를 일으킨 지 3년 반 만에 진나라를 멸망시키고 초패왕이 된다. '역발산기개세(力拔山氣蓋世)', 즉 힘은 산을 뽑고 기개는 세상을 뒤덮을 정도의 능력을 지녔지만, 전략에 능통한 영리함은 부족하고 오직 자신의 초인적 힘만 믿고 온몸으로 부딪쳐 싸우는 순수 무인형에 가깝다. 진나라가 멸망시킨 육국(제·초·연·조·한·위)을 부활시키며 한때 천하를 차지하는 듯했지만, 자신의 것으로 여겼던 천하를 놓고 또다시 한나라 유방과 경쟁하여 사면초가의 형국을 맞으며 31세 나이로 스스로 목숨을 끊는다.

유방(BC 247(?)~BC 195)

강소성 패(沛) 땅에서 농부의 아들로 태어나 오래도록 건달생활을 하다 정장이라는 말단벼슬을 지냈다. 항량 밑에서 항우와 함께 진나라를 없애기 위한 전쟁을 시작하지만 그다지 성과를 드러내지 못하다 소하와 장량 등의 도움으로 항우보다 관중에 먼저 진입해 진왕 자영의 항복을 받는다. 하지만 항우의 기세에 밀려 한왕으로 봉해지고, 그 뒤 4년간에 걸친 항우와의 쟁패전에서 한신, 장량, 소하 등 유능한 신하와 장수들의 보좌를 받아 마침내 해하 결전에서 항우를 대파하고 한의 황제 고조가 되면서 중국 통일의 대업을 이룬다. 유방은 대담하면서도 치밀하고 포용력 있는 성격으로 부하를 적재적소에 잘 활용함으로써 최후의 승리를 거머쥔 것이다.

관영

유방을 따라 탕(碭)에서 일어나서 입관한 뒤 창문후(昌文侯)로 불렀다. 장군으로 제(齊)를 평정하고 항적을 죽였다.

계포

항우 휘하의 무장으로 여러 싸움에서 유방을 괴롭게 했다. 항우가 죽은 뒤 유방이 낭중벼슬로써 그를 포섭한다.

몽염

진나라의 장군. 북쪽 변경을 경비하는 총사령관으로 상군에 주둔했다. 시황제 사망 후 환관 조고와 승상 이사의 간계로 자살한다.

번쾌

유방과는 동서지간으로 항우와 비견될 만한 엄청난 힘의 소유자. 원래 개고기를 파는 미천한 신분이었으나 유방의 거병 뒤에 그를 따라 무장으로서 용맹을 떨쳐 공을 세운다. 홍문의 연회에서 항우에게 모살될 위기에 처한 유방을 극적으로 구해냈다.

범증

칠순의 나이에도 지략과 비범함을 갖추고 있었던 항우의 책사. 한신에 버금갈 만한 뛰어난 모사로 선견지명이 있어 유방이 장차 항우를 위협하는 위험한 인물임을 알고 그를 죽이려 하지만 결국 실패하고, 오히려 유방 쪽의 장량과 진평의 꾀로 인해 유방과 내통한다는 오해를 받고 쫓겨나 고향으로 돌아가 실의에 빠져 죽는다.

사마흔

진나라의 장사로 항우에게 항복하여 장한, 동예와 함께 삼진왕으로 봉해졌다. 이로써 한왕 유방을 견제하는 임무를 맡지만 유방에게 공격받아 항복한다.

소하

장량, 한신과 함께 한나라의 3대 지략가로, 모사로써 만사에 통달한 인물. 관중에 머물면서 군량 및 모든 군용을 조달하며 행정적 능력을 발휘함으로써 유방의 천하통일에 일등공신이 된다.

여불위

하남성 양책의 상인으로 국경을 넘나들며 장사함으로써 거금을 모은 전국시대의 대부호. 정치에 야심을 품고 조나라에 인질로 있던 진나라 공자를 장양왕으로 만들고 자신의 애첩을 주어 시황제 정을 출산하게 한다. 이후 진의 최고 상국

(相國)이 되었으나 태후의 간통사건에 연루되어 자살한다. 전국 말기의 귀중한 사료『여씨춘추』를 편찬하기도 했다.

역이기

유방의 참모이자 세객. 제에 들어가 한과 합병하라는 설득으로 굴복하게 만들지만 한신이 제에 쳐들어오면서 제왕에게 죽임을 당한다.

영포

항우 휘하 최고의 맹장이었으나 유방의 계략으로 항우를 버리고 유방에게 투항하여 회남왕에 봉해지고, 유방을 따라 해하 전투에서 항우를 격파한다.

왕릉

한신의 뒤를 잇는 문무겸장으로 창술의 대가. 수천 명의 사람을 모아 유방에게 귀의하여 유방을 따라 각지에서 전투를 벌였다.

용저

제나라 맹장으로 소(小)항우라 불릴 정도의 용맹을 지닌 무장. 한신과의 싸움에서 낭사의 계에 휘말려 전사한다.

우희

항우의 애첩. 속칭은 우미인으로, 경극 '패왕별희'의 주인공이다. 사면초가 상태에서 초나라의 멸망을 예감한 항우가 우미인에게 이별의 노래를 부르게 하자 우미인은 이에 응하고 자살한다.

위표

유방 휘하에 있던 장수로 겉만 요란하고 내실은 없는 인물. 훗날 반란을 일으키지만 패가망신만 당하게 된다.

이사

진시황이 죽은 뒤 조고에게 매수되어 호해를 2세 황제로 옹립하지만, 이익 앞에서 의리를 잊었던 그는 끝내 조고의 모함으로 일족과 함께 죽는다.

장량

한나라 귀족의 아들로 태어나 한을 멸망시킨 진시황을 시해하고자 했으나 실패하여 은둔한다. 그러다 어느 노인에게 병서 세 권을 전수받아 공부하고 유방 아래로 들어가 뛰어난 선견지명을 가진 책사로 재능을 발휘하여 유방이 천하통일하는 데 큰 공을 세운다. 한신·소하와 함께 한나라 창업의 3걸 중 한 사람.

장양왕

전국시대 진나라의 왕으로 진시황의 아버지. 어려서 조나라에 인질로 가 있었으나 후에 여불위의 도움으로 왕위에 오른다.

장한

원래 진나라의 명장으로 농민반란 진압에 공이 컸으나 환관 조고의 박해로 항우에게 투항한다. 이후 한군과의 전투에서 한신에게 패배한 후 목숨을 끊는다.

조고

진(秦)나라의 환관. 시황제를 따라 순행하던 중 시황제가 병사하자 승상 이사와 짜고 조서를 거짓으로 꾸며 시황제의 맏아들 부소를 죽게 하고, 그 대신 막내아들 호해를 2세 황제로 삼아 마음대로 조종했다.

조참

원래 진나라의 옥리(獄吏)였던 것을 소하가 주리(主吏, 군·현 소속 관리)로 삼았다. 유방이 거병하자 그를 따라 한신과 함께 주로 군사 면에서 활약했다.

종리매

항우 휘하의 용맹한 대장군. 지략과 병법에 뛰어난 항우의 참모로서 유방에게 큰 상처를 입혔다. 용맹하고 박식하여 화술로 적을 굴복시키는 재주를 지녔던 종리매는 항우가 죽자 초왕 한신에게 의탁하였다가 사망한다.

주발

유방을 도와 천하를 평정하였고, 이후 여씨 일족이 난을 일으키자 진평과 함께 이를 수습하고 한실(漢室)을 편안케 하였으며, 이로써 벼슬이 승상에까지 올랐다.

진시황

장양왕의 아들로 이름은 정(政). 실제는 여불위의 아들로 알려졌다. 중국 최초로 천하통일을 이루며 황제라는 존칭을 쓰지만 만리장성과 아방궁 등 무리한 토목공사와 폭정으로 백성들의 원망을 받았으며, 환관 조고의 득세로 수없이 민란이 일어나던 중 50세 나이로 객사한다.

진평

원래 항우 휘하에 있던 모사였지만 항우의 인물됨에 실망하고 유방에게 가서 한나라의 개국공신이 된다. 여씨의 난 때 주발과 더불어 이를 평정한다.

하후영

패현의 하급 관리로 유방이 처음 세력을 다질 때부터 함께했던 맹장. 말을 다루는 재주가 특별하여 유방이 처음 거병했을 때부터 황제가 되어 죽을 때까지 유방의 수레를 모는 마부로 직을 하며 그를 수없이 구해준다.

한신

한나라의 파초 대원수로 백전백승의 문무겸장. 원래 초나라의 항량·항우를 섬겼으나 그들이 자신의 재능을 알아보지 못하자 실망하고 한왕 유방의 대장군이 되어 교묘한 계략으로 항우를 멸망시킨다. 하지만 그의 세력이 너무 커지는 것을 경계하던 유방에게 결국 제거당하고 만다.

항량

초나라 명장 항연의 아들로 항우의 숙부. 진시황의 죽음으로 천하가 혼란해진 틈에 회왕을 옹립하여 초(楚)를 다시 세우지만 정도에서 진나라 군의 기습을 받아 전사한다.

항백

항우의 백부. 장량의 도움으로 목숨을 구한 일이 있어 홍문의 연회에서 유방을 구함으로써 장량에 대한 의리를 지키지만, 결국 항우를 멸망시키는 데 기여하고 유방 편에 선다.

호해

진(秦)의 2대 황제로 이세황제(二世皇帝)라고 한다. 시황제가 죽자 조고와 이사의 음모에 따라 맏형을 제치고 황위에 오르나, 조고가 조정의 실권을 장악함으로써 허수아비 황제 노릇을 하다 자살한다.